红石榴 出品

时尚 + 情感 + 励志

陪你密恋100天

雨微醺 著

北方妇女儿童出版社
·长春·

版权所有　侵权必究
图书在版编目（CIP）数据

陪你密恋100天 / 雨微醺著. -- 长春：北方妇女儿童出版社，2016.4
ISBN 978-7-5385-9071-5

Ⅰ.①陪… Ⅱ.①雨… Ⅲ.①长篇小说－中国－当代Ⅳ.①I247.5

中国版本图书馆CIP数据核字(2016)第061321号

陪你密恋100天
PEI NI MI LIAN 100 TIAN

出版人	刘　刚
总策划	魏　娜
特约策划	师晓晖
责任编辑	吴　强　张　旭　孟健伊
图书统筹	空心菜
绘　　图	东方游
书籍装帧	胡静梅
美术编辑	赵艳红
开　　本	700mm×1000mm　1/16
字　　数	270千字
印　　张	17
版　　次	2016年4月第1版
印　　次	2016年4月第1次印刷
印　　刷	北京市兆成印刷有限责任公司
出　　版	北方妇女儿童出版社
发　　行	北方妇女儿童出版社
地　　址	长春市人民大街4646号
	邮编：130021
电　　话	0431-85678573
定　　价	25.00元

如发现印装质量问题，请与印务部联系退换，电话：010-51908584

目录 Contents

001 第一章 不速之客
在薛文曜还来不及叫痛的时候，他的脖颈已经被向晚晚狠狠斩了一下。他当即眼珠一翻，昏了过去。

017 第二章 新仇旧账一起算
我就要新仇旧账一起算，你要知道，现在我手里可有你的把柄，要是让你们领导知道他酒店的保安竟然私闯民宅……

029 第三章 纨绔子弟
这个人虽然在处理男女关系时不太靠谱，但对于工作一向认真严谨，是个称职的生意伙伴，这点让苏振珂很放心。

041 第四章 暗箱交易
薛先生不如结婚吧。只要你结婚了，玫娜再傻也会死心的，她才会放手听我的安排。

055 第五章 结婚协议
看向晚晚如赴死一般在合约上签了字，牙齿咬得咯咯作响，但也没别的办法，薛文曜暗自有点儿小得意，忍不住弯起了唇角。

067 第六章 强迫同居
薛文曜霸道地宣示自己的主权，双手环胸，以一副居高临下的姿态斜睨着向晚晚。

083 第七章 救美惹祸
见到向晚晚，一向傲气十足的薛文曜，凌厉没有了，气势没有了，尖锐也没有了。

099 第八章 停职风波
现在掉眼泪没有丝毫帮助，必须要坚强起来，静下心来思考出解决问题的办法。向晚晚这样默默告诉自己。

111 第九章 求和服软
明明是她的错，我这次是绝对不会原谅她的，至少要生气到后天，让她知道，我也是有脾气的。薛文曜这样对自己默念着。

125 第十章 忍不住很想她
一种熟悉又陌生的思念，一种很久没有体会过的、挂念一个人的滋味，就算只是离开这座城市一天，却又无比期待回来的欲望，似乎全都归结到了一个人身上。

目录 Contents

第十一章　暧昧告白 ... 139

我好像喜欢上了那个人，而且只喜欢那个人。如果她不喜欢我，就像再大的数目乘以零，最终也只是零而已。

第十二章　赴宴失控 ... 153

她几乎本能反应地一把扣住了薛老爷子的手腕，直接就给了个后扭反扣，把人给制伏了。

第十三章　爱上心有所属的人 ... 169

爱上一个心中有别人的人，是这个世界上最无法破解的难题，好像用尽了全力，却还是无能为力！

第十四章　醉后表真心 ... 185

向晓晓在一秒钟之前，从未想过，自己会在下一秒发现一场爱情，窥探到一颗真心。

第十五章　旧日心结 ... 199

要解开父子俩的心结很不容易，其中还有很多她不知晓的内情。

第十六章　别对我太好 ... 213

这一切都要结束了，别对我太好，我怕以后忘不掉。

第十七章　不能说的秘密 ... 227

记忆泛黄，时间远去，如一列轰轰向前的火车，从不为谁停留，也从不对谁有例外，而这个秘密向晓晓无法道出。

第十八章　临近离别 ... 241

她知道，薛老爷子这次回去后，她与薛文曜的合约就要解除了，兴许他们以后再也见不到了。

第十九章　真相大白 ... 255

谎言不一定是坏的事情，秘密也不一定都要浮出水面。让往事随着岁月的光阴沉淀，被尘封，被遗忘，又何尝不是另一种选择？

后记 ... 268

第一章　不速之客

在薛文曜还来不及叫痛的时候,他的脖颈已经被向晚晚狠狠斩了一下。他当即眼珠一翻,昏了过去。

1

九月，姚市，夏末时节，下午 14：30，气温 24℃，气压 1006.9hPa，相对湿度 57%，预计 20 时后降水。

在姚市以房价昂贵而闻名的陵溪山上，山腰处的某栋奶白色别墅墙外，一个不起眼的角落里，向晚晚把手机上的那条短信看了又看。

她瞄了眼腕表上显示的数据，满意地点了点头，把手机收进背包的同时又麻利地从中取出手套和眼镜等一应需要的东西。

别墅外是环形式围墙，高约 2.5 米，左边 45 度方向有监控，只有右边有大概 30 度夹角的监控盲区。要利用这个盲区进入墙内的花园不被发现，是一种挑战。不过对于自己的身手，向晚晚还是颇为自信的。

墨镜、手套、兜帽全部上阵，向晚晚扶墙一跃而起，借助旁边的树枝翻入别墅墙内，成功躲避了监控。

这是一栋欧式别墅，英伦牛津风格，落地窗外有供休息的露台和草地，草面和绿植修葺得很整齐。

穿越草坪，到落地玻璃门外，左右四顾，在确定没人后，向晚晚掏出一根细铁丝撬开了门，成功进入室内。

"看样子还真挺有钱的。"向晚晚进屋，漫不经心地打量屋内的设施，戴着手套的手顺势在沙发上摸了摸。她没有过多地停留，认准了卧室的方向，径直上了二楼。

在二楼的书房内，向晚晚一眼便看到了那只印着某知名食府专用字样的手提袋。向晚晚小跑过去打开，发现里面装着一只盒子，她欣然收起，再从自己背后的背包里取出一只一模一样的袋子准备放回去。

忽然，向晚晚听到楼下传来了一个声音，是开门声！她感觉心朝嗓子眼儿一提，之前的漫不经心转瞬即逝，取而代之的是一种警惕——难道是屋子的主人回来了？

伏在卧室的门后，拉开门缝朝外看，向晚晚果然看到下面客厅有人进来，是个男子，微低着头正进门换鞋，黑色西装外套在一楼被脱掉，里面是一件颇具质感的白色衬衣，配一条紫红色领带。

男子一边上楼一边拉解着领带，径直朝卧室而来，向晚晚赶紧松开门，后退着紧贴到门后的墙面上，屏住呼吸。

好在来人似乎很疲惫，进门后自顾自地朝右边浴室方向走去，顺手丢掉解下的领带，根本没有察觉到门后有异样。

第一章 不速之客

虽然看不到正面，但从男人背部的线条来看，这是个身材极好的男人。身形颇高，肩宽腰紧，怀着一种看戏的心态，向晚晚双手环胸靠在门后的墙上继续欣赏男子的动作，看他开始解衬衫的扣子。

但是，就在向晚晚期待着接下来那更香艳的场面时，一个声音忽然响起来了——手机！

刚才连同领带一起被丢在床上的手机，此时铃声大作。

男子解着扣子的手停了下来，侧身弯腰伸出胳膊去拿手机，但是男子的手在离手机数厘米的位置停了下来，目光落到卧室门口的方向，停住！

一秒，两秒，三秒……足足有约三秒钟目光相交的对视，向晚晚看着男子，男子看着向晚晚，相顾无言。

真帅！这眉眼这脸形，再配上绝佳的身材，难道不小心就闯进了男模的"香闺"？向晚晚在心里问自己。

向晚晚以为男子会大叫，或者立刻指着她，惊慌地问"你是谁，你要干什么"之类的。

可接下来令她深感意外的是，男子显得十分平静，甚至极为淡定地拿起手机，看也不多看向晚晚一眼。

"什么时候来的？这身打扮是想玩FBI装特工？我说过今天这里不欢迎客人，你走吧。"

和这个人所表现出的淡定平静一样，他的声音也异常平静。他按了手机的拒听键后把手机丢回床上，转身进了浴室，而根本没有多看向晚晚半眼。

这下，轮到向晚晚蒙了。这位俊朗男子难道失明了？可这屋子里也没有别人，刚才的话确实是对她说的。

向晚晚挠挠头，疑惑地从门后走出来，转身拉开卧室的门正打算离开，就见浴室门"哗"的一声被拉开，方才进去的男子快步走了出来。

他衬衫的扣子已经解除大半，赤脚站在门口看着向晚晚，惊讶而不解。

好嘛，向晚晚是看出来了，敢情这人现在才后知后觉自己的屋里来了她这个不速之客。

"你是谁？"男子厉声发问。

"那个……哈哈哈……我要是说，我是出门打酱油的，走错了地方，你信不信？"向晚晚指了指门口，厚着脸皮尴尬地笑出声。

男子自然不信，也不多说话，径直朝向晚晚走来，伸着胳膊就要来捉向晚晚。

向晚晚退后两步，不由自主地做出本能反应，在被人制住之前迅速抬腿、扣腕、反扭外加一个膝盖顶压，男子被她利落地反制住，胳膊被扭到身后。

"你最好别反抗，否则胳膊会脱臼的。"向晚晚压着他提醒。

"你到底是谁？为什么在我家？想偷什么？"男子极为不爽地质问，同时试图抽出被向晚晚扭住的胳膊。

"我没拿你这儿的东西，我只是来取回我的东西。好了，我们先做个约定，我放开你，你放我走，可不可以？"

男子挣扎了一下，没有说话。向晚晚就当他默认了，松开了男子的胳膊，自己退后两步。

果然，这男子下一秒钟就再次对着向晚晚伸手来抓。向晚晚一翻白眼，说："你还真非要我下狠手不可，那就别怪我不手软了。"

向晚晚再次出手扣住男子的手腕，却没想到，男子这次竟然像撒泼一样，不管不顾地死死扯住她，接下来就是两个人一齐重心不稳地朝后摔去。

不痛。原来没摔在地上，而是摔在了床上。

向晚晚抬起头，发现自己的鼻尖与那个男子的鼻尖抵在一起。二人目光交会，脸对着脸，向晚晚可以清晰地看到对方的毛孔，并从对方的瞳孔里看到自己惊慌的脸。

近距离地沉默了两秒钟，与自己脸对脸的英俊男子忽然笑了。那双眼尾上挑、眼眸深邃的桃花眼微微眯起，随后他竟然索性将胳膊朝脖子后面一垫，摆出个悠闲而散慢的姿势。

如同被踩了尾巴的猫，向晚晚麻利地要起身，但是没想到，就在她刚起身的时候，男子娴熟地一伸手将她的腰揽住，又将她拉了回去。继而在床上一翻滚，直接把她压到了身下。

"想走？可没那么容易。你叫什么名字？既然敢闯我薛文曜的房子，就没那么容易直接走掉。"

"是吗？你确定你要这样把我留下来？"向晚晚斜睨着眼前的人，忽然有些不怀好意地笑了。

她一脸玩味地看着他，慢慢将一只手搭上了他的肩膀，再顺着肩膀一路轻轻地朝下滑动。

薛文曜得意地微微一挑眉，表示是的。

"好吧，那可就是你自找的。"向晚晚说着，忽然以迅雷不及掩耳之势跳起来，抓住薛文曜的胳膊向后用力一掰再狠狠一拉，只听得"咔嚓"一声脆响，在薛文曜还来不及叫痛的时候，他的脖颈已经被向晚晚狠狠斩了一下。他当即眼珠一翻，昏了过去。

"唉，人在做，天在看。人要作死，天也救不了你，就别怪姑奶奶我了。"向晚晚推开压在身上的人，拍拍手从床上跳下来，麻利地整了整衣裳，最后看了一眼赤着上半身躺在床上昏过去的人，伸手将被子朝他身上一盖，出门离开。

二十四个小时前。

周六，尽管姚市下着大暴雨，向晚晚还是早早出了门。她先去影楼取修复裹塑的老照片，然后赶到姚市颇有名气的京安食府。作为一个兼职钟点工，她在这里已经有一年的职业生涯，向来准时又勤快。

领班告诉她，今天有雨，所以不用去街上发传单，坐在室内给食府的VIP客户寄送周年庆点心礼物就行了。填单、包装、寄送，可比站在街上发传单轻松容易。

发现自己的背包进了水，她急忙将里面的东西全部取出来，是一堆零碎的东西和早上从影楼取回的照片。好在那些照片她用防水密封袋仔细收好了，才没被雨水打湿。

零散堆放着似乎不太好，向晚晚就随手找了个空食盒放进去搁到一边，然后拿着湿透的背包进了洗手间。她费力地拧干后又用烘手机烘了很长时间，等她忙完出来，才惊觉食盒不见了。

糟了，估计是哪位送货员同事误把装有她私人物品的食盒拿走了。她赶紧去柜台查询送货信息，并第一时间联系了送货员，可对方告诉她，东西已派送到客户府上。

向晚晚拿着本应送出去的食盒找到那个地址，却只看到一辆高档商务车绝尘而去，随后用人出门，向晚晚询问后得知，这家的主人要去外地出差，归期未定。

正要下班的用人阿姨拒绝了向晚晚换回食盒的请求后锁门离开，向晚晚怀抱着食盒哭的心都有了：自己的钱包、银行卡、工作证件全在里面，等到屋主出差回来，得要什么时候？周一自己还得上班呢。

向晚晚在这座别墅外守了一晚，屋主到底没有回来。无奈之下，故事如开头一般发生了，向晚晚于迫不得已中出此下策，偷偷潜入屋内，想换回自己的物品，却不料恰逢屋主归来。

用人阿姨，说好的归期未定呢？这明明才一天的工夫，人就回来了。您要是早说，我也不至于如此冒险了。

第一章

不速之客

2

六点半,姚市人民路上的一家火锅店里,表姐洛阳听着向晚晚讲述今天的遭遇,向来优雅有气质的律政佳人也忍不住笑得前俯后仰。

"你真的被人调戏了?"洛阳用筷子指着向晚晚,问完之后继续笑得不能自已。而店里的人在看向晚晚时都流露出了各种暧昧,以及那种"我们都懂"的别具意味的目光。

"表姐,既然你听了我的悲惨遭遇,还笑得这么开心,那就当我给你做笑料可怜可怜我,这个月就别收我房租了吧。"向晚晚眨了眨看似天真的大眼睛。

立刻,洛阳止住笑意,眼神一变,伸手就将向晚晚的背包扯过去,娴熟地翻出她的钱夹,将装着钱的信封抽走放进自己包里,说:"一码归一码,我是你表姐,但也是你的房东,亲姐妹明算账。"

"有你这种表姐,我真是……"

"真是什么?"洛阳眼睛微眯,给予警告。

向晚晚可不想得罪表姐,赶紧识趣儿地一改脸色,堆着笑脸一拍手掌,说:"我真是太幸福了,有表姐你温暖阳光般的照拂,我太幸福了,我是这个世界上最最幸福的人。"

"嗯,知道就好,快吃吧。"洛阳满意地笑了,夹起锅里的牛肉放到向晚晚的碗里当是打赏,又提醒说,"你现在参加工作正式步入社会了,还是要小心些,以后别这样莽撞了。"

"我知道了,我以后会小心的。"向晚晚点点头。

十一点,向晚晚回到家,在卧室的床边坐下,抽出一只盒子打开,里面放着一些零散的旧东西:一副望远镜,一些旧的书信,一个旧的笔记本……向晚晚从背包里抽出那个食盒,打开盖子,看到里面一堆零零散散的东西都在,从里面拿出用防水密封袋装着的印有影楼名称的小纸袋。

在袋子的封面上摩挲了几下,她抽出了里面的一张照片,但在抽到一半时又放弃了他把照片放回去,夹在那本旧的笔记本内,将盒子盖好放回床底,上床睡觉。一天结束,期待新的一天。

薛文曜依稀听到手机铃声一直在响,可他就是昏昏地醒不过来。直到后来声音越来越刺耳,而且持续不断,他才终于醒来。

四周是黑的,手机在旁边一直响动,透过屏幕的光可以辨认出这里是自己的卧室,自己躺在床上,身上盖着一半被子,另一半被他压在身下。

第一章 不速之客

"怎么一直都不接电话？"伸手接起电话，传来大哥薛青朝的声音，极具磁性的男低音，浑厚、沉稳，一如他内敛的个性。

"睡着了。"薛文曜慵懒地解释道。

"从下午一直到刚才，六个小时，秘书每隔一个小时打一次，你一直没有接。"薛青朝的声音中透着不满。

"那就是我一直睡着了。"

"你这又是在置什么气？"薛青朝有些无奈地轻叹了一声。

"我没有。"薛文曜从床上坐起来，立刻发现头很疼，脖子也疼。

"算了，不管你这些了，反正现在这个时候家宴已经散了。你听起来有些不舒服，是病了吗？"

"没有，就是……"薛文曜揉着脖子回忆之前发生的事情，话说到一半，脑中闪过当天下午那个把他制伏两次，压在床上，最后把他打昏的丫头。

"就是什么？"

"就是被个丫头给打了。"薛文曜没好气地说道。

"什么？你被女人打了？"薛青朝意外地提高了一些音量，显然这个答案让他非常震惊。

"对，我被打了，然后……"薛文曜边说边龇着牙从床上起身，走到墙边打算开灯，却发觉自己的右胳膊像已不受自己支配，完全使不上力。

意识到不对劲，他就将手机夹在肩头，空出手来用左手拉了拉右胳膊，只见那只胳膊像个自由下垂的木棍一样，来回地摆动了两下，薛文曜一脸震惊，像见到了极为可怕的东西。

"文曜，你怎么了？二弟，喂……喂……"手机那边沉默良久，薛青朝不由得担心起来。

"然后她还卸了我的胳膊！她打了我，然后卸了我的胳膊！"薛文曜痛得拧紧了眉头，不禁一哆嗦，手机掉到床上，他气得要背过气去。

"天杀的，那个丫头片子，如果再让我遇到你，我非把你做成鞋垫来踩在脚底下不可！"薛文曜咬牙切齿地咆哮道。

凌晨时分，姚市最大的私立医院——祥安医院的骨科诊室外的楼道里坐着一个只穿了件浴袍、一头乱发的英俊年轻人。

他的胳膊上悬着肩肋固定带，旁边站着一个身穿一身灰色西装的男士，看起来比坐着的那位大上几岁，二人眉眼间有些相似，只是这个人相比之下更显沉稳，是属于那种具有成熟魅力的男士。

坐着的那位，自然就是薛文曜。站着的是薛文曜的大哥，也是薛氏集团的运营总裁，薛氏集团董事长的大公子——薛青朝。

原本薛青朝在结束今天在薛园的家宴后打算飞去外地出差，却在去机场的路上听闻弟弟被人卸了胳膊，于是就让司机改了道，匆匆赶去弟弟的别墅，把人送到医院。

"医生说了，就是脱臼，接上了再休养两天就没事了。"薛青朝开口安抚道。

"什么叫没事，我疼死了。"薛文曜抬头，没好气地反驳，心中十分火大。

"这能怪谁？一个姑娘家要对你下这样的狠手，足见你对人家姑娘也没客气。都说了让你别拈花惹草欠风流账，你偏不信，这次是人家卸你一只胳膊，你还能打电话给我，下次遇到更厉害的，也许我接到的电话就是警局打来的了。"薛青朝压抑着笑意。

"唉，我说薛青朝，你是不是我亲哥？有你这么诅咒你弟弟的吗？接警局的电话，你是诅咒我被人杀了，你去认尸吗？"薛文曜极为不满地抗议。

"你这个家伙，嘴巴还真是够坏的。我是说去警局给你交保，谁知道你哪天会不会被卷进什么非法活动被扣住！"薛青朝没好气地一拍薛文曜的肩，疼得他又一龇牙。

"我这次真冤枉，我真没动那丫头半根指头。我都不认识她，不知道是谁。"

"不稀奇，你身边那些女人，你能记住名字的没几个。不认识？不认识你能对着一姑娘把衣服扣子解开？"

"我洗澡呀。"

"一个姑娘在你屋里，你去洗澡，这有区别吗？"薛青朝用谴责的目光瞪着弟弟。

"我是解释不清了。"薛文曜真是憋屈死了，看来现在有几张嘴也说不清了，他索性不再解释，闭眼做了做深呼吸，再睁开，才抑制住心里的那种愤愤不平的爆发欲望。

"总之，今天我才是受害者。"薛文曜平静地做出最后的辩驳。

秘书打来电话，催促薛青朝的行程。他抬腕看了看表，无意与薛文曜多争论，表示自己要走了。

"你去哪？我是病人，我还在这儿。"

"出差。"

"那我怎么办？"

"自己看着办。"薛青朝拍拍薛文曜的肩，转身离开。

凌晨两点，姚市的马路上，穿着一身睡衣的薛文曜坐在一辆奔驰车的副驾驶位置上，旁边开车的是一个年纪和他差不多的年轻人。那人穿着一件居家的亚麻上衣，一条棉质的长裤，显然是被人匆匆叫出来的。

开着车，年轻人总忍不住偷偷用目光去扫旁边挂着胳膊、一头乱发、穿着睡衣的人，那脸色真是比别人欠了他几亿还要臭。

年轻人想笑，但又极力忍着，可又实在忍不住，以至于总不时地发出奇怪的压抑的笑声。

"苏振珂，你信不信你再这样看我，我明天就炒了你？"薛文曜没好气地恐吓道。

"吓谁呢，我是你的合作伙伴，是公司股东，不是你的员工。"苏振珂显然不买账。

"那我就联合其他股东，一起挤垮你，把你的股权全部纳入掌中，要你破产，把你赶出公司。"薛文曜继续威胁。

"拜托，曜振建筑设计公司的股东就只有你和我，你去拉谁来击垮我？再说，你把我这个唯一能在凌晨丢下一切事情去医院接你的好合作伙伴好兄弟踢走，你会后悔终生的。"

"今天我真感受到了全世界的恶意。"薛文曜长叹一口气，淡淡地白了一眼苏振珂，拉紧身上的睡衣，侧转过身子靠在座位上背对苏振珂，再不说话。

3

上午八点，向晚晚准时到所工作的五星级酒店的保安部报到。她换好衣服，然后跟着队里的前辈准备一起去出勤。

尽管她曾以警校专业第一的优异成绩毕业，但却在警员入职考试中出现意外，因缺席而与警职失之交臂。索性女承父业，做了这家五星级酒店的保安员。

"小晚呀，来队里也有半个月了，一切都还习惯吗？"保安队长笑着询问。

"好，都好，全仰仗英明神武的队长您照顾了。"向晚晚笑弯了一双杏仁眼，甜甜地回答。

保安队长上了些年纪，最爱听好听的话，立刻高兴得笑着点了点头，拍拍向晚晚的肩膀，满意地负着手走了。

向晚晚今天和老保安一起负责酒店停车引导工作。赶上周一，是上下班高峰期，主路拐进辅路的地方全都塞得水泄不通。

"今天又有罪受了。"老保安苦着脸感叹，与向晚晚说了一下安排，自己在路口的位置负责引导车流。

从辅路直通酒店辖区的过道上，向晚晚顺利地解决了交通疏导问题，在酒店隔壁的一家咖啡厅外，看到一辆白色的宝马停在路边，车上没人却占着车道，以至于过往车辆都得缓慢地避让。

"这是谁的车？"向晚晚站在车边询问。

"你好，这是我们一位客人的，他待会儿就下来。"一个侍应生模样的年轻男生匆匆从咖啡厅里跑出来应答。

"赶紧把车开走，这里不能停车，已经占道了。"向晚晚给出结论。

"他稍后就……"侍应生忙着辩解。

"没有稍后，就现在，马上。"向晚晚态度坚决，不容争辩。

"我们没有钥匙……"侍应生一脸为难。

"那你着急什么，是车主的问题，不是你的。我也不为难你，你上去跟车主说一声，让他现在马上下来把车移开。"

"好吧，我试试。"侍应生转身回店里，准备去通知车主。

Secret咖啡厅二楼，大红色的半圆形沙发摆在落地窗户边，半圆中央放着白色的圆形小桌子，像半个括号中间放了一个小圆。

薛文曜一身浅色休闲西装，靠坐在红色的沙发的一边，面前摆着咖啡，脖子上依旧挂着用来托起手臂的肩肋固定带，用未受伤的左手翻着一份文件，眉头微蹙着，时不时地拿笔圈画两下，神情专注。

对面坐着苏振珂，一身西装革履的正装打扮，手里也拿着一份文件，时不时圈改几下，却总忍不住抬头看对面认真工作的人，像在寻思什么，导致他有些走神。

"要不你还是回去休养吧，这里的事情我能处理。"苏振珂试探地说道。

"没事，继续吧。"薛文曜一只手拿起另一份文件翻开。

"这个时候了你还有心情工作吗？"苏振珂有些怀疑。

"为什么没有？"薛文曜冲苏振珂挑挑眉。

"你是谁？薛文曜，被个女人打了，受到了这么严重的伤害，你能咽得下这口气？"苏振珂依循这位事业搭档一贯的性情，提出质疑。

"So（因此）？"薛文曜一副不以为然的腔调。

"So，你难道不应该觉得找到真凶，替自己报仇更重要吗？一定要把那个丫头找到，把她做成鞋垫踩在脚下。"多年的老友关系，让苏振珂对这位搭档了如指掌。

"她卸了我的胳膊，又不是你的，你的胳膊能用，所以你不用着急。相比之下，我觉得这个城景小区的设计合同更重要，一定要审清楚了，不能让对方钻空子占便宜。那个关于二次修改设计造成的费用的附属条件，生成费用的支付方式一定要写清，让他们出至少一半。"薛文曜一脸精明地拨动他的生意经算盘。

"真是掉钱眼儿里了。钱钱钱，你就和钱早点儿结婚吧。"苏振珂啧啧几声调侃。

"嗯，和钱结婚不错，值得考虑。"薛文曜装作认真地思考了一下后点头。

"这人没救了。"苏振珂低叹一声，低下头继续审阅合同。

这时，一位侍应生快步上前，礼貌地走到两个人旁边，说："抱歉，打扰一下，薛先生，能不能麻烦您下楼一趟？"

"什么事？"薛文曜头也没抬，仍然盯着手中的文件。

"您的车子停在路边占了车道，旁边酒店的保安过来了，要您移一下。"侍应生解释道。

"我胳膊不方便，进出车库太麻烦了，就在路边停一会儿，我就要走了。"薛文曜口气平和却透着威仪，明显不愿再做交谈。

"好的。"侍应生不敢得罪这位店里的贵宾，唯有下楼去跟女保安协调。

一分钟后，侍应生小跑着回来，小心翼翼地说道："那位女保安说了，三分钟之内让您下去移车，否则就要叫交警过来开罚单了。"

坐在对面的苏振珂在听完这段话后感觉自己的右眼皮跳了一下，将目光投向薛文曜，却见他丝毫不为所动，继续低头审批合同，只淡淡地说："不移，让她叫。"

"时间不早了，我得去公司看看，你胳膊不行就别开车，叫你的秘书来接或者叫个代驾，打车也行，公司这几天也不用来了，我会接于你手上的案子。"苏振珂替薛文曜作出安排。

"嗯。"薛文曜应了一声，并没有抬头。苏振珂依据自己以往的经历判断，预料有一场风暴要来。他现在走人是最安全明智的选择，也不再客套，果断提着公文包起身离开。

又是一分钟后，侍应生再次上楼，脸都苦绿了，说道："薛先生，交警的罚单已经开了，还是要您下去移车，否则就要扣车叫人拖走。"

薛文曜手下的笔在纸上一停，有一秒的停顿，终于缓缓抬起了头，似笑非笑地动了动唇，说："是吗？"

侍应生感觉自己的右眼皮迅速跳了两下，小心地询问："薛先生，要不要联系酒店那边的领导，把这个人领走？看样子她应该是新来的，不认得你的车。"

薛文曜微微上扬了些唇角，优雅缓慢地放下了手里的笔，说："不用，既然她这么坚持，那我就下去看看，到底是哪个保安这么有胆。"

马路边，向晚晚的耐心也是到了极点。看着自己叫过来的交警开了罚单，抄了牌子都不肯移车，这个车主脸皮着实够厚。

"你这个小保安，脸皮还真厚，都说了一会儿就走，罚单也开了，还没完没了地找事。"薛文曜走出来，声音悠长而懒散地先发制人。

"同志，这里是车流通道，不能停车。"向晚晚摆出专业姿态。

"我知道不能停，你不都找来交警开罚单了吗？"薛文曜用两指把夹在风挡玻璃上的罚单抽下来。

"原来还是个女的,你一个女人，这么死板厚脸皮,好意思吗？"薛文曜挖苦道。

对于这种不服从规定的车主向晚晚从前也遇到过，甚至也见过大吵大闹的，所以极为淡定地说："罚单收好，记得去缴费，车子开走，否则我……"

向晚晚公事公办地提醒对方，却在抬起头看到面前的人之后一僵，嘴半张着，到嘴边的话再也说不出来。

薛文曜也一样。在向晚晚抬起头时愣了半秒，一眼认出了眼前的人，居然是她。

"是你……"薛文曜眉头微动，唇角微扬，一丝狡黠自眼内闪过。

向晚晚以最快的速度做出反应，转身就要跑。

但是，薛文曜这次反应得异常之快。尽管只有一只手能自由活动，却立刻一巴掌撑到了车顶上，在向晚晚跑开之前，发出啪的一声重响，再用另一半的身子，围成一个三角形的圈禁范围，把向晚晚逼得后背靠在车门上不能动弹。

"那句话是怎么说的来着？踏破铁鞋无觅处，得来全不费功夫。你还记得我吗？"薛文曜看着向晚晚，逼近了些，眼角微微眯了一下，沉缓地问出这句话。

"光天化日的，你……你注意些，快让开。"向晚晚缩着身子，后背紧贴着车门，试图推开面前的人，却发现这人全力严防，让她根本没法脱身。

"如果不呢，是不是你要再把我打昏一次？"薛文曜笑了笑，拈起向晚晚身上的酒店徽章看了看，说，"原来还是威尔酒店的员工，我跟你们的老总可是朋友，他手底下的保安私闯民宅，打昏屋主后逃逸，你说我透露给他以后，他还敢不敢用你？"

"先生，这件事情有些误会，我可以解释，不过您这样的举动已构成胁迫，我可以报警。"向晚晚故作严厉，期望能吓退对方。

"是吗，那你去报啊，警察肯定要问，我为什么平白无故会盯上你，嗯？你说呢？"薛文曜得意地斜勾起唇角，露出阴阴的笑，撑在车门上的手轻轻拍了几下以示自己现在的胜利。

狭路相逢，真是栽了！向晚晚在心里哀呼一声，看样子这个人是不会轻易放过自己了。

是福不是祸，是祸躲不过，该来的总要来，向晚晚在心里念着这几句话，做了个深呼吸后勇敢地抬起目光直接迎视薛文曜："好吧，你说你到底想怎么样，要把我打昏，把我的胳膊也扯脱臼，还回来吗？"

"看来你现在还不肯低头认错。"薛文曜嘲弄地看着她。

"因为你现在根本就没打算原谅我。如果你肯放我走，我会在合适的时候解释，道歉也可以。"向晚晚近乎哀求。

"如果不呢？"薛文曜不打算轻易放过这么好的机会。

"那就免了。"向晚晚弯唇一笑，朝挡在自己面前的胳膊用力一推，撒腿就跑。

"还想跑！"薛文曜也反应够快，伸手就抓住了向晚晚的右手腕。

下一秒，在警校学习过防身格斗术的向晚晚做出了本能反应，她的身体习惯性地做出了一系列反击动作，而接下来发生的事情，对于薛文曜，可以直接用"悲惨"两个字来形容。

"咔嚓！"一声脆响，让两个人的动作都在那一瞬间停了下来。向晚晚的手指扣在薛文曜的手腕脉门上，他的胳膊被扭放在背后，腰身被迫压弯低下头。

刚才那是什么声音？肯定不是自己受伤的声音，向晚晚迅速确认了这一点，然后她开始意识到可能出现的一个很糟糕的情况，慢慢松开扣在薛文曜手腕和胳膊上的手，退后两步。

薛文曜慢慢站直身子，自己方才被向晚晚扭到背后的胳膊也垂了下来。见到那熟悉的自由下垂的状态，他再次微微睁大了眼睛。

脱臼，这熟悉的脱臼，这可恶的脱臼！继右臂脱臼后，现在这一刻，他的左臂也脱臼了，那条能吃饭能穿衣能写字的胳膊，那条仅剩的健康的胳膊！

"我的胳膊……"薛文曜没有大叫，倒像受过重大打击后的极度平静，一字一顿地念出这句话，缓缓看向对面的向晚晚。

"那个……你……你冷静点儿。"向晚晚基本可以确定自己又闯祸了，她赔着笑脸，露出狐狸一般的狡黠笑容，还故作可爱地眨了眨眼睛。

"要不我帮你接上。"向晚晚试探地上前要去扶那只胳膊。

"走开，离我远点儿！"薛文曜低沉而缓慢地发出警告，似乎强压着心头就要喷薄而出的熊熊怒火。

女保安和车主的纠缠引来路人的围观，众人开始指指点点，向晚晚觉得这件事情闹得越大对自己越不利，左右审视了一下想了想，也没别的办法了，一伸手对着薛文曜说："车钥匙给我。"

薛文曜看着她伸过来的手，狠狠瞪了她一眼，侧过头去不语，以沉默表示了不屑和拒绝。

"快点儿，我送你去医院。"向晚晚急切地催促道。

"你以为我会在你两次卸了我的胳膊后还相信你？"薛文曜没好气地回应。

向晚晚翻了个白眼，心知对方必然吃硬不吃软，和自己杠上了。她上下一扫他身上的衣服，也懒得再多费口舌，上前就去掀薛文曜的西装外套。

"你干什么？不许碰我。"薛文曜似受到了惊吓，下意识地后退躲避。

"谁要碰你？你想多了，送我都不要。"向晚晚甩了个白眼给薛文曜，掀开他的西装一侧，果然在胸口的衬衣口袋里拿到了车钥匙。

打开车门，向晚晚偏了偏头，说："上车。"

"我才不要你假好心。还有，不许你碰我家劳拉。"薛文曜不悦地警告。

"劳拉，哦……原来这车叫劳拉，挺不错的。"向晚晚微抬起下巴，在白色的宝马车顶上拍了两下，得意地挑了挑眉，那意思是"我现在就碰了，你能拿我怎么样"。

"把手放下来，不许拍！"薛文曜着急地指责着。奈何他现在两只胳膊都不能用，只能看着干着急。

"你废话真多，再说一遍，上车！"向晚晚厉声道。

"不上！"薛文曜又白了向晚晚一眼，并没有动。向晚晚最后的耐心也用完了，翻着白眼一瞟天空，说："好，这可是你逼我的。"

向晚晚从车边一步步朝薛文曜走过来，薛文曜下意识地一步步后退，可最后向晚晚还是走到了薛文曜面前。

"你难道想再用暴力？"薛文曜冷笑。

向晚晚微微一笑，并没有直接回答薛文曜的问题，只是避开了他两只已经受伤的胳膊，径直朝他的腰间一揽，用力一勾，以一个极为暧昧的姿势揽住了薛文曜的腰，把他整个身体控制住。

围观的路人都在那一刻睁大了眼睛，薛文曜惊讶之余则眯着双眼探究地看着身畔的佳人，唯有向晚晚依旧淡定。

她坦然地揽着薛文曜的腰，强制性把他带到了车边，拉开车门。

"先生，请吧。"薛文曜在极度不情愿中，还是被向晚晚塞进了车里。

第二章 新仇旧账一起算

我就要新仇旧账一起算,你要知道,现在我手里可有你的把柄,要是让你们领导知道他酒店的保安竟然私闯民宅……

1

一个小时后，祥安医院骨科诊室外的楼道里，坐着一个英俊的年轻人，脖子上挂着两条肩肋固定带，一左一右，把两只胳膊悬吊起来固定住，显得十分滑稽。

没错，这个英俊的年轻人还是薛文曜，而这次旁边站着的是一个身着保安制服、身材高挑的年轻女子。她扎着马尾，五官精致，站在旁边双手环胸。

"医生说了，就是脱臼，接上再休养几天就没事了。"向晚晚开口，停顿之后又调整了语气，郑重道，"薛先生，对不起，我不是故意的。"

"对不起？对不起有用，要警察干吗？"薛文曜气呼呼地道。

"警察是维护正义的，小朋友都知道。"向晚晚机敏地回应。

薛文曜挑起眼皮看了她一眼，似笑非笑地说："果然牙尖嘴利，道歉都用这么带刺的态度。"

对于薛文曜的指责，向晚晚丝毫不介意："我去给你拿药，你先在这里稍等。"

"你是觉得这样做，我就会不再追究你的责任吗？"

"我不这么认为，难道你这么认为？"向晚晚平淡地回了一句，撇下薛文曜朝药房走去。

祥安医院的药房在骨科的上面一层，向晚晚上去拿着药单排队，正有些无聊的时候，就听到旁边一个科室里传来一声碎裂声响，然后一连串尖刻的女声传来，像在指责人：

"你怎么回事？扎个针都扎不准，有没有从业资格？毕业了吗？"

"对不起，对不起……"

"对不起有用，要警察干吗？"

这台词还真是烂大街了，刚听过一遍，上层楼又听到。出于好奇，正在排队的人都下意识地去看发生了什么事，向晚晚也一样。就看到旁边的输液室里，有一个打扮时髦的年轻女人正坐在沙发上，握着自己雪白的手腕，旁边的地上是被推倒的吊针支架和被打碎的输液瓶。

"实习的小护士走个针，能有多大事？发这么大脾气。"旁边有人不以为然地评论。

门外的人议论的时候，有人走过来，十分有礼貌地请大家让一让。那个声音温和、有磁性，有些耳熟。

来人推开了挡在门口的人走了进去，把屋里吓得站在那里快要哭出来的护士拉到一边说了几句话，那护士点点头，开始麻利地再次配药。

第二章 新仇旧账一起算

"小姐，不好意思，我接她的手。"穿着医生白大褂的男子彬彬有礼地说道。

"你是谁？"年轻女人态度不逊。

对于这样不善的质问，男子并没有表现出丝毫反感，甚至对那个年轻小姐露出了一个温和的微笑，上前抬起她的手腕开始了娴熟的动作。

很快，输液程序顺利完成，围观的人也都散去，唯有向晚晚还站在门口发呆。直到那个方才以微笑平息一切的温柔男士洗完手转身要出门时，才发现门口还站着的人。

"小晚？"男子有些惊讶地叫出她的名字，脸上带着惊喜。

"宋贤哥。"向晚晚微笑，同时有点儿不好意思地低下了头，不敢与宋贤目光直视。

"好久没见到你，最近好吗？"宋贤挂着温暖的笑意看着向晚晚。

"嗯，好……很好。"向晚晚唯唯诺诺，神情极不自然。

"你这身打扮，是工作了？"宋贤显然注意到了向晚晚身上的警服。

"是呀，现在在酒店的保安部上班。"向晚晚略有些害羞地回应道。

"真快，一眨眼你也工作了，成了大姑娘了。"宋贤走上前，像从前一样拍了拍向晚晚的头。

"那个谁，什么医生，我这个病人还在这里，你就这样和人聊天，合适吗？你知不知道我是谁？"沙发上的年轻女人极为不满于自己被人忽视，愤然插嘴。

宋贤回过头，看了一眼坐在沙发上的人，依旧没生气，只说："我只知道你现在是病人，其他的我不知道，也不想知道。小姐，看你的症状是呼吸道过敏，建议你放平呼吸，也放松心情。生气暴躁不利于恢复，对你的身体也有害处。"

绵里藏针一般地回击了年轻女人，宋贤又给了她一个温和的微笑，点了点头表示歉意后示意向晚晚和他一起离开。

"你们这个医生怎么回事？"年轻女人冲屋里那位正在处理地上碎片的护士没好气地发问。护士抬头看了她一眼，漠然起身，理也不理就走了。

"你们怎么回事？知道我是谁吗？竟敢给我摆脸色，你们不想要工作了……"年轻女人大发雷霆。

有个戴眼镜的西装男从楼道里跑过，听到这个声音，忙寻过来，看到输液室里的年轻女人后长呼出一口气。

"小姐，总算找到您了，老爷听说您一下飞机就呼吸道过敏来了医院，立马让我赶过来了。"西装男恭顺地立在一旁，跟年轻女人汇报，看来二人是主雇关系。

"我还没死,你来得正好,帮我查一下这家医院里的一个医生,三十左右,个子很高,长得……挺好看的。"年轻女人一见到西装男,就忙着发号施令。

"小姐,那是谁?"西装男不解地看着女主人。

"知道是谁还要你查吗?"年轻女人冲西装男发火道。

西装男略加思索,谨慎道:"小姐,有句话我觉得还是应该先向你透个风。这次让你回国,其实是老爷替你安排了相亲,合适的话就去国外结婚,你要是看上医院的男医生……"

"你废话还真多,谁告诉你我看上他了?我心里可是只有我的文曜哥哥。我要找到这个医生,要让他知道我是谁,他肯定会后悔得罪我黄玟娜!"黄玟娜生气地努起嘴,把张开的五指渐渐捏拢,最后得意地一抬下巴。

楼道里,向晚晚与宋贤找到一处休息区坐了下来,宋贤在自动售货机里买了一罐某个牌子的饮料递给她,微笑着说:"记得你最喜欢蜜桃味的,没错吧?"

"嗯,没错,宋贤哥你还记得。"向晚晚接过饮料,双手捧着,感觉心里有些激动。

"嗯,当然记得,小时候你存的零用钱全都用来买这种饮料了。"宋贤温和地笑道。

"宋贤哥你什么时候回的姚市?"

"一年了。回国后闲了段时间,现在在这家医院上班。"

"哦?你现在是医生了?"向晚晚颇为惊诧。

"嗯,从法学院离开后选修了医学。"宋贤微笑着点点头,然后又转换话题,问道,"你怎么会来医院,生病了吗?"

"我……我是在路边遇到一个病人,他两只胳膊都不脱臼了,就送他来医院了。"向晚晚不愿道出跟薛文曜的纠葛,简单带过。

"小姑娘长大了,现在也能帮助人了,不错不错。"宋贤赞许地拍拍向晚晚的肩膀。

听着宋贤的夸奖,向晚晚笑得眯起一双眼睛,然后站起身,说道:"那我先去处理那位病人了。"

"嗯,都在姚市,回头再约。"宋贤起身送人,看向晚晚走出一段,又像想起些什么,笑着又叫住她,说道,"小晚,我的手机号还是原来的。"

向晚晚明明听到了,却装作没听到,转过身后,脸上的笑容马上消散退却,她不动声色地加快了步子,赶紧下了楼。

向晚晚躲到医院楼道的拐角处,给表姐打电话:"喂,洛阳,我在医院遇到宋贤了。"

"医院？怎么回事？你不会这么巧就撞上了，他看见你了？"洛阳很诧异。

"嗯。也说过话了。"向晚晚跟表姐如实汇报。

"你这一年都装作不知道他回来了，怎么这么巧会撞上……"洛阳显然还在消化他们的偶遇。

"没事，总一直避着也不是办法，先这样吧，我先挂了。"向晚晚挂断电话，猛一抬头，被突然出现在面前的人吓了一跳。

"你听见了什么？"向晚晚皱眉问着眼前人。

"有什么不能让人听见的吗？"薛文曜玩味地回视向晚晚。

"没有。走吧，你住哪，我送你回去。"向晚晚有些心虚地避开了薛文曜的目光，抛出其他问题打算转移话题。可问过之后发现薛文曜仍目不转睛地盯着她，她才意识到这个问题有些笨，他们第一次见面就是在他家。

"好啦好啦，当我没问，走吧。"向晚晚心虚地挥挥手，率先离开。

2

一个小时后，向晚晚再一次来到陵溪山的别墅区。这次不用翻墙，光明正大地按密码进大门，把车开进车库。进屋后，薛文曜径自走到沙发上坐下，脖子朝后一仰，闭上眼睛晃了晃腿，显得有些疲惫，说道："我要喝水。"

向晚晚并不买账，不客气道："那就自己去喝，我送你回来，不代表我是你的用人。"

薛文曜不动声色地看了她一眼，刻意提高声音控诉道："我现在两只胳膊都用不了，怎么倒？向晚晚，这可都是你干的，你不应该负责吗？"

向晚晚无奈地抿抿嘴，转身看了看，找到饮水机取了杯子给薛文曜倒了杯温水。

薛文曜看着杯中冒起的少许热气，嫌弃道："我要喝冰水。"

向晚晚捺着性子解释："冰水对消化不好，温的对身体好。"

薛文曜继续找碴儿："我不喜欢这个杯子的颜色，要黑色小猫那个。"

向晚晚脸色冷下来，彻底失去耐心，恶狠狠道："你喝不喝？"

最终，薛文曜一脸不情愿地坐起来，就着向晚晚端到面前的杯子喝了些水。

"好了，现在我们来谈谈。"向晚晚将杯子放到桌上，在沙发上坐下，拿出谈判的姿态。

"好，来谈谈你要怎么赔偿我。"薛文曜把腿一跷。

"其实那天我到你家里来，是来取回我的东西，所以算不得偷窃。对于你胳膊脱臼的事我表示抱歉，那纯属意外，我愿意赔偿医药费用。"

"你的东西？什么东西？你怎么确定那东西就不是我的？"薛文曜嘴硬地立刻抛出一串问题。

"都是些零碎的东西，比如我的证件、银行卡，还有女性护理用品。你说是你的，难道你也用？"向晚晚挑挑眉，要笑不笑。

薛文曜咳了两声，挪了挪身子掩饰尴尬。

对于薛文曜这样的反应，向晚晚早有了心理准备，也不去管他，只继续认真地说："对于今天的事情，导致你胳膊再次脱臼，我表示抱歉，但责任不能全是我的，是您无理挑衅在先，我那是本能反应。"

薛文曜挑了挑眉："你上次不打昏我，我会寻你的事儿吗？你以为你很漂亮吗？"

向晚晚趾高气扬道："我的确觉得我很漂亮呀，从前可是校花。"

"你……"薛文曜没料到向晚晚如此厚脸皮，竟一时语塞。

"好吧，就算也有我的错，我就不计较你妨碍我上班的事情，两次的医疗费用我会补偿给你，你把医院收费单给我，我会尽快把钱还上。以后，也请你不要再找我的麻烦。"向晚晚说完，站起身打算离开。

"慢着——"薛文曜拉长了音叫住她，以一个极为安逸的姿势靠在沙发上，接着说，"你说完了你的条件，现在轮到我了。"

"你想怎么样？"向晚晚一脸警惕地问。

"你以为我会稀罕你赔偿的那点儿医药费吗？重点是我现在两只手都不能用，你不觉得有责任吗？"

向晚晚站在旁边看着他没有接话。薛文曜又笑了笑，慢声说："我双手不能用，要怎么吃饭，怎么穿衣服，怎么睡觉？这些都是你造成的，你就要负责，既然你说了负责，那在我恢复前，你都得照顾我。否则……我就要新仇旧账一起算，你要知道，现在我手里可有你的把柄，要是让你们领导知道他酒店的保安竟然私闯民宅……"

向晚晚像受到了触动，在薛文曜说出后面的话前坐回去，态度平缓下来："好，我答应你，会一直照顾你到恢复。但是，如果你把我的事情泄露出半个字，我绝对不会放过你。"

"很好。"薛文曜得意于这场谈判的胜利，露出满意的笑容，丝毫不在乎向

第二章 新仇旧账一起算

晚晚的威胁。他跷着腿摇晃悬在空中的脚，发号施令，"晚晚女佣，本少爷又渴了，我要用那个有黑色小猫的杯子，倒杯冰水拿过来。"

向晚晚没好气道："不许叫我晚晚，我也不是你的女佣。"

薛文曜笃定地看着她，继续耍无赖："我现在是病人，也是你的债主，激怒病人会不利于恢复，激怒债主不利于你脱身。"

向晚晚咬着嘴唇，瞪了一眼薛文曜。尽管她不情愿，但现在也没有办法，只能起身去倒水送到他面前。

"还是温水，也不是黑色的杯子。"薛文曜慢慢地挑起眼皮，悠悠地吐出几个字。

"黑色小猫的是吗？以后我用了。"向晚晚得意地晃了晃另一只手上的杯子，一挑眉头，喝了口水，把杯子摆到面前的桌上，赫然就是薛文曜点名要的那只杯子。

"有趣，果然有趣！还没有哪个女人敢这么处处和我作对。"薛文曜斜眼看着她笑了。

"今后，就——有——了！"向晚晚放下杯子微笑，不甘示弱，一字一顿地还击。

"好了，病人就在屋里休息吧，健康的人要回去上班了。"向晚晚得意地笑着说完，转身出门，走出几步又回过头来拿起了车钥匙摇了摇，说，"对了，这里打不到车，劳拉就借我用用。"

"我能拒绝吗？"

"不能。"向晚晚边出门边回应。

"你还真不客气。"

"客气能当钱花吗？"向晚晚在外面丢下一句话，翩然离开。

薛文曜靠在沙发上，看着别墅外车子离开，也不知道是被气的还是被逗的，竟然笑了。他用手指按了一下座机电话，告诉用人一个月之内暂时不用来别墅了。

五点下班，向晚晚累得够呛，跟着保安大队的前辈们一起听完经理的训话，随后换衣服下班。

下楼时表姐洛阳打电话来问向晚晚晚上想吃什么，向晚晚看看停在楼下的白色宝马车，犹豫了一下后说道："我晚上不回去吃了，有点儿别的事。"

下楼取车时，遇到酒店的一个清洁工许姐，看向晚晚来取白色的宝马车，立刻笑着询问，说："小晚，这是交男朋友了？"

"什么？"向晚晚一愣。

"这么好的车，我们这点儿工资可买不起，何况你刚参加工作。"

"这车不是……"向晚晚急于辩解，却一时间不知该如何说明原因。

许姐一副了然于胸的模样:"哎呀,不好意思什么,能给你用这么好的车,肯定非常爱你,有空带出来见见呀。"

"呵呵……好……好……"向晚晚解释不清,只能尴尬地赔着笑答应,赶紧麻利地上车离开。

半个多小时后,向晚晚到达陵溪别墅山上,直接开车进了薛文曜的别墅,停好车提着一袋菜进门。

屋内正仰着脖子坐在沙发上的薛文曜听到声音后扭过头去看她,见到是向晚晚,就慢悠悠地开始下令,说:"你怎么现在才来?我要看电视,要喝水,要吃东西。"

向晚晚白了薛文曜一眼,提着菜进厨房,倒了水出来,又开了电视。

系好围裙下厨,简单的两菜一汤半个小时完成。等端上桌的时候,向晚晚看到薛文曜在沙发边低着头像在研究什么,就悄然走近了,结果发现他正用脚踢自己的手机,再仔细一看,他竟然试图用脚趾解开自己手机的锁屏。

"你干吗?我手机怎么惹你了?"向晚晚很不忿。

"把你手机号给我。"薛文曜抬起头来。

"凭什么?我们又不熟,没到要留电话的地步。再说,你是要用脚在我的手机里找号码?你是正常人吗?"向晚晚一脸见了外星人的表情,上下打量薛文曜,麻利地伸手拿起自己的手机,似乎觉得脏,又故意在沙发上蹭了好几下才把手机放回手袋,摆到旁边的台桌上。

开始吃饭,向晚晚一看薛文曜抬着下巴看自己,就知道自己还得遭罪,无奈地一翻白眼,拿过筷子和勺子。

整餐饭,向晚晚就坐在对面喂饭,薛文曜只负责张嘴,还时不时地发出抱怨,嫌弃向晚晚不够温柔,一副皇帝使唤小宫女的模样,慢悠悠地找碴儿:

"慢点儿,我还没咽下去。

"我不吃葱,挑掉。

"我要喝汤。"

……

身处水深火热中的向晚晚,无力抗拒自己的衰运,真的很想痛揍薛文曜这个恶魔,偏又不便发作。她极力克制自己濒临极限的怒火,机械地完成所有动作,又惹得薛文曜频频抗议。

3

一个小时后，终于吃完饭，向晚晚收拾了桌子，薛文曜看了看墙上的时钟，表示自己要出门一趟。

向晚晚冷冰冰道："去哪？"

"这个你不用知道。"

"是去那些花天酒地的场所吧？"向晚晚忍不住嘲讽道。

"你说呢？"薛文曜挑了下眼皮反问。

"只要你自己能去，爱怎么样就怎么样。"向晚晚丢下一句话，转身进厨房洗碗。

收拾完一切从厨房出来，薛文曜果然还在。他吊着两只胳膊，到底还是不能自己出门。

向晚晚得意地笑了下，解下身上的围裙，说："好了，你该休息了，我明天再来看你有没有死。"

向晚晚换鞋，拿起包打算出门。薛文曜坐在沙发上看着，听着门外向晚晚离开了别墅院子，他放在旁边沙发上的手机传来一声收到简讯的提醒音。

他伸出一根手指戳着屏幕打开简讯，看到一个陌生号码的来信："这是我的手机号。PS：只有紧急情况时才能打。"

别墅外面的大门传来开合的声音，向晚晚显然已经走远，四周安静无声。薛文曜看着屏幕上的一小行字，不自觉地微微弯起了唇角。

伸手在台桌的座机上按了一个号码，那边接起来后，薛文曜说："现在有急事，让在陵溪别墅山附近出车的出租司机都赶过来，有一个女孩正从路上朝下走……"

别墅外，向晚晚边走边拿着手机看。早在薛文曜看着电视出神的时候，她就悄悄拿了他的手机记下了号码。本来只想单方面保存的，后来又想想算了吧，一个号码而已，也许他真有急着找自己帮忙的时候，给就给了吧。

陵溪山是姚市高级别墅区，能住在这里的不是家里有司机，就是自己开豪车的主，所以出租车很少上来。向晚晚四下望了望别墅区山上的马路，周遭几公里完全见不到公交站牌和出租车的影子，不由得有些茫然。

向晚晚心里直打鼓，难道要走下去吗？好远呀。

正在她暗自惆怅为难的时候，有出租车从前面驶来，在她旁边停下。司机询问她要不要打车，向晚晚有点儿意外，没想到今天运气这么好，于是欣然上车。

向晚晚离开没一会儿，薛文曜家的门铃就又被人按响了。薛文曜还以为是向晚晚落下了东西去而复返，但走到门口拿起可视电话一看，不由得蹙起眉头。

大门外，一个穿着红色裙装的女生在冲他招手。虽然个子不高，但纤瘦的身材配上精致的妆容，一头齐肩短发，俏丽而可爱，全身上下没半点儿瑕疵，就是那笑容有点儿过于兴奋灿烂了，着实让薛文曜感到头大，脑中敲响一连串的警钟。

　　"文曜哥哥，我回来了！"黄玟娜在门外摇着手。薛文曜确定她已经看见了他，躲不掉了才极度不情愿地按了开门的按钮。随后，来人如一阵风似的推开大门跑了进来，上来就直接给了薛文曜一个深度拥抱。

　　黄玟娜释放热情："文曜哥哥，好久不见。"

　　"疼，你轻点儿。"薛文曜显然有些无法消受这个拥抱。

　　"呀，你的胳膊怎么了？断了吗？"黄玟娜忙检视薛文曜的伤势。

　　"谁说断了？脱臼，脱臼而已。"薛文曜反驳。

　　"文曜哥哥，你看我一回来就立马来找你，我都还没去看我爸，你看我对你多好。"黄玟娜靠在薛文曜的肩上，拉他在沙发上坐下。

　　"那是因为黄总今天在外地，你想见也见不到。"薛文曜不买账，直接戳穿她。

　　"哎呀，别这样，文曜哥哥，我都大半年没见你了，你就没想我吗？我打电话你总在忙，邮件也回得好简单，收到短信也不理我。"黄玟娜嗔怪着。

　　"我工作忙。"

　　"真的吗？好吧，那我原谅你。文曜哥哥，你到底什么时候向我求婚？再不求婚，我真的要被别人抢走了。你知不知道，我这次回来，我爸已经给我安排了一堆的相亲对象等我检阅呢！"黄玟娜的撒娇攻势火力十足，让薛文曜难以招架。

　　薛文曜闭上眼，神情无比悲壮，他极力压制住自己心里的各种情绪，好一阵儿后才微笑着抬头，说："玟娜，你听我说，你身上有一股出租车的味道，你还是先回家去休息，等有空了再来找我玩。"

　　"我身上有出租车的味道？"黄玟娜抬起胳膊闻了一闻。

　　"嗯，有的，好大一股味道，很难闻。"薛文曜正色道。

　　"好吧，那我先回家，改天再来找你商量结婚的事情。"黄玟娜高兴地拍了拍薛文曜打着石膏的胳膊，站起来挽着手袋笑笑跳跳地离开。

　　黄玟娜走到门口，隔着玻璃还回头冲薛文曜挥手作别。薛文曜微笑着冲她挥手，在确定黄玟娜上了司机的车离开后，薛文曜侧身拨了一通电话出去。

　　"黄伯父，玟娜回来了，您知道吗？"

　　"她去找你了？"

　　"刚走，还很愉快地和我敲定下次见面要继续谈论我们的婚事。"

"文曜，你的工作能力是值得肯定的，但你那些风流韵事我也有所耳闻。我就玟娜一个女儿，她可绝非你身边那些莺莺燕燕，你们的婚事，我们家是不会考虑的。"

"我明白，黄伯父您放心，我对玟娜也没有那种心思，我一直把她当作妹妹看待。"

"那我就放心了。玟娜的身体现在虽然问题不大，但还是不能离开美国太久，我想让她见见我安排的那些男生再回去。等我过两天回了姚市，我们谈谈吧，我这丫头死心眼，对感情很较真，要尽早让她死心。"

薛文曜和黄父达成共识后挂断了电话，这通电话算是解除了两个男人心头的包袱。对于黄玟娜一厢情愿的示爱，薛文曜早就深受其累，不惜从国外躲到国内创业，居然还是被对方追上家门，以至于避无可避，看来必须要协同黄父处理掉这个烫手山芋。

清早，薛文曜趴在床上尚未起床，窗帘却被人"唰"的一声拉开。薛文曜有些恼火地眯着眼，隐约见窗户映进来的白光之间像站了个人，身材高挑，长发扎着马尾，宛如天使降临。

"晚晚女佣，原来也是很漂亮的。"薛文曜冲那个模糊的人影微笑了一会儿，心想着这梦感觉很不错，但因实在太困，不一会儿便又侧身拉过被子把头包上继续睡去。

几秒之后，窗帘被人重新拉上，然后那人轻手轻脚滴离开。又不知道睡了多久，窗帘再次被人拉开，随后被子也被人拉扯着要夺走。

"晚晚女佣，别调皮，我要再睡会儿。"薛文曜像平日与女人调情一样，伸手胡乱地拍了拍拉他被子的人。

"什么女佣，又在做什么春梦！"来者也没客气，一把把被子扯了下来。

没了被子的遮挡，薛文曜不得不睁开眼睛，看到床边站着西装笔挺的苏振珂。

"你怎么来了？"薛文曜微微眯着眼。

"咖啡厅的人打电话说你昨天出事又被送去医院了，我来看看你还活着没有。这两条胳膊都挂起来了是怎么回事？"苏振珂探究地审视着薛文曜扎着绑带的两条胳膊。

"说来话长，以后再告诉你。"薛文曜起身下床，穿上拖鞋，甩了甩头，彻底扫除困意。

"现在怎么办，两只胳膊都不能用了，让秘书去雇看护来照顾吧。"苏振珂提议道。

"不用，我有现成的。"看着落地窗外的阳光，薛文曜有些得意地笑了。

"现成的？"苏振珂有点儿疑惑地反问。但看薛文曜只是盯着窗外的阳光似笑非笑，并没有向他解释的打算，也就没再追问。他抬腕看看手表，发现时间已经不早了，转身准备离开。

"行了，人没事就行了，由着你自己安排吧，我去公司了。"

"等等。"薛文曜叫住对方。

"怎么了？"苏振珂转回身，以为薛文曜有重要的事交代。

"你能不能帮我刷牙？"薛文曜双臂无力地被绑带托着，一脸无奈。

苏振珂愕然，面部表情僵住，一时不知如何作答。

"算了，你走吧！"薛文曜偏了下头，到底还是觉得不合适，率先否决了。

苏振珂离开了，薛文曜心里郁闷着自己双手都抬不起来，不能刷牙，这对有洁癖的他来讲，真是难受至极。

他穿着拖鞋下楼，想到厨房倒水喝，赫然发现厨房外面的餐桌上放着些东西：漱口水倒好了，量杯插着吸管，旁边插好了吸管的豆浆和酸奶各一杯，还有一杯清水也放了吸管，以及一份切成小块儿的三明治。

知道他胳膊不方便，向晚晚特意准备了漱口水，到底还是有些细心的。

"原来不是做梦，是真的来过了，晚晚女佣。"薛文曜看着桌上的东西，悠闲地摇晃着肩膀。虽然语气稍显嫌弃，嘴角却抑制不住地上扬。

他已经不记得上一次有人为他准备早餐是什么时候了。自从十八岁不顾父亲的反对坚持从薛园搬出来，拒绝了薛氏这个代表着财富的强大背景，这十年来他一直独居。从欧洲到国内，换过很多住处，创业、失败、受伤、再起……一步步走来，现在看起来终于像个成功人士，却依旧孤身一人。

虽然身边的女伴来来去去有不少，却从未有人替他做过早餐，他也从来没有认真地在家中用过早餐。他从来没想过，有一天起床会看到桌上放着现成的早餐，就像普通的家庭生活那样。这一幕对他来说简直遥不可及，他想不到会有实现的那天。

"为什么会觉得心里像被塞了团棉花，痒痒暖暖的呢？"薛文曜兀自对着落地玻璃窗感叹。

第三章 纨绔子弟

这个人虽然在处理男女关系时不太靠谱,但对于工作一向认真严谨,是个称职的生意伙伴,这点让苏振珂很放心。

1

今天上班，向晚晚还是负责昨天的停车场出入口。午餐的时候在酒店出口遇到了两辆私家车相互刮蹭的事情。两个车主都是女士，在出口处大吵起来，任她和保安大队的同事怎么劝，两个车主就是没一个肯让步，还险些打起来，最后向晚晚联系了在派出所实习、负责民事纠纷的学长，才终于把两个人送走。

"那就麻烦学长了。"

"客气什么，回头聚会呀。"

两个人客套一番后，学长带着两个车主离开，向晚晚笑着挥手作别。

"那是谁？"一个男声从向晚晚身后传来。

"我以前的同学。"向晚晚不假思索地答道，答完后眉头一皱，转身去看，果然见到一张熟悉的英俊脸庞——薛文曜。

他穿一身浅蓝色亚麻衬衣，白色卷边九分长裤，站在自己身后，脸上带着看起来分外好看的笑容，在阳光下几乎整个人都显得熠熠生辉，唯有脖子上一左一右挂着两条固定带，看起来有些滑稽。

向晚晚诧异地看着他，问道："你怎么会在这儿？"

"打车，我从陵溪山上走下来，然后拦出租车。"

向晚晚换上一副公式化口吻："有什么事？"

"吃饭，午餐时间到了。"薛文曜一脸理所应当地说着。

"真是个麻烦精。"向晚晚翻了个白眼，但也无可奈何，因为向晚晚穿着酒店的保安制服，不便在自家酒店用餐，她转身就朝街尾的一家餐厅走去，薛文曜紧随其后。

"等等，那个……你先把出租车的钱给了吧。"薛文曜追在向晚晚身后，叫住她。

"什么？"向晚晚停下步子回过头，果然看到路边停着的出租车里的司机正看着她，见她看过去，就指了指站在路边一脸笑容的薛文曜，说："从陵溪到这里，一共一百九十八元。"

"真够贵的！"向晚晚有点儿咂舌，看来被他讹上了。

她抽出钱包，付了车钱，转身看着薛文曜，薛文曜却一脸淡定地表示理所当然。

"这家餐厅人太多，这家餐厅太小，这家装潢我不喜欢……"薛文曜挑剔了一圈后，才勉强挑中一家中式的私房菜餐厅，选了个靠近窗户的位置坐下点菜。

"这家的自制沙茶酱很不错。"薛文曜翻阅着菜单说道。

"哦。"向晚晚掏出手机翻看短信，漫不经心地应了一声。

地继续批判薛文曜。

"苏振珂,看来这些年我果然太任由你放肆了,对我说话越来越没分寸。没人骂你,那是因为你根本没有女人缘。"薛文曜神情平淡地看了苏振珂一眼,从肩肋的固定带里动作流畅地抽出手臂,从正送上茶水的助理手中接过本要递给苏振珂的杯子。

"你的手臂能用了?"苏振珂感到有些意外。

"脱臼而已,两天就没事了。"薛文曜喝着水,不以为意地回答。

"那你还装着手臂不能用?"

"我乐意。"薛文曜放下杯子,一脸理所当然。

苏振珂上下打量着薛文曜。认识他这二十几年,打幼儿园时开始,能让他这样走神的时候一双手都能数得过来,苏振珂知道他大概是遇到些不太一般的事情。但是苏振珂不是个喜欢打破砂锅问到底的人,也熟知薛文曜的个性,便懒得再追问下去,起身去办公了,留薛文曜自己在沙发上发愣。

在沙发上坐了一阵,手机响了起来,是大哥薛青朝打来的,说自己回了姚市,询问他手臂怎么样了。薛文曜看看现在挂着的右臂,随口应了句:"没大事,还没死。"

薛青朝通知他:"今晚父亲安排了丰诚集团于总的女儿跟我们一起用餐,你能不能来?"

薛文曜对薛老爷的安排向来没好感,不由得冷笑:"这摆明了是相亲宴,都什么年代了,他还想着要包办婚姻呢?我不去,于总就一个女儿,你一个人去足够了,难道他还想一女挑二夫吗?"

"算了,就知道你会这样,我来处理吧。你注意身体,好好休息。"身为长子的薛青朝从小就习惯了包容这个任性的弟弟,这次依旧如此。

挂断电话,薛青朝边往机场大厅出口走去,边对旁边的秘书吩咐:"去订下晚上的餐厅,再订束花,不要有特别花语含义的那种,得体又不失礼就可以了。"

下午下了班,因为心存歉疚,向晚晚推掉了队里的一个小聚会,特意去菜市场买了些鱼和新鲜蔬菜,打车去了薛文曜的别墅。本以为他双臂活动不方便,肯定会在家里待着的,但到了大门外才发现里面关着灯,按了门铃也没有人应。

向晚晚提着一大兜菜隔着大门朝里张望,掏出手机想要拨号,可又开始迟疑,最后决定还是再等等,也许薛文曜一会儿就回来了。但是,从七点一直等到将近九点,也没见有人回来。向晚晚索性坐在别墅大门外的树下,将买好的菜搁置一边,靠着树干打起盹,没一会儿就睡着了。

两个男同事虽然不明白是什么状况，但相互一对眼神儿，就知道了情况不妙，替薛文曜按了"4"后麻利地出了电梯，同时打眼色示意两个正走过来要上电梯的人不要再向前。

四楼是设计部，从电梯出来，薛文曜就看到苏振珂正和设计部的人坐在投影仪前商讨关于姚市东区高新园内建儿童乐园案子的设计图。为了投影效果更好，室内的窗帘全部拉下，屋内较暗，所以没有人注意到他的到来。

薛文曜没有出声，径直走到长方形的会议桌尾坐下，安静地看着投影仪上的构图，听着众人商议，直到一切结束后有人起身开灯拉开窗帘才发现他，吓得那个女同事一声低呼。

"你怎么来了？"苏振珂也颇感意外。

"嗯，我来了。"薛文曜声音沉缓地应了一声，从椅子上起来，走出两步站到投影画前，指示道，"那个儿童滑梯的颜色用绿色太大众化，台阶的颜色用红色也不合适，全都换掉，色彩方面的负责人明天拿出两套新方案来。然后那个房子城堡的'C'形阶梯设计得实用性太弱，趣味性也不够强，重新想过。"

"好的，我们这就去办。"苏振珂应声完，交代给指定的下属员工。

2

安排完工作的事情，员工应下任务，记下要求后客气地收拾了东西离开，薛文曜扭过头又恢复了没多大兴致的状态。他走到离自己最近的沙发上坐下，盯着桌上给员工准备的可以随时食用的时令水果出神。

苏振珂和所有人一样，都看出薛文曜今天不对劲儿，挥挥手示意众人先去忙，自己走到薛文曜对面的沙发上坐下，问道："不是说要在家里休息吗，怎么又来了？是案子出了什么急事吗？"

"不是。"薛文曜淡淡地答应了一句，缓慢地把脚朝沙发前面的桌上一搭，盯着脚尖，眼角下拉微眯，两秒钟后似笑非笑地后仰了脖子，说，"她说我是小人，我怎么是小人了？"

苏振珂颇为好奇地打探道："她？女人吗？虽说你在当合伙人方面表现不错，但在女人面前你可算不上君子。看看那些和你有关系的女人，说你拈花惹草没定性，倒也没冤枉你。"

"你帮谁说话呢？"薛文曜斜睨了一眼苏振珂，当是给个眼神警告。

"我帮理不帮亲。无风不起浪，怎么就不见人家骂我小人？"苏振珂不怕死这是今天宋贤为一个案子在法院出庭做陈述讲解时的样子。刚才在餐厅她就是因为收到了洛阳发来的这张照片，才一直低头握着手机出神。

　　向晚晚握着手机，慢慢沿路走出一个街区后，她的情绪才稍稍平复了一些。她关掉手机里的照片，冷静下来想想刚才的事情，开始有点儿后悔自己当时的反应。只是薛文曜一句随口的话，她却显得过于激动，反应太大反而像心虚的表现。

　　虽然宋贤对于她来讲，真的就像一颗炸弹。从她13岁那年夏天第一次见到他，他便成了埋在她心里的一颗炸弹，谁试图碰一下，就意味着要引爆炸弹。但对于薛文曜而言，他毕竟是局外人，这次也许自己确实对他过于苛求了，同时她也反省自己，以后要试着在有关宋贤的问题上控制情绪，保持理智。

　　做出决定后，向晚晚沿路折返那家私房菜餐厅。可是等她进了餐厅，走到刚才和薛文曜坐过的那个餐位时，只看到服务员正在更换餐巾。

　　向晚晚询问侍应生："刚才这里的那位先生呢，这么快就用完餐了吗？"

　　侍应生礼貌回应："哦，那位先生说忽然没胃口，就走了。"

　　对于这样的回答，向晚晚有些失望，同时开始内疚。她冲服务员道了谢后离开餐厅，对着手机里存着"纨绔子弟"名字的手机号试图拨打出去，可每次想要摁下拨出键时又马上取消。她琢磨着：现在打过去道歉，他肯定十分得意，没准又要刁难我。

　　向晚晚咬着唇犹豫，思前想后，还是决定先不主动道歉，晚些时候再说，先等薛文曜消消火。

　　曜振建筑设计公司没有设在市中心地区，而是挑了姚市的森林公园旁边的一处大楼，周遭遍布一些休闲会所之类的高档商铺，毗邻高尔夫球场，楼下有咖啡厅和运动室，楼外道路两侧的花池里种着赏心悦目的花，每一处区域都经过精心设计，既能满足办公需求又能充分休养身心。

　　当时薛文曜回国后决定自己创业，和苏振珂看了很多地方才挑中这块闹中取静的地方，花重金买下这栋五层的楼，然后改建成公司大楼。因为本身就是建筑公司，所以这栋楼也将优雅的建筑风格发挥到了极致。

　　一辆出租车停在了曜振建筑设计公司的楼下，薛文曜下车上楼，心情似乎颇为不佳，始终阴沉着脸，连公司员工向他打招呼他都没应一声。看到他脖子上挂着两条固定带，所有人都相互递了个眼神，默默闪开。

　　薛文曜进了电梯，电梯里已有的两个男同事忙向他问好。他冷冷地瞟了两人一眼，慢吞吞地说："按'4'，然后出去，太挤了。"

第三章 纨绔子弟

"这是怎么了？放心吧，我买单，肯定不会再让你付钱。"薛文曜慢吞吞地吐出一句话。

"哦。"向晚晚淡淡地应了一声。

"和我一起吃饭，怎么还在走神，是因为昨天医院里那个叫宋贤的吗？"薛文曜对向晚晚敷衍的态度很不满。

"哦。"向晚晚还是下意识地应了一声，应过之后才察觉不对，抬起头来问道，"你怎么会知道宋贤，你偷听我们谈话？"

薛文曜抬高声音辩解道："什么叫我偷听，你去药房那么久不下来，我上去看看，就看到你和那个人坐在一起聊天，楼道里又不隔音，就算我不想听也听见了。"

"那你还是偷听了！你这人怎么这样，之前只是觉得你是个不讲理的纨绔子弟，没想到你还这么小人做派。"在关于宋贤的事情上，向晚晚的情绪总是容易失控，她"噌"地站起来，身后的椅子也"咣当"一声倒地。

对于向晚晚突然如此激动，薛文曜呆愣住了，他习惯性地微微眯起眼，后倾了些身子打量她。

即便对于他的各种无礼要求、故意找碴，她都没有过如此愤怒的表现，这让薛文曜明白向晚晚这回是真的生气了。他有点儿后悔自己刚才说的那句话，同时心里也有些愤怒，自己那么折腾她，她都没有发怒，不过随意提了一句那个叫宋贤的人，她就激动成这样，足见这个男人在她心目中占据的分量。

"你自己吃吧。"向晚晚丢下菜单，拿起手机转身快步离开餐厅。

看着向晚晚从餐厅门口出去，透过玻璃窗目送她匆匆消失在街边的人流中，薛文曜的心情也变得极差。正好服务员端菜上来，他瞧了一眼，顿觉胃口全无。

从餐厅出来，向晚晚一路疾步走着。因为正值午餐时间，四周写字楼内上班的白领们都在附近用餐，街上人流量很大，她走在人群里接连被人撞了几下，招来不少埋怨。

拨通了表姐洛阳的电话，洛阳说正在吃午餐，向晚晚拿着手机迟疑了好一阵儿，才说："我收到你刚发来的照片了，谢谢。"

"跟我客气什么，我拍的时候很小心，他没发现，你就私藏着吧。"洛阳笑着调侃了一句。挂断手机，向晚晚看着洛阳发来的那张照片。在姚市的高级法院审判大厅里，一个身着西装的男子站在证人席上正在做陈述。因为是偷拍的，只拍到了侧脸，可就算是这样的侧脸，也依稀可以看出这个男子的俊朗，还有那双炯炯有神的眼睛，以及他认真严肃的神情。

第三章 纨绔子弟

薛文曜在公司盯了一下午关于儿童乐园设计修改方案的事情，下面的员工都在猜测老板遇到了什么不开心的事，看着他难看的脸色都像头上悬了把刀，去倒水都不敢离他太近。最终还是苏振珂看不下去了，收起手上的工作，找了个借口把薛文曜从沙发上拉起来。

"你在这里太舒服了，陪我去工地！"苏振珂自作主张替薛文曜做了决定。

"我是病人，去什么工地！"薛文曜别扭着，不愿动身。

"病的是胳膊，腿能走，眼睛能看，嘴巴能说话就行。"苏振珂不由分说地架着薛文曜离开。

被苏振珂拉到公司的项目所在的建筑工地上转了几个小时，现场监督指导建筑进程，薛文曜总算找到了点儿事，脸色和情绪渐渐缓和了。这个人虽然在处理男女关系时不太靠谱，但对于工作一向认真严谨，是个称职的生意伙伴，这点让苏振珂很放心。

忙到晚上，像从前一样，薛文曜和苏振珂约了朋友去固定的高级会所小聚。无非就是些家世不凡的世家子弟，其中两个还带了时下名气还不错的内衣模特一起来，在会所里聊聊天、喝喝酒打发时间，倒也惬意。

"文曜，看我对你好吗，上次你说那个叫安琪的模特不错，今儿我就给你带来了，好好玩呀。"席间，一个相熟的公子哥凑近了薛文曜暧昧地笑着开口。

薛文曜并不太走心地笑了笑，算是应付，举了杯子与那个人碰了一下，目光扫过那个叫安琪的模特，果然既清纯又妩媚，很诱人。

安琪最近风头正劲，经常出现在电视上，参加了两次欧洲某知名品牌的内衣秀，可谓模特界正当红的新秀。自今晚见到薛文曜，她的眼睛就没从他身上移开过，酒过三巡后见薛文曜一直没跟她说话，她便主动端着酒杯靠上来了。

"薛少，久仰你的大名，初次见面，多多指教。"安琪落落大方地向薛文曜套着近乎。

"嗯。"薛文曜应了声当是回礼，心思并不在旁边的美女身上，甚至没有理会她的敬酒。

"薛少你这么年轻就有了自己的公司，还这么成功，真了不起。"安琪年纪虽轻，却深谙男人心理，尤其是那些青年才俊，正值志得意满的全盛期，被吹捧得耳根极软，愈加抵不住美女的恭维。

"嗯。"薛文曜的敷衍怠慢，让一向享受公子哥们众星捧月待遇的安琪很不适应。

"薛少是有什么事不开心吗……"安琪不甘受挫，继续施展她的柔情攻略。

模特安琪伸出涂着红色指甲油的白嫩玉手挽住薛文曜的胳膊。薛文曜对女人的这种意图和举动再熟悉不过，抬手轻握了她白皙柔软的手，在指端轻轻摩挲了几下后，却发现似乎有什么不对。

　　"薛少，来，我们喝一杯。"安琪以为薛文曜这是看上她了，更亲昵地靠近，想要把身子倚靠到他身上，但此时薛文曜斜了她一眼，冷厉的眼神让她顿时脸色一白，再不敢贸然亲近。

　　"我有些累了，先走了。"薛文曜松开安琪的手起身，也不用理会众人的态度，自顾离开。

　　刚走出会所包厢，安琪就从后面跟了上来，而且直接攀上身来，附着唇在他耳边说："薛少等等我。"

　　"什么？"薛文曜侧侧身，跟她拉开距离。

　　"我知道你的习惯。圈内的姐妹们说过，你的原则是维持自己介于单身与非单身之间，太熟悉的人不会碰，选择女伴也是依据自己的口味。我和你从前不熟，今晚……"安琪没有挑明，却已给足暗示。

　　"起开。"薛文曜淡淡地瞟了安琪一眼，吐出两个字。安琪的笑容顿时凝固，表情僵硬地慢慢把手收了回去，这一眼居然让她莫名惊慌，手心生出汗意。

　　"我的原则的确是想维持在介于单身与非单身之间，挑女伴也有自己的口味，不过对你，我完全没有兴趣，以后别再让我看到你。"薛文曜冷冷地丢下一句话后离开。安琪则脸色发白地倚靠到墙上，摸了半晌才重新拉开门扶着门框进入包厢。

　　薛文曜出了会所大门，正要出门拦的士，苏振珂赶了出来，问道："你对人家说什么了？怎么她刚一进去就哭红了眼睛？里面的人都在说你不懂得怜香惜玉。"

　　"由他们说吧。"薛文曜一副无所谓的态度，不以为意。

　　"你呀你，这胳膊出了问题，性子也转了？这个虽说不算是顶级，依你以往身边女人的水准来说也不算差，还是你说看着不错，人家林少特意给你牵线找来的，你就这样拂人家面子。以前就算你不喜欢也不会把事情弄得这么僵，你今儿个是怎么回事？"苏振珂实在有些捉摸不透这位搭档的想法。

　　薛文曜甩甩头，想把所有愁绪抛诸脑后："不知道，就是心神不宁。去开车，送我回去。"

3

　　半个小时后，苏振珂驾着他的车抵达薛文曜的别墅。苏振珂眼尖，一眼就看到大门外的树下好像坐了个人，就用胳膊撞了撞正要下车的薛文曜，示意他顺着自己的目光看过去。

薛文曜停下推车门的动作，顺着苏振珂所指的方向看过去，果然看到一个穿着件勾线毛织衫的人坐在树下，抱着膝盖把头抵在上面，貌似睡着了。

"是她。"薛文曜颇感意外。

"谁？"旁边的苏振珂不解。

薛文曜没有回答，而是迅速地思考了几秒钟，然后转身朝车后座伸出手。

苏振珂好奇于他的举动："你要拿什么？"

薛文曜解释着："固定带。帮我把胳膊再给吊起来，像还没痊愈一样。"

"你想干吗？"

"以后再解释。帮我开车门，像照顾重病号那样。"

苏振珂一头雾水，但还是照着薛文曜说的做了，看着他下车，朝树下的人走过去，然后站在离树下半米的地方止步。

"这么巧，向小姐在这里，是来找我的吗？"薛文曜咳了咳后开口。

向晚晚白天太累，以至于在树下睡了很长时间，直到被吵醒抬起头，才发现悬着胳膊的薛文曜已经站在面前。

向晚晚揉揉惺忪的睡眼努力恢复清醒，问道："你到哪里去了？不是胳膊不方便吗？怎么不待在家里？"

薛文曜恢复一贯的傲慢："我是自由人，去哪都行，有问题吗？"

听听这口气，可真是欠扁，但向晚晚清楚他生气只因还记恨着自己，所以捺着性子站起身，说："没问题。本来担心你胳膊不方便没有晚餐吃，既然现在回来了，又有人送，那应该是我多虑了。我先走了，晚安。"

话毕，向晚晚提起地上的包绕过薛文曜往外走，看到停在别墅前的车上下来一名年轻的陌生男子，估摸着是薛文曜的朋友，冲对方客气地点点头微笑示意算是打过招呼，随后径直离开。

"这是谁？挺漂亮的，干吗对她摆臭脸，把人家都气走了？"苏振珂边打量向晚晚远去的背影，边走上前拍了一下薛文曜的胳膊询问。

"一个小保安。"薛文曜不走心地应了一句，转身去按大门的密码。

"那些模特演员女学生都不能满足你的胃口了，竟然连女保安都不放过，真是个坏家伙。"苏振珂在后面念叨，发现树下还放着些东西，走近一看，居然放着两袋菜。

苏振珂啧啧称奇："瞧瞧，人家来还特意买了菜，对你够上心的。"

薛文曜按着密码的手停了下来，也转过头来看，果然看到苏振珂提着两只装了鱼和蔬菜的袋子。只不过因为搁置时间太久，袋子里的水漏了大半，鱼也奄奄一息。

薛文曜看着那些菜迟疑了两秒，侧头看了看别墅外面下山的路，向晚晚已经走远看不见了。他接过苏振珂手上的菜，说："交给你一项重要任务，你现在开车下山，顺便把她送回去。"

苏振珂一脸坏笑，调侃道："哟，你什么时候学会关心人了？"

薛文曜故意板起脸："你废话真多。赶紧的，否则就走远了。"

"真是个恶棍，求人还这么臭脾气。"苏振珂又骂了一句，转身去拉车门。

"对了，她可能没吃晚餐，你路过餐厅的时候记得停下……"薛文曜还有些不放心，冲苏振珂一通叮嘱。苏振珂对他沦为鸡婆的样子十分嫌弃，赶紧发动车子，后退着掉转车头扬长而去。

从别墅离开，一路上向晚晚都有些生气，也有点儿郁闷，搞不清自己是怎么回事，明明想过要说声抱歉的，可对着薛文曜就是开不了口。肚子很饿，心情不好，拿着手机看着薛文曜的号码，仍然犹豫着要不要拨过去，干脆打电话说声抱歉算了。

有汽车鸣笛声从身后传来，向晚晚以为是车主提醒自己要让道，赶紧走到路边避让，结果那辆车却慢慢驶到她跟前停了下来。车窗摇下，一个年轻人从车窗里冲自己微笑，正是刚才在薛文曜别墅外见过的那位陌生男子。

"小姐，时候不早了，这里打不到车，我送你一程吧。"苏振珂显得颇为友好。

"不用了……"向晚晚有些迟疑，不想麻烦对方。

"是文曜交代的任务，就赏个脸吧。"苏振珂笑着下车，拉开了后座的车门。

"他？"向晚晚深感意外。她以为薛文曜还在生自己的气，没想到他会让朋友来送自己。

"我叫苏振珂，是文曜的合伙人，也是认识了二十年的好朋友。放心吧，不是坏人。"苏振珂一向举止得体，长相虽不及薛文曜那样惹人注目，但也绝不难看，俊秀的五官配上好看的笑容，是个极具亲和力的年轻人，不经意的一句玩笑就让向晚晚解除戒备跟着放松下来。

坐上车，向晚晚对苏振珂也略微介绍了一下自己。在被问及如何与薛文曜相遇时，她尴尬地咳了咳，只用一句"因为一个小意外"含糊带过。而对于薛文曜的胳膊脱臼之事，她倒是坦然承认。

"难怪我怎么问他，他都不肯告诉我胳膊是怎么受的伤，原来是被个姑娘家一招制伏。这么没面子的事情，难怪他死都不肯说。"苏振珂边开着车边笑。

"纯属意外。"向晚晚不好意思地笑了笑。

离开陵溪山到了市区，苏振珂在一家自己常与薛文曜用餐的餐厅外停了下来。在向晚晚表示想快点儿回家，并不想去餐厅用餐后，苏振珂让她稍等片刻，去店内打包了一份外卖带走，却不想就在向晚晚站在车边等着苏振珂回来的时候，正好遇到了从餐厅出来的熟人。

是酒店里的清洁阿姨许姐。许姐四十出头还没嫁出去，终日游走于相亲一线，看那身打扮和身边的一位中年男人，应该是一起来相亲约会的。见到向晚晚，许姐顿时一脸惊讶："哟，小晚，这么巧，和谁一起来的？"

"和朋友路过而已，打包一份东西就走。"向晚晚涩涩地干笑着解释。

发现向晚晚身后的车不一样了，是辆黑色的奔驰，许姐的眼睛又放了光，摸着车身，问道："又换车了，小晚你是交了个多有钱的男朋友？天天坐豪车上街，不会是个什么暴发户老头吧？哎呀，我说小晚，你还这么年轻，可别为了钱就出卖自己的青春……"

许姐对于寻找另一半这种事情的见解，真是说上三天三夜都不会停，小晚一看她又要拉开架势来教育自己，就皱起了眉：自己要怎么解释？

"许姐，你误会了，其实我没男朋友……"向晚晚颇为头痛地辩解。

"什么？不是男朋友？哎呀，那岂不真是那种女人了？给有钱人当情人？天啊，小晚呀，你好好的一个姑娘家，怎么能这样……"许姐觉得自己抓住了一个负面案例的典型，而她旁边那个已经脑顶半秃的中年胖男人也点头应和，露出了瞧不起向晚晚的鄙视眼光。

面对如此棘手的状况，向晚晚着实不知如何应对。解释也不是，不解释也不合适，这时，忽然有人走上前，一伸手拉住了她垂在身侧的手腕，顺势一带，将她揽入怀中。

"不是让你在车上等我吗？夜风这么凉，万一着凉怎么办？"一个温柔的男声在耳畔响起，很耳熟，那种态度却是从未有过的陌生。向晚晚抬起头来一看，果然是那个人——薛文曜。

薛文曜还是在别墅外见到时的那身商务人士装扮，儒雅帅气，气质卓绝，天生的衣架子加上身高优势，将向晚晚拥在身侧，正好高出她大半个头，在旁边的人看来，真是帅哥配美女，格外养眼，犹如偶像电视剧里的场景。

向晚晚惊讶于突然出现的薛文曜，微张着嘴，有点儿傻眼了。对于向晚晚这

第三章 纨绔子弟

样的反应，薛文曜像早有预料，转而微笑着看向同样也看呆了的许姐和她的男伴，伸出手去，一派温文有礼的模样，没半点儿平时的放肆和刁钻。

"你好，我是薛文曜。"

许姐的眼睛盯着薛文曜，上下打量着面前的人，眼神里先是惊艳，然后充盈着羡慕嫉妒恨的各种情绪，看薛文曜伸出手来，愣了一下，半晌才伸出手去小心地握了握，颇为意外地笑着说："原来你就是小晚的男友，这么年轻帅气，真是一表人才……"

向晚晚想说话，可刚一张嘴，薛文曜就握着她的手腕又拉着她向自己靠了靠，然后不动声色地揽住她的肩膀，状甚亲密地笑着对许姐和她的男伴说："您是晚晚在酒店的同事吧，我家晚晚就劳烦你们这些前辈多多照顾了。"

许姐忙满脸堆笑地回应："客气了客气了，小晚这么漂亮聪明，大家都很喜欢她。"

"今天我们还有些事情，就先走了，祝两位今晚也玩得开心。"薛文曜适时结束话题，温和有礼地冲两个人笑笑，微微点头算是作别，然后揽着向晚晚转身。看向晚晚瞪着他要说话，他打了个眼色，伸手故作亲昵地替向晚晚抿了抿耳边散乱的发丝，在她呈石化状时替她开了车门把她推了进去。

第四章　暗箱交易

薛先生不如结婚吧。只要你结婚了，玟娜再倔也会死心的，她才会放手听我的安排。

1

两个人在许姐及其男伴施以的强烈注目礼中上了车，向晚晚从后视镜里确定他们走远后，立刻脸色一变，朝薛文曜狠狠一瞪眼，嚷嚷道："你干什么？这下别人都误会了。"

"你态度好点儿行不行？我可是在帮你。刚才要不是我及时出现，你就被当成傍大款的虚荣女人了。这种误会要是传出去，看你以后怎么在你们酒店做人。"薛文曜俨如救世主一般，得意扬扬地显摆自己的功绩。

"我自己会解释。"向晚晚可不甘心领他的情。

"怎么解释？你以为人家会信吗？你还真是不了解八卦的威力，无风能起三尺浪。"薛文曜不以为然地白了向晚晚一眼。

"现在怎么办，不一样也被误会了？"向晚晚懊恼得直跺脚。

"这可不一样。"薛文曜略有些得意地抬起了下巴。

"有什么不一样？"向晚晚不解地侧头望着薛文曜。

"看看我，英俊吧，年轻吧，还很多金。我这种钻石王老五，追着我跑的女人数不胜数。有我这样的人当你的绯闻男友，别人只有羡慕你的份儿。"薛文曜一脸正经地分析解释。

"薛文曜，你……你真是够了。"向晚晚被说得哑口无言，只能狠狠甩出一句话。看到他两只垂在身前的胳膊，瞪大了眼睛，像发现了一样重要信息，指着他说，"哦……你的胳膊原来已经好了！"

一说到胳膊，薛文曜就知道自己露馅了，再也装不下去了，可又不想直接承认，含糊地说了句："也许吧，不知道。"

"别装了，刚才看你像是一点儿都没事。"向晚晚双手环胸，全然不理，但仔细打量了几眼薛文曜的胳膊后，发现他扶着方向盘的一只手在微微发抖，又有些担心了。

"是不是真的没恢复，真的很疼？"向晚晚试探着问。

虽然一只胳膊好了，但另一只尚未完全恢复，此时疼得厉害，可薛文曜又不想被向晚晚看出怕疼的弱点，硬挺着说："没事。"

向晚晚检视他的胳膊，"没有痊愈的情况下取下固定带，很有可能会留下病根的，固定带放哪了？"

薛文曜并没有立刻回答，只是抬着下巴不说话。向晚晚就加重了语气，带有威胁色彩地发问："在哪？"

第四章 暗箱交易

薛文曜颇不情愿地回道:"你下车,那边花坛边停着辆出租车,就在那辆车上。"

到这儿,向晚晚才算是明白了。原来她从别墅离开后坐着苏振珂的车抵达餐厅,这薛文曜就从后面跟着也下了山,然后叫了辆出租车一路尾随。

莫名地,向晚晚忽然有点儿小感动。虽然道不清对这种死鸭子嘴硬,总把事情复杂化、为人处事缺根筋的人有什么好感动的,但她心里原本对于薛文曜的那些不满和怒气减退了不少,说了声稍等后就推开车门下车去找出租车。

两分钟后,向晚晚从出租车那边拿着固定带回来,没好气地丢给薛文曜抱怨:"你这个人,没钱打什么车!"

"我要是胳膊方便,我自己有车,当然不用花钱打车。"

"那干吗要打车跟着我?"

"我没有。我只是突然觉得饿了,想出来吃点儿东西。你看,我不就让司机停在餐厅外吗?"

向晚晚知道薛文曜是在嘴硬找借口,白了他一眼,伸手托起他的手臂,小心地替他将固定带重新挂好。在低头替他整理肩带的时候,犹豫了片刻,到底还是开了口,说:"抱歉,今天中午冲你发脾气。"

"嗯。"薛文曜淡淡地应了一下。

"不过,以后不要过问我的事。"

薛文曜挑起眼皮看了向晚晚一眼,没说话,咳了两声,装模作样地抬起下巴,然后接着说:"我大人有大量,不和你计较……明天我想喝排骨汤。"

向晚晚正要说他是个麻烦精,得寸进尺,要与之划清界限的时候,车窗被人敲了敲,回过头发现是苏振珂提着打包好的食物回来了。

看到坐在车上的薛文曜,苏振珂立刻眉头一皱。薛文曜冲车窗外的他露出淡定的笑容问好。

半个小时后,向晚晚被送到楼下,下车后她客气地冲苏振珂道谢,对于旁边的薛文曜也意思着点了点头后转身上楼。

"你说你,既然让我送,干吗自己又打个车跟在后面,你在演电视剧吗?"苏振珂见向晚晚走远,忍不住责怪薛文曜。

"我是有点儿后悔。"薛文曜望着向晚晚的背影不紧不慢地说。

"后悔什么?"苏振珂满头雾水。

"后悔让你送呀!虽说你不如我帅,可万一她看上你……"薛文曜毫不介意在搭档面前袒露心迹。

"哦，原来你为了这个，居然打车跟踪。"苏振珂着实有些哭笑不得，想不到对女人无往不利的薛文曜还肯费这种心思。

"你觉得她怎么样？"薛文曜很认真地问道。

"挺好的姑娘，和你身边那些花花草草不一样。"苏振珂对向晚晚的印象不错。虽然接触不多，但明显感觉得出她跟他们惯常接触的那些小明星和模特圈的女人很不一样。

"果然，以后要防着你。"薛文曜恶狠狠地瞪着苏振珂。

"薛文曜，你真是够了。"苏振珂白了薛文曜一眼，停顿一下后又说，"其实是不忍心吧，后悔在门外摆脸色把人气走了，想追上去道歉，又张不了嘴。就你这死鸭子嘴硬的性子，我都忍二十年了，还能不知道？"

"嗨，你说我怎么就对个小保安变得这么神经质了，从前可都是女人死命追在我后面。"

对于薛文曜感叹一般的疑问，苏振珂心中已然有了答案。但他只是意味深长地笑了笑，没有回答，转身拉开车门上车。

"薛文曜，你听着，你欠我一个大人情。你知不知道，现在已经晚上十一点了，可我还要再把你送回家，然后才能回自己家。"苏振珂边掉转车头离开边不甘心地抱怨。

"好啦好啦，知道了，真啰唆。大不了你去我家睡地板呀，你就不用送我了。"薛文曜嬉皮笑脸地打趣他。

"滚！"苏振珂怒吼一声，不再搭理薛文曜，发动引擎，扬长而去。

向晚晚今天的心情犹如坐过山车，还真是经历了一番波折起伏，好在最后结果不坏。上楼的时候，她握着手机，看到薛文曜发来一个表情和一行简单的字："晚安，不要太想我。"

"臭屁。"向晚晚笑骂着收起手机。

表姐的房子在大楼的第五层，虽然有电梯，但向晚晚习惯了爬楼梯，正在楼道走着的时候手机来了短信，向晚晚掏出来看，是表姐洛阳发来的，只有简单的一行字，显然是在很紧急的情况下编写完成的。

先不要回来，宋医生在这里。

向晚晚站在五楼的楼梯出口处停下脚步，看着手机荧光屏里闪烁的信息，再抬头看向走廊尽头家门的位置，有些讶异：宋贤怎么会在这里？

第四章 暗箱交易

洛阳虽然是自己的表姐，但是她们的关系一直未曾对外公开过，宋贤怎么会知道？又是通过什么方式找上门来的？一连串的疑问充斥在向晚晚的脑海。站在楼道的一头，她不禁茫然无措。

楼道的另一头，屋内，洛阳正在收拾桌上的医药箱。旁边的沙发上坐着两个人，一个是宋贤，身着白色衬衣，未打领带；另一个是位年轻的女士，长相精致漂亮，皮肤白皙无瑕，一头巧克力色短发，正是黄玟娜。

黄玟娜身上披着件黑色西装外套，一看就是宋贤的。外套之下穿了一套黑色的裙装，领口开得很低，以至于胸线若隐若现，她的脚踝处包裹着白色的纱布，一双黑色高跟鞋就丢在旁边，看起来价格不菲的鞋上却有两道难看的划痕。

"洛律师，真是谢谢你了。"宋贤开口，温和地微笑着道谢。

"客气什么，还要多谢宋医生愿意出庭呢。"洛阳尽量自然地笑着，同时上下打量黄玟娜，在心里猜测着某些事情。

"既然已经止血了，就走吧。"黄玟娜开口，语气有些傲慢，同时伸出手示意让人扶她。

宋贤瞥了旁边的人一眼，站起身，虽然不太情愿，但还是捺着性子扶起她。

"轻点儿，我脚使不上力。你是医生，有你这么粗鲁地对待病人的吗？"黄玟娜抱怨。

宋贤不好意思地冲洛阳点点头算是作别，说了"再见"后扶着黄玟娜出门，但黄玟娜走得太慢，脚上根本不能用力，一瘸一拐总朝下倒。他觉得太麻烦，索性走出几步到门口弯下腰身，将黄玟娜揽腰抱起。

站在后面的洛阳惊讶地看着这一幕，被抱起的黄玟娜也诧异地微张了嘴，但没有再说什么。另一头暗处的楼道里，站在墙角后的向晚晚握着手机，看着宋贤抱着黄玟娜步入电梯，然后消失。

"都看到啦？"洛阳走到门口，双手环胸地靠在门框上出声。

向晚晚从黑暗的墙角后走出来，点点头，尽量在脸上挤出笑容，说："嗯，都看到了。你看，他现在过得其实也挺好，那个小姐很漂亮。"

"我就没见过比你更傻的人。"洛阳有些无奈地丢下一句话，转身进屋。

2

一个小时前，姚市的威尼斯餐厅里，黄玟娜正在与她父亲安排的一位世家子弟用餐，一切都很顺利。黄玟娜为了让对方死心，最大限度地展现出了自己的臭脾气，故意穿上了暴露俗艳的衣服，化着浓浓的妆，像个没品位又被惯坏的大小姐。

对方并不笨，他猜得出黄玟娜的意图是什么，原本他来此也只是应家长的要求，他并不介意黄玟娜这样的表现，只是不动声色地用餐，保持自己的风度。

"你看不出来我很讨厌这样的见面吗？我不喜欢你。"终于，黄玟娜开口说。

"嗯，我知道。"对方一派淡然。

"既然我们都没兴趣那就好办，我先走了。"黄玟娜起身离开餐厅。

原本一切进行得很顺利，但是没想到，在餐厅外黄玟娜没能见到自己的专属司机，站在路边时竟然遇到了醉酒经过的人对她出言调戏，甚至试图拉她进旁边的夜店。

当晚宋贤应邀与洛阳及其公司的律师人员在律所附近的咖啡厅小聚，就宋贤出庭给他们当医理讲解员表示感谢，并聊聊对于案件后续的意见。洛阳早就在向晚晚那里见过宋贤的照片，会面之前只是从同事那里获悉对方的医生身份，没有想到来人会是宋贤，当下暗中观察着宋贤，对其展露出的过硬的专业素质颇为赞赏。

原本正专心谈论案件的相关案情，忽然旁边发生了小小的骚动，隔桌在喝咖啡的几个男士都在私语议论，洛阳的眼神也不由自主地飘到了一边。

宋贤出于下意识的好奇侧过身子望过去，就见到一位纤瘦女子提着只小坤包从餐厅走出来，站到了路边。后背空裸的礼服把她的身材衬托得玲珑有致，也将诱惑表露无遗，再仔细一看，这位年轻女子有些眼熟，竟然是前些天在医院遇到的过敏的那位小姐。

接下来，显然她被当成了从事非正常职业的女性，被一些醉酒路过的人拉扯纠缠，旁边虽然有围观者，但没人肯上前帮她，或许是众人误以为她是特殊职业人士，不值得出手帮忙。她在挣扎中由于高跟鞋不稳崴到脚随即摔倒在地，似乎受了伤，可那些骚扰她的人并没有因此放过她，反而笑得愈加放肆。

在被人强行拉走前，宋贤上前，揽住了黄玟娜的肩膀，将那些人的手从她的肩膀上拉开，告诉他们如果再不离开就要报警，那些人才不甘心地退散离开。

黄玟娜的脚踝受了伤，摔倒时又划了道口子，样子十分狼狈。宋贤从旁搀扶，洛阳主动出来帮忙，看到黄玟娜伤口出血急需处理，正好她家在附近，便提议带黄玟娜去家中处理伤口。宋贤礼貌致谢后，扶着黄玟娜去了洛阳家中。

从洛阳家出来，黄玟娜在宋贤的怀里像被施了魔法一样，身体僵直，脑子里乱成一团，耳朵听着对方心跳的声音，感受着一个人的体温，这种感觉……很混乱。除了文曜哥哥，还从未有哪个男人让她产生这种说不清道不明的感觉。直到宋贤将她放下，她摇晃着跌坐到路边的花坛上，才从混乱中理出一点儿理智。

"你慢点儿，好疼的，本小姐的身子很娇贵的。"黄玟娜娇嗔着抱怨。

"如果怕疼，就应该行为检点一些。自认为是大小姐，就更不应该做那种有失身份的打扮。"宋贤语气平淡地回答。

"你管我，你以为你是谁！"黄玟娜被他的话激得火冒三丈。

"我谁也不是。我与你甚至都不熟，所以就到这里吧，再见。"宋贤对这个大小姐没什么好感，转身挥手拦了一辆出租车，拉开车门把黄玟娜从花坛上拉起来送到车门口，不给她反应的机会，径自离开。

"喂，那个谁，你叫什么名字？"黄玟娜扶着出租车的后门冲沿路离开的宋贤喊道。可宋贤丝毫没有回头的意思，高瘦背影很快融进来往不息的人海中。

"这人真够冷的，不过背影挺帅，仅次于我的文曜哥。"黄玟娜忍不住感叹道。

"我说小姐，你到底要去哪儿？上不上车？"出租车司机等得不耐烦了，没好气地催促。

"催什么催，知道我是谁吗？哼！"黄玟娜不爽于被人打断，一甩头发坐进出租车，说，"去陵溪山，山顶最大的那栋别墅——哦不，第二大的那栋，我要先去看看文曜哥哥。"

半个小时后，黄玟娜让司机把车停在薛文曜的家门外，她下车去按门铃，等了好一会儿，屋内始终没有人应。打了薛文曜的电话，询问他在哪，薛文曜表示自己还在公司忙。

黄玟娜不自觉地嘟嘴抱怨："这么晚了，真的还在公司吗？还是你故意躲我？"

薛文曜深知黄玟娜的脾性，一旦怠慢这位大小姐，后患无穷，忙解释道："苏振珂也在，他可以证明。"

苏振珂接过手机，与黄玟娜打招呼，黄玟娜才死心离开。

黄玟娜重新坐上出租车，司机带着她回了黄家的别墅。那厢在屋里坐着的薛文曜才重新开了灯，将手机丢到一边。

"这位大小姐打小起就缠着你，这么些年了，也不觉得烦，倒真是执着。"苏振珂看着外面离去的车感叹。

"她不烦，我烦。"薛文曜紧锁眉头。

"你可别冲动，咱们现在竞标的东区高新园的项目是黄氏集团的产业，要拿下这个工程实力方面我们绝对没问题。就是这人情上面，万一黄总因为自己女儿的事情一个不高兴，公司的损失可就大了。"毕竟跟薛文曜是利益共同体，作为事业搭档的苏振珂也未能脱俗地以利益得失衡量生意关系。

"我知道，否则我就不会避着她了。黄总那边像防小偷一样防我，这位大小姐又对我不肯放手，我也头痛该怎么应对这次的竞标。"薛文曜单手搭在沙发上，手指摩挲着唇际陷入思索。

第二天清早，薛文曜被门铃吵醒，以为是向晚晚来了，于是穿着睡衣下楼开门，结果看到的却是黄玟娜。

黄玟娜穿着一身浅色印花长裙，头上戴着复古风格的宽沿圆顶帽，架着一副墨镜，挎着小坤包站在门口，一看薛文曜下楼就笑着迎上来。

"文曜哥哥，我看过日期了，今天是个好日子，我拿了证件，我们去登记结婚吧。"黄玟娜说着从包包里掏出户籍本，扬手向薛文曜示意。

"玟娜，我其实早就跟你说过了，我们不适合结婚的。"薛文曜原本还有些睡意，听了这话瞬间睡意全无，转身就想要上楼躲开，黄玟娜却已经一把挽住了他的胳膊。

黄玟娜晃着薛文曜的胳膊撒娇："文曜哥哥，看看我爸给安排的那些相亲对象，都是什么人呀，长得丑死了。你就不能同情同情我吗？"

薛文曜不动声色地拉开两人间的距离，问道："你想和我结婚，是为了摆脱你爸爸给你安排的那些相亲对象？"

黄玟娜贴近薛文曜，再次圈住他的胳膊道："是，也不是。我是真的喜欢文曜哥哥呀，从小我就梦想成为你的新娘。我认为女人一定要嫁给自己爱的男人才能幸福！"

"玟娜，结婚这种事情远没有你想的那么简单。"

"你别找借口了，反正我就是要嫁给你。你要答应和我结婚，否则……否则我就从阳台上跳下去。"

黄玟娜说着威胁的话，一指窗户。薛文曜揉了揉额角，有些无奈地叹息道："那就是个台阶。"

"我就是打个比喻。反正我就是要嫁给你，否则……否则……"黄玟娜说着，忽然脸色开始发红，呼吸变得急促，人渐渐扶着沙发的边角弯下腰去。

"玟娜……玟娜……"薛文曜见状，先是迟疑了两秒，随后立马意识到黄玟娜急性病发作，迅速近身蹲下去扶住她，从她的包里找到药让她服下。

"我不吃，不吃……"黄玟娜的脸由涨红开始变得苍白，嘴唇哆嗦着，但还是倔强地推开薛文曜手里的药。

"乖，听话，把药吃下去。"薛文曜心里着急，想发火，又极力克制着，尽量温柔地安抚黄玟娜。

黄玟娜仍不死心地说道："文曜哥哥，你就和我结婚吧，我好想嫁给你。或者我们可以先订婚，这样我爸就不会再烦我去相亲了。"

"好，你说什么我都答应你，快把药吃了。"

听到薛文曜说答应，黄玟娜才张了嘴，顺从地吃下药，闭上眼睛调整呼吸。薛文曜则赶紧取了手机拨打电话，叫了医院那边派车过来接人。

把黄玟娜送到医院，看着医生把人安顿好，挂上水输液，又吃了药后睡下，薛文曜才稍稍安下心来。他在床边坐了好一阵，看着床上的人若有所思。

傍晚的时候，黄总赶回了姚市，一下飞机就匆匆赶来医院探视自己的宝贝女儿。见到薛文曜，黄总挥了挥手示意他不用多说，示意他暂时离开。

3

翌日，黄总约薛文曜到球场碰面。薛文曜和苏振珂同行，先陪着黄总打了会儿高尔夫，二人有意无意间将话题过渡到竞标项目上，不过关于工程构思方面的工作事宜没聊多少，黄总就示意两个人暂时不用多做介绍。

黄总将话锋一转，直视薛文曜，说道："聊聊私事吧，薛先生与我女儿的事情，打算怎么解决？"

薛文曜没有正面回应，反问："黄总的意思呢？"

黄总坦然道出心中的想法："我很欣赏薛先生，你能力卓绝，是个绝佳的商业伙伴。但薛先生平时花名在外，跟家里关系不睦，并不是一个合适的结婚对象。我也看得出你不爱玟娜，我不想玟娜以后受伤害，更不想类似这次的事情再发生。老实说，这次我让玟娜回国，就是想替她找到合适的归宿，希望对方将来能陪着她在美国生活，以确保她能稳定病情，身体状况彻底得到恢复。薛先生把事业重心放在国内，也是不符合这一条件。所以这次的工程，我可以向董事会推荐、支持你们公司的方案，但是，有一个附加条件，那就是让玟娜对你死心。"

"我们能理解您的慈父心，但这有点儿为难文曜了吧？黄小姐情绪一激动就有可能发病，他又不能对黄小姐发脾气，强行拒绝她。"苏振珂在旁边接话。

黄总似乎早料到了会有这样的问题，他撑着球杆将目光又放远了些，停顿两秒后说："薛先生不如结婚吧。只要你结婚了，玟娜再倔也会死心的，她才会放手听我的安排。"

薛文曜在听到这个回答时立在那没说话，似乎以为自己听错了，而旁边的苏振珂也愣住了，不过他反应得快，打了圆场。

"黄总开玩笑吧？"苏振珂勉强挤出笑容，打马虎眼。

"薛世侄，你与玟娜自小就相识了，本不至于如此的。不过我也是个生意人，生意人有时候想的事情就是值得不值得。我的女儿是我的宝贝，所以在这件事情上，我不得不强人所难，但是我觉得薛世侄能够理解。你们的方案我很欣赏，不过这件事情，我也希望你能认真考虑考虑。"话毕，黄总拍了拍薛文曜的肩膀，招呼了球童从旁边离开。苏振珂为难地看向薛文曜，薛文曜则只是微蹙着眉头未有言语。

当天晚上，黄玟娜出了院，司机开车去接，黄总亲自陪同。经过薛文曜的别墅门口时，恰逢薛文曜准备开车外出，黄玟娜忙招呼司机停了车，不顾父亲的劝阻下了车，跑去找薛文曜。

薛文曜见到黄玟娜摇下车窗，询问她怎么这个时候没在医院。

"文曜哥哥，我没事了。我可是记得你答应过我的，等过几天我们就去办结婚手续吧。"黄玟娜笑眯眯地说。

薛文曜沉默片刻后，下车对着黄玟娜正色道："玟娜，你现在身体还没完全恢复，先回去休息，按医生说的好好休养吃药，这件事情我会给你一个交代的。"

薛文曜将黄玟娜送回车上，看到坐在车内的黄总脸色无比平静，他也没有太多表示，只点了点头后关上车门，让到一旁，看着司机驱车离开。

"文曜哥哥，我等你哦。"黄玟娜隔着车窗拼命挥手，薛文曜无奈地抬手回应。

临近春末，姚市的气温却始终没有升起来，正是春眠的好时候。清晨的阳光从落地窗户的帘子中间照进来，一线光落到脸上，薛文曜在床上翻了个身避开那束阳光继续睡，直到依稀听到楼下似乎有声响。他穿着拖鞋从卧室走出来，靠在二楼围栏上朝下看，见到厨房里有个扎着马尾的背影正在煮粥。

瘦肉粥、荷包蛋，外加一份熘青菜，看起来搭配合理，营养丰富，对方俏丽的背影更是赏心悦目。薛文曜不动声色地欣赏着，直到向晚晚要转过身来，

第四章 暗箱交易

他才赶紧闪避开回到屋内。床头的手机响动，是苏振珂打来的，询问他今天要不要上班。

"是不是现在才意识到，公司没有我其实是不行的？"薛文曜懒懒地问着，顺手拉开落地窗帘。

"刚收到消息，东区高新园的招标会提前了一个月，也就是月底前我们要将所有方案完成，并且做好招标前期工作。黄总这么做的意图，你应该猜得到吧？"

薛文曜略作思索道："我们的方案只余下些细节问题，如果赶工制作，月底前完成是没问题的。他这么做，无非是想逼着我早点儿做决定。"

电话另一头的苏振珂正色提醒道："你知道就好。跟黄小姐那件事考虑得怎么样了？方案我们有百分之两百的信心，可这件事不解决，我们得不到黄总那边的推荐和支持，只能输。"

薛文曜皱了皱眉头，说："我明白。你有什么建议？"

"有上下两策，上策就是薛老爷子……"

没等苏振珂说完，薛文曜语带不满地打断他："不用说了，下策。"

"结婚。"

"什么？"薛文曜抬高声音表示质疑，甚至以为自己听错了。

"黄总的意思很明确了，要么接受他的附加条件，否则的话我们公司就得放弃这个项目。忙了大半年，全都白费了，你甘心吗？只要拿下这个高新园的设计工程，公司就能更上一层楼，在这个城市留下地标建筑，这也是你一直以来的目标。"苏振珂循循善诱，意图说服一向以事业为重的搭档。

薛文曜没好气道："你这都是什么馊主意，我现在上哪找人结婚？"

苏振珂那边安静了一阵儿，没有立刻回答，像在与旁边的人商议，然后有人接过电话，听声音可以判断出是他的助理丽纱。

"薛总，要不招聘吧？招聘一个条件合适的女伴与您结婚，等招标项目到手后就解除合约。"

"有没有更烂的主意？"薛文曜冷着脸，沉声讽刺。

丽纱认真地建议道："更烂的……找男人吗？"

薛文曜瞬间感觉头上有乌鸦飞过，而苏振珂被呆萌认真的丽纱逗得喷笑出来，接过电话说："主意我们出了，你自己看着办。"

挂断苏振珂的电话，薛文曜泄愤一般把手机狠狠丢到床上，真怀疑苏振珂是在故意整他。但黄总向来言出必行，如果不按他的方法办，这个项目铁定没戏。

正发愁的时候，楼下传来向晚晚的声音：

"薛文曜，醒了吗？早餐准备好了。"

薛文曜把已经恢复正常的胳膊动了动，另外一只胳膊似乎也恢复得差不多了，不过他并不打算现在就让向晚晚知道。于是他照旧把固定带套上胳膊，做出一副刚从床上起来的样子，倚靠在二楼围栏上，俯下身笑看着向晚晚道："晚晚女佣，昨晚睡得好吗？有没有想我？"

向晚晚白了薛文曜一眼，假笑着说："有呀，在想我是有多倒霉，到底要怎么样，才能逃出你的魔爪。"

"话不要说得这么难听，我会伤心的。"薛文曜慢悠悠地拖长了语气。下一刻，惯常地发号施令道，"上来！"

"干吗？"

"帮我刷牙。这几天都用漱口水，实在受不了，我要刷牙，否则我要被自己恶心到了。"

向晚晚腹诽：洁癖，真是大少爷做派。可又不敢真的怠慢他，毕竟有把柄在人家手里。她无奈地一抿嘴，不情不愿地上楼跟着薛文曜进了盥洗室，挤好牙膏替他刷牙。

"轻点儿，你手劲儿太大。"站在镜子前，薛文曜满口白沫地抱怨，那些泡沫险些喷到向晚晚的脸上。

"我是学武的，手劲就这么大。"向晚晚粗枝大叶惯了，哪里知道要如何拿捏力度？

"我不是沙包。"薛文曜嘟囔着抗议。

"好啦好啦，知道了，轻点儿了。"向晚晚不得不放缓手上的动作。

一个人负责张嘴，一个人负责刷牙，两个人挨得那么近，向晚晚的发丝拂过薛文曜的脸颊，柔柔的、痒痒的。薛文曜只觉得有一股电流直直地击中了心脏，鼻息间传来淡淡的香气，似有若无，清新怡人，使得薛文曜的眼睛不由自主地朝身边的人脸上瞟。

"看什么看，很漂亮吗？"向晚晚发现了薛文曜在偷看她，立刻眼睛一瞪，不由得加大了手上的力道。

"嗯，漂亮。啊，疼……疼……轻点儿。"这小妞真是不解风情，薛文曜暗忖。

刷完牙后薛文曜慢悠悠地下楼，在餐桌前坐下，又保持着一贯的少爷姿态用完了早餐。餐后，在薛文曜的坚持和故作大方之下，向晚晚开着他的车，两个人一起出门。原本说好在山下可以打车的地方作别，让薛文曜一个人打车去上班，结果到了山下，薛文曜又反悔了：

"你开的是我的车，凭什么让我打车？出租车脏乱差，我坐不了。"

"那我下去打车。"向晚晚作势要开门下车。

"我胳膊负伤，开不了车，你留下我怎么办，危险驾驶吗？"薛文曜耍着少爷脾气，厉声阻止。

"那——你——想——怎——么——样？"向晚晚捺着性子咬着牙问。

"你送我去上班，然后我就大方一点儿，把劳拉借给你开着去上班吧。"薛文曜抬起下巴，挑了下眼皮，像施舍一样。

第五章　结婚协议

看向晚晚如赴死一般在合约上签字,牙齿咬得咯咯作响,但也没有别的办法,薛文曜暗自有点儿小得意,忍不住弯起了唇角。

1

半个小时后，薛文曜在曜振建筑公司楼下下车。向晚晚看了看时间，又火急火燎地拉上车门，开着车朝威尔酒店赶去，暗暗祈祷千万不要迟到。

"都说女人越看越不耐看，越看越没意思，她怎么就越看越好看呢？"薛文曜站在公司门口看着爱车远去，忍不住微眯了眼感叹。

"薛总早！"来上班的员工，恭敬地冲他打招呼。

"早！"薛文曜带着一脸春风般温暖的笑意回应，目光却还随着远去的车子移动。

肩膀突然被人拍了一下，然后耳畔响起苏振珂嫌弃的声音："大清早的站在公司大门口发花痴，你真是够了。别在这里丢人了，赶紧进去，商量一下你结婚的事。"

"真是美好的一天。"薛文曜也不生气，伸手把吊在脖子上的固定带取下来顺手丢给旁边的苏振珂，随后一派悠闲自得地双手插兜迈进公司大楼。

"这是我们挑的各方面比较合适的人选，你看看。"刚到办公室坐下，苏振珂就带着丽纱进来了，将一沓文件夹摆到了桌上。

薛文曜看了一眼那沓薄薄的文件夹，转动了一下椅子，微微有点儿嫌弃，不满道："就这么点儿？"

"事出紧急，又不能大面积地去发信息招聘，只能请可靠的猎头秘密挑选合适人选，有这些人选已经不错了。"苏振珂解释。

薛文曜不置可否，算是默许了。丽纱赶紧上前将文件夹打开，介绍候选人的资料。

"冯小姐，22岁，某艺术学院美术系……"

丽纱才开口，薛文曜就挥下手指表示不用再继续，说："不要学生，太麻烦。"

丽纱点头，翻过一页，继续道："李小姐，27岁，某银行管理人员……"

薛文曜摇头，出声制止："不要银行的，太死板。"

丽纱又翻一页，念道："吴小姐，26岁，某珠宝集团珠宝设计师……"

似乎觉得还算满意，薛文曜拿过照片看了一眼，又迅速地丢了下去，摇摇头表示下一个。

"Lucy 小姐……"

"名字不行。在中国用什么英文名，不要……"

苏振珂一直双手插兜立在旁边看着，见薛文曜一副比皇帝选妃还要挑剔的姿态，眼看备用人选全都被他灭掉了，苏振珂终于忍不住出了声，说："我知道你不乐意这样给你挑女伴结婚，可现在是非常时期，你就权当为了公司委屈一下。"

"我知道。如果不是为了公司，你以为我会接受这样的馊主意？"薛文曜白了苏振珂一眼，冲丽纱一挥手指，示意她继续。

"苏小姐，24 岁，茶艺师……"

丽纱念着资料，这次薛文曜没打断，拿起照片看了看，然后敲了敲桌面上的照片说："好吧，就她吧。"

丽纱终于松了一口气，收起桌上的照片资料，说："那我就联系她晚上和您见面？"

薛文曜点点头，说："你去安排吧。三点之前拟好一份协议结婚的合同，事先必须和对方说清楚，至于对方的报酬和保密协议全部准备好，我不希望晚餐的时候对方有任何误解，给我添麻烦。"

薛文曜在对待公事时，永远清楚明了，干练利落，一点儿不含糊。丽纱深知这一点，麻利地应下后赶紧出去办理。

"你怎么还不走？"丽纱离开了，苏振珂还留在办公室，薛文曜一边打开待处理的文件一边瞥了他一眼。

苏振珂轻咳一声，说道："其实你如果有更好的人选，你也可以提出来。我们挑的人只是我们自己觉得合适的。"

"你想说什么？"薛文曜眯着眼，等待搭档说下文。

"你身边有那么多女人，新的旧的，就真的没有一个你曾经想过，如果能一起生活，一起过下去还不错的人？"作为搭档和好友，苏振珂由衷地希望薛文曜能安定下来。

"没有。我觉得刚才挑得就挺好。那个儿童乐园的方案，让下面的人赶紧再送一份过来。"薛文曜不以为意，投入到工作当中。

苏振珂耸耸肩，觉得兴许是自己瞎操心了，离开了办公室。

办公室的门刚被关上，薛文曜签字的笔就停下来。他抬起头盯着对面的墙面有些出神，想到刚才苏振珂的问题，如果真的必须要和谁结婚，和一个女人一起生活，每天见面，那会是怎样的情形？

他不否认他有过许多女伴。他的别墅内来过各种女人，但似乎并没有多少个是他真正记得清容貌姓名的。论及一起生活的对象，他现在想到的，竟然是那天自己下楼时，看到桌上摆着的早餐。一餐饭，一杯水，一句话，让他觉得能够一起生活还不错的，竟然只是这些平常到甚至有些乏味的东西。

薛文曜取出手机，按到一个号码，备注写着"母老虎"。他微眯起眼，忽然有点儿想听到那个不怎么温柔的声音。他修长的手指在桌面上轻轻敲击了两下，唇角不自觉地微微上扬，露出了笑意，按了键将电话拨打过去。

送完薛文曜到公司，向晚晚加大油门赶去威尔酒店报到，心里一遍遍念叨着千万不要迟到，千万不要堵车。偏偏天不遂人愿，越是担心的事越会发生。

车子就在高架桥上堵了。这一堵就是半个小时。好不容易下了高架桥赶到酒店，一看墙上的钟表，向晚晚恨不得一头撞死在墙上。

保安部的经理常常神龙见首不见尾，没事不出现，但凡有事儿立马一抓一个准儿，正担心着被抓包，果然经理的声音就从背后传来了。他笑眯眯地走过来，先与向晚晚打了招呼，然后就开始了例行的教导。大意是年轻小同志，偶尔睡过头能理解，不过没有规矩不成方圆，既然迟到了，就得按规矩办事了，随后在她的试用期考核表上记下了一笔出勤迟到。

向晚晚心里委屈，但嘴上也不敢抱怨，还得像古代领了罚的小臣子向皇帝谢恩一样，说了些认错的好听话，经理才满意地负着手离开。

送走副队，向晚晚长长地叹息了一声。自己对待这份工作向来努力，谨慎小心，抱着不给已故的父亲抹黑的态度，争取不留任何污点。结果千算万算，没想到被这个薛文曜给搅和了。

向晚晚心里叨念咒骂着薛文曜，回到办公的位置上，打开电脑，登录邮箱，看到了学院发出的邮件，正征寻条件合适的毕业生代表校方到国外进行擒拿格斗类武术交流培训。有学长发来信息提醒她，这个很合适她，如果一切顺利，将来能够返校当教师。

正看着信息页面时，手机提示有一通来电打进来，竟然是薛文曜。

"不是说了我的电话没有急事不能打吗？"向晚晚正为送他而导致迟到的事生闷气，语气有些不善。

"我现在就是有急事。"

"什么事？是要吃午餐呢，还是要喝水，还是要刷牙？"向晚晚没好气地反问。

"事情很简单，就是你今天不用来接我了，也不用去我家，放你一天假。"

一切似乎来得太突然太意外了，以至于向晚晚忽然之间都有点儿没反应过来，愣住了。

"喂，有没有在听？"薛文曜在电话另一端抬高声音问道。

这个人真是的。黏着自己的是他，好像一刻也离不了，但有时候又棱角分明到有些无情，什么理由都不说。向晚晚握着手机，不知道怎么的忽然有点儿小情绪。

"好了，知道啦，好像我多稀罕去你那一样。"向晚晚说完，不待对方回复，率先挂掉了电话。

有了早上迟到的不良记录，向晚晚出勤的时候更不敢有半点儿懈怠。一直忙到了晚上下班，到了酒店楼下，挥手与旁边经过的前辈们作别，向晚晚拿着车钥匙走到车前，看着劳拉，又想起薛文曜打来的那通电话。

为什么不用去他家？他在干吗？在外面和其他人一起？生意伙伴吗？还是那些女伴？向晚晚在心里胡乱猜测着，之后又狠狠地甩了几下头，敲打自己的额头。

"疯了，一定是疯了，管他那么多干吗？"向晚晚甩甩头发，意图甩掉脑海中薛文曜的影像。

"小晚，要下班吗？"一个声音从背后传来，向晚晚不用回头也知道是许姐。

"是呀。"

"这么好的车子，我还没坐过呢，沾沾你的光，你顺道带我一程吧。"许姐走过来，不由分说地拉开车门上了车。

向晚晚想说自己其实没打算开这车，毕竟这辆车不是她的，明天还得还给别人。不过人家都已经坐上车了，自己总不能再把人拉下来。她现在已经是酒店挂了黑历史的员工了，就算许姐是清洁阿姨，她都不敢再得罪，只能赔着笑脸上了车。

送许姐回家的路程并不远，只是一路上许姐都不停地传授着自己的"恋爱宝典"，提醒向晚晚找男友一定要睁大眼睛，不要只是被对方的外在条件蒙蔽云云。

"小晚呀，你还年轻，不知道人心险恶。现在有多少男的，看着帅，又有钱，人却不行，花心呀，不晓得背着你跟多少个女人同时交往呢，对你不会长久的……"

向晚晚当然听得出许姐这是在影射薛文曜，不过她也不想多做解释，眼见已经到了许姐家所在的小区外，赶紧一脸微笑地点头应好，把这尊大佛请下了车，一踩油门赶紧溜走。

2

向晚晚掉头往家里开，表姐洛阳打来电话说，那件请宋贤做证的医疗案今天判决结果出来，他们赢了，所以今晚要跟公司同事小聚庆祝，不回去吃饭了，要她自己解决一下晚餐问题。

"宋贤哥也会去吗？"向晚晚打着方向盘，有点儿好奇地问。

"不确定。地址在星海餐厅，你想来吗？"洛阳有点儿迟疑地问。

"不，当然不，我就是随口问问。我自己会解决晚餐的，家里见。"不知道为什么，在但凡可能碰到宋贤的前提下，她都无比心虚，忙矢口否认，结束了通话。

挂断了电话，开着车子上路，正值下班高峰期，路上堵得水泄不通。闲来无事朝外面看，好巧不巧地，向晚晚就看到了一个有些熟悉的侧影——是宋贤。他坐在出租车上，在与自己相隔三辆车子的位置。

隔着车窗玻璃，向晚晚的心跳加快了两拍，惊讶之余又觉得真心有点儿滑稽。自己刚才还在担心会遇到他，结果只是一眨眼的工夫，他就真的出现在了自己眼前。

城市那么大，街道那么多，他偏偏就在那里，在自己的视野里！

绿灯亮了，车辆前行，宋贤的出租车也向前移动。鬼使神差地，向晚晚转动方向盘，不由自主地跟上了那辆出租车。没有别的原因，她只是想多看一下他的侧影，背影。

也不知道跟了多久，宋贤乘坐的出租车终于停在了一处餐厅外，并非星海餐厅。显然他今晚并不在律师行的小聚会之中，而是另有安排。

看着宋贤下车整理衬衫进了餐厅，向晚晚随即将车停在路边，她抬头看了一下这家餐厅，印象中是一家以情侣约会而出名的法国餐厅。

宋贤哥是在与谁约会吗？向晚晚暗自猜测。坐在车里迟疑了几秒钟，还是压不住心底的好奇，咬咬牙拉开了车门下车，进了餐厅。

向晚晚找了一个不起眼的角落坐下，与宋贤相隔大半个餐厅，却又能巧妙地借着灯光看到他的一举一动。

果然，与宋贤同坐一桌的是个娇艳的女子，正与他聊着什么，时不时掩口轻笑。不一会儿，女子离席去了卫生间，向晚晚也起身随后跟上。

"喂，阿曼达，我跟你讲，这个宋医生真的超帅超绅士的，我可是很中意。我决定了，今晚就要拿下他。"在卫生间内，向晚晚佯装净手，实则偷听那个女子与他人的通话。

"我有我的办法，就等着明天一早我给你好消息吧！"女子信心十足地挂了电话，从包里掏出一只小盒摇了摇，又补了下唇妆，随后踩着高跟鞋推门离去。

女子离开，向晚晚心中顿时警铃大作。这个女人想干什么？向晚晚不禁脑洞大开，脑际闪过各种电视剧里的阴谋场景。那只小盒子里装的什么？莫非她要给宋贤下药？天啊，这个女人真邪恶！

向晚晚越想越害怕，转身便往外跑，却不想刚一冲出卫生间就直接撞上一个人。

第五章 结婚协议

"你不看路的吗？"来人不悦，声音颇熟。

"对不起，我急……"向晚晚话才说一半，抬头一看，不由愣打住了。

真是人生何处不相逢，相逢总是奇葩时。面前的人竟然是薛文曜。

"你在这干吗？"薛文曜发问，上下打量了她后又说，"我不是说了吗，今晚放你的假，难道你跟踪我？"

"谁要跟踪你，我有我的事。"向晚晚撇嘴，上下一扫穿着得体、四肢健全的薛文曜，眼神立马变了，说，"你胳膊没事了？哦——原来你一直在骗我！"

被当面拆穿了谎言，薛文曜有点儿心虚，但他向来傲气，自然也不会承认自己撒谎，只敷衍地轻咳了一声，说："今天情况特殊，我带病出席。"

"我现在有急事，先不跟你算账。"向晚晚当然不信他这套鬼话，不过也没时间多与他计较，转身就朝大厅跑去。

薛文曜倒是感觉有点儿意外。向晚晚竟然这么简单地放过了自己，好奇于还有什么事情是让她更着急的，便状似悠闲地从后面跟了上去，刚要说话，就被向晚晚径直伸手捂住了唇按到墙上，藏身在了餐厅的绿植后面。

"你做什么？"薛文曜眉头一皱，瞪着向晚晚。

向晚晚以威胁的目光回瞪了薛文曜一眼，示意他噤声，自己则专注地盯着宋贤那一桌。见到宋贤在离开席位的时候，那个女人朝他的杯子里丢了一粒东西。

顺着向晚晚的目光望过去，看清桌上的人，薛文曜似乎瞬间明白了什么，语带调侃地看向向晚晚，说："原来你在跟踪别人，跟踪又偷窥，这是要当怪阿姨吗？"

"我没有，我是在保护人。"向晚晚有点儿心虚地反驳。

薛文曜笑了，双手环胸靠在墙边，像看戏一样碎碎念起来："保护谁？哦……看到了，原来是那个人，你喜欢他？不过他看起来是在和人约会，可怜呀晚晚女佣，这下心碎了吧？"

"你吵死了。"向晚晚低声吼了薛文曜一句，看到宋贤回到了桌前坐下，她就要直接冲出去。

"你做什么？"薛文曜拉住她。

"救人！"眼看宋贤拿起了桌上的水要喝，向晚晚根本不顾薛文曜的劝阻，伸手一把推开他，直接冲上前去，扬手将宋贤手中已挨到嘴边的水杯打翻。

"不能喝！"

"哐啷"一声，杯子落地，碎成一堆透明碎片，水流了一地，顿时餐厅所有客人都诧异地侧过头来看向宋贤这一桌。另一厢，靠在墙角的薛文曜似乎不忍直视这种场面，垂了眼睑侧头，知道向晚晚这次闯下了大祸。

"小晚？"宋贤惊讶地看着向晚晚。

向晚晚没有理会宋贤，径直抓起桌对面女子的手，拿起她的手袋，从里面翻出那只小盒子。但当她转过来一看，上面写着"维C泡腾片"的时候，她感觉自己的脑门被雷闪了一下，再看到旁边桌上放着一份印着红十字医疗标志的文件袋子，她才忽然明白原来他们是在谈工作，不是约会。

惨了！向晚晚在心里一声哀号。

"小晚你怎么会在这儿？"尽管惊讶，但宋贤还是保持着风度，温柔地出声询问。

"我……不好意思，我认错人了……"向晚晚苦起一张脸，努力寻找借口。

"认错人，你把我认成谁了？你……哦，我想起来了，刚才在洗手间见过你。你是故意的是不是？你想干什么？你是谁……"女子连珠炮一般地追问，直把向晚晚逼问得无力招架。

总不能说自己是跟踪宋贤来的。向晚晚迅速转动脑筋寻找借口，但越急越不知道如何应对，一时间茫然无措。

"林小姐，这位是我的妹妹，我想一定是有什么误会。"宋贤起身，将站在那里手足无措的向晚晚朝自己拉了拉，不动声色地挡在那位正在气头上的林小姐面前。

一听宋贤说这是他妹妹，那位林小姐的气消了许多，但还是显得极为不悦，问道："宋医生，她真是你妹妹吗？也太没礼貌了。"

"我替她向你道歉。"宋贤礼貌地笑着，冲对方微微颔首，既有诚意，又不自轻。

看宋贤为了替自己圆场而向这个女人低头道歉，向晚晚心中自责，刚要上前说话，宋贤拉着她胳膊的手又用了些力，将她重新拉回自己身后。

宋贤贴到向晚晚耳边，低声说道："这里交给我，你不用管了。"

"宋贤哥……"向晚晚望着宋贤，欲言又止。

"好了，没事的，我来应付，在外面等我会儿。"宋贤拍了拍向晚晚的头，对她露出温柔而又和煦的笑意。

向晚晚知道宋贤的个性。他为人温柔谦和，但向来有主见，说一不二。他让自己走，便是打定了主意会替自己解决这个问题，于是点了点头，离开餐厅。

宋贤曾如同她生活里最温暖的阳光，也曾是最不用担心的、最可以放心使用的盾甲，只要有他在，不论发生任何事情，她都会安然无恙。虽然他一字都未听她的解释，也不了解原因，但宋贤似乎就是这样相信她，支持她，即便她真的做错了什么，也会不问缘由地挡到她面前，替她承担责任。小时候是，现在依旧如此。

3

出了餐厅，向晚晚在外面的露天咖啡厅点了一杯拿铁，忐忑不安地等着宋贤。少顷，餐厅的门被推开，那位林小姐没有注意到她，招手叫了一辆出租车离开了。不一会儿宋贤也出来了，环顾四周看到向晚晚，朝她的方向走来。

眼见宋贤过来，向晚晚的神经不自觉地又开始紧绷，她五指握紧，搜肠刮肚地想着要如何解释自己出现在这里的原因。

宋贤在向晚晚面前站定，目光炯然地看着她，开口道："晚晚，刚刚是怎么回事？"

向晚晚有些赧然，一时间找不到足以让对方信服的理由，她侧过头去，目光落在了一米外的来人身上，对方居然是薛文曜。

"她是来找我的。"薛文曜带着些许微笑，优雅地走上前，在向晚晚身边站定。他显然听到了宋贤的问话。

宋贤的目光转而落在了薛文曜身上，将信将疑，又看向向晚晚，询问："这位是……"

向晚晚一咬牙，心一横，索性将错就错，反正也没有更好的办法了，便笑着说："宋贤哥，我给你介绍，这是薛文曜。"

薛文曜得体地微笑着，伸出手到宋贤面前：

"你好，我是薛文曜。"

宋贤温文有礼地跟薛文曜握了握手，做了一番自我介绍，两个人互换了名片。看到宋贤名片上印的职位和联系方式，薛文曜不动声色地微弯了下唇角，收起名片。

"常听晚晚提起你，今天总算见到了。"薛文曜笑着说，向晚晚立即皱眉，暗中轻轻一掐薛文曜的胳膊，意在提醒他不要乱说话。

"哦？都说我什么了？"宋贤微笑着，望向向晚晚。

向晚晚害怕薛文曜又乱讲话，赶紧抢在他开口前接话，说："别听他瞎说。我们约好在这家餐厅一起用晚餐的，我都等半天了，肚子都饿扁了，先去吃饭吧。宋贤哥，咱们回头再约。"

向晚晚架着薛文曜的胳膊，作势要往餐厅走。对于抢话的向晚晚，薛文曜侧眼看了她，倒也没拆她的台，只是笑而不语。

在外人瞧来是体贴的包容，但只有向晚晚看得明白薛文曜对着自己的表情，明明在笑，眼神里却透露着一种意味深长的光。

"好，我们走。省得你饿坏了，冲我撒气。"

薛文曜对着宋贤颔首道别。宋贤微笑着点头回应，目送向晚晚急切地拉着薛文曜步履匆匆地进入餐厅，总觉得哪里有些不妥。看来得抽空找这丫头谈谈，宋贤随后走向停车场，驱车离开。

一进餐厅，向晚晚立马放开了薛文曜的胳膊，找了靠窗的一处餐位坐下。看到宋贤远去的背影，方才松了口气，转过头正对上薛文曜耐人寻味的眼神。

向晚晚正色道："这次多谢你救场，你胳膊的事我就不跟你计较了，咱们算是两清了，以后不用再见面了。"

薛文曜双手环胸，斜斜地靠在沙发椅上，嘴角浮起一抹冷笑，道："过河拆桥用完就甩，你还真是让我大开眼界。"

什么嘛！把人家形容得如此不堪。向晚晚正欲辩驳，突然听到身后传来高跟鞋敲击地面的声音。

侧头一看，一位长相姣好、妆容精致、穿着香槟色小礼裙的美女走到他们桌前站定，极为不满地看着他们。

女子面带怒容地冲着薛文曜质问道："薛先生，你们的人约我过来跟你谈结婚合约，你现在又约了别人，你们这样做也太没诚意了，连起码的尊重都没有。找到人了早说呀，害我白跑一趟。"

结婚合约？这是什么状况？向晚晚有些错愕，将目光投向对面的薛文曜。薛文曜却无半点儿表示，只是异常平静地保持着他平日里似笑非笑的神态，眼神也静无波澜，看不出半点儿信息。

许是受不了薛文曜的漠视，年轻女人嗔怒着，将一纸文件甩到薛文曜面前："看来你们是用不到我了。麻烦以后别没事耍人玩，我的时间也很宝贵的。"

年轻女人指责完，扭身气冲冲地离开。其他餐桌的客人纷纷侧目，发出一阵唏嘘，对着薛文曜指指点点，捎带着向晚晚都觉得无地自容。短时间内连续出糗，仿若置身于芒果台八点黄金档狗血言情剧现场。

向晚晚此时内心犹如一万头神兽奔腾着呼啸而过，刚想说话，却听到薛文曜的手机响了，看他接起电话，只得暂时将话压下。

"事情需要另行安排……不行，那些被我 pass 掉的，我不可能再考虑。"

向晚晚不知道薛文曜跟电话的另一端在谈论什么，不过从他始终微蹙着眉头的表情，以及沉缓严肃的声音上判断似乎是很重要的事情。见薛文曜如此焦躁忧虑，她忍不住幸灾乐祸地暗爽。

在发现向晚晚似笑非笑地盯着自己，如同在看戏时，薛文曜原本有些凝重的表情放松下来，开始上下打量向晚晚，像猎人在审视自己的猎物。

"你盯着我干吗？你……你想干什么……"向晚晚被他的目光盯得浑身不自在，不由得往后缩着身子。

"好了，你们不用管了，我有办法了。"薛文曜说完，一扫先前的阴霾，挂断了电话。

"我警告你，你再这么盯着我，我就动手了。"向晚晚恶狠狠地发出警告。

"动手？还想使用暴力？没关系，我可以去找你那位宋贤哥医治，顺便跟他好好说说今天的事情。"薛文曜挑了挑眉，扬了扬手里那张宋贤的名片。

向晚晚顿时惊得面无血色，愤然道："你这人真是坏透了，我可没招惹你，干吗威胁我？"

"因为你的缘故，毁了我跟别人的婚约，给我造成了不可估量的损失，你还好意思扮无辜！"

向晚晚皱眉顶嘴："什么婚约？我到现在都一头雾水。再说了，关我什么事？反正我也没看出来你有多爱那位小姐。"

薛文曜把那份年轻女人甩给他的婚姻合约放到向晚晚跟前，示意她自己看，简要地解释了一下事情的缘由。

听完他的解释，迅速看完合约内容，向晚晚才意识到自己无意间闯的祸，给薛文曜带来的影响有多严重，不由得心虚了起来。

"那……那怎么办？要不现在去追那位小姐，还来得及吗？"向晚晚着急地询问。

"你说呢？"薛文曜缓慢地回了三个字。好吧，向晚晚就知道这招肯定是不行了。

"那你想怎么办？"向晚晚小心翼翼地问。

"不是一直说自己不愿欠人东西，有债必还吗？你惹的祸，得自己补过。"

"你要怎样？"向晚晚的脑海里有种不祥的预感渐渐升起。

"既然你赶走了我协议结婚的对象，那就换你来吧。"薛文曜身体微微前倾，逼近向晚晚，脸上露出那种魅力十足，但又极其危险的笑容。

"什么？我才不要！"向晚晚提高了音量，挡开薛文曜。

"你要是不答应呢，我也不强求，不过我的公司受影响，我会心情很糟，有可能会约出你的宋贤哥，告诉他你跟踪他，看他以后怎么看你。"薛文曜不紧不慢地说着，再次从西装内侧夹出那张名片在空中晃了晃。

向晚晚意欲伸手去夺，薛文曜却早有准备，急忙将名片放回西装内侧口袋。向晚晚懊恼至极，偏偏拿对方无可奈何，咬着嘴唇不知道该怎么办，只能恨恨地瞪着薛文曜。

薛文曜好整以暇道："你不是平时也做兼职吗？权当接了我一项订单，想我替你保守秘密，那就在这上面签字。合约期限是一百天，事情解决后，我会付你报酬，你一举两得，绝对不会吃亏。"

"婚姻又不是儿戏，我才不接受这种威胁。"向晚晚起身，朝餐厅门口走去。

薛文曜倒也不着急，微抬着下巴坐在原处，似笑非笑地看着腕表，计算着时间。在数到第九秒时，向晚晚果然去而复返，在他对面坐了下来。

"好，我答应你。但是你听着，如果你敢透露半点儿我的秘密，我就杀了你。"向晚晚恶狠狠地表示。

"好，成交。"薛文曜满意地笑了。

看向晚晚如赴死一般在合约上签字，牙齿咬得咯咯作响，但也没有别的办法，薛文曜暗自有点儿小得意，忍不住弯起了唇角。

"还给你。"签完字，向晚晚愤愤地将合约丢还给薛文曜，如受了奇耻大辱，转身就走。

"记着明天一早在民政局见。"

向晚晚闻声回头瞪了薛文曜一眼，哼了一声，加快脚步离开。

向晚晚走远，薛文曜翻开合约看了看，满意地笑了。他拿起手机拨了一个号码，说："苏小姐，你的十万块会在明天一早到账，今晚的表现很好。"

正欲离开，手机铃声响起，薛文曜拿起来看，屏幕上赫然显示是黄玫娜的来电。他脸上的笑容渐渐消失，迟疑了几秒钟后才接起来。

"文曜哥哥，我听你的话这几天都在好好休养。刚才医生来给我检查过了，确认我的情况已经稳定了，你有没有想好什么时候和我结婚？"

"玫娜，我们明天见吧，我说过会给你一个交代，就一定会做到。"

放下手机，薛文曜的表情有些沉重和无奈，但他并没有迟疑。他知道有些事情没有选择，也没有退路。

第六章　强迫同居

薛文曜霸道地宣示自己的主权,双手环胸,以一副居高临下的姿态斜睨着向晚晚。

1

第二天清早，向晚晚刚下楼，就看到不远处的路边停了一辆熟悉的白色宝马车。她以为自己看错了，再走近一看，发现真的是薛文曜的车。看他坐在里面冲自己勾了勾手指，她就像见了鬼一样，左右四顾，看没人留意才麻利地跑过去。

"你怎么在这儿？"向晚晚压低声音问。

"我怕你反悔，特意来这儿接你，现在跟我一起去领证。"

"我要去上班，晚点儿不行吗？"

"不行。打电话给你领导，请假吧。"薛文曜掏出手机递给她。

"你说请假就请假，我凭什么听你的。"向晚晚极为不满地抗议。

"不请也行，那我就打电话约宋医生出来聊聊。"薛文曜轻描淡写地说道。

"你……你这个小人。"向晚晚咬牙切齿地说道，愤愤地掏出手机，拨了领导的手机号。

以私人急事为理由，向晚晚请了一个小时的假，然后与薛文曜去了民政局。在排队的时候，薛文曜把头埋得很低，还戴上了墨镜，向晚晚一脸鄙夷地瞧着他，却只能用鼻孔出气。

"装什么酷，谁看你呀，还以为自己是名人呢。"

薛文曜没理会向晚晚的讽刺，似乎心情颇好地笑了笑，说："高兴点儿，别那么大的怨气。想想你可是和我这么个钻石王老五结婚，全国多少女人争破脑袋朝我身边挤，你白捡了个这么大的便宜，别得了便宜还不知道卖乖。"

"行呀，那你就让那些争破头的女人和你结婚吧。"向晚晚作势转身要走。

"好啦好啦，回来。"薛文曜一脸不情愿地把她拉住，抬手把墨镜取下来。

向晚晚满意地笑了，有点儿得意，接过墨镜自己戴上。

领证的时候，办证的工作人员看了看两个人，问他们认识多久了。

"一周。"向晚晚诚实地回答，把薛文曜刚要说的两年给压下去了。

"闪婚呀？"工作人员颇感诧异，多瞅了他们几眼。

"是不是现在不给闪婚的办证儿？"向晚晚如看到了曙光，有机会毁掉这个结婚的约定。

"不是，就是问问。"工作人员回答着，拿起钢印在证件上按下去，向晚晚立马失望了。

"我问问，那离婚的时候手续是不是也这么快？"

工作人员听到这话，眼睛睁大了看着眼前的两个人。薛文曜赶紧一把扯住向

第六章 强迫同居

晚晚，麻利地从工作人员手里接过结婚证，说了声"谢谢"便把她拉了出去。

"好了，证件到手。"走在民政局外，薛文曜满意地看着两个小红本本，拉开车门上车，看看手上的腕表，又说，"我还有点儿时间，送你去上班吧。"

"你这才刚强娶一位良家少女，现在又想来披上羊皮装纯良好人，谁稀罕！"向晚晚给了薛文曜一记白眼。

"这里可不好打车。"

向晚晚眼珠一转，忽然一脸的担忧，说："哎呀，我忽然想起来，刚才把身份证落在了里面，你帮我去拿好不好？"

"为什么不自己去？"

"我去也行呀，但我担心那里的人又问一堆问题，我担心把假结婚……"向晚晚摆出一副非常做作的姿态说着理由，薛文曜就知道她是故意刁难自己，但现在他也没办法，只能先咽下这口气，推开车门下来，折回民政局去取证件。

刚走出几步，薛文曜感觉有点儿不对头，扭头一看，发现向晚晚已经移到驾驶座上，正摁开车窗微笑着冲他挥手，示意再见。

"你说得对，这附近真的很难打车，所以，你就留在这里慢慢打吧。"

"喂……你要干什么……"薛文曜意识到了一个不好的可能性，开始小跑着奔向车子。

薛文曜到底还是慢了半拍，眼睁睁地看着向晚晚开着他心爱的劳拉绕过花坛绝尘而去。

"向——晚——晚！"薛文曜在后面咬牙切齿地吼出她的名字，引来旁边刚登记完的新婚夫妻的异样眼光，他唯有勉强挤出点儿笑容表示没事。

"你好，能借手机用一下吗？"薛文曜艰难地开口求助，但旁边的人立马快速离开。

薛文曜这是有生以来第一次遇到这种被别人当成骗子鄙视的情况，他感觉受到了莫大的侮辱，却无计可施。手机、钱包全在车上，他现在居然身无分文地被丢在了大马路上。

心中怒气万千，但也只能恨恨地对着马路低骂一声："向晚晚，我跟你没完！"

错过拥堵时段，向晚晚一路顺畅地开到威尔酒店，总算是没有迟到。她报了到，然后跟着保安队里的前辈一起去值班，来来回回地跑动着忙碌起来，心情才算是平复了一些，接受了自己现在已经是个"已婚"人士的现实，希望一切顺利，早早解除婚约。

早上去大队报到后，趁着值班的空当，向晚晚记起曾收过苏振珂的名片，便打电话给对方，托对方过来取车，苏振珂派公司的行政人员过来开走了劳拉。中午轮休的时候，向晚晚去街边的小店排队，手机来了电话，是薛文曜打来的。想到早上把他丢在山路上的事，她拿着手机忍不住偷乐。

"喂——"向晚晚拖着长音，忍笑接起。

"你现在在哪？"薛文曜吐字如刀，声音低沉而缓慢，可以用咬牙切齿来形容。

"在上班呀。"

"你知不知道。你把我丢在那，我是怎么回来的？"薛文曜没好气道。

"不知道。你不是钻石王老五吗？肯定会有办法的。"向晚晚忍住笑说着风凉话。

"哎，那个谁，那位先生，别打手机了，过来签个字。你说这么大个人了，竟然还会在街上迷路，要我们警察去接你……这不是添乱吗……"

"什么？你不会是打110让警察送你回去的吧……"向晚晚听到电话那头的催促，忍不住惊讶地笑问。

"闭嘴，晚点儿再找你算账。"薛文曜麻利地挂断了电话。

那厢，两个穿着制服的人民警察在警车边催促着，薛文曜则一脸阴沉。他长这么大，还从没如此丢人过，但又无处发泄，只能无可奈何地走过去，接过笔在单据上签字，苏振珂站在旁边双手环胸忍着笑。

"你们也别只知道笑，以后都注意点儿，别有事没事就让我们110当司机，我们也有很多公务要做。这么大的成年人，又不是小朋友。"警察不太高兴地提醒道。

"嗯，警察同志，我们知道了，以后一定注意……"苏振珂强忍着笑应道，送警察离开，然后回头看着薛文曜，终于抑制不住，笑得直不起腰。

"笑笑笑，迟早把你炒掉！"薛文曜狠狠一甩袖，转身进了公司大楼。

下午，薛文曜约黄玟娜见面，地点定在一家西餐厅。黄玟娜受到邀约，欣喜无比，精心装扮一番前去赴约，发现整个餐厅都被薛文曜包下了。虽然她不在意这些排场，但心里觉得这是薛文曜特意为自己做的事情，这份心意让她分外开心。

不过这份喜悦未能维持多久，当薛文曜把红彤彤的结婚证书摆到桌上后，黄玟娜粉白色的小脸顿时转绿，整个人僵住了。

"我结婚了。玟娜，咱们还是算了吧。"薛文曜怕黄玟娜再犯病，颇为小心地观察着她的反应。

"你小时候说过要和我结婚的。"黄玟娜泫然欲泣，情绪有些激动。

"那都是幼儿园时候的事情了。"薛文曜无奈地表示。

"可我一直当真的呀，小时候你一直保护我，照顾我的。"黄玟娜不肯死心，一时无法接受现实。

"玟娜，我们四五岁就认识了，我保护你，照顾你，那是因为我觉得你需要人保护。你就像个小妹妹，这种感情可以是亲情，也可以是友情，但绝不会是爱情。你想嫁给我，也仅仅是因为觉得我那时候对你好而已。但是这么多年过去了，我变了很多，已经不是当初那个保护你的小哥哥了。"

"哦，所以文曜哥哥你包下整个餐厅不是为了给我惊喜，而是担心说出这么残忍的事实，我会因为接受不了而发脾气是吗？"

薛文曜鲜少地表现出了被人看穿心思后的局促，没有言语，算是默认。

"那个女生比我漂亮吗？"

"没有。"

"比我有钱吗？"

"没有。"

"所以，文曜哥哥选她不选我，是真的喜欢她吧？"黄玟娜泪水盈眶，失望之情溢于言表。

"玟娜，你一直说要嫁给我，那么你有没有想过，如果嫁给我，你会怎么样？"

"难道不是像从前一样，开开心心地度过每一天吗？"

薛文曜双手合握着放在膝上，身子微微前倾看着黄玟娜，抿着嘴唇摇头，说："你那是小女孩情怀，感情从来不是一成不变的，婚姻远比你想的要复杂得多，最重要的是婚姻需要爱情的支撑。"

"所以文曜哥哥是想告诉我，你对我没有爱情是吗？"黄玟娜哽咽着，执拗地想要问出答案。

薛文曜整个人变得严肃起来，郑重其事地说道："玟娜，我想让你明白，我会在以后你需要我的时候，依旧保护你，照顾你，但是我不会娶你。因为你想要的那种感情，并不在我的爱情婚姻里面。你值得一个比我更懂得如何爱你的人，与你结婚。"

黄玟娜用很长一段时间的沉默，慢慢消化着他的话。薛文曜坐在对面安静地等待着，整个餐厅里仿佛时钟停摆，没有半点儿多余的声响。过了很久，黄玟娜才做出一个深呼吸的动作。

"想想也是，好像我对文曜哥哥的感情，更像妹妹对哥哥吧。如果以后文曜哥哥还是像从前一样对我，那么你娶了太太，对我也没有什么影响。"黄玟娜的一番自我开导，让始终悬着一颗心的薛文曜，放下了心中的巨石。

薛文曜眉眼柔和下来，温声道："玟娜，听着，不管我娶了谁，我永远都是你的文曜哥哥。"

薛文曜替黄玟娜夹了些青菜入碟，黄玟娜有些迷茫地盯着碟中的青菜许久，方才夹起菜送进嘴中，居然尝出一抹苦涩，恰如她此时的心境。

"那我就祝福文曜哥哥吧。"黄玟娜抹去脸上的泪水，伸出手跟薛文曜握了握。

"谢谢你，玟娜。"

两个人闲聊了一阵儿后，黄玟娜起身作别。不一会儿，内侧包厢的门随之打开，两个医生模样的人提着药箱走出来，冲薛文曜打了招呼后也一前一后地离开。薛文曜长舒了一口气，靠在沙发上拨了黄总的电话，告诉他他要求的自己已经做到。

"谢谢，难为薛世侄了。那么就期待曜振公司交给我一份让人眼前一亮的方案，希望以后我们签约会上见。"作为一名成功的商人，黄父对这种交换方式驾轻就熟，一切皆在他的掌控之中。

薛文曜挂断电话，有些惆怅地扶了扶额头。居然要靠这种方式揽下生意，心中难免不痛快。但有时候人生就是这样，有许多事情都是你不乐意去做，但又不得不去做的，他没的选择。

2

傍晚下班，向晚晚换下制服放到袋子里提着下楼，如往常一样去公交站等班车。正一个人发着呆，一辆出租车停到了面前，向晚晚刚想说不打车，没想到后面的车窗摇下，里面竟然坐着宋贤。

"宋贤哥。"向晚晚有点儿不太敢相信，诧异地望着宋贤。

"上来吧。"宋贤微笑着推开车门。

向晚晚是不想上车的，但她对着宋贤的笑容又说不出直接拒绝的话。人已经到了自己面前，直接拒绝倒显得心虚，于是上了出租车。

"宋贤哥，你是怎么知道我在这里的？"向晚晚记得之前并没有跟宋贤说过自己在哪里工作。

"你的制服。上次见到你，制服上有酒店的徽章，我就打听了一下，想过来碰碰运气，还就真被我遇上了。"

第六章 强迫同居

宋贤一向聪明，逻辑思维能力很强，这一点向晚晚丝毫不怀疑。他如果想要知道什么事情，就一定会知道。

"这么多年不见，好不容易再遇到你，你已经工作了，我这个做'长辈'的，怎么也应该表示一下。今晚想吃什么，我请客，把之前漏下的都给补上。"

"不用不用，哪里用这么客气？"

"要的，我是你的'长辈'嘛。"宋贤微笑，露出一口好看的细糯白牙。

宋贤比向晚晚大七岁，是一个不大不小的年龄间隔点。从小宋贤就觉得自己比向晚晚长一辈儿，总事事照顾她。小时候觉得这样是幸福，但越来越大之后，向晚晚越来越不喜欢这种长辈与小辈的关系定位。

出租车没开太远，宋贤带着向晚晚在一家日式餐厅落座，点了寿司和清酒。

"昨天那位薛先生，是你的男朋友吗？"宋贤问道。

"不是。"向晚晚毫不犹豫地给出答案。

宋贤丝毫没觉得意外，有些宠溺地笑着摇了摇头。显然他昨晚就看穿了她，却没有当面戳穿，反而迎合着圆场。他向来温柔细心又绅士，既然向晚晚不想让他知道一些事情，他索性装作不知道。

"宋贤哥笑什么？"

"我笑小姑娘长大了，也有人追求，有人喜欢了。"

"那种人的追求喜欢，我才不要呢，会疯的。"向晚晚一想到薛文曜对自己的恶行，立马翻了个白眼。"这么多年了，宋贤哥你还是没有去考驾照？"向晚晚小心翼翼地问道。

"嗯，还是不打算自己开车，没有信心，总感觉有些害怕。"宋贤微笑着一语带过。

向晚晚与宋贤不冷不热地闲聊着，多半是问下现状，说说自己实习或是他工作上的小事情。两个人似乎有种默契，都避开过往，倒也算是相谈甚欢，直到隔壁包厢传来一声类似重物撞到墙上的声音，两个人才都收了声回头去看。

拉开包厢的门，去看隔壁，正见到一位漂亮的小姐提着名牌包包从里面出来。长裙的领口微微下拉，露出了胸口些许春光，看她小脸涨红，显然正处在气头上。

"别走呀……你要是不喜欢，我们就吃顿饭……"包厢里传出男人的声音，紧跟着一个穿着西装的年轻男人跟了出来。长相倒是还可以，貌似是个世家子弟，看上去醉得不轻，眼神飘忽，一边说着话，一边瞟着黄玫娜胸口的春光。

"去你的，跟你这种人待在同一个地球上都觉得恶心，滚开！"黄玫娜挥手将那男人的手挡开。

"别这样呀，来来来……"男子还不知好歹地又要再去拉。黄玟娜毫不客气地抬起穿着高跟鞋的脚，朝着那男人的膝盖狠狠地踹了一下，痛得那个人立刻叫了起来，"你失恋了我好心安慰，别给脸不要脸，真把自己当公主了……"

男子恼羞成怒，脸色一变，就要强行去拉黄玟娜。这时候一直立在旁边包厢里的宋贤迅速踏了出去，长臂一伸，一把将那男人要落到黄玟娜胳膊上的手抓住，用力朝后一扭，再狠狠一推，直接把他摔回了包厢。

"呀，是你！"黄玟娜见到宋贤的出现，惊讶之余颇为欣喜：每次遇到麻烦事，总能遇上这位文雅帅哥仗义出手，化险为夷。

眼看包厢里的男人爬起来，意图再来拉扯，宋贤伸手将黄玟娜揽到了自己身后，冲向晚晚使了个眼色，让她带黄玟娜先出去。

向晚晚点头，拉着还将目光盯在宋贤身上不愿意移开的黄玟娜离开是非之地。

"我听宋医生叫你小晚，你的全名叫什么？"黄玟娜这样问着，向晚晚没回答，她就摇晃着脑袋上下打量起向晚晚，接着说，"你……我怎么看你好眼熟，我们是不是见过？怎么想不起来了，你叫什么名字？"

向晚晚没理会她，把她扯出店面。

"哎，你和那个宋医生是什么关系？"站在店外，黄玟娜提着包看着向晚晚，再次发问。

对于不太有礼貌的人，向晚晚一向也没好感。她瞥了一眼这个满身名牌的娇小姐，说："没什么关系。"

"没什么关系怎么会一起吃饭？不是约会吧？"

"你又是他什么人，打听这么多干什么？就算是约会和你又有什么关系！"黄玟娜追根问底的姿态，让向晚晚颇为不满。

"你这人怎么这么没礼貌，我……他给我扎过针，我和他是朋友，你们要是约会，我就告诉你，你们不会有好结果的，哼！"

黄玟娜的无理激起了向晚晚的怒气，刚要以毒攻毒地反驳她，见到宋贤从店里出来，便将话咽了回去。

宋贤走过来，衣衫略显凌乱，手背上有划破的血口。不用问也大概猜得出，刚才应该是费了点儿体力才将事情解决，向晚晚赶紧抽出纸巾递给他。

"黄小姐，怎么我每次遇到你都是这种场面？"宋贤用纸巾按住手背上的划伤，冲着黄玟娜开口，少了些温柔，多了些责怪之意。

第六章 强迫同居

"说得好像是我的错一样，明明我才是受害者。"黄玟娜不甘心地撇嘴，试图察看宋贤的手背，却被宋贤闪避开。

"那你为什么要和那些男人见面，还穿成这个样子，不是等着受害吗？既然没能力保护好自己，就不要总把自己置于危险里，不是每次都能遇到别人帮你。"宋贤语气严厉，他是真的生气：女孩哪能如此不自爱，老是将自己置于险境？

"我……"黄玟娜一脸惊呆了的表情，本想要解释些什么，但又没说，只是忽然脸色一变，一把抓住了宋贤的胳膊，"你教训我？你讲不讲理，我好可怜……我今天先是失恋了，再是被坏人欺负，现在还要被你教训……"

真是万万没想到，刚才还一张利嘴不饶人的黄玟娜忽然就开始了一哭二闹的把戏，抓住宋贤的手腕装起了可怜，直把旁边的向晚晚给惊住了，也把宋贤弄得一时间手足无措。

"黄小姐，你别哭了……好了好了，我不说你了。你的车在哪？我送你过去。"宋贤无奈地说。面对哭闹的女生，他败下阵来。

"我喝了酒，不能开车，你闻。"黄玟娜苦着一张小脸凑近宋贤，宋贤蹙眉朝后避让了一小段距离。

"小晚，她这个样子估计是喝醉了，丢在这里不是办法……"

宋贤有点儿为难地看着向晚晚。虽然没有明说，但向晚晚已经领会了宋贤的意思，笑了笑，大方地挥挥手说："没关系，你送她吧，我自己打车就好。"

目送他们二人离开，上了一辆停在路边的跑车，那辆车很快融入车流中，向晚晚脸上的笑容渐渐消失。这就是宋贤，一个如此有正义感，如此心软，又如此好心的男人。对谁都想要照顾，想要保护，感觉自己像个超人一样。

虽然有点儿失落，但向晚晚丝毫没有责怪的意思。她心目中的宋贤哥，几乎是所有美好代名词的化身。也正是因为这样，他才是自己仰慕的宋贤，不是吗？向晚晚笑了笑，抬起头，挎着背包沿街向前，就近寻找公交站坐车回家。

坐公交车回到家附近已经是晚上十点左右，从公交站往回走，毫无防备地，一辆宝马车突然挡到了她面前。向晚晚刚想咒骂谁开车这么不长眼，车门就拉开了，薛文曜自车上走下来。

"原来是你呀。"向晚晚看清来人，呼出一口气。

"为什么不接我电话？"薛文曜气势汹汹地问。

"接了你肯定骂我，我干吗要接？"

"你倒真是直白。"

"当然，诚实是美德。"向晚晚抬着下巴毫不脸红地回答，然后又眼珠一转，揶揄地上下瞟了薛文曜一眼，说，"话说，你今天不会真的打了110才被警察送回去的吧？"

"你……你还好意思问？"薛文曜羞愤交加。真是不问则已，这一问无疑又在伤口上撒了一把盐。他立马一眯眼，一记眼刀直射向晚晚。不过他没有大发雷霆，甚至不怒反笑。

薛文曜甩上车门，绕过车头走到向晚晚面前。向晚晚立刻做了一个散打的防守动作，说："提醒你，我可不想再让你上医院。"

对于向晚晚的提醒，薛文曜不以为意，只是一伸手，将一张名片递给向晚晚。

"什么？"向晚晚迟疑着接过名片问道。

"电话。"薛文曜简明扼要地说明。

"什么电话？"向晚晚仍一头雾水。

"搬家公司的电话，明天来给你搬家。"

"谁说我要搬家……再说，搬哪去？"

"你说呢？"薛文曜的脸上显露出不怀好意的笑容，上下扫视一眼向晚晚后说，"别忘记了，你现在可是我名正言顺的妻子，当然不能再住在别人家里。至于搬到哪去，你猜呀。"

薛文曜一脸狡黠地朝向晚晚逼近，前倾着身子以暧昧的眼神看着她，直把向晚晚逼得不住后退，仰面靠在了车前盖上。

"你不会是想要我搬到你安排的地方吧？"

薛文曜摇动食指，说："不不不，不是我安排的地方，是我的地方。你不是想进我家吗？现在，你终于有机会走大门了。"

"不要！"向晚晚伸手推开薛文曜，当即否决。

"这可由不得你了，你可是签了合约的，合约上清清楚楚地写了，和我结婚就要搬去和我住。"薛文曜霸道地宣示自己的主权，双手环胸，以一副居高临下的姿态斜睨着向晚晚。

"你这个小人，你这是在报复。"向晚晚欲哭无泪。

"现在才知道，看你以后还敢不敢跟我作对。"薛文曜像打了胜仗的将军一样抬起下巴，推开靠在车门附近的向晚晚，拉开车门坐进去发动车子。

"小人！"向晚晚冲着远去的车子狠狠一挥拳。

3

　　第二天是周末，洛阳去公司加班准备周一要用的出庭资料，加班对于她这种律师界混生活的人来讲早已习以为常。

　　"家里的牛奶没了，米也没了，今天去超市买点儿回来。"临出门时洛阳在向晚晚的床边这样提醒她。

　　向晚晚闭着眼睛睡意十足地哼哼了几声算是应下，翻过身继续大睡。也不知道睡了多久，直到外面传来一阵猛烈的敲门声，向晚晚才终于从床上爬起来。心想也许是表姐出门忘记带钥匙回来取东西，于是揉着眼睛，迷迷糊糊地拉开了门。

　　"忘带钥匙了吗……"

　　向晚晚打着哈欠开口问道，嘴张到一半，赫然发现门外站着一帮穿着灰色工作服的男人。

　　"小姐，我们是来搬家的！"领头的搬家公司成员咧嘴冲她笑道。

　　哼！向晚晚在心里一声冷笑。

　　三分钟后，一帮搬家公司的大老爷们儿落荒而逃。他们从向晚晚住的大楼冲下来，气愤地拨通了一个电话：

　　"喂，我说小姐呀，你们咋没说这个女人这么凶？给再多钱我们也不搬了。"

　　说罢，搬家公司的工作人员开车离去，向晚晚在楼上满意地拍拍手，将刚才扎到门口的菜刀拔下来，在手上掂量了几下满意地摆回厨房的刀架上。

　　"薛总，你交代的事情那边办得不太顺利。"丽纱接完搬家公司的电话后，进办公室向薛文曜报告结果。

　　薛文曜身着白衬衫黑长裤正站在画板前，一手插兜，一手握笔认真地画着草图，听到她的汇报后并没有多意外，只是微微弯了唇角，说："知道了，你去忙吧。"

　　"哦，对了，关于您国籍回迁的事情，我们已经联系了领事馆那边。其他的资料都齐全了，不过因为是迁回国籍户口，所以需要您家庭的户籍资料……"丽纱小心翼翼地道出。

　　正在画板上画着图的铅笔瞬间停滞，铅笔头一下子折断，在画纸上留下了一处醒目的黑迹。薛文曜对着画板保持沉默。丽纱知道但凡触及薛文曜父母的事情，就如同禁区，猜测薛文曜已心生不悦，她悄悄后退着识相地准备离开办公室。

　　"我知道了，我会解决。"在丽纱走到门口时，薛文曜给出一句。虽然没有明确地说出结果，但丽纱知道，这已经是最好的回复了。

　　薛文曜看了看手里已经断掉笔头的铅笔，随手丢在了画板下面，习惯性地将手插在西裤的兜里，走到窗前望着外面的绿植，有些出神。

桌上的手机响了，他走过去拿起来看，显示来电是母老虎，那张沉郁的脸上才微微有了些舒缓的表情。

"喂，什么事？"薛文曜明知故问地接起电话。

"你派来的人我赶走了。我告诉你，我是不会搬的，你就死了这条心吧！"向晚晚直接切入主题。

"哦，那就先这样吧。"薛文曜没有多说什么，竟然爽快地答应了，倒是让向晚晚感到有些意外。

"我当然知道你不会这么乖乖就范，只是在想，今天是周末，这么好的清晨多适合睡觉，所以一定不能让你睡得舒坦。"

"你……你真是够了！"手机另一端，正刷着牙的向晚晚在听到这个解释后，气得险些将一口泡沫全喷到镜子上。

"好了，既然起来了，就说正事。今天一起用午餐，谈一下你的合约工作范围。"

"没空，我今天要去超市。"

"哪个超市？"

"你猜呀，猜到我就告诉你。"向晚晚气愤于这个打扰自己周末睡懒觉的人，将难题抛给他，狠狠地挂断了电话。

吃过早餐后，向晚晚穿着拖鞋，拿着购物袋去超市，准备采购自己和表姐的一些日常生活用品。推着车子转过一个货架，向晚晚看到一个熟悉的身影，大惊之下疑是眼花，再定睛一看，居然不是眼花，那个冲自己坏坏地笑着的人正是薛文曜。

"你还真是阴魂不散。你怎么知道我在这儿？真是鬼吗？"向晚晚开口。

"不是谁的智商都和你一样。"薛文曜瞧着向晚晚嗤之以鼻。

"喊，其实就是运气好而已。"向晚晚不服气地反驳他。

到柜台结账后，向晚晚将一大袋日用品提起来，顺手还提了一袋米，直把薛文曜看得眯眼蹙眉。

向晚晚给了薛文曜一个嫌他少见多怪的眼神，然后露出了不怀好意的笑容，把袋子递到薛文曜面前。薛文曜试探地伸手去接，一接到手上立马就被压得弯下身子去。

"真是个柴废，这点儿重量，就当是普通的力量练习了。"向晚晚嫌弃地摇了摇头，伸手一探，就将一袋米提了起来。

第六章 强迫同居

向晚晚走在前面轻松自如地提着大米,薛文曜跟在后面气喘吁吁地拎着日用品,形成了商场里一道奇特的风景线,一路上引来无数人注目。薛文曜觉得丢人丢到了姥姥家,好不容易出了商场,赶紧拉开后车门把东西丢进去。

"你做什么?我就住这附近,提回去就好。"向晚晚不满地指挥道。

"不,我要开车。提回去,我的胳膊就要再废一次。"薛文曜揉着胳膊,尚未缓过劲来。

"真是豆腐渣一样的身体。"向晚晚一记白眼丢过去,将大米丢进车子。看薛文曜扶着车门上气不接下气的样子,就恶作剧地重重在他后背上一拍,把他压得身子一沉,差点儿背过气去。

向晚晚无视薛文曜怨气十足的眼神,径直拉开车门上车,坐到了驾驶座上,示意薛文曜坐副驾的位置。

"凭什么?这是我的车!"薛文曜愤愤不平。

"现在我还是你太太呢,这是共同财产,懂不懂?"向晚晚气势凌人,竟然学到了薛文曜厚脸皮的精髓,使得薛文曜一时错愕,乖乖闭嘴,老老实实地服从安排。

把车停到楼下,向晚晚拉开后车门,盯着薛文曜示意他帮忙,没想到薛文曜视而不见,毫无动手之意。

"我可没强求你帮忙哦,只是这些东西不搬上楼,我不知道怎么谈合作呢。"向晚晚用手指点着下巴叹息,演技十分浮夸。

向晚晚的威胁果然奏效。薛文曜低沉着脸挽起袖子上前,咬牙将那袋米扛到肩上,又在胳膊上被迫挂上一大袋日用品,他晃晃悠悠地走到电梯口,却发现墙上贴着提示:电梯故障,正在维修中。他登时冒出一头冷汗,暗叹自己今天出门一定冲撞了太岁。

"哎呀,刚才忘记提醒你了,今天电梯坏了,要爬楼。"向晚晚从后面跟上来,装作一脸惊讶地补刀。

扛着米和日用品上到五楼,一进门,薛文曜就把东西搁到地上,直接倒在沙发上呈挺尸状,大口地喘着粗气。

"啧啧啧……这年纪轻轻的,上个五楼都喘成这样,干什么吃的!"

"我有钱,这种粗活累活,自然有人帮我做。"

向晚晚不和薛文曜多争,倒了一杯水递到他面前,但又在他要接过去的时候将胳膊一抬抽了回来。

"看来你还真爱惜你的公司，为了公司能如此卖力。"

薛文曜没理向晚晚的调侃，微微后仰了些身子，靠在沙发里，由下向上打量向晚晚，似笑非笑，说："你这是在与我的公司争宠吃醋吗？"

向晚晚反被调戏，给了个白眼，将水杯放到薛文曜面前的桌上，自己在对面坐下。

"我的条件全在这里面了，还有一张预支订金的支票。"薛文曜自西装口袋里取出一只信封递给向晚晚。

向晚晚接过信封打开，看到支票上令人惊讶的数字窃喜。薛文曜看在眼里，也不自觉地弯了唇角。

"在我们公司这个项目完成竞标前，也就是协议里的100天内，你不得跟除我以外的男性有过密来往或是暧昧举动。需要的时候，你要配合我出席一些应酬场合，应付相关人员的问询。"

向晚晚盯着支票按捺不住喜悦之情，听着薛文曜的话似乎他并没有什么过分的要求，遂点头同意下来。

薛文曜也满意于这样的结果，站起身取了外套转身出门。向晚晚看见对面沙发上掉了一颗扣子，再一看，竟然是薛文曜衬衣上的，应该是刚才扛大米太用力，把胸口的扣子绷开了。

"等等。"向晚晚把薛文曜叫住，迅速去旁边抽屉取了针线出来。

薛文曜不知道她要干什么，见向晚晚拿着针冲自己过来，顿时往后一退，说："你要做什么？演容嬷嬷吗？"

"哪来那么多废话？"向晚晚伸手在薛文曜胸口一推，薛文曜就被推得后退着靠到墙面，被向晚晚按在了墙上。

"扣子掉了，给你补上。"向晚晚拿起沙发上的扣子，麻利地拈起薛文曜胸口的衬衣，穿过白色扣子开始娴熟地缝针。

这下，倒是薛文曜惊呆了。他认真端详起面前比自己低了半个头的人，不自觉地心跳漏了半拍。向晚晚没化妆，皮肤细嫩白皙，睫毛很长，在眼睑下打出一个弧度，她的鼻子高而俏丽，嘴角总带着点儿倔强的味道，没有上唇妆却恰到好处地红润饱满，让他竟然渐渐有点儿想入非非。

"看什么看，有那么好看吗？"发现自己被盯着看，向晚晚有点儿不太自然地回瞪了薛文曜一眼。

"有。"薛文曜笑着回答。

第六章 强迫同居

下一秒，针戳到了薛文曜的胸口，疼得他立刻叫了一声。

"让你再乱看！"向晚晚得意地警告。

"你忽然对我这么好，我都不习惯了。你是不是喜欢上我了？"薛文曜向来对自己的魅力自信满满。

向晚晚柳眉倒竖："得了吧，喜欢你？除非我脑子进水。我有强迫症，处女座的而已。"

"就算你对我动心了也没关系的，我能理解。因为所有女人都爱我。"薛文曜凑近了些，故意调戏般冲向晚晚说。

"自恋鬼！就算所有女人都爱你，我也不会是其中一个的。好了。"扣子就这么三两下就重新缝好了，向晚晚将线扯断。

薛文曜这次没与向晚晚争辩，只是似笑非笑地看着她收起针线，自己将胸口的扣子扣好。

"我走了。"薛文曜站在门口说。

"好像有人留你一样。"向晚晚头也不回地还了一句。

薛文曜在背后笑了笑，也没多挤对她，拿起文件袋径自出门下楼离开。

楼下传来汽车启动的声音，向晚晚走到窗户边朝下看，又看看自己手上的针，不由得笑了起来。笑着笑着，又觉得有点儿疑惑。明明是个有一百种理由讨厌的人，但不知道为什么，每次吵吵闹闹后，她又总是会不自觉地笑出来。真是古怪，她最近这是怎么了？

第七章　救美惹祸

见到向晚晚，一向傲气十足的薛文曜，凌厉没有了，气势没有了，尖锐也没有了。

1

薛文曜拿着资料开车回到公司，把文件袋交给丽纱后回自己办公室，发现屋里有客来访。薛青朝立在落地窗前，西装笔挺，正俯瞰着外面的风景。他的神情一贯的沉稳淡漠，给人一种震慑。

"大哥，你怎么来了？"薛文曜率先打起招呼。

"和朋友在附近打球，正好过来看看你。胳膊怎么样了？"薛青朝回过身来，露出平时少有的微笑。

"都没问题了。"薛文曜动了动胳膊表示无恙。

"下周三有没有空？南姨过生日，父亲让咱们回去吃饭。"

"给她过生日，你觉得我会去吗？"薛文曜不悦地皱起眉头。

"我知道你是不会去的，不过也总要替父亲把话带到，问问你的意思。"薛青朝深知弟弟的脾性，可既答应了父亲，又不忍让老人家失望，不得不夹在中间，充当双方的桥梁。

"他想要问我的意思，怎么不自己问。你这个薛大经理这么忙，还要给他当跑腿传信的，也真是够听话的。"薛文曜似笑非笑地说着，拉开椅子坐到办公桌后面打开笔记本。

"你这张嘴，还真是越来越毒了。"薛青朝无可奈何地摇着头，看来父亲又要失望了。

"好了，大哥，要是给我上思想教育课，以后再上吧，今天就算了。"薛文曜笑着打断薛青朝的话题，停顿一下后又笑看着他，问道，"对了，你和那个丰诚集团的小姐相亲怎么样了，喜不喜欢，漂不漂亮？"

"漂亮，但不喜欢，对方对我也没意思。"薛青朝语气淡然。其实他每次去，都兴趣缺缺，只是为了应付家里。

"那她还真是没眼光。看看我大哥这长相、这气质、这身家，比偶像剧里的霸道总裁还要高端大气上档次，她居然看不上。大哥你别伤心，以后由着她后悔去。"

"现在学会连你大哥一起挤对了。"薛青朝向来少言。因为久经商场，担负着薛氏的企业重担，人也是出了名的沉稳，但唯有在与自己这个弟弟在一起时，才能彻底松弛下来。

"哪里有，大哥我可是真关心你。你看，喜欢你的女人也不少，可你就是到现在都没娶妻……"

第七章 救美惹祸

"行了，管好你自己的事就是了，我走了。"说到娶妻，简直是薛青朝的死穴，薛文曜仅是嘟囔几句，就成功地将薛青朝说烦了，再不多留。

"对了，父亲也想着再替你安排相亲，你做好准备。"听到"相亲"这个字眼，薛文曜的脸色有些许细微的变化。薛青朝看在眼中，他了解他们父子之间的芥蒂，便也不再多说什么，自行离去。

薛青朝走后，苏振珂进来，笑说："又上演九龙夺嫡了？"

"我就他一个大哥，也没想过要夺什么，你想太多了。"薛文曜一句带过，起身去架子上取资料。

"话说，你的结婚证我可是看到了，你竟然找了个保安妹妹结婚，口味够特别呀！"

"这件事情一定要保密。"

"怕人知道？这么一位大美人在你的花名史上留下一笔，又不丢人。"

"她现在刚参加工作，我不想给她造成不必要的麻烦，别让媒体去烦她。"

"这还会关心人了，真是太阳打西边出来……"

苏振珂的调侃本是无心，薛文曜听着却走了心，他停下手头的工作，合起了文件夹，微微蹙起了眉头，生出隐隐的担心。

晚上快九点表姐洛阳才下班，向晚晚已经做好了饭菜，边等表姐回来，边在网上看着一则八年前的新闻。内容是在B市游乐园外发生一场车祸，造成一位女大学生当场死亡。

听到洛阳进门，向晚晚迅速转到了自己微博的页面，装作在看八卦新闻。和表姐一起吃饭时，洛阳告诉她，最近律师行会这样忙到月底，让她以后不用再等自己回来吃饭。

"是遇到什么大案子了，要这么忙？"向晚晚好奇地询问。

"算是吧，不是案件，是一个竞标的事情。薛氏集团的法律顾问合同下个月就要到期了，我想把薛氏集团拿下来。这样的大肥肉，同行都争着抢着要上，这不就跟竞标投选一样了？"

"薛氏？哪个薛氏？"

"就是做房地产的那个。看到对面那栋楼盘没？就是他们的。"洛阳顺手一指阳台外，马路对面有一群在建楼盘。

"看来你们做律师的也不容易嘛，我以前还以为做律师就是动动嘴皮子和人吵架就好了。"

洛阳戳了下向晚晚的脑袋，笑她头脑简单，然后匆匆吃了些东西，拿着文件和电脑去了卧室。向晚晚收拾碗筷到一半，才忽然想起自己刚才看的新闻页面没关掉，赶紧要去阻止，打开门发现洛阳正看着那则新闻，神色有些沉重。

"这些事情已经过去那么多年了，我早说过，让你不要再多想了。"洛阳叹息道。

"没关系，我挺好的，没多想。"向晚晚宽慰表姐。

"你已经长大成人了，也有了工作，一切都得向前看。"

"我知道。"向晚晚努力露出自然的微笑点头，欲转身离开，又想起什么，侧身说，"我想多存点儿钱，回B市一趟，把那些账都还上。也许……也许还有些希望。"

"好吧，我知道了，拦也拦不住你。"

向晚晚回客厅收拾碗筷，洛阳坐在电脑前沉默了一阵儿，最终也只是叹息着关掉了电脑。

周一的清早，薛文曜开完例会要去工地现场，确定那边的工程进度。在等绿灯的间隙，看到前面某高档小区执勤的保安，他不自觉地想到了向晚晚，忍不住想知道她现在在做什么。

这一天，向晚晚早早来到保安大队报到，毕恭毕敬地听领导训话，再跟着前辈一起执勤，一切本来都非常顺利，却不承想遇到个酒驾的车主，把酒店出口的起降杆撞坏了，还蛮横无理拒不配合她的工作，口口声声说着自己老爸有多厉害，自己多有钱，要她做他女朋友。

正和车主纠缠的时候手机响了，来电显示是薛文曜，向晚晚顿时感觉又来一个添乱的。

"什么事呀？"向晚晚语气不好，明显透着不耐烦。

"没事就不能找你了吗？别忘了你现在可是我名义上的妻子。"薛文曜调侃道。

还没等向晚晚有所回复，那个喝醉酒的男子就嚷嚷着要让她做自己的女朋友，直接冲过来对向晚晚拉拉扯扯，向晚晚不得不先应付醉酒男子。

"你那边怎么了？"薛文曜听出异常，马上询问道。

"一个醉驾的，师兄们都去忙别的路段了，我得赶紧处理一下，没事我先挂了。"向晚晚无暇分神，准备集中精神处理身边的紧急事件。

"你在哪？"薛文曜的语气变了。刚刚醉酒男子的无理纠缠声悉数传进他耳里，他不禁担心起向晚晚的安危。

"景汇路，怎么了？"

第七章 救美惹祸

薛文曜挂断手机，放弃了原定去工地的计划，选了景汇路导航过去。

十几分钟后，薛文曜的车停到了路口，他远远看到向晚晚正在酒店停车场出口处与一名男子在说话，一辆保时捷跑车停在旁边。那男子一副醉相，张牙舞爪地说着什么，还不停用手去扯向晚晚的衣袖。

起初，薛文曜只是旁观，怕贸然出手给向晚晚的工作增添不必要的麻烦。但是看到那个醉汉车主的手越来越不老实，一个劲儿朝向晚晚身上乱摸，还意图去拉她的手，薛文曜就不高兴了。他推开车门下车，径直上前，趁对方又要去拉向晚晚胳膊时，伸手狠狠攥住了那个人的手腕。

"你怎么来了？"向晚晚意外地看着突然空降的薛文曜。

"我要不来，你就被人占尽便宜了。"薛文曜一伸手，像揽小鸡崽一样把向晚晚挡到身后。

"借着发酒疯调戏女人，胆子不小啊，知不知道这是违法的？"薛文曜语气不善地指着醉汉车主发问，稍一使力，将那醉汉的胳膊连带着人推开。

醉汉车主趔趄着退后，扶到车上，一看半路杀出一个人来坏自己的事，便涨红了脸叫嚣，说："哪来的呀你？你知道我是谁吗？我就算调戏她又怎么着？那也是看得起她，看她漂亮，我看你也不错呀。"

此话一出，向晚晚忍不住在他背后"扑哧"一声笑了出来。

"不许笑，我还不是为了你？"薛文曜回头瞪了她一眼。

被一个男人调戏，薛文曜比吃了蟑螂还要恶心，但他也不想给向晚晚惹事。他义正词严地警告道："你老实点配合她工作，否则我直接找交警过来处理。"

岂料那醉汉根本不理他，把薛文曜推开，就又要去抓向晚晚：

"小美女，你叫什么名字？我跟你说我有钱得很，看我这跑车可不是一般人开得起的……"

看那醉汉还真是冥顽不灵，这下薛文曜也不客气了，伸手拉过那醉汉的肩膀，将他朝外狠狠一撂，就把他摔到了那辆保时捷上。

"喂，别动手，会被投诉的。"向晚晚赶紧上前阻拦。

"你竟敢对我动手。"醉汉清醒了些，愤怒得双眼直冒火星。薛文曜以为他会跳起来还击，却不料对方忽然就抱着自己的头，开始嗷嗷叫疼，嚷嚷着酒店保安打人了，吸引了众多路人的目光。

路人纷纷注目，有人偷偷拿出了手机拍摄，向晚晚一下子蒙了，没料到这人会来这出。她一直怕工作期间发生这种事情，结果还是没能避免。很快，有警笛声靠近，一辆警车在附近停下，跑下来两位穿制服的警察。

"怎么回事，在大马路上打架，要不要命了？"

"哎，同志，知道是怎么回事吗？"警察来询问穿着保安制服的向晚晚。

向晚晚站直身子，好一会儿才回过神，简单地解释了一下刚刚发生的状况。

"不管是酒驾还是打架，都已经不是小事情了，带回局里。"

警察一声定论，直接就把醉汉拉上了警车，然后拉着薛文曜过来，对着向晚晚问道："同志，那这位先生和你是什么关系？是怎么回事？"

"他……"向晚晚有点儿迟疑，想着怎么解释自己和薛文曜的关系。如果说对方和自己是认识的，别人肯定就认定自己有教唆同伙打架的成分在里面了；要说不认识虽然能洗白自己，但好像也不合适。

"和她没关系。"薛文曜在向晚晚开口回答前抢先作答，化解了向晚晚的犹豫与担忧。

"那你就跟我们回局里录口供吧。"听说是没有关系的，警察也不客气，直接拉着薛文曜就上了警车。

临上车时，薛文曜扭头去瞧向晚晚，看她仍愣愣地出神，就冲她点了下头算是安慰。不一会儿，警察带着醉汉车主和薛文曜离开，酒店出口得以正常通车。向晚晚略作思索后，觉得还是应该马上采取点儿行动，第一想到的就是当律师的表姐。

2

她打电话给洛阳，才响几声就被对方挂断了。随后不久洛阳来了短信，说她在开会，不方便讲电话，向晚晚就只得换了短信，说自己有朋友因为和人产生纠纷进了警局，现在需要她帮忙，请尽快回复。

有手机铃声响起，是从薛文曜车里的外套衣兜里传来的。向晚晚过去掏出手机来看，见到来电显示是"大哥"两个字。

薛文曜进了警察局总需要有人处理事情的，正愁着联系不到他的家人，这家人就打过来了，向晚晚赶紧接起来。听到接电话的是女声，薛青朝颇感意外，愣了一下后询问对方的身份。

"我……我是你弟弟的朋友。"向晚晚支支吾吾地解释着。

"噢，我今天约了他十点在工地碰面去巡视工程进度，可他现在还没到，你知道他去哪了吗？"

第七章 救美惹祸

"他刚才出了点儿事情，被警察带走了。"向晚晚有些忐忑不安地说道。

闻听此言，对方沉默了一秒，随后竟然显得早有预料一般，说："谢谢你告诉我这个消息，那你能告诉我他是被哪个区的警察带走了吗？"

向晚晚到底是有些放心不下的，报了区名后，又主动提出跟着一起去警局，薛青朝也没有拒绝，随后约好两个人在警局门口会合。打电话回保安大队申请调班后，向晚晚驾着薛文曜的车去警局的路上，又接到了洛阳的电话，问清楚在哪个警局，说自己也马上赶过来。

一个小时后，洛阳和向晚晚赶到警局，说明自己是为薛文曜而来后，警员顺手指了下旁边的接待处，就见到一位长相英俊的男子正带着一个像是秘书样的职业女子正在与警察交涉。

这是向晚晚第一次见到薛青朝，感觉这是位沉稳内敛、颇具锋芒的男子。一身做工精细、品质上乘的西装，得体而妥帖。他与薛文曜的长相并不太相似，相比薛文曜那种精致俊逸的好看，薛青朝更显得棱角分明一些，具有一种威严沉稳的气质。

"是薛先生吧？我就是和你通话的人。"向晚晚上前打招呼。

薛青朝转过身，不经意间已将向晚晚迅速打量一番，然后礼貌地点头与之握手。

"这是我表姐洛阳，她是律师，我请她来帮忙的。"

向晚晚介绍洛阳，薛青朝看向洛阳却微微皱了眉头，说："洛小姐，有些面熟。"

向晚晚不禁讶异地看向洛阳，洛阳点头微笑，甚至有点儿紧张地伸出手去，说："薛先生您好，我是惊鸿律师行的律师，正在参与竞争贵公司的法律顾问，又见面了。"

经此一说，薛青朝也微露出些笑意。向晚晚转过弯来，原来之前洛阳提过的竞标的薛氏集团竟然是薛青朝的公司，那么如此说来，这薛文曜是薛青朝的弟弟，也就是薛氏集团的二少爷……

向晚晚理清了一些头绪，却不便多问，简单的交谈之后回归正题，三个人商量着如何将薛文曜保释出来。

洛阳提出专业意见："保释倒是不难，不过就是普通的民事纠纷，重点看对方要怎么追究了。如果对方要提出民事诉讼，就要走流程了。"

洛阳去与警察交涉了一阵儿，薛青朝安排随行的秘书交了保释金，在填流程表的时候薛青朝接了个电话，表示自己有急事要先走了。

"马上就出来了，不见他一面吗？"向晚晚有点儿不解。

"他好面子，也不会想要见到我的，我就先走了。"薛青朝状似无意地解释了一句，随后看向旁边签完保释单递给警察的洛阳，说，"洛律师，我正好经过你们公司，顺道送你一程吧。"

洛阳闻声回头，对于薛青朝主动提出相送感觉有点儿意外。向晚晚知道这对于洛阳想要竞争薛氏法律顾问这件事可谓有百利而无一害，赶紧冲她挤眼示意她答应。洛阳没有拒绝，薛青朝招手示意她与自己一同离开，顺便又同向晚晚致谢，后面的事情麻烦她代为处理。

薛青朝与洛阳离开后，向晚晚交好手续单据，不一会儿就看到一名警员带着薛文曜从里面走出来。

他的头发乱了，身上的衣衫也脏了许多，领带不知被丢到了哪儿，全身上下再无半点儿往日翩翩风流公子哥儿的贵气，只觉得既狼狈又难堪。原本她是对薛文曜给自己惹了这么大的麻烦而生气的，但现在忽然间又对他恨不起来了，甚至……看到他这个样子还有些心疼。

见到向晚晚，一向傲气十足的薛文曜，凌厉没有了，气势没有了，尖锐也没有了。他想要说些什么，但向晚晚已经先发制人地急走两步上前，将自己手上一直拿着的西装外套披到他身上。

"车在外面，我们走吧。"

随后，也不等薛文曜多作反应，向晚晚拉扯着他的胳膊带他快速离开了警厅，出大门前还特意朝外看了看，确定没有别的人围观，才带着他麻利地上了停在路边的车。

"你在躲什么？"薛文曜问。

"躲记者。你可是薛氏集团的少爷，万一见了报，可不是什么好事。"向晚晚不冷不热地说了一句，拉开车门上车。

"你知道了？这么说你见过我大哥了？"薛文曜小心翼翼地观察着向晚晚。

"嗯。"向晚晚冷冷地应了一句，再没说话。

一路上薛文曜变身成了乖乖虎，自上车起便直接被安排到副驾驶座，他好像都已经懒得争取坐驾驶座的权力了。

"怎么不说话？真生气了？"向晚晚开着车一直不说话，薛文曜又打量着她发问。

"你说呢？"

"生气可以不来，我又没请你来。"薛文曜又恢复一贯痞痞的样子，冷笑着说。

第七章 救美惹祸

"你……你真是不识好歹。"向晚晚侧目瞪了薛文曜一眼,似是想骂他,但看他一身狼狈的样子又有些心软,把后面的话给咽了下去。

"这是去哪?"薛文曜发现向晚晚走的路线并不熟悉,开口询问。

"医院。"

"不去医院,又没伤多重,送我回公司,今天的工作……"薛文曜认为向晚晚有些小题大做。

"人都进警局了还想着你那公司,公司比命还重要吗?"向晚晚忍不住提高了音量。

没想到向晚晚会在这个点上发脾气,薛文曜识相地闭了嘴,他暗自打量向晚晚的侧脸,渐渐地忍不住笑了。这个端着架子的小女人,真是越看越可爱呢!

"好了好了,听你的,不去公司。但我也不好这么点儿小伤就去医院,那送我回家吧。"薛文曜微笑着做出让步。

向晚晚没有反对,薛文曜明白她是同意了。折腾了大半天,他感觉身体疲累,一阵倦意袭来,索性闭上眼睛靠在座位上养神。

送薛文曜回了别墅,向晚晚一进门就发现屋里多了一个鱼缸,里面养着一条鱼,而且居然是一条草鱼,不由得皱眉。

"人家都是养观景鱼,你养草鱼,还真是够奇葩的。"向晚晚嫌弃着念叨了一句。

"你买的鱼,我舍不得吃,就供养着。"

"自己不会做而已吧?"向晚晚白了薛文曜一眼,心中却又忍不住觉得暖暖的。

向晚晚问清医药箱放在哪里,直接去拿了过来,上下检查了一下薛文曜的伤处,发现胳膊上有擦伤,手背也有伤痕,全是地上的石子划的,就小心地替他包扎好。手腕下面是被用力握过后的瘀青,脸颊颧骨的位置也有瘀青。

"真是中看不中用,连个醉汉都打不过。"向晚晚一边清理伤口上药一边鄙夷地说。

"你能打,那你怎么不上,白白站在那里被人调戏。"薛文曜反问,不小心拉动了脸颊上的伤口,疼得龇牙咧嘴。

"我那时候穿着制服,是酒店工作人员,不能对顾客动手,否则会被投诉的。"

"你又不是没动手过,我不就是例子吗?"薛文曜愤愤不平。

"你再说?"向晚晚伸出手指按在他脸颊的瘀青处威胁。

薛文曜怕疼,不再与向晚晚争辩,但心里还是不服气,沉着声音说了句:"你也就敢对我这么凶。这么厉害,将来怎么嫁得出去?"

"我不是才嫁给你吗？"向晚晚一脸奸诈地阴笑着挑眉看着薛文曜。

薛文曜瞬间语塞，好一阵儿没说出话来。他拧起眉头，抬手狠狠拍了两下自己的额头，装作颇有悔恨之意，但又吃了哑巴亏无处诉苦之态。

3

"这里瘀青有点儿多，我抹上药酒给你揉揉，会散得快一些。脸上的用熟鸡蛋揉，运气好的话明天就看不出来了。"

"身上的还好，这脸上的真要好好解决一下，我可不能接受我这么帅的脸上有丝毫瑕疵。"薛文曜一脸认真地回答。

向晚晚对这么爱美的男人深感无语，冲他做了个恶寒的表情，转身去厨房煮鸡蛋，随手从自己的包里拿了红花油药酒出来。

"你随身还带这个？"薛文曜感到有些意外。

"我们练武的，身上经常带伤，总要备些日常用品。手伸出来。"向晚晚坐到薛文曜对面，拉过薛文曜的胳膊娴熟地抹上药酒，开始帮他来回推拿。

"真看不出来，你还会这手。"薛文曜啧啧称奇。

"我会的东西多了去了，少见多怪。"向晚晚白了薛文曜一眼，继续手上的动作。

"你以前真的经常受伤？"

"嗯。警校的演习呀，武力训练呀，总会有些伤的。"向晚晚低头认真地揉着瘀青部位，不以为意地回答。

"那你为什么要上警校，明明应该做警察，却当了个小保安，整天风吹日晒的？"向晚晚没有回答，只是想着心中的事情暗自出神。

"怎么了？"看向晚晚出了神，薛文曜微微蹙起眉头。虽然不知她想到了什么，但看她神情间的落寞，眼神中难掩的悲伤，他忽然有些心疼起来，不由得伸出手去想要握住她的手以示安慰。

但是，就在薛文曜的手正要触碰到向晚晚的手而将之握住的时候，向晚晚回过神，随后接下来的场面可参考他们的初次相遇，向晚晚如本能反应一般直接扣住了薛文曜的手掌，身形一转，利落地将他的手扭到背后，将其脸朝下按到了沙发上。

"啊……疼……疼……"毫无防备的薛文曜惨叫连连。

"不……不，不好意思，我又本能反应了。"

向晚晚尴尬地赔笑，伸手捋了捋头发，赶紧松开薛文曜，扶其坐起来。薛文曜试了试胳膊能动，才放下心里的石头，叨念着还好，胳膊还在，没脱臼。

"你这么暴力，谁敢和你谈恋爱，你以前的男朋友是怎么安全活下来的？"薛文曜揉着胳膊埋怨。

向晚晚一反常态地没有说话，薛文曜渐渐像发现了新大陆一样，指着她极度暧昧地笑了，说："哦……难道你没有过男朋友？"

"怎么可能？我这么漂亮，可是校花，追我的人一大把。"向晚晚提高音量，心虚地反驳。

"假话，一看你这样子就知道是假话。你喜欢那个叫宋贤的是不是？难道你就是因为一直暗恋他，所以才没交男友？"

"闭嘴。"听薛文曜提及宋贤，一下子触到她的痛点，向晚晚没能控制住自己的情绪。

薛文曜收声，意外于她的反应如此之大，看着向晚晚一时间神色复杂。

"我去煮鸡蛋。"向晚晚也随后意识到自己反应过头，但又不知道如何圆场，便赶紧找了个借口转身进了厨房。

屋内一下子安静下来，薛文曜的表情渐渐趋于平静，他若有所思地倚靠在沙发上，而厨房里的向晚晚则对着煮着鸡蛋的燃气灶发呆。估摸着鸡蛋熟了，向晚晚关掉火，将鸡蛋放入冷水中，又小心地剥好鸡蛋回到客厅。

"对不起，刚才不是有意要发脾气的。"向晚晚拿着鸡蛋按上薛文曜有瘀青的脸颊。

薛文曜自己伸手接住鸡蛋，说："你真的就那么喜欢那个宋贤？既然这样为什么不告诉他，而每次都弄得自己像个小偷一样？其实你要是让他知道你喜欢他，也就不用委屈自己和我签协议了。"

"这是我的事情。虽然我们有签订协议，但那只是协议，我并不是真的和你结婚，我们还是自由人，所以……以后也请别再过问我的生活了。你就当我签协议只是为了你的那笔协议金吧，我就是你雇用的一个演员，一个搭档。"

"我过问你的生活？你的意思是说我自己不识趣了？"薛文曜面露不悦。

"算了，时间也不早了，我先回去了，你休息吧。"向晚晚不想与薛文曜多作解释，或是争论，起身离开。

从未被女人如此忽视，薛文曜心头冒火，也没了阻拦向晚晚的意思，由着她自行离开，径直将手中的鸡蛋狠狠地丢到了桌上。

"待在我身边，心里却念着别的男人，当我是什么？"薛文曜愤懑不已。这种无缘无故被女人冷落的滋味，他还是头一次品尝。

向晚晚回到家，进门见到表姐正拿着空杯子站在饮水机前盯着墙壁发呆，连自己进屋都毫无察觉。向晚晚连叫了两声表姐，洛阳才回过神来。

向晚晚笑着问道："你今天和那个薛总一起乘车，怎么样？有没有借机替自己的竞标说说好话？"

洛阳摇了摇头，说："没有，基本没说话，半路上就下车了。"

向晚晚很是不解："为什么？这么好的机会，怎么不把握一下？"

洛阳蹙着眉头略显惆怅："不知道怎么说，感觉吧……和这种人相处压力太大，像站在山底仰望山顶一样，不习惯。"

向晚晚想了想，表示理解："那倒也是。这种大集团的总经理，就跟总裁小说里金光闪闪的男主角一样，可望而不可即，突然接触起来，谁都觉得压力大吧。"

洛阳不想在这个话题上多作纠缠，话锋一转："好了，不说我，说说你，你怎么会和薛家二少爷认识了？还挺熟的样子。"

"这个……这是个意外，我以后解释给你听，我先去洗澡。"

向晚晚是真不知道要怎么解释自己和薛文曜的关系，只能赔着笑脸打马虎眼，赶紧寻了个借口去了浴室。

"向晚晚，你最近总神神秘秘的，不正常。我警告你，可别想对我隐瞒什么，否则我是不会放过你的。"

洛阳在外面一如既往地威胁着，向晚晚含糊地应了一句，打开花洒装作正在淋浴。但事实上，她正盯着镜子里的自己发呆，脑子里回想今天薛文曜的问题，她为什么要当保安，为什么喜欢宋贤又不敢告诉他。

为什么？为什么？其实她也想知道，她一直在寻求答案，寻求出口。

四月末，正值姚市最凉爽怡人的时节。

清早，薛文曜坐在办公桌后面，看着助理送进来的日报，在娱乐版看到了他与向晚晚在民政局外的侧影照片。旁边的大幅报道是关于他的，大意是有人爆料，身为薛氏二少的他已经低调结婚，一张向晚晚在酒店执勤的照片配在旁边。文中指出薛文曜的结婚对象仅是一家酒店的保安，她作为这家知名的五星级酒店的保安人员，却与酒店的消费者动手引发纠纷，总之向晚晚一夜间成了姚市的热门话题人物。

黄玟娜到了薛文曜的公司，径直登堂入室，闯进薛文曜的办公室，将报纸摆到他面前：

第七章 救美惹祸

"文曜哥哥，他们怎么能这么写呢？你娶的太太不会真的是这种人吧？"

薛文曜摊手，说："玟娜，这上面写的是真的。"

"文曜哥哥，你的品位太有问题了。这么凶的女生你都敢要，你的眼光怎么这么差，我竟然是被这样的人给比下去的。"

黄玟娜嫌弃地说完，一跺脚，转身挎着小坤包出门，在门口遇到苏振珂，也没给好脸色，一推他的肩膀从旁边走了过去。

"这大小姐的脾气，跟从前一模一样。小时候就你会迁就她跟她玩，长大了还是迁就她，结果给自己找了这么个大麻烦，你是不是上辈子欠了她很多债？"苏振珂看着黄玟娜离开的背影，啧啧感叹摇头。

"行了，别说风凉话了，她就是小姐脾气大了些，不是坏人。"

"你说你，平时对漂亮女生都是来者不拒。黄玟娜虽说骄纵，可长相没的说，家世更没的说，人家又从小嚷嚷着要嫁给你，你就真没动过心？"

"人与人之间，并不是只有爱情和欲望，你是不会懂的。"薛文曜随口解释着，提笔写字，随后又停下，语气微缓，接道，"当年我出事后一个人去纽约，你是第二个打电话给我的人，所以在你需要人支持帮助的时候，我就立马赶了回来，和你一起成立曜振。而她，当年是第一个打电话安慰关心我的人，就冲这一点，她做什么我都原谅。"

"我那时遇上占线了，原来是这位大小姐先了我一步。"

"人家当时躺在床上，吸着氧，等手术。"

苏振珂显然是深感意外的，玩笑之色渐收，沉默了片刻，说："所以，其实你愿意配合黄总，也并不只是为了项目而已，还为了黄玟娜，希望她好。"

薛文曜并没有回答，但答案显而易见。他历经诸事，几经沉浮，对人情冷暖更有着深切体会。钱与利益是衡量他成就的一项标准，但并非他处世的全部标准。

4

清早，向晚晚和洛阳一同出门。向晚晚心情颇佳，表姐从后面接着电话和助理对接行程，确定当天出庭的事情。自电梯出来，走出大楼的时候，向晚晚忽然一把拉住了表姐，退回到楼道里面。

洛阳一愣，问向晚晚怎么了，向晚晚则神情紧张地指了指前面小区的石子路上的一个人。洛阳放下手机，顺着她的手看过去，也不由得一愣：怎么会是宋贤？

洛阳让向晚晚先待着，自己上前去打了招呼。宋贤回身笑着与洛阳回应，在简单的询问过后得知，宋贤原本居住的地方租期将尽，并不打算再住，上次来过这里之后觉得这个小区不错，已经由中介公司安排在这里租下了一处公寓，晚些时候就搬过来。

洛阳冲向晚晚使着眼色，示意她先从小区另一边的门出去，没多久洛阳才自小区出来，一看向晚晚就不住地摇头。向晚晚也无奈，怎么这座城市这么多小区，宋贤偏就看中了表姐住的这个，这以后难免抬头不见低头见。

向晚晚心怀郁闷地去上班，刚一进保安大队就发现气氛有点儿不对，所有人看自己的眼神都奇怪得很。坐到工位前，翻开桌上的报纸，顿时一个"薛氏二少屈尊迎娶女保安"的大幅报道赫然在目，引发热议的主角正是她。居然有自己穿着保安制服的照片，再定睛看上面的报道内容，她真是想死的心都有了。原本结婚只是她与薛文曜私下协议的事情，现在却被公之于众，这要怎么办？她从未想过，事情会闹得这样大。

"晚晚，你这一下子成全市的大热门了。你和这个薛氏集团的少爷，是真的吗？"

"向晚晚，看不出来，你深藏不露呀。"

"晚晚，你还是好好想想负面新闻的问题吧，影响很大，网上都传开了，还质疑这是酒店的营销炒作呢。"

"晚晚，这是绯闻吧？不会是真的吧？那种大少爷怎么会看上一个小保安……"

……

一开始，向晚晚还想着事情能够解释清楚，还自己一个清白，但现在她知道，没用了，大众已经被误导了。她在瞬间被推上风口浪尖，对于自己这样还未过试用期的新人来讲，这样的报道足够毁掉一切考核。

在酒店停车场执勤，向晚晚尽量做好自己的事情，要自己别想太多，是福不是祸，是祸躲不过。如果真要因为这个车主的事情影响了自己的工作考核，那她现在也无能为力了。

手机上有来电，屏幕上显示是薛文曜的，向晚晚却不想接。心里正怨着他招惹来的麻烦，若不是他突然横插一脚，事情怎么会这样严重？

有车子在自己面前停下，是辆很漂亮的火红色敞篷跑车。随即车顶打开，里面坐着一个穿了黑色露背裙装、戴着墨镜的漂亮小姐。

"喂，又见面了。"来人不太客气地出声打招呼，向晚晚听着这声音极为耳熟，再仔细一看，原来是黄玫娜。

"是你，就是你，果然是你，我说难怪那天看你怎么那么眼熟，你就是我文曜哥哥结婚证照片上的女人。"黄玫娜指着向晚晚仔细打量后，一脸的后知后觉。

"我……"向晚晚一时间没反应过来，停顿两秒后恍然明白了什么。原来薛文曜要假结婚避开的人居然就是黄玫娜。

这个世界还真奇妙，无巧不成书。向晚晚惊讶之余，自觉要尽点儿协议的本职了。

"嗯，是我，我是和薛文曜结婚了，所以麻烦黄小姐不要再纠缠我老公了。"

"你不是有宋医生吗？为什么还要和文曜哥哥结婚？真是个坏女人呀。你知不知道我和文曜哥哥认识多久了，我们上幼儿园时就认识的。"

"那又怎么样呢？他最后还不是和我结婚了？"向晚晚气势不输人地回敬。

"你怎么可以这样？你哪点比我好了？没我漂亮，没我有钱，还没我温柔，没我胸大。"

"黄小姐，如果不打算报警抓我这个坏人呢，就快些走吧，不要影响我正常工作。"向晚晚轻松应对，语气却很强硬。

"哼，要不是看在文曜哥哥的面子上，我一定会打你。"黄玫娜鼓起包子脸，气呼呼地驱车离开。

半个小时后，黄玫娜来到医院，直接闯进宋贤的办公室，护士拦也拦不住，她一进门就把屋内穿着白大褂正给病人讲解病情的宋贤打断。正在听诊的病人侧头瞧着这位不速之客，宋贤也眉头微蹙。

"我有话要说，很重要的，太气不过了，不说出来我会憋屈死的。"黄玫娜气呼呼地开口。

"先到外边取号排队。"宋贤指了指门，神情温和却透着威严。

"我才不排。"黄玫娜耍起小姐脾气。

"那就离开。"宋贤口吻强硬，毫无转圜余地。

"哦——"黄玫娜拖长了音，极不情愿地跟护士取了号，站到门外的队尾。

宋贤按号看诊，黄玫娜捺着性子等号，轮到自己的时候，才规规矩矩坐到宋贤跟前，伸伸胳膊伸伸腿，一脸慎重地说："你知不知道，向晚晚和我文曜哥哥结婚了。"

宋贤低头写着处方，并没有抬头地"嗯"了一声。黄玫娜的目光扫过旁边的报刊架，看到上面有那一期关于向晚晚新闻的报纸，看来宋贤一早也看过报纸了。

"那你怎么想的？"黄玟娜摸不透宋贤的反应，不理解他为何表现得如此淡然。

"小晚有她自己的人生，她自己能左右，我怎么想的不重要，重要的是她自己怎么想。如果需要我的帮助，我会随时在的，如果不需要，我也不会干涉。"

"你还真大方，看着向晚晚结婚，真的一点儿都不生气，不难过？可你知不知道我心里有多难受，唉……我还以为，文曜哥哥他会和我结婚呢。"黄玟娜撑着下巴，唉声感叹。

"黄小姐是有多难过呢？"宋贤边问，边低头提笔写处方。

"这个……就是难过吧……"黄玟娜撑着下巴，忽然间不知道如何形容自己的感觉了。宋贤停下了笔抬起头来看她，似乎在等她的下文。

黄玟娜对上宋贤清亮又不乏犀利的目光，不自觉地开始有点儿心虚，歪着头又想了想，说："其实也称不上难过，就是感觉有点儿不甘心。从小一起长大的，小时候就数他对我最照顾，我一直以为会嫁给这个人的，结果一下子没了，总感觉丢了什么。"

"看来黄小姐根本不懂爱情是什么。如果你真的爱他，现在你就不会坐在这里告诉我这些了。真正失去爱人的痛苦，是任何言语都无法描绘的。"宋贤勾了勾唇际，低下头继续写处方。

"哦？宋医生有经验？"黄玟娜噘着小嘴，一脸不服气地发问。

宋贤握笔的手不自禁地抖了一下，有两秒的停滞，他抬起头来正视黄玟娜，说："黄小姐，你走吧。建议黄小姐也不要因为这些事情去找薛先生或是晚晚的麻烦，不如学着接受和祝福。如果真的在意对方，就先尊重对方的决定。现在的你，就是看到一个从小到大属于自己的玩伴归了别人心有不甘而已，当你发现下一个更好的玩伴后，你会很快忘记薛先生。"

黄玟娜噘嘴，表示了自己的不满，但看宋贤重新拿起笔，没有想理会自己的意思，她也没有再胡搅蛮缠，而是起身拎着包离开。

第八章　停职风波

现在掉眼泪没有丝毫帮助,必须要坚强起来,静下心来思考出解决问题的办法。向晚晚这样默默告诉自己。

1

第二天,向晚晚在早上出门的时候远远看到了出现在小区花园内的宋贤。他穿着一身得体的西装,提着公文包,走过长着万年青的花坛,是那么儒雅得体。阳光映在他身上,他的周身散发着一种无法言明的男性魅力。

向晚晚看着宋贤打车离开,站在路边目送着车子离去,不自觉地弯唇笑了笑。能在清晨看到宋贤神采奕奕地出门,真是一件让她既满足又安心的美好事情,但这样的美好,似乎又是那么奢侈。

载着宋贤的出租车最终消失不见,向晚晚收回目光,低下头,掏出手机对着手里的报纸打了上面的租房电话,请中介帮忙联系租房事宜。奢侈的美好,注定是不能贪多的,就像美味的蛋糕难以成为正餐一样,她需要适时地退后放手。

当天,在酒店停车场执勤的时候遇到了黄玟娜,向晚晚顿时觉得头大,但还是公事公办地上前,例行公事地开口:"小姐,这里不能停车,你挡住货车入口了。"

"我知道不能停,只要你告诉我宋医生住在哪,我马上开走。"

"想知道干吗不自己问他?"

"今天去医院也找不到他,我打电话他不接,不然我还用来找你?"

"也许人家根本就不想理你呢。"向晚晚没好气地回道。

"这个我不管,反正我就是想找他。现在我问你,你赶紧回答。"黄玟娜蛮不讲理地要挟着向晚晚。

"喂,你不要太过份了。"向晚晚实在看不惯黄玟娜的娇纵做派,搞不懂她为什么会盯上宋贤。

"既然你都和我文曜哥哥结婚了,我呢就要喜欢别人。我觉得宋医生很好,你抢走了我的文曜哥哥,我就要把宋医生抢过来才算公平。"

"真是脑子被驴踢了。"向晚晚没理黄玟娜,伸手就拿出本子要开单,不承想黄玟娜拿出手机对着向晚晚拍了一张。

"你干吗?"向晚晚没好气地问,不晓得黄玟娜又在耍什么花样。

"我拍张你的照片发给宋医生,就说我在找你麻烦,要是他还不接我电话,不联系我,我就要影响你工作。"黄玟娜得意地解释着,涂着猩红指甲油的手指在手机上三两下就将信息发了出去,等向晚晚要阻止的时候已经晚了。

果然,仅几秒钟后,黄玟娜的手机就响了。她得意地冲向晚晚一挑眉,接起了手机。

"好,我听你的,不会找她麻烦,这就走人,不过你要出来和我一起吃午餐。

第八章 停职风波

嗯……好……好……这就走……"

向晚晚听不到对方在电话里说什么，但显然黄玟娜非常高兴，全程笑眯眯地讲完电话，收了线之后又十分满意地冲向晚晚笑着挥手，重新戴上墨镜驱车离开。

最近真的是走背字，什么人都能遇上。向晚晚在心里哀叹。

午后，大概刚过午餐时间，向晚晚收到了宋贤的电话。她倒也没觉得特别意外，按宋贤的个性，黄玟娜因为他而过来找自己麻烦，他必然会表示歉意的。

"黄小姐她比较任性，我没想到她会去给你添麻烦，抱歉。我会让她不要再去烦你了。"

"嗯，对了，这位黄小姐最近经常找你吗？"

"是的，我为此也很头痛。"宋贤还是那么诚实，但凡讲事情，必然是直接说真话。

"她是喜欢上你了吧。看样子家世不错，也很漂亮。"

"这种富家小姐不过一时热情，过些时候就不会再纠缠我了。你知道我的心意的，我心里只有早早。"

"早早……"

这是很长一段时间以来，向晚晚第一次听到宋贤提及感情的事情，也是这几年来，她第一次听人再说出"早早"这个名字。她有瞬间的失神，表情平静得甚至有些呆滞，但她能明显感觉到自己内心的兵荒马乱。"早早"，那是一个在尘封记忆里，带着锁咒禁令一样的名字。

为了不让宋贤察觉出自己的心绪起伏，向晚晚随便寻了个借口匆匆挂断了电话。结束了通话，握着手机，抬头看了看湛蓝的天，向晚晚忍不住感觉有点儿头晕，她后退着扶住路边的绿化树干，一时重心不稳，眼看就要滑倒下去，猛然间发觉自己的腰被人托住，肩膀被一把揽住。

向晚晚的眼前有树枝和天空交互闪过，等她稳住身子抬起头，发现自己看到的是张熟悉的脸，明亮的眼，微微上翘的眼角带着情韵，高鼻浅唇，似乎永远带着意味不明的暧昧笑意。

也许是刚才心中的思绪太多，让她有片刻的失神，向晚晚竟然就这么由人从后面扶着她，半仰着头望着那张脸。她没有急于起身，似乎觉得有人这样搀扶着自己，更安心，更安全。

"你哭了。"半晌之后，还是薛文曜先开了口，他用温热略带粗糙的指腹自向晚晚的眼角轻轻拭过。感受着这样的碰触，向晚晚才回过神来，起身离开那个人托扶着自己的手臂。

　　站起身子，向晚晚才发现眼眶里有泪意，原来刚才自己就那么仰头望着薛文曜悄无声息地流了泪。

　　"发生什么事了？"薛文曜走过来两步，绕到向晚晚的面前，关切地询问。

　　向晚晚以最快的速度拭尽眼角的泪，再抬起头来一切恢复如常，掩饰道："没什么，刚才灰尘迷了眼睛。"

　　薛文曜知道向晚晚撒了谎，不过既然她不想说，他也不便揭穿她的谎言，他故作轻松地笑了笑，不再多问。

　　"你怎么来了？"向晚晚问。

　　"想你了呀。"薛文曜一贯油嘴地眯着好看的眼睛回答。

　　毫无意外地，薛文曜成功得到向晚晚一记白眼。

　　"我在上班执勤，有事说事，没事就快点儿离开，不要妨碍我工作。"向晚晚不耐烦地催着薛文曜。

　　"真是的，你不知道这座城市里有多少女人争着抢着要我站在她身边。我这么主动站你旁边，你还急着赶我走，真是不识好歹。"薛文曜习惯性地将双手插进西裤的兜里，抬着下巴目光炯炯地盯着向晚晚感叹。

　　"好了，别嘚瑟了，有事情快说，说完快走。"向晚晚被薛文曜盯得浑身不自在，只能服软。

　　"那天的事情，我想解释一下。我是薛家少爷的事情不是故意隐瞒你，是因为我向来不喜欢别人在我身上打个薛家的标签。我就是我，你也不用太在意。"薛文曜一本正经地解释道。

　　向晚晚没好气道："谁在意了？"

　　薛文曜继续道："报纸我看到了，那个车主的事情我会去解决。至于你和我的报道，这个就只能当作我们协议的附带条件，既然有胆量和我签约，那么我相信你是能应付的。"

　　向晚晚撇了撇嘴，道："你每次说这些话都这么理直气壮，就算没有理，也好像自己真的很占理，我还能说什么？"

　　"好了，不妨碍你工作了。晚上我来接你下班，再带你去吃好吃的，送你一样东西。"薛文曜笑着作别。

　　"谁同意了？"

　　"不需要你同意。"薛文曜拉开车门，以食中两指在额际帅气地比画了一下，坐上车离开。

"真是个自大狂。"向晚晚对着绝尘而去的车子暗骂一句,脸上却不由得露出笑意。

"小晚,刚收到消息,要你去经理办公室。"有保安大队里的同事过来冲向晚晚打招呼。

向晚晚闻声回头,有种不祥的感觉涌上心头,小心地询问:"一般不会临时召回的,是有什么事吗?"

"不太清楚,你回去就知道了。"

怀着不安的心情回了保安大队,一进经理办公室,向晚晚就知道自己的不祥预感果然再一次应验了。保安部经理和另外两位人士在场,看起来都是酒店的高层管理人员。几个人见向晚晚进来,都将目光投注到她的身上。自己的直属领导率先站起来说话。他具体说了些什么,向晚晚听不太清,只觉得耳中嗡嗡作响,直到最后那如同判决一样的结论,她听得异常清楚。

"向晚晚同志,鉴于你日前在工作期间发生的事件,以及引起的舆论关注,经领导慎重考虑,现在决定暂时停止你的职务。由上级部门进行调查后,再进行商讨决定是否继续留用你。"

向晚晚不知道自己是怎么走出经理办公室的,也不知道自己后来是怎么走出酒店的,其间似乎有一些保安大队里的曾与父亲共事过的前辈们说过些开导安慰的话,但她都像完全没有听进耳朵一样,一切都似乎变得非常遥远。

木然地走在街上,身后背着背包,她感觉自己一下子像回到了上学的时候。那时候很长一段时间她都是这么茫然的,她要一边上学一边打工,每天很累很辛苦,经常在街上茫然地盯着人流发呆,不知道自己将来怎么办,不知道自己接下来要往哪走。

她没有父母的陪伴,所以凡事都要凭借自身的努力。虽然只是一份保安工作,但她依然很珍惜,生怕给父亲丢脸,可现在她眼看着就要失去这个来之不易的机会了。她感觉突然间所有的努力即将化为泡影,自己的整个世界都要坍塌一样。

2

下午,薛文曜在公司照常忙碌,一刻也不得闲地将手上的事情解决。丽纱看在眼里感觉有点儿怪怪的,就冲路过的苏振珂使眼色。

"他现在有别的事情,急着赶时间呢。"苏振珂笑得极为暧昧地放下一纸文件,

第八章 停职风波

进了薛文曜的办公室。

"那天的工程我替你去看了，进度问题不大，就是材料方面为了保险起见需要你亲自去看看，明天有空吗？"

"嗯，让丽纱安排出时间。"薛文曜看着电脑屏幕，头也不抬地应下。

"虽说你从前也不偷懒，但这么拼命地赶时间倒也少见，就这么急着去见新太太？"

"是呀，知道还问？"薛文曜少有地顺着苏振珂的玩笑接了话，显然在提及关于向晚晚这个新太太的话题时他还是颇为开心的。

停顿一下，薛文曜像想到了什么，停下正敲打着键盘的手指，抬头看向苏振珂，问："你说，她会喜欢什么礼物？收到什么样的礼物会比较开心？"

"礼物？你自己不知道？"

"从前我就算不用送礼物，女人都会凑上来，不论我送什么，她们都喜欢。"

"鲜花、钻石、衣服、包包，好像男人送女人的礼物都逃不过这些吧。"

"算了，你都没女朋友，问你也白问。"薛文曜有些嫌弃地看了苏振珂一眼，继续工作。

两个小时后，薛文曜提早下班离开公司，先去了百货商场，再开车去接向晚晚下班。旁边的副驾驶座上放着一束香槟玫瑰和一只黑色丝绒的礼物盒子，上面印着某个知名钻石品牌的闪亮logo（商标）。他把那只丝绒盒子在手指间翻转了一下，微微勾起唇，伸手拨了向晚晚的电话，却没有人接听。

估摸着向晚晚在工作，没时间接，薛文曜也不计较，一路兴致颇高地开到了她所工作的酒店外，停在路边的树下等着向晚晚下班，想给她个惊喜。可是等了大半个小时，看着里面陆陆续续有人出来，就是不见向晚晚。一直等到里面再没人出来，薛文曜才感觉有些不对劲，再次拨打向晚晚的电话，得到的却是对方已关机的提示。

向晚晚在街上游荡了半日，最后在街边一把空椅上坐下，看人流来往。也不知道坐了多久，直到天色渐渐变暗，街上华灯初上，她才发现自己已经在外面待了很久，天已经黑了。

面前经过的人多是拿着包的上班族，结束了一天的工作，都匆匆赶回家，自己好像也应该回家了。她顺手掏出手机看了看时间，才发现不知何时手机已经没电关了机。

她茫然地上了公交车，站在靠窗的位置望着外面的城市，随着车子的前行摇晃，感觉一切都那么没有目的性。因为自己的心神游离，向晚晚坐过了站，直到车上都没人了才发现已经到了终点站，只得再坐车返回。等到她回到离表姐家最近的公交车站时，天色已经很晚了。

有车灯在前面的路上闪烁，向晚晚侧头看过去，见到车门被推开，有人自车上下来，步履急切地走过来。

"你到哪里去了？怎么又不接电话？"薛文曜语带埋怨，因为之前太担心焦急，所以此时有些压不住怒火。

向晚晚本想解释说自己手机没电的，但听薛文曜语气如此恶劣，她不自觉地在心底涌起一股委屈：这个罪魁祸首，现在有什么资格有什么立场责问自己？

向晚晚嚷道："你管我去了哪？你以为你是谁？你真以为和我领了个结婚证就真的是我的谁了吗？"

"你还凶，我不都是因为担心你。"

"谁要你担心了？谁稀罕你担心了？你除了给我找麻烦，除了给我添乱还有什么本事？"向晚晚心里的郁闷和不满瞬间爆发，伸手将肩膀上欲滑下去的背包直接丢到地上，冲薛文曜吼回去。

薛文曜何曾被人这样当街吼过，他实在想不通，明明早些时候还好好的。本来是特意赶了时间，满心欢喜地去买了花和礼物想着要示好的，可被对方平白无故地乱发一顿脾气，他的心中也随之燃起了怒火。

"好，好得很，你还真不可理喻了。"薛文曜还击道，想到车里放着的鲜花，走过去探身拿出来，直接丢到了向晚晚的脚下面，转身拉开车门上车离去。

向晚晚愣在原地，看着薛文曜的车子自面前的玫瑰花上碾轧而过，迅速沿路离开。

向晚晚亦感到无比委屈，抬头望望楼上的房间，她又不想现在回去了，因为不知道如何向表姐解释自己被停职的事情，索性就在旁边的花坛上坐下，兀自发呆。

手机响了，向晚晚捺着性子接起来，是房屋中介打来的，表示已经找到合适的房子给她，她随时可以入住了。

"好的，我今晚就搬过去，晚些联系。"

薛文曜惹了一肚子火气，想到刚才放在自己胸口衣袋里的戒指，就随手摸了出来。打开看了看那闪亮的钻石，想想之前买时的欣喜，现在更觉得恼火，随手就丢到了旁边的座位上。

车子到了路口，遇上红绿灯，薛文曜心烦地停下车，但还是一不小心轧了黄线，更是火上浇油，他愤愤地一拍方向盘。

"哟，这不是小晚的男朋友吗？"车窗外有个声音传来，旁边有人冲他打招呼。

薛文曜摇下车窗，发现是之前见过的许姐，他本就对其不甚有好感的，加之此时心情烦躁不佳，更不乐意遇到与向晚晚有关的人，但基于礼貌还是笑着点了点头。

"小晚还好吗？"许姐问道。

"她……她好得很，活蹦乱跳的。"薛文曜咬牙切齿地回答。

"小晚这次被停职，也真可惜，其实那件事情不怪她的。"许姐感叹道。

"停职？什么意思？"原本还满是怒意的薛文曜眉头微蹙，语气渐变。

"还不是因为昨天执勤跟车主闹纠纷的事？对方直接找到酒店来投诉了，她被停职调查了。哎呀，她还在试用期，这可就悬了……"许姐啧啧叹息，露出惋惜的表情。

薛文曜原本怀着的几分郁闷和气愤的心情，在听到这个消息后化为乌有，他没心情再细听许姐那些不痛不痒的感叹，面上客气礼貌地冲许姐道了谢，在绿灯亮起后迅速离开。

从路口掉头返回，薛文曜把车开得飞快，同时拨了苏振珂的电话要他替自己打听一件事情。

二十分钟后再次回到洛阳家楼下，看到向晚晚坐在花坛边环抱着膝头盯着地面发呆，他松了一口气。还好人还安全地待在这儿，随后涌上一股复杂情绪，既心疼又后悔。

推开车门下去，薛文曜走到向晚晚面前站定。发现面前多了一双男式皮鞋，向晚晚才抬起头顺着鞋子朝上看去。

"怎么又是你？"向晚晚不甚高兴地问了一句，重新低下头去。

"嗯，又是我。"薛文曜应声蹲下身去看她，微微叹息了一声，弯腰将她丢在地上的包捡起来。

"好了，知道你现在心情不好，不跟你争。"停顿一下，薛文曜又接着说，"你停职的事情我知道了，为什么不告诉我？"

"告诉你干什么？向你诉苦吗？"

"至少告诉我，让我知道你为什么不高兴，为什么生气。"

"没这个必要。我是我，你是你，虽然事情是你惹的，是你害我被停职的，但我没想怨你。"向晚晚淡淡地说着，显得有些疲惫，不愿再与薛文曜多说，伸手拿过他手上的背包就起身打算进入楼道。但是，就在向晚晚提着包转过身的时候，却又意外地愣住，站在那里不动了。

路灯映照下，就在几步之外，表姐洛阳肩上挎着公文包站在花坛边，脸上满是惊讶和不敢置信的表情。

"表……表姐。"向晚晚太过惊讶，尽管向来强悍如她，但此时还是不由得紧张得口吃了。

"你刚才说，你被停职了？"表姐缓步向她靠近，疑惑而不太愿意相信地询问确认。

"表姐，暂时只是停职，不是开除。"向晚晚小心翼翼地解释。

"你应该知道，你能考上警校顺利完成学业有多难，可你竟然才工作半个月就被停职了。事情闹成这样，你以为我会不知道影响有多严重吗？"洛阳伸手，从包里取出今天的日报递给向晚晚，向晚晚一眼就看到了自己的那一页。

"我……"向晚晚一时语塞。

"其实……"薛文曜看洛阳表情不善，就想要帮向晚晚说话，洛阳却一个冷厉的眼色扫过来，将他的话挡了回去。

"薛先生，你是外人，不要插手我们的家事。向晚晚，你给我上楼去，我们好好谈谈。"

向晚晚抿唇，点点头，跟着表姐进了楼道。洛阳看了一眼薛文曜，微微点头算是作别。薛文曜顺势靠在车上仰头看着楼上，不一会儿那上面的灯亮了，窗帘上映照出向晚晚和洛阳的身影。

3

这边，向晚晚老实地向表姐解释了事情的前因后果，洛阳听完火气渐消，但脸上还是挂着凝重的表情。

"真是太草率了，现在你一边要承受负面争议，一边应对绯闻非议，你知不知道，这会给自己带来多大的麻烦！"洛阳语带苛责，亦是出于对向晚晚的担忧。

"我会努力解决的。还有，我打算搬出去了。"向晚晚原本不想让表姐知道自己被停职的事情，可眼看着纸包不住火，干脆直接摊牌。

"为什么要搬出去？你现在这样出去，让我怎么放心？"洛阳一向看重这个表妹，自然不放心让她独自在外摸爬滚打。

"嗯……我不想在这里遇到宋贤哥。你也知道，在这多住一天，就多一分撞见宋贤哥的概率,你是了解我的,这是最让我发怵的事情。你放心,我已经联系了一处出租屋,今晚就能住过去。你要不放心,可以经常过去看我。"向晚晚故作轻松地跟洛阳解释着。洛阳听到她是因为宋贤才决定搬走,便也不好强留她,仔细叮嘱一番,又拿出自己的存折强塞给向晚晚。向晚晚推辞不过收下后,又趁着表姐帮她收拾行李,悄悄地把存折放到茶几下面的台子上。

洛阳帮向晚晚收拾好行李,由于第二天要上庭,忙着赶一份材料,没有送她出门,叮嘱她到了新住处给自己来电话。向晚晚拎着行李包下楼,居然看到薛文曜的车和人还在,颇感意外。

"你怎么还在?"向晚晚皱眉问道。

"等你。万一你被你表姐一气之下扫地出门,我还在这儿。"薛文曜笑着回应。

"等着看我好戏是吧?"向晚晚将手里的包朝肩膀上一挎,白了薛文曜一眼,从他旁边走过。

薛文曜上车,开着车缓慢地跟在向晚晚后面,笑问:"你这是要离家出走,还是被扫地出门?要不要我收留你?"

薛文曜以为向晚晚是因为和表姐洛阳闹了矛盾才出走,向晚晚知他误会了,倒也懒得解释,自顾自地继续前行。

"上来吧,去哪我送你。"薛文曜好意说道。向晚晚停下脚步,侧过身来看向薛文曜。

"就等你说这句话呢,下来。"向晚晚伸手拉开车门,把尚未反应过来的薛文曜从驾驶座上拉下来,扬手将自己的背包丢给他,自己欣然上车坐上驾驶座。

按照房屋中介发来的地址,向晚晚开着车直接过去,停在一处破旧的塔式楼房下面。

"你确定这房子能住人?"薛文曜探出头看着面前那栋破败不堪的旧楼,对向晚晚投以质疑和询问的目光。

向晚晚也一脸拧巴表情地看着在那等候的租房中介。中介似乎猜到她想说什么,径直凑到跟前先开了口,说:"你开的价就只能租到这种房子了,要不然你就多加一倍的钱,立马有小区房给你介绍。"

"也许里面比外面会好些呢。"向晚晚只能这样安慰自己,于是提着行李上楼。薛文曜却坐在车内没动,看向晚晚回头看他,他撇了撇嘴摇了摇食指表示拒绝同行。

三分钟后,向晚晚提着行李像逃难一样从楼道里跑出来,不顾后面中介人员的招呼,连连说着"不用了,不用了"。

第八章 停职风波

"走吧。"向晚晚上车，麻利地关上车门开口。

"去哪？"薛文曜问。

"不是说要我去你那住吗？现在如你所愿了，我没地方去了，你又等了这么久，我自然不能拂你的好意。"向晚晚一脸理所当然地回答。

"你这立场也变得太快了吧？"薛文曜喃喃笑念了一句，也不多说什么，绕到副驾驶拉开车门上去。

"先说好了，可是你邀请我去你那住的，不是我向你求助的，明白吗？"向晚晚扶着方向盘，一脸郑重地开口说道。

薛文曜坐在旁边侧头瞧她，似笑非笑，并没有说话，因为他完全被向晚晚的"主动自觉"打败了。

"你不说话就当你默认了。嗯，那就这么愉快地决定了。"向晚晚如同真的得到了肯定一样，心安理得地点点头，发动车子离开。

驱车到达薛文曜的别墅，向晚晚对这里已经十分熟悉了，轻车熟路地将车子停进车库，然后领着薛文曜进屋。

"明明是我的车，我的房子，怎么反倒觉得你更像这家的主人？"进门时看向晚晚熟门熟路地按门上的密码，薛文曜微微皱眉。

"哦，那你来开门。"向晚晚侧开身子，示意薛文曜上前。

薛文曜伸手按了下确认键，推开大门进去，仍然觉得怪怪的。

"我睡沙发，不会占用你的地方太久，明天我就会去再找其他的房子。"进门后，向晚晚环视着屋子开口道。

"我不介意你多住，或者……你也可以跟我一起睡卧室。"薛文曜在沙发上坐下，向后仰靠在沙发上冲着向晚晚调侃，还故作邪恶地挑了挑眉头。

向晚晚假笑着弯了弯唇，说："好呀，那我需要先把你四肢打残。"

"真凶。"薛文曜故意做出害怕的样子，瞪了向晚晚一眼，站起身来上楼。

薛文曜上了楼，许久没下来，向晚晚就坐在沙发上想着自己的事情出神。褪去那些刻意伪装的笑容和轻松，她心里到底还是难过的。那么不容易才得到的实习机会，与宋贤之间的平衡也被打破，自己原本顺畅的生活，仿佛一下子变得一团糟。她侧倚着躺到沙发上闭上眼睛，才忍住了眼眶里的酸意。

现在掉眼泪没有丝毫帮助，必须要坚强起来，静下心来思考出解决问题的办法。向晚晚这样默默告诉自己。有东西轻轻覆盖到自己身上，是毯子。向晚晚有些意外，发现周围的灯都熄灭了，有人伸手替自己将鞋子脱下来轻轻摆到了旁边，然后悄然离开。

等感觉身边的人已经离开，向晚晚才睁开眼睛，依稀看到有个背影正轻手轻脚地上二楼。是薛文曜。他刚才下楼来，发现她闭着眼睛躺在沙发上，以为她睡着了，便没有吵醒她。向晚晚一直望着他的背影消失在楼梯上，不由得轻轻握紧了身上的毯子，心中有股异样的感觉涌上来，是温暖，是无奈，还是悲伤，已然分不清，倦意袭来，她昏昏睡去。

薛文曜上楼进入卧室，不一会儿苏振珂的电话就来了。

"你让查的事情查到了，那个车主叫刘会，父亲是华伟的老板，报纸上的事情也是他让人写的。"

"华伟，你是说华伟地产？"

"嗯，没错，就是我们这次儿童乐园的地产合作单位。"

"把他的资料传给我。"

"你要干什么？"

"这个你不用多管。"

第九章 求和服软

明明是她的错,我这次是绝对不会原谅她的,至少要生气到后天,让她知道,我也是有脾气的。薛文曜这样对自己默念着。

1

第二天清晨，向晚晚在沙发上醒来，身上盖着毯子，薛文曜已不在家。她起身到鱼缸边，取了鱼食喂给那条大草鱼。在屋里盘算了一阵儿，向晚晚觉得自己不能坐以待毙，于是打开电脑开始搜索租房信息，可不是价格太高就是位置偏远，又看了些招工信息，也都无果。

正闲得发愁的时候，她接到了酒店保安部经理的电话。他告诉向晚晚，关于她的调查暂时尚无结论，安抚她不要着急，一有内部消息就通知她，最后给了那个车主的电话和住址信息，建议她如果可以的话找对方私了，事情应该能有转机。闻此，向晚晚再三谢过经理后，收拾了一下自己，打算去向那个车主道歉。

上午，薛文曜和薛青朝约见另外一家公司洽谈合作事宜。在会所用完餐，薛青朝要返回公司，薛文曜赶去郊区工厂看材料，两个人同去停车场。

"这种合作方，你一向是让振珂来的，今天特意出面，是有什么事要找我吗？"深知弟弟脾性的薛青朝，看出薛文曜有其他事情。

"没事。"薛文曜随口否认着，略作思索后问道，"华伟地产那块你熟吗？"

"华伟和我交情不太好，不过父亲与他们的老板……"

"算了，那就不用了，我自己处理。"

听到牵涉薛老爷子，薛文曜直接流露出不想再听下去的意思，拉开车门上车离开。

薛文曜忙完公司的事情，按照苏振珂提供的信息，找到刘姓车主所在的五星级酒店。敲了半天房门，才有一位穿着性感睡衣的年轻女子开了门，不解地问他找谁，薛文曜没有理她，径直推门进屋。

"是你，你倒还敢送上门。"刘姓车主正坐在沙发上抽雪茄，见到薛文曜突然闯入，颇感意外。仇人见面，分外眼红，他立马坐起身来。

"嗯，你还记得我，很好。那你应该也能猜到我来的目的。我希望我们能私下协商处理那起纠纷。"薛文曜自顾自坐到刘姓车主对面的沙发上。他一向倨傲惯了，尽管是来寻求和解的，却无半点儿示弱。

"我就看出你和那小保安关系不一般。我告诉你，大爷我不缺钱，不打算和解，就是要找那个小保安的麻烦，不管你是谁，都没用。"刘姓车主根本不买账，对薛文曜不屑一顾。

"我再给你一次机会，现在和解，和解金随便你提，我不会再计较你之前做的蠢事。"薛文曜淡淡地开口，眼神平静中带着威慑。

"想和解是吗？行呀，让她来陪我玩上一天，也许我会乐意考虑……"

第九章 求和服软

刘姓车主明显不是善茬，拒绝之余，还满面淫笑地在言语上对向晚晚不敬。薛文曜点了点头，倒也并不感觉意外，不动声色地勾动唇角，说："那么，这样看来，你就是执意要这样了？"

"是的。"

"很好。"薛文曜微笑，抬手慢慢地解开了自己的西装扣子，整了整袖口，忽然就伸手抓住那男人的衣领，直接挥了一拳过去。

刚才开门的女人一见打人了，立马尖叫起来。刘姓车主先是愣住，等反应过来立马跳起身还手，径直还了一拳给薛文曜。

薛文曜被打得实在，侧过头去，立即有咸腥气从口腔中溢出。他抬手拭了下唇角，看到手间的血渍，再看向那车主时竟然笑了。松开对方的衣襟站起身，也不再还手，准备转身离开。

那厢，向晚晚照着副队给的地址资料找到酒店，才出电梯就听到尖叫声。她寻着门牌号看过去，正是自己要找的那一间，里面有个穿着性感睡衣的女人站在那里，两个男人似乎正在打架，再定睛一看，其中一个穿西装的赫然就是薛文曜，他的嘴角还带着血渍。

薛文曜正朝外走，见到向晚晚出现在门口，不由得轻皱眉头。

"你在这干什么？"向晚晚盯着薛文曜，直皱眉。

"哟，这不是那个小保安吗？你也来了？你们不是约好的吧？"刘姓车主看到突然出现的向晚晚，出言讥讽道。

"刘先生，我是来道歉的，真是对不起。那天是我处理不当，希望你能接受我的道歉。"尽管眼前的局面让向晚晚感到事情又有变糟的倾向，但她仍清楚地记得自己来此的目的。

"看看，这才是道歉的态度。"刘车主教训完薛文曜，又冲向晚晚指了指自己的脸，说，"这可是他刚才打的，看到没有，你以为你道歉就管用了吗？"

向晚晚一看这情况，顿时泄了气。薛文曜竟然把人打了，自己来道歉还有什么用？她忍不住心生怨气，对薛文曜说："你就别添乱了行吗？你给我惹的麻烦还不够多吗？"

"我给你惹麻烦？"薛文曜反问。

"当然是你给我惹的麻烦。要不是你，怎么会生出这么多事？"向晚晚语气恶劣地埋怨道。

薛文曜没有反驳，似乎懒得再多说一句，只甩手侧身从旁边出去。

"薛文曜,薛文曜……"向晚晚在背后唤了两声。薛文曜却毫不迟疑地大步离开了。

看到穿着睡衣的女人拿着毛巾正在替刘姓车主擦伤,不由得挂心薛文曜的伤势,向晚晚一咬牙,追了出去。

追出酒店,看到薛文曜上了车,向晚晚跑过去想要拉开车门,却发现薛文曜先她一步锁了门,让她只能在车外待着。

向晚晚敲打着车窗,气急道:"你生什么气?你知不知道我今天是来求和解的,又被你搞砸了。算了,现在不说这个了,你下来,我开车送你去医院。"

薛文曜冷着脸回应:"不必了。"

薛文曜启动汽车离开了。向晚晚拿着他的外套气不过,在后面连唤了几声都没被理会,唯有看着车子绝尘而去。

向晚晚回头看看身后的酒店,她觉得薛文曜现在一时半会儿是不会消气的,还是暂时先把他的事情放一放,当务之急是折返争取车主的谅解。

向晚晚重新回到刘姓车主的房间。女伴正用冰块帮他敷脸。他看到向晚晚进来更是气不打一处来,冷笑着说:"哟,又回来了,求我原谅是吧?可以呀,你陪我三天,我就答应。"

向晚晚在听了这话后,豁然意识到早先薛文曜打他的原因了。

"你刚才就是提了这样的条件,所以被打的?"向晚晚忍着心里的火气平静地笑着询问。

"不,我刚才提的是一天!"刘姓车主调笑道。

"哦,一天是吗?"向晚晚露出笑容,伸出双手轻轻舒张,说,"这样吧,我们好好谈谈,你让这位小姐先出去,别在这里碍事。"

刘姓车主垂涎向晚晚的美色,见她如此温柔地笑着,立马起了色心,麻利地挥手示意女伴先出去。

送走那个极不情愿的女人,向晚晚将门锁上,四处看过房间,说:"这里没监控吧?"

"当然没有。"刘姓车主淫笑着保证,色眯眯地瞧着向晚晚。

"隔音很好吧?"向晚晚继续发问。

"绝对的。"刘姓车主已经按捺不住,贴近向晚晚。

"那就好。"向晚晚满意地笑了,双手在空中慢慢捏拢,握成拳,直接对着一脸淫笑的男人揍过去,重拳如暴雨般落在男人身上。

"我让你起坏心眼,我让你打薛文曜……"

除了在警校那会儿,向晚晚真的好久没这么舒坦地打过沙包了。十分钟后她整整衣襟,拉开房门走了出去,满意地挥手离开,留下在房间里哀号不已的男人。

下午,向晚晚回到表姐洛阳的住处,站在窗户前,看到楼下小区花园里的搬家人员将东西搬上对面的楼,宋贤站在落地窗前似乎在与谁通话,缓步走动着。

玻璃有时候真的是很神奇的东西。一层透明的隔层,可以看清一切,却又将一切阻隔。给人一种近在眼前的错觉,又使人产生一种咫尺天涯的无奈。

向晚晚隔着玻璃窗看了好一阵,才蹲下身子,从床下将那个泛黄的盒子抽出来,打开看了看里面的东西,重新盖好放回去,然后提起自己收拾好的东西下楼离开。

向晚晚打电话告诉洛阳,自己把东西都搬走了,洛阳不停地叮嘱着让她一切小心,有需要的话就随时回去,不要太过逞强。她联系了房屋中介,讲了自己的要求后,对方表示会帮她寻找合适的房子,最后打给薛文曜,想向他说抱歉,自己不应该凶他,可薛文曜拒接电话,看来是被她气到了。

向晚晚提着行李在街上游走了大半天,想着自己工作的事情原就棘手,现在又雪上加霜地没了住处,她都不敢再多想接下来会怎么样。她坐在路边的长椅上,双眼无神地盯着来往路人发呆时,旁边坐下了一个满头大汗的中年人,手里拿着文件当扇子,不停地冲自己扇动,同时还接着电话:

"刘导,我已经尽力了……好好好,我知道,我会尽快解决,再联系其他的武替的……"

中年人语带恳求地说着,表情无比为难,说到激动处,手里的纸张一下子脱了手,落到了向晚晚的脚边。

向晚晚看他正急着通电话,便弯下腰替他捡了起来。那是一张联系资料,上面罗列着一些需要招聘的职位,临时演员、场务、武术替身什么的。

"谢谢。"中年男人接完电话,笑着冲向晚晚道谢,接回文件。

"你们在招工,你看我可以吗?"向晚晚指指自己。

"你?我只负责招小职务,不招女主角这类的。"中年人笑了笑,摇摇头,以为向晚晚是有明星梦的女孩。

"我……我不应聘女主角,我看你们不是在招女主角的武术替身吗,你看我可以吗?"向晚晚站起身来,比画了一个咏春拳的起招姿势。

看向晚晚的姿势有板有眼,中年人的眼睛一下子亮了,向晚晚麻利地又小走了一招,中年人当即一拍大腿,说:"你真愿意当武术替身?那可是个吃苦的活,你一个小姑娘能受得了吗？"

"能。"向晚晚一听有戏，忙拍着胸脯表示自己没问题。

向晚晚与中年男人一拍即合，随后那人自我介绍姓陈，是个经纪人，专门负责替公司里的导演联系群演和武替、场务这些小角色。

简单的商议之后，就定下了向晚晚的新职业。因为剧组下午就要拍一场绿幕戏（特技拍摄采用的绿幕，在电脑系统中更容易与前景分离），原本定好的武替生病了来不了，向晚晚愿意直接顶上，就跟着陈经纪去了剧组。

2

薛文曜从酒店开车离开，在路上的时候对着后视镜看了下自己的脸，不由得皱起眉。脸颊的位置有一小块瘀青，虽然不是特别明显，但对于向来看中外表的他来讲，是个大问题。薛文曜打电话给苏振珂，让他联系律师，起诉刘会。

"你做什么了？"苏振珂在电话另一端询问。

"没什么，既然他要找麻烦，我就成全他。让律师马上着手去办，再把风声透露给相熟的媒体，就说华伟的股东在外斗殴伤人，面临法律追究。"薛文曜坦然自若地撒网，对于他认定的敌人向来手段凌厉。

刘会是华伟总裁的儿子，并未直接参与公司的运营管理，但他拥有其父转给他的部分股份，所以说他是股东也不为过。再用夸张的标题一写，人们只会下意识地联想到华伟公司是惹上了大麻烦，至于内情，估计也没多少人愿意往深处探究。

"华伟的新盘开售在即，出这种新闻，股市必然会受影响。"苏振珂立即领会了薛文曜的意图。

"嗯，就是这样。如果对方要联系和解，先不必理会，让刘总亲自和我联系，还有那个他们想找我们做的项目合同，酬金再加一个点。"薛文曜冷冷地下着命令。

一旦他集中心力对付一个人或某家公司，那后劲绝对不可小觑。

"你自己挨了一拳，然后就拉着人家一个公司下水，又要加酬金，会不会太……"苏振珂啧啧感叹。对方要是知道得罪了这么个主儿，肠子都要悔青了吧？

"太卑鄙吗？对卑鄙的人，就得用卑鄙的方法。刘总他教子无方，就由我代而为之了。他不知道我是谁，那我就让他知道我是谁，他打我的这一下，就用酬金抵上。还有，帮我联系下酒店那边，约他们的吴总明晚一起用餐。"薛文曜虽然生向晚晚的气，却始终记挂着她的事情。

与苏振珂通完话，刚挂断电话，又有新的来电，打开一看竟然来自薛园。薛

第九章 求和服软

文曜迟疑了两秒才按下"接听","喂"了一声后听到了一个严肃而又熟悉的声音。

"薛文曜,你在忙什么?为什么不能在周三回来?"薛老先生直切主题,不满地发问。

"忙,走不开。"薛文曜一如既往地利落回绝。

"你南姨很久没见你,她过生辰,你就真那么难请吗?"薛老先生苛责道。

"我和南姨的关系似乎没有好到那个地步,有大哥在就圆满了,我不回去是对她最大的祝福。"薛文曜从不掩饰他的态度,他可没大哥薛青朝那么好脾气,对老爷子言听计从。

父子俩是话不投机半句多,才说没几句,已经散发出十足的火药味。薛老先生直接骂道:"混账,有你这样和父亲说话的吗?"

"父亲大人,我只是说实话而已。"

薛老先生也很无奈。对于这个儿子当初倔强地搬出薛宅的时候,薛老先生就知道自己控制不了他,而今依旧如此。他还和当年一样傲气倔强,对于自己不接受的人与事,就是如此直接。

"听你大哥讲,你在打听华伟地产的事情?"

"小事情,我自己能解决。"

"自己能解决,就不会想到要问你哥了。你回家一趟,我替你解决。"薛老先生已然有了妥协之意,想要缓和父子关系。

"不用。"薛文曜冷硬地回绝。

"你个死小子,每次都逆着我来!自己的事情你要是都能自己解决,还要你哥去警局保你吗?还有,那个女保安是怎么回事?她是什么人?又是新女友吗?绯闻都已经扯到结婚上去了,你真当你老子我听不见看不到吗?"薛老先生虽然对这个小儿子没招,但时时关注着他的动向,总想着要劝回薛文曜。

"薛老爷,我很忙,既然你都知道,那又何必问我。好了,我先挂了,祝薛老爷你身体健康,每天开心。"

薛文曜挂断电话,随手将耳机丢到一边。

车子在路口等绿灯的时候,他盯着手机上母老虎这个名字有点儿犹豫了。有好几个她的来电自己都拒接了,现在她不打了,他反倒想打个电话过去,但又在按下拨打键时收回了手。

明明是她的错,我这次是绝对不会原谅她的,至少要生气到后天,让她知道,我也是有脾气的。薛文曜这样对自己默念着,想着自己一定要坚持这个原则,便驱车驶向了工地。

另一边，向晚晚进了剧组，由陈经纪引着见了导演和副导。起初导演们还怀疑她这样年轻的小姑娘当不了武替，可当她打了一套流利的拳法后两个导演立马满意地点头赞许，还给了比普通武替高一些的价钱，约好场次就直接让她化妆换衣。

这次拍的是部玄幻剧，女主角是时下很红的一个花旦，向晚晚负责的工作就是在绿幕前吊威亚拍那些打戏。这对于普通人来说可能有各种问题，但对于一直接受严格警员训练的她来讲，过了几场后就得心应手了。导演非常满意，以至于全组提前收工。

"我觉得你真的非常适合做这个，如果有兴趣，我们签个长约，以后就签约到我们公司做职业演员如何？"收工的时候导演这样问向晚晚。

向晚晚原本只是当武替这种工作是临时性的，却没想到竟然能招来签约合作的橄榄枝，半天没反应过来。她略做思索后，答应导演自己会考虑。

"小晚，这位导演在圈里名气响当当的，他出手导的戏肯定会红。人家看中了你，你的活肯定断不了。"临结账时陈经纪这样说。

"我再看看吧。"

向晚晚收了工钱，笑着与剧组的人作别，看看时间竟然已经是晚上七八点了。想起今天在酒店和薛文曜的事情，的确是自己错怪他了，之前他在生气不接自己电话，现在也不知道气消了没有。

想再拨薛文曜的电话，又觉得这样打过去好像欠缺诚意，自己现在没处可去，还得求他收留，虽然她不乐意，但也不得不决定要主动低头服软了。

一个小时后，她回到了薛文曜的别墅外，他家的密码早就烂熟于心了，她轻车熟路地进了屋，本以为薛文曜会在客厅，进门后发现里面只是亮着灯，没有半个人影。

向晚晚看楼上书房里的灯亮着，估摸着薛文曜在书房，想了想后顺手拿了桌上的水果上楼，径直进了薛文曜的书房。

果然，薛文曜坐在电脑前正在工作，看向晚晚进门，挑了下眼皮，没理会，继续低头工作。

向晚晚上前，将手里拿着的水果盘摆到了薛文曜的桌上，却因为落手有点儿重，发出"哐啷"一声，把坐在椅子上的薛文曜惊得微微一退。

"你想干什么？"薛文曜皱眉看着向晚晚。

"我是来道歉的，上午不好意思了。"向晚晚虽然说着道歉，但因为不习惯低头，所以语气强硬。

第九章 求和服软

"现在知道道歉了，我可不接受。"薛文曜低着头继续工作，没有理向晚晚。

"我都道歉了，你还要怎么样？"向晚晚不由得加重了语气。

"你自己听听，这是道歉的态度吗？"薛文曜十分不满。

"我……好吧，那你要怎么样？"向晚晚有些心虚，毕竟这次错在自己。

"先撒个娇来看看。"薛文曜一派淡然自若的神情。

"你……"一听这样的要求，向晚晚差点儿跳起来。薛文曜就知道会这样，抬起眼皮一挑眉头给了个威胁的眼神。向晚晚顿时没了气势，意识到自己现在是弱势方，在求和道歉，不能再硬着来。

"快点儿，我等着呢。"薛文曜放下笔，双手环胸靠到椅背上，摆出一副看好戏的姿态。

向晚晚一闭眼，心想着早死晚死、横死竖死都是死，牙关一咬，双手握拳摆到自己下巴上做了一个可爱的撒娇表情，嗲嗲地说："你就说怎么才能原谅人家嘛。"

"我没想好。"薛文曜咳了咳，突然有点儿不适应向晚晚这么大的转变。

"那我就坐在这里等你想。"向晚晚放下小粉拳，双手环胸，立马变回了女王姿态。

"你这是在威胁我，有你这样道歉还威胁人的吗？还真是从来没见过。"

"现在你不是见到了吗？"

"你……"薛文曜语塞。

向晚晚看着薛文曜那种又生气又无奈的样子不禁笑了，她站起身来，走近他的办公桌，赔着笑脸把刚才从果盘里滚出去的苹果放回盘里。

"好了，好了，是我错了，我是真心来道歉的。"向晚晚摇晃着薛文曜的肩膀再次撒娇。

薛文曜侧转过脸，不理她，表示自己还在生气。

"要不这样，我给你打套咏春拳。我今天就是用这套拳法把那个家伙打成了猪头替你报仇，我表演给你看，然后你就当这件事情过去了？"

向晚晚说着，就到办公桌前开始比画。薛文曜见过人求和认错的，但没见过打拳表演这种认错方式，心里想着自己要坚守原则，一定要生气到后天，实在不行也要到明天，可终于忍不住笑了出来。

"你真把那个人打了一顿？"

"嗯，特别舒坦。"

"那你知不知道，这样一来，你的工作只怕彻底保不住了？"

"我……"向晚晚抿起唇,其实这也是她最担心的事情。她停顿了两秒,重新抬起头,说,"事情已经发生了,有什么后果就是什么后果吧,我会承担。"

看向晚晚这样逞强,薛文曜是多少有些心软的,将一些原本有些重的话咽了回去,只微笑说:"好了,看在你替我报仇的分儿上,我原谅你了。"

"Yes!"向晚晚做了个胜利的表情,然后恢复了平日的傲慢姿态,说,"那既然你不生气了,应该不会介意我多在这里住几天吧?"

"哦,原来你来向我道歉就是为了让我继续收留你。"薛文曜一下子就看出向晚晚心里那点儿小九九。

"不要说得这么难听嘛,放心吧,我不会麻烦你太久的。我已经找到新工作了,当武替拍电视剧,以后你就可以在电视上看到我了。"向晚晚自信满满地拍拍胸口。

"武替?岂不是很累,如果真的需要工作,需要钱,我能替你安排。"薛文曜锁紧眉头,觉得这种危险系数高,又格外辛苦的工作并不适合向晚晚。

"不用,我能行的。"

向晚晚自信满满地笑着转身,走到门口的时候又迟疑了一下,转过身来:

"喂,薛文曜,谢谢你呀。"

"谢我什么?"

"谢谢你替我出头。虽然明知道自己体能不行,打不过对方,还愿意帮我出头。"

"你这是夸我呢,还是骂我?"

"回头见。"

向晚晚挥挥手,笑着出门离开。坐在椅子上的薛文曜心里半酸半甜,他转了转手中的笔,本是想笑的,但在自己的脸颊又隐隐犯疼的时候才意识到,和人打架之后真是受罪。

3

向晚晚下楼,刚在沙发上坐下没一会儿,就听见门铃响了。这个时间了,怎么还会有人上门,她去拉开门后发现外面站着的竟然是车主刘会,不由得一愣。

"你想干什么?"向晚晚下意识地后退了半步,以防对方忽然出手。

但是,意外地,对方一改之前的蛮横姿态,赔着笑脸奉上一只盒子,说:"向小姐,之前是我眼拙,不知道您和薛先生的身份,我是特意登门道歉的。"

第九章 求和服软

"道歉？你……真的是来道歉的？"向晚晚看着对方一脸讨好的表情，稍稍放下戒备。

"绝对的。向小姐，我已经撤销了投诉，只希望你能跟薛先生说一声，也撤销对我的起诉，一切好说，一切都好说。"刘会低声下气地说道。

"我不太懂。"向晚晚一头雾水，不明白对方话中的意思。

"我爸已经狠狠地教训我了，就请向小姐你帮帮忙吧，否则他就要停了我的信用卡，我就没法活了。向小姐，对不起，真是对不起，你就原谅我吧。"刘会拱手作揖，不断哀求着。

向晚晚还是搞不清状况，她扭头朝二楼看去，见薛文曜双手环胸，斜靠在那似笑非笑地看着。向晚晚用眼神询问他该怎么办，薛文曜并不说话，由着刘会又说了好一通请求原谅的话，才似乎满意了些，开了口：

"回去告诉刘总，我会让律师撤销起诉，至于媒体那边，也会处理。"

刘会千恩万谢地又跟向晚晚不停地道歉，又向薛文曜说了些好话，才离开。

向晚晚关上门，站在楼下，仰头问楼上的人："这是怎么回事？"

"没事，他之前不尊重你，就应该向你道歉。"

薛文曜轻描淡写地带过，转身回了书房。

"喂，那个谁，谢谢你呀。"

向晚晚大声地冲书房里的人说话。书房里的薛文曜不自觉地微扬起唇角，心中生出欣喜与满足。

当晚，向晚晚替薛文曜做推拿。因为刘会的事情，他身上的伤又多了一圈。

"我这辈子都没这一个月受的伤多。"薛文曜一边疼得龇牙一边感叹。

"知道自己战斗力那么渣还想着和人打架，这不活该吗？"

"我为了谁？你还说这风凉话。"

"好好好，我不说了，可你战斗力不行，我只是说实话而已……"

"我现在可是收留你的人，你对我客气点儿。"

……

两个人吵吵闹闹地相互顶着嘴，擦完药酒后向晚晚收拾了东西在客厅看电视，薛文曜看到手机有来电，是酒店那边的吴总，他边上楼进入书房，边接起电话。

"薛少，真是对不住，我现在在外地，一起用餐的事情就没办法了，等我回了姚市一定请客……"

薛文曜嘴角的笑意在听到这话后微微下敛，他没有继续听下去，却已经依稀知道是什么情况了。

客套了几句后挂了吴局的电话，薛文曜拨了薛园的电话，但又在那边的用人接起后，将电话挂断了。

是薛老爷子安排的，他必然是先于自己向吴总通过了气，故意要为难自己，薛文曜不用多猜便知道。他知道只要现在打一通电话向薛老爷子服软就可以，就能解决向晚晚工作的事情，但他就是迈不过这道槛。

握着手机，站在书桌边，薛文曜的五指握成拳，无奈地在桌角轻轻一砸。

第二天，清早醒来，向晚晚习惯地翻了个身，结果险些从沙发上掉下来，好在及时做出反应单手撑住了地板才没摔下去。

"醒了？"有个带笑的声音询问她。

向晚晚循声侧过头，看到薛文曜穿着白色衬衫黑色长裤立在几步之外，正在打着自己的领带。

"早。"向晚晚随口招呼了一声，起身揉着脖子朝盥洗室走去。

"有没有一次性的牙刷？"向晚晚在屋里问。

"没有，我不介意你用我的。"薛文曜在外面笑着调侃。

向晚晚兀自对着镜子翻了个白眼，打了清水又取了漱口水漱口。

向晚晚出来的时候，薛文曜正坐在餐桌前一边喝牛奶，一边翻看资料。他面前的桌上摆着两份早餐，三明治配着沙拉，看起来清爽可口。

"我睡过头，忘记起来做早餐了，你也没叫我。"向晚晚埋怨道。

"嗯，看你睡得那么香，就算了，吃这些吧。"薛文曜指着餐桌上的餐点，示意向晚晚坐过来用餐。

"谁做的？"向晚晚边坐下，边左右巡视屋子。

"有钱想吃什么都可以，就算是五星级早餐也能随时送到。"薛文曜颇为得意地回了一句。

向晚晚撇撇嘴，不以为然地拿起早餐来吃，看到旁边类似于单据的纸上面标注的这顿早餐的价格时不由得睁大了眼睛，说："你们这些有钱人真是罪过，一顿早餐都要吃掉我小半个月的工资。"

"那是因为你工资低而已。"薛文曜毒舌地撂下一句，放下半截报纸露出好看的桃花眼，又补了一句，说，"哦，对了，你快要没工作了。"

向晚晚对薛文曜嘴巴贱这件事情早已习惯，她翻了个白眼给他，一口咬下一大块三明治解恨。此时手机响起，她一边咀嚼着三明治，一边顺手接起，在听到里面的声音后她的脸色黯淡下来，笑意全失，将手中的三明治放回了碟子中。

坐在对面的薛文曜原本是看着报纸的，在感觉对方的情绪变化后不由得放下报纸，关切地看向桌子对面的人。向晚晚沉默地听完对方转述的信息，忍着心里涌出的种种情绪，在最后尽量平静自然地说了声谢谢，等到对方挂断了电话后她才放下手机。

"出什么事了？"薛文曜出声询问。

向晚晚闻声有些恍惚，停了两秒后才抬起头来看对面的人，说："是酒店保安部经理打来的，我的试用期没有通过考核，要我去办离职手续。"

尽管之前早就预想过最坏的结局，也想过要有心理准备，但当这个消息真确定下来，向晚晚还是感到无比难过。薛文曜将报纸放到旁边，似乎要说些什么，但向晚晚已起身离开了餐桌。

向晚晚走出屋子，去了花园，薛文曜隔着落地玻璃窗看着她在花园里走动着，最后站到了一排万年青旁边，只留了个背影给他。

薛文曜知道，向晚晚向来要强，就算她难过的时候，也不想要别人看见，但在等待了一分钟后，他还是决定做点儿什么。

薛文曜来到花园，走向向晚晚身边，拍了拍她的肩膀，说："要是真的觉得难过，可以哭出来，我不会笑你，或者我现在出门去，就看不见你哭，不会丢脸的。"

向晚晚没说话，薛文曜当她是默认了，转过身去打算走开，向晚晚又抬起了头，说："没关系的，我没事。其实昨天动手的时候就已经想到了这样的结果，只是需要点儿时间接受而已。"

"这才是我认识的那个向晚晚，十足的女金刚。"薛文曜笑着伸出手，拍了拍向晚晚的肩。

向晚晚被薛文曜逗笑了，不过眼圈还泛着红，以至于薛文曜看着这样的她瞬间有种心疼的感觉。

手停在她肩头的瞬间，薛文曜想到了各种可能。也不知道是同情心在作祟，还是有那么一刻动了真情，他在仅维持两秒钟的迟疑后并没有收回手，反而顺势把向晚晚拉进了自己怀里，将她的后背拥住。

向晚晚被薛文曜这突如其来的举动惊住，竟然忘记了任何反应，好一阵儿后才试图挣扎开，但薛文曜任由她挣扎了一下，并没有松开她，反而伸手把她的头按到自己的肩膀上：

"好了，这样我就看不到你哭了，等你哭完了我陪你去大队办手续。"

"我不想哭，我也不会哭。"

"嗯，那就靠会儿。"

薛文曜顺着向晚晚的话哄着她，感觉到薛文曜的坚持，向晚晚最后放弃了挣扎，任凭他的力量左右自己，靠在对方的肩膀上。她知道现在薛文曜是真的看不到自己的眼泪，才放心将强忍着的泪水流出来，任由它一滴滴落在薛文曜肩头的衬衫上。

薛文曜轻拥着怀里的人，安静地等待，任时间流逝。虽然在抬腕时看到自己腕表上的时间已经离计划出门的时间越来越近，他就要错过原定的项目签约会议了，但他还是丝毫不着急。作为一个从前视工作为一切重中之重的人，现在反倒觉得就这么站着当一个人的倚靠工具比他的一切大事都要重要。

朝阳，晨露，飞过的小雀鸟，还有花园里花草的淡淡香气。薛文曜第一次发现，原来自己的花园竟然这样清新美妙，有着这样迷人的魅力。他忽然企望时间停驻在这一刻，一直站在这里，抱着这样的人，看着这样的风景，一直这样下去。

不知道站了多久，直到向晚晚渐渐推开了薛文曜的肩膀，离开他的怀抱。她再抬起头来时，眼睛虽然还有些红红的，但脸上的神情已经恢复自然，没有了先前的失神与惊慌。

"好了，没事了。"向晚晚露出笑容，虽然薛文曜看得出这是她倔强地要求自己展露出来的，但薛文曜愿意配合她演这样一场戏，点头说好。

十几分钟后，向晚晚换了一身白色衬衫便装，配着高腰牛仔短裤从卧室出来，手里拿着自己折好的蓝色制服。薛文曜在一楼等她，替她拿了包出门上车。

开车的时候，薛文曜的手机有来电，他看了一眼，是苏振珂打来的。知道他必然是要问自己为什么还没到公司，但薛文曜并不想接，随即挂断了。

旁边一直坐在那里盯着放在膝上的制服发呆的向晚晚抬起头来，看着薛文曜，说："你忙的话就去公司吧，找个路口放下我，我自己坐车去酒店。"

"没事，公司有振珂在。他虽然长得没我帅，但能力还是让人放心的。"薛文曜随意地开着玩笑。

向晚晚被逗笑了，习惯性地白了薛文曜一眼，说："那我也不想让你送我过去，我自己的事情，我要自己去面对，我也能面对。"

薛文曜开着车，本想再争取一下，可又知道向晚晚做出的决定不会轻易改变，多说无益，就顺从了她，挑了个路口停下。

向晚晚下车，与薛文曜作别，拦了辆出租车后赶去大队。薛文曜一直看着那辆出租车汇入车流，才重新发动自己的车子离开。

第十章　忍不住很想她

　　一种熟悉又陌生的思念，一种很久没有体会过的、挂念一个人的滋味，就算只是离开这座城市一天，却又无比期待回来的欲望，似乎全都归结到了一个人身上。

1

向晚晚来到酒店保安部，从她一进大楼，就开始受到别人的注意。旁边有认识的同事冲她点头问好，她都客气地回应问好。一路经受着各种目光，有同情，有可惜，还有一些是看戏的。到了经理办公室，她做了个深呼吸后才抬手敲了敲门。

经理接待了向晚晚，例行公事地向她解释情况之余又劝慰了她一番，告诉她毕竟还年轻，劝她不要气馁，如果以后有帮得上忙的地方，可以联系他。

向晚晚谢过经理，去办手续，签字。交还制服的时候她看着穿着制服的工作人员从自己手上拿走那套原本属于自己的制服时，不禁有点儿颤抖地抓住了制服的一角，她想到了已故的父亲，忍不住眼角泛酸。

"你怎么了？"工作人员问。

"没事。"向晚晚努力笑了笑，松开手。

办离职手续非常简单，仅半个小时就完成了，可向晚晚感觉像经受了一个世纪般漫长的煎熬。

她返回自己从前的位置去收拾东西。桌上的小仙人球盆栽，自己的照片，那些属于她的私人物品，零零总总的竟也收了一小纸箱。

"小晚呀，别难过，你还年轻，以后机会多的是。"许姐拿着拖把在旁边说。

"嗯，谢谢。"向晚晚讷讷地应了一声。

有人安慰，当然也有人并不看好她，比如同来的一个年轻校友，就颇不以为意地冲向晚晚笑，说："向晚晚，你在警校的时候可是校花，又是学霸，老师们也最喜欢你，没想到你竟然连个保安的工作都难以胜任。"

"晚晚，你跟那个薛氏少爷的事情也是假的吧？真可怜，白白被娱乐了一回……"

"晚晚，别灰心，以后的日子还长……"

向晚晚很讨厌这种似乎在被全世界同情的感觉，但她又无力改变什么。正在不知道要如何挽回自己的面子时，一个清亮的男声插了进来：

"收拾好了吗？"

众人循声望过去，见到一个英挺耀目的男人正往这边走过来。他身着质地优良的白色衬衫，黑色西装长裤，头发利落地向后梳着，露出精致到无可挑剔的俊朗五官，气质高贵，仅仅是走过来，就让旁边的人不自觉地将目光投向他，为他让开路。

"是……是那个薛文曜，真的是那个钻石男薛文曜！"

第十章 忍不住很想她

"好帅……"

人群中有女生发出惊叹。

薛文曜笑得无比自信，他迈着长腿，穿过人群，来到向晚晚面前，伸手接过她手里的纸箱，握住她的手，说："走吧，薛太太。"

简单的三个字，薛太太，将一切言语都概括了。现场众人都微愣了两秒，绯闻得到印证，向晚晚面临的局面立马得到了一百八十度的扭转，众人一改之前的同情，特别是一些女同事都羡慕得瞪圆了眼睛，朝向晚晚射出嫉妒的目光。

薛文曜一只手紧握着向晚晚的手，一只手怀抱着她的小纸箱，在众人的注目中离开，到了路边绅士地替向晚晚拉开副驾驶的车门。直到两个人驾车离去，那些在玻璃窗后面围观的众人才堪堪散去。

开车到了两个街区外，向晚晚让薛文曜停了车，说："你不是要去公司吗？我说了不要你跟着的，怎么还是跟来了？"

"我要是不跟过去，你不就被人看笑话了？"薛文曜笑着反问。

向晚晚叹息着抿了抿嘴，倒也说不出反驳的话，伸手拍了薛文曜的胸口，说："果然是好搭档。"

薛文曜被拍得一阵咳嗽，向晚晚意识到自己手重了，赶紧赔笑说好听的。

"这个，就归我了。"薛文曜伸手，将摆在后排位置上的纸箱里放着的那只夹有向晚晚照片的相框拿了出来。

"你要这个干吗？"向晚晚伸手就去夺。

薛文曜早有防备地闪过手，将相框举高，笑着说："现在你可是我太太，我这个做老公的总要有张太太的照片。"

"不要脸。"

"脸在这里，你要亲一下吗？"薛文曜侧过头，将脸朝向晚晚面前凑近了些。

向晚晚又好笑又无奈，伸手一推薛文曜，让他离自己远点儿。

"好了，我真要去公司了，否则苏振珂要跳脚了。"

薛文曜不再逗向晚晚，伸手替她推开车门，向晚晚给了他一记白眼，抱着自己的杂物箱下车离开。

薛文曜冲向晚晚用手势在额际比画了一下，说："不要太想我哟，晚上见。"

向晚晚对着他撇撇嘴骂了一句"不要脸"，脸上却又不自觉地笑着，看他车子开远了，自己才拦车离开。

已经没有了工作，向晚晚是真的需要好好思考一下关于自己前途的事情了。

就自己的专业来讲，想要找的工作方向似乎是偏冷门的，一时半会儿还真觉得为难。

俗话说：好事不出门，坏事传千里。向晚晚被辞退的事情迅速传开，她很快接到了一些同学的电话，多是安慰，也有学长建议她考虑回校考研或者另寻发展。学院的主任也打了电话过来，那位主任从前颇为欣赏向晚晚，得知她的境况后，提到了关于学校派送出国交流的事情。

"你的条件很合适，如果你愿意，我就向校方申请，通过的概率很大。你代表学校的专业水准去国外交流，学校也放心。"

"这个我再考虑考虑吧。"

"这是个很好的机会，你现在难道还有更好的选择吗？还要考虑什么？"

"我有些私事要完成。"

主任对向晚晚的回复显然很不满意，但也没强求她，只在提醒了她好好考虑，为自己的将来负责后挂了电话。

当下另一个为难之处就是，她要怎么向表姐交代。之前还侥幸地想着等解决问题，恢复职位后再找表姐解释，这下直接丢了工作，真不知如何交代。但是，怕归怕，向晚晚却还是喜欢有事情直接解决，伸头是一刀，缩头也是一刀，不如早死早超生。

她打了电话给表姐，这次倒是顺利地接通了，向晚晚先是赔着笑问了好，认了一堆错，表姐却听出了她的不对劲儿，她不得不全盘托出。

表姐洛阳有片刻的沉默，但到底没有多说什么雪上加霜的话，只是要她自己好好想想接下来要怎么办。如果有需要，随时搬回去，她的房间一直留着，并提醒她不要太逞强。

薛文曜开车回到公司，悄无声息地去会议室坐下，正在用激光笔指着投影画面给客户讲解图纸的苏振珂直接隔着桌子给了个脸色，会议继续进行，寻了个合适的当口，再由薛文曜上前接了手向客户介绍设计。

一个小时后会议结束，由丽纱将客户送走，苏振珂有些生气地进了薛文曜的办公室，说："你这次可真是有些不负责了，这个客户你可是谈了小半年才接上线的，到了最后关头差点儿整黄。"

"行了行了，知道，婆婆妈妈。"薛文曜挥挥手，不以为意。

"对了，你的户籍回迁的事情在走流程了，又在催要家庭籍贯资料的事情，你打算怎么办？别总一直拖着。要不索性再办工作签证就是了，外籍就外籍吧，现在多少人想拿绿卡还拿不到呢。"

听到这儿，薛文曜停下正在电脑前敲打键盘的手，微微蹙了下眉头，说："一周之内会解决。"

苏振珂点点头，出了办公室。薛文曜想了想后拿起电话，拨了薛青朝的电话，表示自己需要一份关于家庭户籍的资料，希望他能帮忙。

"我帮你自然是可以，但是你得明白，我让律师调这些资料出来，父亲必然会知道的。"

"我又不是要他的财产，只是几张纸的资料而已。"

"你要是想要财产那倒简单了，你明白我的意思吗？不是我不帮你，是这件事情你得自己回家解决。"

"你是不是我大哥？"

"不是你大哥，我才懒得理你这些。好了，我还要去开会，先挂了。"

薛青朝算是拒绝了帮忙。薛文曜挂断电话，着实有些犯愁，看来自己必须亲自回趟薛园了。

下午，向晚晚收到了陈经纪打来的电话，说剧组当天的武替没来，问她能不能过去接场子，向晚晚原本正为自己的前途担忧，当即应下，记下片场地址就坐车过去。

还是吊威亚拍打戏，其间旋转或是摔跌的动作向晚晚也有做不好的，但她贵在功夫底子好，人又机灵谦和，才不过半天的工夫，剧组里的人都和她混熟了，工作人员对她也多有照顾。

"好久没遇到这么有镜头感的武替了，至于签长约的事情，你再考虑考虑，待遇可以再谈。"

收工的时候导演再次提了这件事情，向晚晚笑着应下了。鉴于现在自己没有工作没有收入的情况，她心里倒真的开始考虑自己要不要接受这个条件了。

傍晚收工后开车离开，向晚晚接到了薛文曜的电话，说自己今晚会晚些回去。

"谁管你什么时候回来！"向晚晚习惯性给了句嫌弃的话，收了线。

2

薛文曜站在薛园的花园里，握着已经收线的手机不由得笑了笑。虽然仅是听到这个人的声音，而且那么凶，但他还是感觉很开心。

"二少爷，老爷下来了。"薛园的用人刘妈在门口招呼。

"好，我知道了。"薛文曜点头应下。

整了整自己衬衫的袖口，调整自己的面部表情后，薛文曜抬步上阶，进了大门。

薛园是一处老宅子，民国时期的西洋建筑。院内种着精心修剪的花木，一楼的回廊是由白色圆形雕花的玉石柱建成的，二楼有阳台，有半面墙上爬满了爬山虎，生气勃勃又不失灵动。屋内装潢精致华丽，但又不落俗套，水晶吊灯悬在中间，通往二楼的是汉白玉的台阶，乍一进来，有点儿像进了旧上海的豪门宅邸。

薛老先生是个头发有些花白的老者，年届六十，尽管不再年轻，但双眼非常明亮锐利，丝毫不输二十岁出头的年轻人。他身着亚麻的简单居家服饰于沙发上坐下后，示意薛文曜也坐下。

"真难得你能回这里一趟，有什么事吗？"

"我需要一份户籍资料。"薛文曜伸手，将一份预先准备好的文件清单递过去给薛老爷子。

薛老爷子拿过清单扫了一眼，勾动了一下唇角，说："你当初不顾阻拦，非要和这个家脱离关系，把自己的户籍迁到另一个国家，现在为什么又要迁回户籍，放弃外籍身份？"

"明年有个政府的招标项目，我想争取下来。不过这种政府招标会优先选择本地企业，我不想因为我的身份性质输掉优势。"

"你的野心倒是不小，你倒也下得了狠心。"

薛文曜不置可否，刘妈送了茶上来，他接过来说了声"谢谢"。

"资料我会让律师准备好，三天后你来拿。"

"三天后是周三。"薛文曜知道，薛老爷子还是想让自己回来参加南姨的生日宴，便想推辞。

"薛文曜……"薛老爷子在薛文曜说出推辞的话之前，以一个颇为威严的姿态打断了他，表示自己心意已定。如果他不同意，那么资料的事情就要再论了。

"好，那我三天后会来的。"薛文曜起身，打算作别。

"既然有了女朋友，那就一起带回来。"

薛文曜的动作停下，一秒后回身，说："她不合适，也不想来。"

"那你就想办法让她来。你总有办法的。"

"晚晚与我们家的事情无关，不要牵连上她。因为您，她已经没能通过实习，丢掉了工作，已经够了。"

"我并未插手什么。"

"是的，您没有插手，只是让那边的人不要理会我，不给我转圜的机会而已，您这是在提醒我你的绝对主权吗?"

"嗯。"

薛老爷子毫不回避地直接承认了,这让薛文曜既生气又无奈。

"其实你女朋友来不来无所谓,反正没见你对哪个女人真上过心,你还是收收心吧。我会安排给你相亲,夏家的小姐就不错。长相、家世、学历、脾气,哪一样都比你强,我已经和她父亲说过了,他也赞成这件事情。"薛老爷子的这些话显然已经酝酿许久,早就想传达给薛文曜。

"她什么都好,唯独我不喜欢,我有自己的主见。"薛文曜一向厌恶被人牵着鼻子走,哪怕那个人是他的父亲。

"你要是有主见,至于身边女人不断,却没一个定下来的吗?年纪都不小了,还一直没个长期交往的女友,没有结婚的打算,你就不怕你老子我等不及,参加不了你的婚礼吗?"薛老爷愤然发威,最近他的身体也确实越来越差了。

"我是弟弟,你怎么不管管薛青朝,他都还没结婚。"薛文曜适时拿出薛青朝做挡箭牌,想要借此转移薛老爷子的针对目标。

"你哥那是为公司的发展耽搁了,再说他可是每次都老老实实地听我安排的。"对大儿子的表现,薛老爷子还是颇为满意的,独独这个小儿子让他头痛不已。

"是呀,我哥好的就是这点,什么都听你的安排。老老实实上学,安安心心经营公司,偏就是我不成器,不听你的安排,所以我都成这样了,您不如高抬贵手放过我,就别管我了。我要参加,也只参加我母亲的忌辰,不参加你续弦的生辰。"薛文曜惯于跟父亲拗着脾气来,一时冲动将心里话脱口而出。

"混账!"薛老爷子呵责。

父子俩的针锋相对让整个客厅的气氛降到冰点,正由楼上下来的南姨也停在楼梯口止步,无比尴尬地看着下面一坐一立的两个人,半晌后才勉强挤出些笑容,说:"时间不早了,文曜也早点儿回去休息吧。"

薛文曜抬眼看南姨,尽管他对这个家有诸多不满,但并不想对一个已经有了白发的妇人表现得过激,只得作罢离开。

"你就不该帮他圆场,让他吵,让他闹,这个小浑蛋,我看他能怎么样!"薛老爷子对着下楼的南姨置气。

"好了,毕竟是你的儿子,何必呢?保重自己身体才重要。"南姨劝慰着,取了药给薛老爷子。

薛老爷子接过药,看了看那一把白白红红的药片,不禁叹息道:"真希望这些东西能管用，多给我点儿时间。"

从薛园回到别墅时已是傍晚，薛文曜进门后发现电视开着，向晚晚却已经侧卧在沙发上睡着了。

向晚晚穿着件普通的白色T恤，配着条灰色棉质长裤，但T恤和长裤显然不是她的，而是薛文曜的，所以非常宽大，她将裤腿挽起了许多，露出足踝。她这个样子实在算不上优雅，但薛文曜却站在那里提着公文包看得有点儿走神，不自觉地笑了，他上前轻手轻脚地放下东西，替她将掉在地上的毯子拾起，重新盖好，在旁边坐下。

向晚晚白天拍打戏，着实累了，所以回来洗完澡就睡了，也睡得有点儿沉。不过好在她习武之人的警觉性比较强，在薛文曜替她盖毯子的时候她就醒了，看了眼面前的人，就又放下心来，含糊地说了一句："你回来了。"

"想不想和我一起回趟家？"

"你家？"向晚晚闭着眼睛迷糊地反问。

"不是，是……是我爸的家。"

"你的意思是薛家？"向晚晚顿时醒了大半，立起身子，惊诧莫名地看着薛文曜。

"嗯，薛家。你也知道我和薛青朝的关系了，所以也应该知道我父亲是谁，他想我带你回去……"薛文曜跟向晚晚耐心解释着，没等他说完，就被向晚晚打断。

"不行，我跟你假扮夫妻是为了应付黄玟娜，要是跟你回去见父母，我害怕。"向晚晚激烈地反对着，那样的家庭光是想想就不寒而栗了，别说要去了。

"不是见父母，就是见我爸而已。我母亲不在。"薛文曜试图消除向晚晚的不安。

"那也不行，不行。"向晚晚连连否定，闭上眼睛不想要多听地侧过头，把脸埋在枕头下。这让薛文曜有点儿气馁，但他自然也明白向晚晚的顾虑，所以没有再强求。

"好了好了，那就不去。"

听说不用去了，向晚晚才松下一口气，继续倒在沙发上，心安理得地入睡。

"去楼上睡吧。"薛文曜建议道。

"我睡沙发就好。"比起楼上舒适的大床，反而是楼下的沙发让向晚晚睡得更自在。

"反正你都已经住在这里了，睡沙发又不比睡卧室要少欠我点儿人情。"薛文曜竭力说服向晚晚。

第十章 忍不住很想她

"我不喜欢别的女人睡过的东西。"向晚晚含糊地回了一句，翻转过身子继续睡去。

薛文曜被堵得不知道说什么好，看着向晚晚有几秒的迟疑，然后笑了笑，起身上楼。

翌日，向晚晚醒来的时候，薛文曜已经出门了。在桌上留了字条给她，表示这两天要出差一趟到隔壁城市，一天后回来。

薛文曜作为公司代表去隔壁城市同当地集团公司签了一项工程合约，第二天一早又匆匆飞回姚市，赶回公司召开会议，就公司在进行的设计项目跟相关部门布置应对方案，确认工作事宜。散会后，苏振珂单独留下来，与薛文曜汇报竞标的工程的情况。

"竞标的项目我们已经得到了黄总的推荐，现在在做最后的筛选。只要我们得到那边公司董事的多数支持，就能顺利签约，我们公司就要在这个城市留下一个地标性建筑工程了。"苏振珂介绍着竞标的进展，显然对这次的工程志得意满。

"这么快……"低头看着资料的薛文曜停下来，觉得有些意外。

"不快，都两个多月了，是你自己觉得快而已。"苏振珂接着说，"一旦顺利签约，这件事情解决了，那你和向小姐的婚约，是不是也要随之解除？"

"我还没想好，先不要说出去。"薛文曜还真没有考虑过这件事情。

"反正本来也是临时签约的婚姻，莫非你真的爱上她了？"苏振珂一边说，一边观察着薛文曜的表情。

"你真是越来越八卦了！工作去，否则炒了你。"薛文曜扬起桌上的文件夹拍到苏振珂背上，给了个白眼。

"好好好，我走。"

苏振珂出门离开，薛文曜也放下了手里的笔，后仰着靠在椅背上，陷入了思考。与向晚晚的最初相遇，到后来不得已同在一个屋檐下生活，再到现在，感觉一切发生得太快，他似乎有点儿跟不上脚步，但又在这种自己无法掌控的迷失中获得无比的满足感，甚至颇为享受这种感觉。

一种熟悉又陌生的思念，一种很久没有体会过的、挂念一个人的滋味。就算只是离开这座城市一天，却又无比期待回来的欲望，似乎全都归结到了一个人身上。

侧头看向摆在桌上的相框，里面是向晚晚穿着警校校服的照片，阳光、清秀，脸上带着甜甜的笑意，正隔着玻璃看着自己。他随手拿过照片，手指轻轻拂过镜面，不自觉地弯起了唇角，一股甜蜜在心里悄然流淌。

"薛总，香港那边的人下午离开，约您一起吃午餐。"丽纱拨内线进来提醒。

听丽纱提到香港那边的合作，他不由得头大。因为上次临时去找向晚晚，耽误了跟对方的饭局，再回席的时候只得答应了送行宴上要赔酒还礼，八成对方还记得，看来少不了一番应酬了。

3

向晚晚所在的剧组这两天基本都是以文戏为主，所以暂时没有了她的工作，她就继续去发传单赚钱。

午后，站在广场上的时候忽然下起大雨，她在慌乱中顾不得自己，一心护着那些传单，不一会儿就被淋成了落汤鸡。正狼狈不堪时，一辆宝马车在她面前停了下来，有人撑伞下来，举过她的头顶。向晚晚抬起头来，看着那辆熟悉的车和熟悉的他，只是一天未见，在簌簌的雨幕中对望，竟然犹如相隔了一世之后的重逢。

"出差回来了？你一直在暗处看着我？"向晚晚问道。

"当然不是，我只是去郊区路过这儿。"薛文曜刻意掩饰着，目光躲闪，一时间竟有些不好意思应对向晚晚的目光。

"你喝酒了？"向晚晚忽然努力在空气中嗅了嗅。

"应酬需要，喝了一杯。"薛文曜轻描淡写道。

"那还开车，还要去郊区。"向晚晚皱眉，语气显得很不悦。

"一点点而已，不碍事，已经约好了时间，不去不行。"薛文曜不以为意，并不觉得有何不妥。

"我可不允许在自己面前发生酒驾的事。你打车去。"向晚晚强硬地下着命令。

"不行，我讨厌出租车，脏乱差。"薛文曜的倔脾气上来了，不肯妥协。

"你还真是够了，嫌脏乱差就不顾自己的命了吗？"向晚晚实在无法理解薛文曜的行为，气得快要说不出话来。

"嗯，我有洁癖。"薛文曜坦然自若地回应。

向晚晚看他是真的没半点儿改变的意思，心里一横，咬咬牙，拉开了驾驶座边的车门，不由分说便把薛文曜拽下来，自己坐了上去，麻利地关上车门。

"你别闹了，我赶时间。"车外的薛文曜说道。

向晚晚抿抿嘴，一脸不爽，说："要还想去郊区，就赶紧上车。我都牺牲自己的宝贵时间给你做代驾了，你就别废话了。"

第十章 忍不住很想她

薛文曜拧不过向晚晚，不好再拒绝，便绕过车头上了副驾驶座。

"我真是上辈子欠你的，自打遇见你，我的麻烦就没断过。算了，毕竟是条人命，就当行善积德了。"向晚晚嘴上抱怨着，手上发动车子。

薛文曜没有说话，侧首审视旁边开车的人。虽然她现在的样子那么普通平凡，甚至额头的发丝还被雨水淋得有些狼狈，他却感觉特别安心。

看了向晚晚一阵儿，薛文曜渐渐觉得有些酒劲上头。这两日又没踏踏实实睡过好觉，于是闭上眼睛仰靠在椅背上，打算休息一会儿。也不知道在车上眯了多久，等薛文曜醒过来的时候，发现雨早已停下来，太阳已经有些偏西，车子停在一处马路边上，旁边的驾驶座上居然没人。

薛文曜第一反应是抬腕看表，一看时间已经是三点左右，心中暗觉不好，推开搭在自己身上的西装外套，打开车门下车去看。

这是一处原野，旁边是已经收割过后的麦田，一眼望不到边际。车子停在从麦田中央横穿而过的马路上，四周没有半点儿人烟。

"向晚晚……"薛文曜大声唤道，可并没有得到任何回应，心中不免有些担忧，各种不安的想法统统冒了出来。不过，在薛文曜脑补出一部科幻片之前，他看到向晚晚提着只袋子穿越麦田过来。

"你总算醒了。车子坏了，怎么办？"向晚晚一脸焦急，看样子车子已经坏了有一段时间。

"坏了？"薛文曜很诧异，他的车还从未出过毛病。

"嗯，没油了。我去找了一大圈，这里的老乡告诉我，最近的加油站还在山头那边。"向晚晚有些气喘，显然走了很远的路。

"怎么会没油？"

薛文曜将身子探进车内，看了一下仪表盘，又看了眼导航路线，不由得一扶额头，回身问向晚晚，说："你这开的什么车，你知不知道你走错路了？"

"欸，这能怪我吗？我又没去过你说的工地，你还敢凶我。要不是为了你，我至于被困在这里吗？"向晚晚双手一叉腰，抬起下巴反顶回去。

薛文曜不想浪费时间在无谓的口舌之争上，想用手机拨打电话，结果发现没有信号。

"把手机给我。"薛文曜伸手到向晚晚面前，示意她将她的手机给他。

"哼，不是刚才还怪我吗？凭什么借给你，反正我现在也不赶时间，不急。"向晚晚拿着手机在手上摇晃。

薛文曜伸手就去夺向晚晚的手机，向晚晚立即避让，却不想踩到石头脚底一滑，手机直接脱手飞了出去，撞到了路边的石头上。

两个人在手机落地后停止了争夺，向晚晚跑过去捡起来，发现手机已经黑屏，直接坏掉了。

"看吧，这下好了，真是叫天天不应，叫地地不灵了。"向晚晚捧着坏掉的手机哀叹。

薛文曜没心思与向晚晚辩驳对错，不再理会她，独自拿着手机四下试探信号，向晚晚就一脸悠闲地坐在车前盖上欣赏乡野风景。

"你急什么，说不定待会儿就有车子经过，我们就能求助了。"向晚晚撑着胳膊，悠闲地摇晃双腿。

"万一这里没车经过呢？"

"不会这么倒霉的吧？"

向晚晚讪讪地应了一句。她觉得现在科技这么发达，因为信息不通就流落在外的可能性微乎其微。但事实证明，有时候这种小概率事件，真的会发生。

三个半小时后，太阳已经到了西边的山头上，向晚晚和薛文曜一左一右靠在车头上，有气无力。

"看来我们今天真的很倒霉，真的连一辆车都没有经过的。"向晚晚耷拉着脑袋感叹，一阵怪异的声音自肚子里发出，明显是肚子饿得咕咕叫。

薛文曜坐在旁边，已经由最开始的焦急变得破罐子破摔，翻腕看了看表，话都懒得说了。

"出来。"向晚晚跳下车头冲车内的薛文曜招手。薛文曜一脸不乐意地看了她一眼，没动。

"不想在被人找到之前饿死，就跟我去找吃的，翻过那座山头有个村子。"向晚晚指着远处隐约可见的山头，目测也得有十几里地，着实不近。

薛文曜一向以车代步惯了，原本不乐于做翻山吃苦的事情，但此时好像没有其他选择了，只好极不情愿地站起身来。

半个小时后，在前往村子的路上，薛文曜已经满头大汗，踩着沙石路终于没了力气，扶在树干上要求休息。

"这才走了多远，真是没用。"向晚晚不屑。

"你练武，我习文，我厉害的是头脑，你懂不懂？你以为谁都像你一样，四肢发达头脑简单？"薛文曜扶着树干一边喘气一边指自己的额头。

第十章 忍不住很想她

"行了行了，那你在原地休息吧，我去找吃的。"向晚晚挥挥手不以为然地安排。

"那你快去快回。"

"你一大男人，还怕这林子里有鬼吗？"

向晚晚不过随口调侃一句，本就打算离去的，忽然灵机一动，猛然转身冲薛文曜做了个鬼脸，大叫着"鬼呀"，吓得薛文曜后退一步，直接跌坐到了树下。

"哈哈，看把你吓的。"

向晚晚心满意足地拍拍手，沿路向有亮灯的村子走去。

向晚晚去村子里找吃的，薛文曜就坐在路边的树下等着。天色一点点变黑，树林里越来越暗，四周越来越静，他心里不由得生出一丝恐惧，开始有些后悔没能坚持和向晚晚一起去村里了。

也不知道等了多久，他听到背后有"沙沙"的声音，似乎是林子里的什么东西在向他逼近，他虽然坐着不动，但心跳在不断加快，手里的拳头悄然握紧。

薛文曜在一个声音自背后响起时本能地挥拳过去，但是没想到来人竟然是想吓一吓他的向晚晚。一般情况下向晚晚要迎来一场无妄之灾，不过正因为她是向晚晚，情况又变得不一样了。

就在薛文曜挥出手的瞬间，向晚晚出于本能挡住了他挥过来的手，紧接着下意识直接就还了一拳到他脸上。所以结果就是，薛文曜偷鸡不成蚀把米，没防卫成功，反挨了打。

薛文曜一把捂住了自己的脸颊叫着疼，向晚晚才意识到自己的本能反应又过了头，赶紧放下手里的东西，打开手电筒，伸手要去扶薛文曜的胳膊，想看看他被打得怎么样。

"不要碰我。"薛文曜疼得直叫唤，挡开向晚晚的手。

"哎呀，我不是故意的。"向晚晚一脸抱歉地看着薛文曜。

"那你就是有意的。你吓我就算了，还打我，这世上怎么有你这么凶的女人？"

薛文曜一手捂脸，一手撑着地面站起来，也不管向晚晚了，转身就要往回走，却不想脚下一滑，眼见又要摔下去，好在向晚晚眼疾手快扶住了他。

"天黑了，小心些。"向晚晚提醒道。

"不要你假好心，你离我远点儿。"薛文曜正在气头上，愤愤丢下一句话，自己又一瘸一拐地踩着不平的石头朝前走去。

"哟，还上来脾气了，你给我带来的倒霉事也不少好吗？"向晚晚白了他一眼，弯腰取了地上装食物的袋子随后跟上。

两个人穿越在树林和田地中间的沙石小路上。薛文曜显然是没走过这样的路，走起来三步一扭，两步一歪，活像个行动不便的老太太。向晚晚跟在后面实在看不下去了，就推开前面的人走到前头，伸手递到他面前：

"抓着我的手，我带你走。"

"不稀罕。"

"嘿，我现在也还在气头上呢，你信不信我真不管你了？"

薛文曜在黑暗中沉默着，似乎仍在默默赌气，但向晚晚的个性就是自己说了一，由不得人说二的，也不管薛文曜乐意不乐意，伸手抓了他的手，引着他向前继续走。

"我跟村子里的人打听了，这里的信号塔前几天下雨的时候坏掉了，所以没信号，我已经向村民借了电话打回城里去了，很快会有人来救我们的。"

第十一章　暧昧告白

我好像喜欢上了那个人，而且只喜欢那个人。如果她不喜欢我，就像再大的数目乘以零，最终也只是零而已。

1

薛文曜沉默不语，向晚晚以为他还在生气，就又说："我们一起受困，需要结成盟友共同解决问题的时候，就不要再置气了，先把矛盾存档，等离开了这里一切都好说，好不好？"

薛文曜依旧不说话，向晚晚有点儿捺不住性子了，她停下步子，举着手电筒回头照向薛文曜的脸，才意外地发现他半点儿没生气的意思，反倒是神情愉悦地笑看着自己。向晚晚这才明白，薛文曜就是要看自己求和服软的样子，龇牙白了他一眼，再不理他，继续朝前走。

"向晚晚，其实你凶归凶了点儿，对我还算不错，对我这么紧张，是不是喜欢上我了？"黑暗中，薛文曜在背后笑问。

向晚晚闷头在前面走，在黑夜的掩饰下，莫名感觉到脸颊发热，心里发虚，却倔强地说："少臭美了，谁要喜欢你呀？"

"好。"薛文曜在背后应了一个字，忽然猛地将被向晚晚牵着的手抽了回去。向晚晚只感觉手心里一空，原本握着的手掌消失了，她停下脚步迅速回头，在黑暗中伸手去抓，却只有凉凉的夜风从手心滑过。

"薛文曜……薛文曜……"

向晚晚连唤几声，都没能得到回应，她不禁有些害怕。虽然她并不迷信，但一个人就这样于黑暗中忽然消失，会不会是摔到了山沟里，或者是遇到了野兽？

"薛文曜，你别吓我，快点儿出来。"向晚晚开始在周围走动，借着手电的光亮四下探寻，却一无所获。

"薛文曜……文曜……"

在向晚晚开始发急，一种未知的恐惧袭上心头时，她的肩膀被人轻轻拍了一下。她当即迅速回头，手电的光亮照过去，将那个人的样子照清，正是薛文曜，他正站在那里不怀好意地笑看着她。

"还说不紧张我，看看刚才多紧张。"

有一秒的迟疑和停顿，向晚晚对于薛文曜的戏弄却出乎意料地反应平静，随后猛地伸手，将对面的人狠狠推倒在地，再不理会他，自己从旁边大步离开。

"向晚晚，你生气了？"

"你等等，走慢点儿，我看不清路……哎哟——"

"好了，我错了，行不行？"

薛文曜从后面追着向晚晚，一边唤她一边认错服软，向晚晚却半点儿没停下

第十一章 暧昧告白

的意思，任凭薛文曜真的在背后因为看不清路摔倒了她也不理。

连摔了好几下，薛文曜总算追上了向晚晚的脚步，挡到她的面前，本是要再说些打趣儿她的话，一打照面不禁愣住了，他竟然看到向晚晚满眼泪水。

"你哭了？"薛文曜脸上原本的玩味笑意渐收，他颇感意外，又有些不知所措，后悔自己戏弄她。

向晚晚也不知道自己为什么会掉眼泪。她向来坚强，信奉流血不流泪，原本是见怪不怪的小事情，她也不知道怎么了，就在黑暗中见证了薛文曜的失而复得后突然有种热泪盈眶的冲动，挡也挡不住。

"我错了，别生气了，更别掉眼泪了，我会心疼的。"薛文曜放柔了声音。

"又说些假的好听话来哄我，我不是你的宠物狗，逗一逗就会没事的。"

向晚晚觉得有点儿丢人，就侧过脸不想让薛文曜看见。薛文曜却伸手将她侧过的脸捧着转了过来，以拇指的指腹轻柔地替她将泪拭去。

"向晚晚，你那么凶悍，还会为了这种小事掉眼泪，看来你是真的喜欢上我了。"

"松开，坏人。"向晚晚抱怨着薛文曜，伸手打开他的手，有点儿气急败坏地就要从旁边走开。薛文曜伸手在她从旁边经过时拉住她的手腕，只是轻轻用力就将她准确地扯到了自己怀里。

在向晚晚惊讶于被拉回去，没有反应过来发出更多的指责前，薛文曜已捧起她的脸颊，吻了下去。向晚晚的神经在那一刹那紧绷了起来，她全身石化，握在手里的塑料袋和手电筒纷纷掉在地上，他们之间唯一的光源只停留在了脚下，她的思维陷入了无边的混沌。

结束了一个缠绵的吻，薛文曜轻托着向晚晚的后腰，唇停留在侧脸颊边，呼吸轻轻拍击着向晚晚的皮肤。

"向晚晚，喜欢我不是件丢人的事，所有女人都喜欢我，明白吗？"

"色狼。"

向晚晚再一次狠狠推开薛文曜，捡起地上的袋子和手电筒，飞快地跑开。而薛文曜倒也不急，将双手插入西裤的兜里，看着那个仓皇跑开的影子，竟然觉得这是他看过的最美的一个背影。

等薛文曜返回车子停着的路边，向晚晚已在车里找了条毯子铺到地上，将袋子里装着的食物取出来摆在上面。薛文曜早就一副不想动的模样曲着腿坐在旁边，后仰着身子望着夜空。

向晚晚对于这种一看就是过来享福的大爷样颇不以为然，给了他好些个白眼，将一袋面包塞到他手里，从包里取出保温杯倒好水递给他，又丢了包榨菜给他。

"就这个？"薛文曜不满地瞅着手里的面包。

"有这个就不错了。"向晚晚又拿出一个面包，撕开包装，咬在嘴里。

"面包配榨菜，这搭配也太奇葩了。"薛文曜嫌弃地将榨菜包丢到旁边。

"那你可以不吃。"向晚晚不紧不慢地应了一声，扭过身子背对他。

五分钟后，薛文曜将面包和榨菜消灭得干干净净，把水壶里的水都喝尽了，他那一副格外满足的样子在向晚晚看来极为搞笑。

"原来面包和榨菜搭配起来，味道如此美妙，你可真会创新。"薛文曜感叹着，故意拍马屁哄向晚晚。

向晚晚没理他，忙着清理两个人留下的垃圾，她看到附近有个垃圾堆，便把装有废弃物的袋子扔到那里。等她返回的时候发现薛文曜仰面躺在毯子上，将手臂枕在脑后，一派悠然自得。

"过来坐，今天的星星好像特别漂亮。"薛文曜拍拍旁边的位置。

"谁要和你躺一起？我们现在是在冷战。"向晚晚没打算理他，就要走过。

薛文曜并没有作罢，伸起长臂一探，就抓着向晚晚的手腕将她拉着跌坐下来。

"说好矛盾存档的，我接受这个条件，现在要共渡难关。"

向晚晚撇撇嘴，坐在薛文曜旁边盘起腿，也顺着他的目光仰望夜空和星星。

郊外的夜空很美，没有高楼大厦的遮掩，浩瀚辽阔，点点繁星显得格外明亮。闻着麦田里散发出泥土混合青草的自然香气，感受着清风拂面，有一种特别的舒服感，两个人都陷入了沉默，各自出神地欣赏这一切。

"向晚晚，你真的那么讨厌我吗？"很久之后，薛文曜这样问。他的声音平静温和，流露出难得的温柔。

"是呀，讨厌，讨厌极了。自从遇到你，我的麻烦就没断过。"向晚晚漫不经心地回答。

"对不起。"

"什么？"向晚晚有点儿反应不过来，以为自己听错了，侧过头看旁边的人。

薛文曜还维持着原本的姿态，双手交叠压在脑后躺着，表情在黑暗中看不清楚。

"对不起，所有的事情，我给你造成的损失和辛苦。"

"你忽然这么有觉悟，还真难得。有你这份良心，也不枉费我刚才的面包和榨菜。"向晚晚伸出手，笑着在薛文曜的胸口上拍了一下。

向晚晚的手劲儿很大，这一拍之下薛文曜不由得连连咳嗽，向晚晚就哈哈地笑了起来。

"你轻点儿，你这下手重的毛病真得改改了。"薛文曜揉着胸口抱怨。

"好好好，我尽量，我尽量。"

两个人并肩躺下，安静地望着星空。很久之后，薛文曜伸手握住了向晚晚的手，向晚晚也回握了他的手。薛文曜侧过身看着旁边的人，渐渐靠近她，向晚晚屏气凝神看着近在眼前的人，没有拒绝。

一种难言的情愫在郊区的夜空中蔓延，两个人再没有说话，气息渐近，直到听见车子靠近的声音。一辆出租车停下，将两个人拉回现实，向晚晚立马松开薛文曜站起身退后了一步，倒是薛文曜还维持着原来的姿态，一脸笑意地看着她，直到出租车上下来的人走近，他才慢悠悠地起身。

苏振珂从车上下来冲他们微笑招呼，向晚晚笑着上前与他说话，薛文曜随后起身跟苏振珂打了招呼。

一直到将近凌晨三点，薛文曜和向晚晚才终于筋疲力尽地回到了家。两个人上到二楼，向晚晚抱着睡衣要去客房那边洗漱，薛文曜则要回自己的卧室，两个人却都看着对方卧室门口站着的人，握着各自的门柄不愿意合上。

"你先进去关门。"薛文曜说道。

"你先。"向晚晚争辩。

"好，那我先。"薛文曜笑着挑了下眉，进到卧室里，关了门。

"还真是说关就关了，哼。"向晚晚撇撇嘴，有点儿没好气地报怨，只得进了客房，伸手把门关上，抱着睡衣背靠在门后盯着天花板上的水晶灯发呆。

"咚咚……"门外有人敲门，向晚晚几乎是以毫秒的瞬间动作做出了反应，拉开了门，看到门外站着的人。

"你不是睡了吗？"尽管内心狂喜，但向晚晚的脸上还是尽量显得平静。

"我是来告诉你一件事，今天我没有说完的一句话。"薛文曜戳在门口，定定地看着向晚晚。

"什么话？"向晚晚克制住心里的浪涛，故作淡然地问道。

"我今天说，所有的女人都喜欢我，你喜欢我也不丢人，我的话没有说完。的确是所有女人都喜欢我，但在遇到一个人之后，我又忽然发现，这一切并不是一件什么了不起的事情。如果那一个人不喜欢我，就算全世界的女人都喜欢我，于我而言，也没有任何意义。"薛文曜一改往日的戏谑，一本正经地表露着。

"这……这是什么意思？"向晚晚一时间没反应过来。

第十一章 暧昧告白

"因为我好像喜欢上了那个人，而且只喜欢那个人。如果她不喜欢我，就像再大的数目乘以零，最终也只是零而已。"薛文曜继续认真地剖析自己的内心。

"所以你是要说……我就是那个人吗？"向晚晚指向自己，心脏好像上了发条，一路急跳个不停，心里想着自己要镇定，脸上却开始抑制不住地流露出笑意。她的眼睛弯着，亮晶晶的，如果用漫画的手法来表现，她现在肯定是满眼桃心。

"不是你。"

薛文曜的三个字说出口，向晚晚的心"咯噔"一停，呼吸都像止住了，眼里的桃心碎成了一地的渣渣。

"你说呢？"薛文曜再补三个字，向晚晚的心跳恢复，并且比之前还要快了一倍，她感觉自己的心似乎就要从嗓子眼里跳出来了，她想到楼下跑上十圈，大笑大叫。

"好了，我要说的说完了，晚安。"薛文曜伸手一点向晚晚的额头，转身潇洒地离开回屋。

2

薛文曜就这么云淡风轻地走了，向晚晚却待在那里怎么也回不过神来了。她保持着一脸兴奋又震惊的表情，木然地关上门，再木然地走到床边，平直倒到床上，好一阵儿后才"呜呜"地叫着把被子盖到自己头上，在被子里大笑不止。

"好讨厌啦，还问我，我怎么知道，我不知道，什么都不知道……竟然大晚上的说这些，要怎么睡，怎么办，怎么办嘛……好想去打沙袋，好想去跑四千米……"

隔壁屋内，薛文曜走到阳台上，透过阳台看向卧室里在床上抱着被子翻来覆去打滚叫嚷的人也笑得高兴。不同于平时的那种笑，他的笑是满足而又欣喜的，那种满足和欣喜比自己当初成立公司后拿下第一笔业务的感觉还要好。

睡不着，他就回了客厅，看着鱼缸里游来游去的大草鱼，喂了它一些鱼食，说："从来没有想过，能够让一个人开心地笑，会让人觉得这样满足。我可不是情圣或是甘心付出不求回报一类的傻好人，草鱼兄，你说我是不是真的喜欢上她了？"

草鱼游来游去，对他视若无睹，薛文曜也不介意，撑在鱼缸边沿上，抬头望着向晚晚卧室的位置，叹息了一声，说："就像心被人用线钩住了一样，拉拉线头，心就会痒痒的，会动不动为些小事情就心疼她。她就是偷偷握住了线头的那个人吧，什么时候做到的呢？鱼兄，你说呢，什么时候，又是凭什么呢？"

草鱼当然不会回答薛文曜，薛文曜自然也没有期待这条大肥鱼能回答他，他喂了些鱼食给它，听到楼上向晚晚的卧室里传来咚的一声响，紧接着一声惨叫，

第十一章 暧昧告白

似乎是有人从床上掉到了地上。他笑着冲楼上提醒了一句："喂，向晚晚，你别把我家的地板砸坏了。"

向晚晚含糊地应了一句什么，薛文曜也没太听清，不过他的脸上还是露出了笑意，弯唇向上，对草鱼说："我想，也许是没有答案了吧。虽然显得很没有理由就被人抓住了心，发现的时候已经挣不脱了，这种感觉，还真是无奈呀。"

薛文曜将手里所有的鱼食全撒在了水面上，拍了拍手，上楼休息。

清早，向晚晚伸着懒腰起身去洗漱间，发现那里已经备好了全新的牙刷，她笑了笑，欣然受用。洗漱完出来路过客厅，顺便喂了大草鱼一些鱼食，她感觉有点儿饿便去了厨房，拉开冰箱打算找点儿吃的，结果发现冰箱里几乎空空如也，只剩几杯酸奶。

"这么空，白白浪费了这么好的冰箱。"向晚晚取出一杯酸奶，边撕开包装边感叹着转身。

在向晚晚手里的勺子还没成功舀到酸奶时，她的手停住了，因为她看到大门口有人进来了，仔细一看，竟然是苏振珂。

怎么办？自己现在一头乱发，衣衫不整，明显刚刚起床的样子，大清早的在一个男人的家里，肯定让人误会吧。

下意识地，向晚晚迅速靠到了墙后面，躲到了冰箱旁边不起眼的一个角落里。

"你来了。"薛文曜从二楼的卧室出来，手里拿着外套向一楼招呼。

"收拾好了吗？那边的人已经去球场了，我们也要快些了。"苏振珂看了看腕表开口道。

"嗯。"薛文曜从二楼下来，同时不自觉地左右巡视一楼，查找向晚晚的身影。

"那边的主事比较自大，说话不太注意，记得到时候别黑脸。"苏振珂看着手机，头也不抬地提点薛文曜。

薛文曜并没有听进苏振珂的话，随口应着，同时目光落到了冰箱的位置，见到躲在那里的人不由得眯起了眼睛，弯了唇角。

"你先去外面等我吧，我拿完早餐就出来。"

"你什么时候养成吃早餐的习惯了？快点儿。"苏振珂接着电话随口回了一句，转身朝外走去。

苏振珂去了外面，薛文曜忍着笑慢悠悠地绕进了厨房，走到冰箱边，装作拉开冰箱取东西的样子，眼神却一直落在旁边角落里的向晚晚身上，调侃道："躲在这里做什么？"

"怕苏振珂看到呀。"

"他那么吓人？"

"当然不是他吓人，是我现在这个样子，万一他要是以为我昨晚和你……"

向晚晚陈述着自己的理由，才说到一半，看薛文曜一脸坏笑，才意识到他根本就是明知故问，不再往下说了，狠狠地给了他一记白眼。

"大清早的就给我这样的脸色，我可不喜欢。"薛文曜低声笑说着，忽然就松开扶着冰箱门的手，直接扶到了向晚晚旁边的墙壁上，以身体将向晚晚朝后一逼，将她面前的空间挡了个全，把她困在了以墙角为支点的三角范围内。

"你干什么？"向晚晚被突然靠近的人吓到，但又不敢发出过大的声音。

"我劝你可别吵，不然就要被人听见喽。"

"你这个小人，居然敢威胁我。"

"就许你平时对我大吼大叫，把我吃得死死的，还不许我还击一下？"

"让开让开。"向晚晚去推薛文曜的肩。

"振珂，你要不要吃早餐呀？"薛文曜对向晚晚的举动并没有太多担心，侧头冲着外面的苏振珂扯着嗓子问了一声。

"别……别叫……"向晚晚当即被吓到，麻利地伸手一把捂住薛文曜的嘴。

向晚晚向来力气大，急于跳起来捂住高她大半个头的薛文曜，一手勾住他的脖子，一手捂住他的嘴，用力过猛的下场就是，下一秒薛文曜被她勾着弯了背，直接就抵到了她的面前。

鼻尖擦过鼻尖，额头抵上额头，两个人本就隔得不大远的距离一下子拉近，几乎贴到了一起。唇与唇也仅仅隔了向晚晚的手，一个吻在手心，一个吻在手背。

厨房里的气氛在 0.001 秒中发生了微妙的变化，仿佛有无数枝粉嫩的藤蔓自地下生长，迅速爬满占据整个空间，暧昧的分子迅猛扩散。

向晚晚盯着对方的眼睛，看到对方瞳孔里的自己，正轻轻眨动眼睛。她竟忽然有种想法，想要数一数对方的睫毛有多少根，因为太近了，真的太近了。

薛文曜撑在墙上的手渐渐收起，不自觉地环上向晚晚纤细的腰肢，另一只手则抬起来将向晚晚捂着自己唇的手轻轻拨开。

没有了那只柔嫩白皙手掌的阻挡，薛文曜微偏过头，将唇继续向向晚晚靠近，向晚晚感觉自己脑子空空的，潜意识里却还是顺着自己的感觉慢慢闭上了眼睛。

但是，一秒钟过去，两秒过去，三秒过去……好像很久过去了，也没有预期的吻落下，向晚晚便睁开了眼睛，发现薛文曜正憋着笑看着自己。

第十一章 暧昧告白

"你在干什么，为什么闭上眼睛？"薛文曜忍着笑装作不知，反问她，又摸了摸下巴，说，"哦……原来你是以为，我要吻你吗？昨天你不还骂我色狼呢吗？"

啊，真是太丢人了！向晚晚的脸瞬间"腾"地红了个透，又羞又怒，再不顾可能被外面的苏振珂听见，伸手狠狠一推面前的人，侧身就要从旁边走过。

下一秒，薛文曜刚才还环在向晚晚腰际的手臂轻轻一探，一回勾，把将要离开的人圈回怀中，在她毫无准备之下，覆面吻下去。

"啪……"向晚晚手里的酸奶掉到了地上，时间仿佛在瞬间停滞。

向晚晚感觉到自己的腰被薛文曜环着向上托起，脚渐渐离开了地面，脚尖踮着，脸颊被他有些许粗糙的手掌轻轻托扶着，一切的感观都变得那么遥远，仿若坠入柔软无边的白色棉絮当中……

"这下满意了吧？"结束一个悠长缠绵的吻后，薛文曜贴着向晚晚的耳垂小声询问。他的嗓音低沉，带着惯有的调侃笑意。

"流氓。"向晚晚的脸红了个透，伸手推薛文曜。

薛文曜准确地握住向晚晚的手腕，笑着挑眉，说："哎呀，可真是翻脸不认人，才占了我的便宜，就又要打我。之前只是骂色狼，这下都流氓了，以后还要怎么骂？"

"不要脸！"

"好了没有？时间不多了。"苏振珂在外面等了一阵，有些不耐烦地催促。

"好了，马上就来。"薛文曜侧头冲苏振珂应了一声，笑着看向晚晚。她偏过头去，脸颊一片潮红。

"中午一起吃饭。"

"不要。"

"那中午联系你。"薛文曜并不理会向晚晚的拒绝，冲她单眨了下左边眼睛，然后在向晚晚伸手还击前迅速地转身，有些调皮地逃开。

"今天不想开车，劳拉就留下了。"薛文曜在外面随苏振珂出门，像自言自语地提高音量说了一句，向晚晚明白这是说给她听的。

薛文曜随苏振珂出门，苏振珂招手示意司机打开车门，看了一眼旁边的薛文曜，说："金屋藏了哪位小姐？"

"什么？"

"门口的女鞋，自然不会是你的。"

"金屋藏娇，既然是藏的，当然不能告诉你。"

"向小姐，早上好。"苏振珂冲屋里大喊一声。

"呃……啊，早上好。"向晚晚在屋里结巴着回应。

"看，我现在不就知道了？"兄弟俩玩笑着上车，由司机驱车载着离开。

3

薛文曜离开后，向晚晚从厨房里出来，找了工具收拾了厨房地上的酸奶，心里想着真是两头失利，不仅没能隐藏自己，还被占了便宜。

蹲在那自怨自艾的向晚晚发现鱼缸里的大草鱼在吐着泡泡看她，就冲它一撇嘴：

"看什么看，丢死人了。"

向晚晚打开手机拨了表姐的号码，得知处于关机状态，估计表姐是在开会或是出庭，她便打开电脑上网。十一点的时候，表姐终于回了电话，表示刚刚出完庭，稍后约在常去的一家小餐馆一起吃午餐。向晚晚当即收拾出门，看到桌上薛文曜留给她的车钥匙，顺手取了去开车。

在餐馆内，向晚晚又跟洛阳大概解释了一下自己被酒店辞退的事情，不过表示自己现在片场有份工作，不算无业人员，至于以后的路怎么走，得再考虑考虑。

洛阳点头同意，停顿一下后，问："我昨天去警局的时候遇到你的学长，说学校有意让你出国交流，但你拒绝了，为什么？"

"你知道了？"

"看来，我如果不知道，你也不打算告诉我了？"

"我现在还不能走，至少是现在，还不想走。"

"想与行动是两回事，走与留也只是在一念之间。我一直告诉你，要向前看，你不想走无非就是因为那些陈年旧事，可你不能因为这样，就把自己一辈子困在局里，明白吗？宋贤现在很好，你呢？"

向晚晚没说话，洛阳取了筷子自顾自地夹了些菜入碗，随即又像想到什么，打量着她，狐疑地说："向晚晚，你是不是还有别的事情瞒着我？"

"我……"向晚晚欲言又止，不敢想如果表姐知道自己还偷偷和人签约在假扮夫妻，那得多严重，自己得多惨。

"算了，你不想说就不用说了，现在搬出来了，住在哪？都还好吗？"

"住在薛文曜家。"

洛阳夹菜的筷子停下，不敢置信地抬头看向晚晚。向晚晚也知道她的惊讶点在哪儿,只好尴尬地笑了笑,补充道:"之前的房子不合适,中介还在找房子,我暂时寄居在那儿。"

"向晚晚,别怪我没提醒你,据我所知,薛家二少爷的名声不好,出绯闻就算是意外了,你可别陷进去,我也不会支持你和这种花花公子交往。实在不成,你就搬回来住。"

"我知道,我只是暂时借住。至于搬回去的事情,我还是不考虑了,我还没有准备好怎么处理和宋贤哥的关系。"

"你总在准备,什么时候能准备好?"洛阳叹息。

向晚晚低头拨弄了一下面前的餐具,想要回避这个问题,便想到了另一件事,准备向洛阳坦白,抬头说:"表姐,有件事情我想向你坦白……"

话说到一半,洛阳的手机突然响起,她打了个手势示意向晚晚暂停,待自己接起来听了几句后,边起身取包边表示自己临时有事,需要先走一步。

"这会儿是午餐时间,能有什么事?表姐你是不是在和人约会?"

"你还管起你姐来了。"洛阳白了向晚晚一眼,提了包接着电话离开餐馆。

洛阳走了,那一桌子的菜却没动多少,向晚晚不想浪费,就独自享用,同时也盘算着以后怎么办。她并不傻,可以感受得到薛文曜对自己的那些细微变化,特别在发生了早上的事情后,她明显感觉到了气氛和情绪的微妙变化。她一边抑制不住地随着这些变化而欣喜,但一边又在冷静下来后感到不安,她已经不能确定,自己还要不要留在那里。

向晚晚一个人边思考着,边吃着那一桌菜,打了电话给房屋中介询问房子找得如何了,对方依旧回答没有合适的,她只能失望作罢,其间薛文曜也来了个电话问她在哪。

"约了表姐吃饭,不过她先离开了。"向晚晚有一下没一下地挑着菜回答。

"是想向你表姐赔礼道歉,结果吃了闭门羹吧?"薛文曜调侃道。

因为她并不想让人知道,自己搬走是因为宋贤的入住,所以在薛文曜误会她是因为丢了工作,而被表姐迁怒扫地出门之后她也一直未曾解释,随口"嗯"了一下带过。

"你表姐果然是个有原则的人。"薛文曜笑说。

"你还好意思笑,要不是拜你所赐,我能有今天的倒霉下场吗?没工作,连家都没了。"

向晚晚不过是随口抱怨,并无多少恶意的指责,但在电话那端的薛文曜听来,却忽然觉得很对不住她。她实习期间的不良记录都是由自己引起的。原本，只要他向薛老爷子低头服软，就能帮到她的，但是因为自己心里的那道坎，他看着她丢掉了实习工作也没有相助，尽管向晚晚不知道这一切，但他心中多少有些愧疚。

"好了，没事我就先挂了，我还得去找工作呢。"

向晚晚先挂了电话，薛文曜握着手机有两秒钟的迟疑，随即桌上的电话响了，丽纱表示是一个房屋中介打来的，说之前联系过薛文曜。

丽纱以为这是骗人的，因为薛文曜根本不可能与房屋中介有联系，但薛文曜直接示意她接进来。

"先生，那个向小姐要找的房子又有几家合适的了，她在催问了，要不要联系介绍给她？"

"不用，就说没有。如果她要看房，就像上次一样带她去看烂的，你的损失我会划账给你。"

餐毕，向晚晚从餐厅出来去车库取车，打算回表姐家去取些日常用品，刚要发动车子的时候，旁边有人敲了敲她的车窗。

向晚晚侧头，意外地发现对方竟然是薛青朝。而薛青朝在车窗摇下后，看到坐在里面的人是向晚晚时也微微感到意外，但随后又恢复了平日的沉稳之态。

"原来是向小姐，我看到这车还以为是文曜呢。"薛青朝微笑着开口。

"那个……这个……"向晚晚瞬间尴尬起来，笑了笑，才勉强寻了个借口说，"是我临时借他的车用一下，薛总不会介意吧？"

"当然不会，这是文曜的车，他愿意给谁就给谁，我只是觉得有点儿意外，他向来不许别人碰这辆车的，就连我和振珂都从来不让碰。"

听他这么一说，向晚晚更尴尬了，看着薛青朝脸上的笑意，只觉得自己想把脸遮起来。聪明睿智如薛青朝，一眼看穿向晚晚的尴尬，便不在此话题上多说，笑道："今天晚上向小姐也会一起来吧？"

"去哪？"向晚晚疑惑。

"薛家的家宴。"

听到薛青朝这么说，向晚晚想起此前薛文曜向自己提过这件事，不过被她拒绝了。

"我不去了，毕竟……我是个外人，我也告诉你弟弟了。"

"文曜也同意你不去了？"

"嗯，他也没有说得特别严重，我想应该也没关系吧。"

第十一章 暧昧告白

向晚晚认真地点点头回答,却发现薛青朝在听到这个答案后表情变得有些怪异,似笑非笑,如同在考量什么。

"难道这件事情很重要?"向晚晚反问。

"文曜回国的这几年,很少回薛园,每次回去都不容易。这次他需要从父亲那里拿些资料,父亲则希望他能带女友回去。"

薛青朝并没有把话说得特别通透,但向晚晚还是明白了这件事的重要性。原来这个家宴对薛文曜如此重要,他明明可以强求自己去的,却没有过多地勉强自己,而尊重了自己。

薛青朝在之后也没多说什么,仅以一句"这些事情毕竟是你与文曜的事情,还是由你们自己决定"之类的客套话带过,又因自己还有事要办而由司机接走离开。

下午去剧组工作,向晚晚开着劳拉去片场当武替,这让剧组的人不由得都打量着她。她只得尴尬地嘿嘿笑了笑,说车是朋友的,临时开开而已,众人才算是觉得理所当然地接受了。

向晚晚一边工作,一边琢磨着薛青朝的那些话,总感觉不太安心。在工作人员休息的时候,她吊在空中从腰后面摸出手机,试着拨了薛文曜的电话。

不过,显然薛文曜在忙其他事情,电话并没有人接听,向晚晚只得在导演说开拍之后赶紧把电话塞到腰后面。

下午提前收工,向晚晚开了车去薛文曜公司附近,想着也许能遇上薛文曜,问问他,却没在下班的人流中看到他,反而遇上了苏振珂。

"是来找文曜吗?他今天要回薛园赴家宴,就先走了。"苏振珂解释。

向晚晚有点儿失望地哦了一声,点点头打算离开。苏振珂一看就笑了,说:"向小姐要是也打算去薛园赴家宴的话,得要快些了,第一次上门见父母,迟到可不好。"

"我没有说要去。"向晚晚反驳。

苏振珂笑着没说话,客气地冲向晚晚作别后离开。

从薛文曜的公司离开,坐在车上盯着导航上的页面,向晚晚迟疑了很久,最终还是点了薛园的位置,打算开过去看看。

驱车前往薛园的一路上,向晚晚仍然拿不定主意,直到车子停在了一座颇具格调的大宅院外后,她才发现已经到了目的地。数秒钟的迟疑之后,向晚晚还是给薛文曜的手机发了短信,告诉他自己在门外。

——我在薛园门外,需要我进去吗?

——不,别给自己找麻烦。

第十二章　赴宴失控

她几乎本能反应地一把扣住了薛老爷子的手腕,直接就给了个后扭反扣,把人给制伏了。

1

薛园内，薛文曜坐在沙发上，对面坐着薛老爷子，旁边坐着一位保养得当的中年妇人和一名仪表出众的男子，正是南姨和薛青朝。

"那个女孩子连这点儿礼貌都没有吗？还是你根本没把我的话当回事？"薛老爷子不悦地开口。

"总之人我没带来，我只是来拿东西，拿到就走了。"

"要资料也行，今晚夏小姐会来，你待到宴会结束，我就给你。"

"薛老爷，你怎么还是不明白我的意思呢？就算我见了你安排的那些小姐，我也绝不会娶她们。"

"那行，你自己找个靠谱的女伴结婚，我就不管你。"

"你这么催着我，到底是为什么？"

薛文曜问道。薛老爷子听后脸色微变。旁边的南姨也眉头一皱，立马出声，有意缓和父子间的气氛：

"好了，文曜回来已经很不容易了，大家和和气气的，待会儿就要来客人了。"

薛文曜早知道会有这种场面，但他也无计可施，他只想顺利地从老爷子手里拿到资料，不想在今晚与薛老爷子置气。

晚上八点，生辰宴开始了。虽说未有大办，但还是来了一些相熟的亲友和商业伙伴，在客厅内三三两两地走动着闲聊，南姨举杯与人说笑着，薛老爷子坐在旁边与几位老友闲聊。

薛文曜斜倚在窗边看着，时不时抬腕看表，希望时间快一点儿，宴会能早点儿结束，他好尽快离开这里。

有身着礼服的漂亮小姐上前来，微笑着举杯与薛文曜轻碰，介绍自己姓夏。

"夏小姐很漂亮，家世很好，不过我想我们并不合适。"薛文曜在夏小姐开口说些客套话前先微笑着开了口。

夏小姐一脸惊讶和难堪，随后冷笑一声，从旁边走开了。不一会儿，薛青朝过来，表示薛老爷子在书房等他，薛文曜就放下杯子上了楼。

毫不意外，薛老爷子针对他给夏小姐的难堪而发怒，他戳在那里听着，尽管南姨也上来圆场，依旧无果。

手机振动了两下，薛文曜取出来看了一眼，不由得眉头微动，回复短信。而对面的薛老爷子则更显不悦了，说："我正在和你说话呢，看你什么样子！"

薛文曜抬起头，刚要说话，就听到了门外用人开门的声音，然后是有人声和

第十二章 赴宴失控

脚步声向屋子靠近。

"老爷,太太,一位小姐来访。"刘妈进门来传话,随后引进来一个身着白色连衣裙的年轻姑娘。

一头乌黑长发,大眼睛,精致的五官,高挑的身材配着一身得体的连衣裙,站在那里落落大方颇有气质,虽有些拘束,但看着很讨喜。

"你是……"南姨上下打量着向晚晚,疑惑地出声。

向晚晚进门后迅速地扫视了屋内,薛青朝是见过的,自然认得,然后那两位年长的当然就是薛老爷和现任的薛夫人了。

"阿姨好,伯父好。"向晚晚上前,一脸笑容地伸出手去,握了南姨的手之后直接又去握了薛老爷子的手。

旁边的薛文曜不由得侧头,扶额不去看。

"我是向晚晚,薛文曜的女朋友。"

向晚晚做着自我介绍,薛老爷子才明白了来人的身份,他看向薛文曜,眼神里带着些许不满和怀疑。

"你就是报纸上写的那个?"

"是我。"向晚晚暗自做了个深呼吸,才让自己显得有底气一些。

"女朋友?你是做什么工作的,哪所学校毕业的,父母做什么职业?"

薛老爷子连珠炮似的发问,使得向晚晚微愣,没料到对方会直接发难,一时竟无从回答。

"想要进薛家的门,你有什么优势?怎么不回答?"

薛老爷子的严肃发问让房间内的气氛顿时凝滞僵持起来,没有人说话,全都看着向晚晚。

"我现在没有固定工作,父母都不在了。至于优势,我站在这儿让您看到了我,就是我的优势;您儿子的选择,就是我的优势。"向晚晚最终还是回答了薛老爷子的质问,她挺直了腰,不卑不亢。

薛老爷子似乎没料到向晚晚敢这样直接地回答自己,显得有点儿意外。旁边的人也是,唯有薛文曜微弯唇角,颇为欣赏和满意,走过去,径直揽了向晚晚的肩膀:

"爸,我重新来介绍。这是向晚晚,其实她并不是我的女朋友,她是我的新婚太太。"

一语出满堂哗然,薛老先生和南姨惊住了,向晚晚呆住了,薛青朝尽管早知

155

道向晚晚和薛文曜的关系很近，但在听说是新婚太太后，他也表现出了惊讶。

"你说什么？再说一遍。"

"我说我们结婚了，就在一个月前。"

薛文曜抬着下巴，如同宣布重要消息一样解释着，而坐在旁边的薛老爷的脸色不由得越来越差，最后直接扬手把手边的靠枕丢到了他脸上。

"你这小子，要结婚了都不告诉家里人，你眼里还有没有我这个老子？"

"不是你催我结婚吗？现在你又不满意了。"

父子俩较上劲了，薛老爷子气得跳起来要打人，薛文曜赶紧躲避，南姨和薛青朝拉人，向晚晚在最后被当成挡箭牌拉到了中间。

"他说的是真的？"薛老爷子指着向晚晚问。

向晚晚也惊呆了，没料到薛文曜会把这件事情抖出来，她支支吾吾地点了头，说："那个，事情比较麻烦，的确是走完了法律流程……"

"当当……"轻轻的敲门声响起，众人又侧过头去看，见到用人刘妈站在门口的位置，旁边站着一位打扮精致的女子。只是她的表情有些微妙，看似平静，却在看着向晚晚时颇为凶狠。

"洛律师，你来了。"薛青朝笑着招呼，又冲着父亲引荐道，"介绍一下，这位是洛律师，是我们公司新任的法律顾问，我请她来送您要调取的资料。"

"表姐。"向晚晚似乎被强大的力量击中，心中惨叫一声糟糕，后退一步，好在有薛文曜扶住，她才没腿软倒下。

"你还没有回答我的话，你真的和这个小子偷偷结婚了吗？"薛老爷子极为严肃地质问。

向晚晚看了眼表姐，又看向薛文曜，最后一咬牙，一闭眼，在心里默默对表姐说了声"对不起"后，点头称是。

薛老爷子一听这话，当即就扬手去打薛文曜。向晚晚挡在中间，当薛老爷子的手伸到自己肩膀上的时候，说时迟那时快，她几乎本能反应地一把扣住了薛老爷子的手腕，直接就给了个后扭反扣，把人给制伏了。

世界有三秒钟的安静，屋子里落针可闻，所有人都呆呆地看着向晚晚将薛老爷子扭按在了沙发上。当向晚晚反应过后来，才发现自己做了不恰当的举动，赶紧松开手，后退着避让：

"对……对不起，我不是故意的，我这是本能反应。"

好一阵后，薛老爷子由南姨扶着起身，动了动胳膊，缓慢地回过身来看向晚晚，脸上的表情异常平静，或者说应该是气过头了。

"完蛋了，完蛋了。"向晚晚后退着，去拉扯薛文曜的袖口。

薛文曜现在也是眉头紧蹙，心知这局面是不太好收拾了，因为不知道接下来会发生什么，他就将向晚晚朝自己身后拉了拉。

五分钟后，向晚晚和洛阳站在薛园的院子里，向晚晚低着头，心虚得不敢看洛阳的脸。

"自己说。"洛阳给出三个字。

向晚晚再不敢隐瞒，一五一十将前因后果道清楚。本以为洛阳会大发脾气，但事实上她在听完后竟面无表情，显得异常平静。

"表姐，其实我一直想向你坦白的，可每次都没合适的机会。"向晚晚苦着脸解释。

"算了，我也不骂你了，既然都已经结婚了，我还能说什么？"

"表姐，你要是实在生气，你打我都行，别这样说气话呀。"

"我没有说气话，既然已经结婚，那以后就自己对自己负责吧。不过有一点，你为了宋贤，连和别人假结婚都能接受了，你真的不打算向他表明心意吗？真的打算一直这样把事情埋在心里，你真的甘心吗？"

"表姐……"

"好了，你不用告诉我你的理由，你自己考虑吧。"

离开薛园，薛青朝送两个人到门口，叹息一声，将一个文件袋递给薛文曜，说："你们好自为之，自求多福吧。"

"薛大哥，我不是故意的，让我进去再道歉吧。"向晚晚苦着张脸求薛青朝，眼睛眨巴眨巴的，尽量扮可怜。

薛青朝拦下向晚晚，说："这时候还是先走吧。"

转而，薛青朝又将目光投向薛文曜，说："明天我再联系你。"

薛文曜自然不会如向晚晚那样急性子，明白现在走为上策，就冲薛青朝道别，拉起不甘心的向晚晚离开。

开车的时候薛文曜的电话响了，是薛园那边南姨打来的，说了些宽慰薛文曜的话，让他放心薛老爷子，薛文曜都客气地带过了。

"你生气了？"路上，向晚晚小心地问始终一言不发的薛文曜。

薛文曜认真地开着车，没有回答。向晚晚猜想他这是默认了，自己也觉得理亏，竟然对人家的父亲动了手，毁了人家好好的家宴。

第十二章 赴宴失控

"别生气了，我真的不是故意的，反正你要的资料，不是拿到了吗？"

　　向晚晚又在旁边安慰了一句，可薛文曜还是没出声，向晚晚的耐心就消耗完了，换回了平时那副大大咧咧的样子，改口说："算了，你要是实在心里不痛快，大不了你骂我吧，我保证不还嘴就是了。"

　　薛文曜开着车时，心里想着其他事，一直没理会向晚晚。她那么要强的性子，能改变心意想着来帮自己，现在又能向自己低头，已经实属不易。看着向晚晚那一脸委屈自责，一副甘心受罚的样子，他不禁心里暖暖的，遂将车停在路边泊下。

　　"不是提醒了你不要给自己找麻烦吗？为什么还要来？"

　　"我不是听你大哥说你需要我出现吗？可哪知道事情会变得这么糟糕，现在所有人都知道我们结婚了。"

　　"事情已经这样了，我会处理，没关系。"薛文曜显得很平静，反过来安慰向晚晚，伸手拍了拍向晚晚放置在膝上的手表示安抚。

　　向晚晚很少有现在这样情绪低落的时候，即使是失去工作的时候也没有这样懊悔过，尽管有薛文曜宽慰自己，却还是低着头。

　　有人说，低头的女子是最美的。向晚晚甚少低头，而现在她就这么微垂着头，流露出一种从未见过的温柔娴静，薛文曜看在眼里，心头有种淡淡的感觉渐渐生成，慢慢聚拢，最后包围整个心脏。

　　也不知道是路边昏暗的灯光过于暧昧，还是两个人之间的磁场过于强烈，当薛文曜托着向晚晚的脸颊靠近她时，她并没有拒绝，甚至轻轻地握紧了薛文曜的手。

　　薛文曜的唇就要吻上向晚晚的时候，他突然停了下来，轻声问："你不想拒绝，却又在害怕、紧张，是什么让你如此不确定？我以后不会再偷吻你，我薛文曜要吻一个人，就必然是那人全心全意也渴望被我吻。向晚晚，听到了吗？"

　　向晚晚于情迷中回过神，轻咳着，退后向车外张望，故作强悍地说："你又乘机占我便宜，信不信我打你？"

　　薛文曜没回话，仅笑了笑，重新开车。

　　回到家，向晚晚第一时间找了借口去睡了，薛文曜倒也不为难她，笑了笑后替她关上灯。

2

　　这一夜，向晚晚辗转难眠，心里乱糟糟的，脑子里交织着很多事情。与薛文曜的关系越来越不清不楚，而自己的生活好像也越来越乱，不知道要怎么办。这时，手机传来一条信息,她打开来看,竟然是薛文曜发来的,只有简单的两个字:晚安!

对着手机屏幕上的两个字许久,她打下"晚安"两个字,想要回复过去,但又始终没有按下发送键,最后随手把手机丢到旁边,侧过身去。

楼上卧室里,薛文曜握着手机等了许久,也没能等到回复,方放下手机,关灯睡去。

第二天清早,向晚晚趁天尚未亮就轻手轻脚地出了门,想着避开薛文曜,不与他碰面。而事实上,薛文曜站在卧室的落地窗前,一直望着花园内的人离开后才转过身,双手插在睡裤的兜里,悠闲地拉开门自楼上来到客厅。

"鱼兄,这种若即若离的滋味我很不喜欢,你说呢?明明她是开心的,却又像藏着一颗不开心的种子,她还真让人捉摸不透,为什么会这样呢?"

薛文曜若有所思地冲鱼缸里的大鱼草发问,取了杯子倒水来喝,又顺手拈了鱼食撒到水里,他靠在鱼缸边思考了几秒钟,喝了几口水,猛然间恍然大悟一般:

"我懂了,女孩子总是要用心去追的,从前身边的女人都来得太容易了,我都忘记了这一点。所以这次要认真对待,忘记我是所有女人都爱的薛文曜,像个普通男人那样去追一个女孩子,你说是不是,草鱼兄?"

"嗯,一定是这样的,那要从哪里开始呢?对,约会,开始认真地约会。今天就约她一起用午餐,然后晚上再一起用晚餐。"

薛文曜想到了自己满意的答案,又奖赏般地给了草鱼一些鱼食,才欣然放下杯子离开。

向晚晚心里很乱,开着车在街上胡乱地转了小半个上午,后来接到了表姐的电话,想约她一起吃午餐,谈谈关于她的事情。向晚晚应下来,开车去了跟表姐经常碰面的咖啡厅,找了处位置坐下来。

等人的时候,她心里依旧反思着与薛文曜的事情,边想着边无聊地看着外面的行人,只见眼前一晃,一个人影坐到了她的对面。

心中想着这个人倒也真自觉,都不问一下这里有没有人,她侧头瞟了一眼对面的人,发现对方也在打量自己。当她转过脸时,对方露出了一副"果然是你"的表情。

"是你。"

两个人不约而同地感叹出声。原来,坐在向晚晚对面的人,是黄玟娜。

"你在这里干吗?"两个人再一次不约而同地向对方发问。

"等人。"两个人同时回答。

第十二章 赴宴失控

"你怎么在这里？你不是保安吗？不用上班吗？"黄玟娜开口问道，她本是无恶意的，却偏巧在向晚晚被辞退的伤口上狠撒了一把盐。

"我今天休息，谢谢关心呀。"向晚晚没好气地回了一句。

"你还在生我的气呀，难道还是因为那天的事情？"黄玟娜凑近了些打量向晚晚的表情后询问。

"嗯，你家教不怎么好，眼神儿倒是挺好的。"

"喂，你怎么这样，有你这么说话的吗？"

"我怎么了？我就这么说话了，是你先不客气的。"

向晚晚和黄玟娜完全不对盘，本就不好的心情一点火就着，眼看两个人针尖对麦芒要闹起来，没想到黄玟娜一反常态，竟没有再还嘴。她坐回身子，抬手扶了扶自己的脸颊，将脸转到旁边。

"算了，我不和你吵。我今天心情好，穿得漂亮，化的妆也精致，和你吵架会影响我的美貌。"

向晚晚毫不吝啬地回了她一记白眼，将脸转到另一边。

两个人隔着桌子坐着，一个看左，一个看右，都不说话，气氛十分诡异。半分钟后，黄玟娜率先开口，说："你换桌子。"

"凭什么我换，我先坐的，要换也得你换。"

"我不换。"

"我也不换。"

两个人再一次谈崩，相互给了对方一记白眼，然后继续扭头无视对方。

又坐了好一阵，将近中午的时候，向晚晚的手机响了，是表姐打来的，问她在哪里，自己现在过来。

接完电话，相差不到半分钟的时间，坐在对面的黄玟娜忽然一脸兴奋地站了起来，冲着窗外使劲挥手，同时拨了电话出去。

向晚晚本能地顺着黄玟娜的目光看过去，不由得微微惊住：宋贤正自外面的路上经过，黄玟娜正在叫他。仅仅在那一秒的时间里，向晚晚就发觉自己刚才真是犯了一个大错误，黄玟娜说自己在等人，她怎么就没想到，等的人是宋贤呢？

向晚晚想要避开，但已经来不及了，宋贤听见黄玟娜的声音转过身来，在看到黄玟娜的同时，也看到了坐在她对面的向晚晚。

"小晚……"宋贤讶异之余，脸上绽放笑意，露出一口好看的糯白牙齿，径直朝她们所坐的位置走来。

第十二章 赴宴失控

"小晚你怎么在这儿？"宋贤走近，笑着询问向晚晚。

"我……我路过……"向晚晚机械地站起身回答。

"小晚小晚，你就只看得到你的小晚，看不到我吗？"黄玟娜在旁边鼓着嘴埋怨。

"你那么大声音，穿得这么招摇，我怎么能看不到？"宋贤脸上的笑意微收，侧眼看向黄玟娜。

被论及自己的穿着，尽管并不是夸奖，黄玟娜却立马显得十分欣喜满足，露出好看的笑容，抬起手臂转了一个圈，说："你也发现我今天的裙子很特别是吗？这可是上东区定制的手工货，背后这个露腰的设计我特别喜欢，是不是很性感……"

黄玟娜说得起劲，宋贤却无意多听，又转身看向晚晚，微笑着说："午餐时间也到了，既然遇到了就一起吃饭吧，楼上有家粤菜馆很不错。"

向晚晚想要推辞，因为在他们之前提及"早早"这个话题后，她再次见到宋贤心中又有了诸多的想法和感觉，而且她有表姐那里的事情需要解决。

向晚晚沉默着，黄玟娜可就有机可乘了，她几乎是在第一时间伸手挽住了宋贤的胳膊，笑着说："好呀好呀，我最喜欢吃粤菜了。"

对于黄玟娜这种主动到已经没有底线的个性，宋贤似乎早已见怪不怪，都懒得出声指责，只是无奈地移开目光，伸手将她挽上自己胳膊的手扒下，怎奈随后她又一次扒上去。

宋贤单攻起来有点儿难，黄玟娜立马采取了迂回战术，丝毫不计较前一刻还冷着脸针锋相对的事，竟然直接用另一只胳膊挽起了向晚晚的胳膊，笑着说："晚晚姐，你看我们都这么有诚意地邀请了，就一起去吧。"

向晚晚微微睁大了些眼睛，侧过头去看黄玟娜，以为自己听错了，或是见了鬼。什么时候她成了黄玟娜的晚晚姐了？什么时候又成了她和宋贤一起邀请自己了？这大小姐的脸皮可真不是一般的厚。

宋贤也对黄玟娜和向晚晚竟不知何时已经如此亲厚颇感意外，顺便又说了一句"一起去吧"。

在向晚晚还纠结着怎么推辞的时候，她看到马路对面一身职业装的表姐正走过来，心中不由得一惊，如同将心吊到了嗓子眼，赶紧冲洛阳打眼色示意她不要过来，否则宋贤就要知道她们是表姐妹关系，那么之前她一直装不知道他回国的事情就露馅了。

险归险，好在向晚晚和表姐洛阳的默契度十分完美，洛阳在走近他们之前发现了局势不对，闪到了一处遮阳伞后面，避开了宋贤的视线。

到底是没能推辞掉，向晚晚只得随着宋贤和黄玫娜一起去粤菜馆吃午餐。在餐厅坐下不久，向晚晚的手机响了，显示是薛文曜，但她按了拒接。

闲聊了几句，点了菜，等上菜的时候宋贤却接了一个电话，一个病人临时出现状况，他需要马上赶去医院手术，不得不匆匆告辞离开，桌上只剩下黄玫娜和向晚晚。

"你到底是不是喜欢他呀？"黄玫娜看着宋贤离开的背影，直接问向晚晚。

"关你什么事！"

"当然关我的事，因为我现在喜欢他呀，如果你喜欢他，我们就是情敌了。"

"你……"向晚晚觉得这个黄玫娜的脑回路就是跟别人不一样。

"我是觉得吧，其实我挺喜欢你的，你又嫁给了我文曜哥哥，我想和你做朋友。可如果我们是情敌了，那不就不能做朋友了？而且我觉得吧，你能抢走文曜哥哥那是因为我之前不在，现在肯定是我的魅力比你大，你和我抢一个男人的话，应该是没有任何胜算的。再说，你明明已经和文曜哥哥结婚了，就更没有资格跟我竞争了。"黄玫娜如同做结案陈词一样认真地剖析解释。

"我说，你倒真是自信呀。我就好奇了，你的自信从哪来的？"向晚晚被她气笑了，伸手戳了戳她的额头。

"就凭我这张脸呀，还有就是我还没嫁人。"黄玫娜笑得跟朵花似的把一只手放到脑后，挺胸摆了一个S造型。

手机震动了几下，向晚晚看到屏幕上跳出来薛文曜的短信，只有两个字：在哪。

薛文曜应该是因为自己没接电话这件事生气了，从这两个连标点都不带的字里，向晚晚几乎可以看到他一脸不爽于自己被无视的表情。

"我说的话，你听懂了没有呀？"黄玫娜在对面催问。

"在哪？一起吃午餐吧。"薛文曜的短信再次过来，显然他做出了妥协。

看着这条短信，向晚晚忽然灵机一动，嘴角浮起一抹邪邪的坏笑瞧着黄玫娜。

3

黄玫娜还在滔滔不绝地分析着，劝告向晚晚不要试图与自己争宋贤。

"你真就那么自信，你魅力比我大？"向晚晚笑着反问。

"当然。虽然你也很漂亮，不过我比你有女人味，比你有钱，比你会打扮，嗯……身材也比你强。"黄玫娜自信地抬起下巴。

第十二章 赴宴失控

"好,那我们打个赌,等会儿我们就找个帅哥来问问,问他我们谁更有魅力,好不好?"向晚晚笑着说。

"好,还怕你不成?"黄玟娜想都没想,直接应下,并且信心十足。

向晚晚设好套,靠坐在椅上,敲击着桌面等待。果然没有多久,她就看到一个俊朗熟悉的身影出现在了餐厅,在门口巡视了一圈后朝着她所在的方向走过来。

"你看,那个帅不帅?"向晚晚指着走来的帅哥询问。

黄玟娜打量来人,他身形挺拔,上身着一件白衬衫,未系领带,搭配黑色细绒西装外套,款式简洁,但从衣服到脚上的皮鞋都是精品手工特制款,整个人器宇轩昂,品位卓越,配上他那无可挑剔的英俊五官,一进餐厅就吸引了所有女性客人的目光。

"文曜哥哥!"黄玟娜惊呼出声,欣喜地冲来人招手,吸引住来人的目光。

帅气逼人的男子正是薛文曜。他露出温柔礼貌的笑意,桃花眼微弯,真是瞬间就魅力爆棚。

"这位先生,请问一下,如果在我们之间选择一位做太太,你会选谁呢?"向晚晚笑着询问。

"当然是这位,薛太太。"薛文曜伸手递到向晚晚面前,同时如同变戏法一样自身后取出了一束火红的玫瑰花来。

"好。"向晚晚微笑着回礼,尽量优雅地将手搭上薛文曜的掌心,接过他手里的花,由他牵着起身。

"不行,你要赖,你怎么能找文曜哥哥问?"

"怎么不行?我们只是打赌找个帅哥问,他够帅吧?"

"你……你这是赖皮,反正我的魅力比你大。文曜哥哥你看她,她欺负我,明明我更有魅力。"

"好了,玟娜,你一直都是最有魅力的,怎么会在这件事情上较劲儿?"薛文曜安抚黄玟娜。

"因为我说我的魅力更大,宋医生一定会喜欢我的。"

在听到宋贤这个名字时,薛文曜的表情发生了细微的变化,原本有些玩味的兴致顿时荡然无存。

"玟娜,我们就先走了,你自己慢用。"薛文曜牵着向晚晚的手,两个人就那么翩然地离开,独留黄玟娜心有不甘地生着闷气。

自餐厅出来,向晚晚在确定黄玟娜看不到自己后,正欲将手抽出来,却没料到薛文曜反而率先甩开了她的手。

"干吗，忽然就不高兴了？"向晚晚揉揉自己被甩开的手腕，上下迅速地再次打量审视了薛文曜后，拍了下他的肩膀笑说，"你今天这身衣服真帅，是要去特别重要的场合吗？刚在餐厅一出场就吸引了所有女性的目光，可真是给我赚足了面子，还有这束花，好漂亮，你可真聪明机智……"

不问还好，经这一问，薛文曜内心的火气更大。他原本是精心准备了一番，要和向晚晚正式约会一起用餐的，但是怎么也没想到，结果却是被她利用脱身而已，害他所有的准备和心思全都白费了。

"我打电话你为什么不接？是不是又跟宋贤有关？既然不想我打扰，凭什么让我来救你？"薛文曜冷冷地开口。

"你生气了？"向晚晚伸着脖子看薛文曜，见他一直不说话，小心地戳了戳他的胳膊。

薛文曜条件反射般，立马移开一步，避开她的手指，说："别碰我。"

"好了，当是我不好，我不也是没办法吗？你不知道刚才那个黄玟娜有多烦人……"向晚晚还想解释自己让他来的原因，但薛文曜一听，不仅没有消气，反而火气更大了些，直接挥手打断了她的话：

"你以为我是计较你让我陪你演戏，介意的是玟娜的事情吗？"

"那不然是为什么？"向晚晚一下子有些蒙了，眨着大眼睛懵懂地看着薛文曜，被他搞得一头雾水。

"你还真是没药可救了。"薛文曜欲言又止，最后一甩袖子，迈步绕过向晚晚走到路边拉开车门坐了上去。

"喂，你干什么？这车是我的。"向晚晚跑过去敲打车窗。

"什么叫是你的，明明是我的劳拉。"

"是我开来的，你开走了，我怎么办？你不是有司机吗？"

薛文曜也懒得多说什么，径直驾车离开，刚开出一段，又像想到了什么似的倒了回来。向晚晚以为薛文曜改变主意原谅她了，刚要用笑脸迎上去，只见薛文曜摇下车窗，伸手夺过向晚晚手上的花束，顺手丢进了车子后座，旋即发动车子离开。

"喂，我的钱包在车上……好歹还我……"向晚晚冲着车子大喊，但因为薛文曜在气头上，根本没有听到这句。

向晚晚被丢在路边，觉得薛文曜这通脾气真是来得莫名其妙，就算不高兴也

第十二章 赴宴失控

不至于要把自己丢在街边这么严重。她猜测他今天大概是心情不好。自己虽然摆脱了宋贤和黄玟娜，可现在身无分文，也没手机，怎一个惨字了得啊！

薛文曜开着车离开，没一会儿手机来了电话，显示是苏振珂的，便觉得有点儿头大，咬牙接起来。

"你跑到哪里去了？午餐都不见你人，待会儿就开商讨会了。"是苏振珂的声音，明显有刻意压低，此时他身在会议室，唯有小声讲着电话。

"我马上开车过去。"

"什么叫开车过来，你什么时候离开会所的？"

"以后再说吧，刚刚有急事。"

"什么急事，严重吗？"

"不严重，我这就赶回去。"薛文曜寥寥几语带过，挂断了苏振珂的电话。

今天，原本是苏振珂与他一起约了香港的地产商见面，对方很喜欢打高尔夫，所以上午就在球场度过，其间约好下午召开关于合作投资的商讨会，但他想要同向晚晚一起用午餐，所以他在收到她的短信后匆匆换了衣服，从会所里出来打车赶到向晚晚那里，本来是想给她一个惊喜的，却没想到，因为宋贤的关系让这一切全都变了味儿。

从前他总把工作放到第一位，再大的事情都要给工作让位，而现在他却甘愿为见一个人而忽略自己的工作，只可惜事情的结果背道而驰，那种失落，令薛文曜产生了一种从未有过的郁闷和怒气。

薛文曜回到会所，好在商讨会尚未结束，他赶紧跟那几位香港来的商人赔礼，在苏振珂的帮衬下圆了场。终于谈完了事情，由苏振珂负责将对方送走，薛文曜又要开车去工地。在路口等灯的时候，薛文曜的目光落到丢在后座的包包上，伸手拿过来一看，竟然是向晚晚的手袋，里面放着便笺本等一些零碎东西，还有她的钱包。

又想起中午把她丢在路边时她冲自己喊的话，才一下子醒过神来，他居然把身无分文的向晚晚丢到了路边。

"真是个麻烦的笨女人。"

薛文曜把包丢在副驾驶座上，调了导航去中午去过的那家餐厅。虽然觉得她还在那里的可能性很小，但似乎现在回去找是唯一的线索。

开车到中午的餐厅所在的那条街，果然半点儿没有向晚晚的影子。薛文曜打电话给向晚晚，想问她在哪里，好歹把包还给她，却发现对方的手机已关机。

没有别的选择，薛文曜只好驱车沿路向前缓慢地开着找人。虽然知道这样在大街上找到人的可能性非常小，但他还是抱着侥幸的心理想试一试。

开了两条街，一路上薛文曜的车没少被后面的车主按喇叭催促，就在他决定要放弃的时候，忽然在路边的咖啡摊前看到了一个熟悉的身影。

是向晚晚。她的头上戴着粉色印有logo的帽子，穿着简单的白T恤，下摆在腰间扎绑起来，露出一抹平坦性感的小腹，下身着黑色热裤，短裤下露出了修长白皙的腿，脚上一双简单的运动鞋子，正一脸笑容地冲着路过的行人派发传单，说着"欢迎品尝"之类的话。

临近夏日的姚市虽算不上太热，但正值中午，阳光很烈，向晚晚的额头上明显有越聚越多的细汗。薛文曜停了车，隔着车窗打量她，她看起来那么平凡，但又那么努力而真实，似乎有一种特别的魅力。

停在路边好一阵儿，看到向晚晚发完了手上的传单，正弯下腰去身边的袋子取新的单子时，薛文曜推开车门下去，朝她走了过去。

向晚晚弯腰打算取一沓新的传单，计算着再发完这些就能拿到足够打出租车的钱时，发现自己面前停了一双男士皮鞋。她的目光沿着那笔直的西裤看上去，见到了一张英俊到让人惊艳的面孔。

人行街道两侧种着法国梧桐，这个季节的梧桐叶泛着最青翠碧绿的色泽。阳光从这些叶子的间隙照下来，在那人的背后打出斑驳的光点。由下而上逆光看过去，像是自带柔光的润泽结界，让他的脸更添几分梦幻。

"你在干什么？"薛文曜的质问打断了向晚晚对薛文曜犯的小小花痴。

"发传单赚路费呀。"向晚晚扬扬手里的单子。

"我是问你为什么要站在这里发传单，还穿成这个样子，你看看你自己成何体统。"薛文曜伸出手，也不管向晚晚乐意不乐意，将她系绑在腰间的T恤解开盖住腰部。

"你干什么，我这样很好看，很性感。"向晚晚阻止。

"别忘了你现在的身份是我们薛家的儿媳，被媒体拍到怎么办？"

"签个假协议，搞得我连穿衣服的自由都没有了，我要解约！"

"现在后悔来不及了，以后不许穿成这样，给我盖好。"薛文曜露出凶相，再次将她的衣服拉下来。

"还凶我，我站在街边打零工还不全都是拜你所赐？要不是你拿走了我的钱包，我至于流落街头靠发传单赚打车钱吗？"

第十二章 赴宴失控

"哼，现在知道没钱的可怕了，当初把劳拉开走，把我丢在路边的是谁？"

向晚晚一时语塞，自觉理亏，吐了吐舌头。

薛文曜尚未对宋贤的事释怀，不愿多说道歉的话，伸手拉过向晚晚的手腕朝车上走去。

"等等，我还没领工资呢……否则我这半天就白发了……"

向晚晚计较于自己打工的钱没拿，但薛文曜懒得听，直接把人塞上了车。刚一坐到车上，他见到向晚晚黑色热裤下的长腿露得太多，就赶紧把自己的西装外套脱下来丢到了她的腿上。

"盖上，看看你现在成什么样子了。"

见薛文曜竟然不好意思起来，向晚晚倒觉得很有趣："哟，你还害羞起来了，你从前可完全是一副花花公子的做派，又不是没看过女生的美腿。哎呀，我当年可是我们学校的校花，出了名的长腿美女，当过模特的。"

第十三章　爱上心有所属的人

爱上一个心中有别人的人，是这个世界上最无法破解的难题，好像用尽了全力，却还是无能为力！

1

向晚晚看薛文曜越来越不自然,她更来劲了,不仅不老实盖上腿,反而将西装外套掀开,微眯着眼睛故作妩媚地伸手戳了戳薛文曜的胳臂,学着黄玟娜的样子摆了个性感的姿势。

对于向晚晚的得寸进尺,薛文曜自然知道她是怎么想的,无非就是要故意调侃自己。于是出其不意,一伸手直接将向晚晚的腰揽住,朝自己一拉,把她与自己的距离瞬间拉近。

"向晚晚,你知不知道,你再这样下去,会发生什么事?"薛文曜露出一脸捉摸不定的笑意。

看着薛文曜这种不明意味的暧昧笑容,向晚晚又觉得自己有点儿吃不准了,她收了自己的姿势,推开他的手,老实地坐了回去。

"果然是色狼。"

"你要是再不老实,我就再把你赶下车去,你以为会发生什么呢?"薛文曜补刀一般地又追问了一句。

好嘛,这次是向晚晚栽了,暗自骂了句"狐狸"。薛文曜倒也不接口,直勾勾地盯着向晚晚,把她看得红了脸。

"看什么看!"

"没看什么,就是想到了些事情。"薛文曜舒坦地靠在座位上回答。

"什么事情?"向晚晚几乎本能地随口追问了一句。

"就是……"薛文曜微侧过身子,冲向晚晚伸手。

几乎是同一秒,原本停得好好的车子一个不稳定的抖动,把薛文曜摇晃得头直接撞上了风挡玻璃,疼得不由得龇牙。

"这是个小警告,再乱说话,乱动手,小心我打你。"向晚晚故作凶狠地握拳比画威胁。

薛文曜揉着撞痛的额头白了向晚晚一眼,看看时间后赶人,说:"好了,你拿了包就下去吧,你还找我算账,现在我还在气头上呢。"

"真小心眼,我还以为你不生气了呢,就是我临时拉你当了个幌子而已,都好几个小时过去了,至于吗?"向晚晚努嘴,不满地抱怨道。

本来不说还好,这一说薛文曜的脸色顿时变了,他侧过脸来目光锐利地注视着自觉委屈的向晚晚,说:"你到现在还觉得我是因为你拉我演戏这件事情生气?"

"不然呢?别的地方我又没得罪你。"

第十三章 爱上心有所属的人

对于迟钝至此的向晚晚，薛文曜真是气不打一处来。他懒得多说一句话，直接伸手推开了车门要她赶紧下去，等她一落地，立马摁了自动车锁。

"对，我就是小心眼，我就是小气，你自己慢慢想吧。你这个四肢发达头脑简单的女人。"薛文曜丢下个眼刀，一踩油门走人。

薛文曜开车去了工地，路上苏振珂打来电话与他对接一些工作上的事情，在例行工作完结后，苏振珂察觉出薛文曜情绪不佳，提出了疑问：

"怎么感觉你今天像好像火气很大，户籍回迁的事情已经在办了，催问过了，应该很快就下来了，还有什么不开心的？"

"嗯，被气的。"

"新太太？"

"别问了。"

"女孩子是要多哄着的，你别拿从前对付其他女人那套对人家。"

"我哄着她？她那榆木脑袋，整天就知道暴力。"

"怎么着？送礼物不成功？那也不至于这么生气嘛。不会是你喜欢上人家了，结果襄王有意，神女无心？"

"再八卦，就把你炒了。"薛文曜不乐意被人看穿，结束了通话。

没有了其他声音的干扰，安静地开着车，薛文曜又开始想苏振珂刚才的话。自己算不得是个脾气好的人，但也向来有绅士风度，在女人面前不会过于计较一些小事情，但自打遇上向晚晚他就好像变了一个人。他会为从前觉得无所谓的事情计较，为不值得一提的事情生气，因为这个人的一言一语欣喜或是愤怒，会时刻想知道她的情况。是真的动心了吗？薛文曜坐在车内，兀自思考了片刻，掏出那只装着戒指的盒子看了看，重新收起。

那厢，向晚晚拿到了包，又执意回去找店老板要了自己发传单的工资，虽说只讨到了一半，她也心安，好歹辛苦没有白费。

傍晚临时接到通知去片场补戏，一直忙到将近十一点才收工，深夜回到薛文曜的家外，深吸了一口气才进门。本以为是要低头服软，或来一场斗争的，结果进门后发现屋内空空如也，连半个人影都没有。

"这么晚了，怎么还没回来？"

向晚晚撇撇嘴坐下，四下看了看，感觉今天在外面待了一天，又发传单，又去补戏，流了许多汗，她决定先去洗个澡。于是欣然上楼去客房的舆洗室，却发现那里的水管坏了，出不了热水，想着反正薛文曜没回来，正好借机偷用一下他的浴室。

薛文曜忙完工作到家已近凌晨，因为去过工地，身上布满灰尘的味道，这让有洁癖的他早就不能忍受了，他边上楼边脱外套，打算第一时间洗澡。

进了卧室，衣服才脱到一半，就拉开浴室的门走了进去，但立马在下一秒蹙起眉。

"啊，色狼！"

向晚晚身上围着浴巾，头上包着毛巾，正在镜子前擦着脸，忽然门就被推开了。对方衣衫不整，向晚晚就在一眨眼的工夫内以一招小擒拿直接拿住了对方，一扭胳膊将人按到了墙上。

"你在我浴室里做什么……"被压在墙上的薛文曜艰难开口。

"是你呀！我在洗澡，你怎么突然进来了？"

"这是我的家，我的浴室，我回家了，我要洗澡！再说，你不是包裹得很严实吗？"薛文曜一字一顿，低声咬牙，强压着愤怒宣示主权。

向晚晚低头看看身上长长的浴巾，好像自己也就是个穿了抹胸裙的样子，才感觉自己好像反应过激了，赶紧松开了墙上的人。

薛文曜从墙上离开，扶着自己的胳膊和脸，摇晃着撑住墙才站稳。他看着面前的人，真是觉得此时所有汉字里表示愤怒的词全加起来都无法表达自己的心情了。

向晚晚是心虚的，她努力赔着笑脸，看了一眼衬衫半解、露出腰腹肌肉线条的男性躯体，又瞬间红透了脸，但还是强作镇定地咳了咳，说："那个……你先洗，我出去。"

说完，向晚晚麻利地拉开浴室门跑了出去。

向晚晚换了浴袍后下了楼看电视。大概半个小时后，听到了楼上卧室门开的声音。她以为是薛文曜出来了，好有机会解释一下误会，争取自己留住的权益，却看到薛文曜从里面出来，转身又进了隔壁的书房，对一楼沙发上的她视而不见。

向晚晚向来心里藏不住事，性子急，坐在一楼看了半天电视，却始终坐立难安，她决定还是主动出击，束紧了衣带后去厨房倒了杯热牛奶。

向晚晚端着热牛奶上楼，小心地敲了敲书房的门。虽然里面的人毫无反应，明显不愿搭理她，但她还是厚着脸皮，自己推开门走进去了。

"这么晚了还要工作，多辛苦，我给你煮了牛奶。"向晚晚刻意讨好地走上去，把牛奶放到电脑旁边。

"我不喝。"薛文曜的眼神没离开笔记本，淡淡地回答。

第十三章 爱上心有所属的人

"还生气呢？"向晚晚小心翼翼地问。

"没有。"

"还说没有，你从眉毛到下巴，写满了生气。好啦，是我错了，我刚才不应该下手那么重，要不我给你推拿一下，我的手法可是很专业的。"

"你还是不知道我为什么生气？"薛文曜终于停下手里的事情，抬起眼来看向晚晚。

"我是真的想不出来了，要不你告诉我吧。"向晚晚果然是软不过三秒，求和不成，就重新换上了一副大爷脸。

"我……"薛文曜启唇，向晚晚望着他，等着他说理由，可薛文曜话到嘴边又说不出来了。

"算了，不说了，你出去吧。"薛文曜的情绪重归平静，他坐下开始工作，挥挥手示意她走。

向晚晚没讨到好，也知道多磨无用，于是讪讪地转身出门，走到门口又回过头来，说："我还得在你这儿住一晚，明天我会找地方搬出去的。"

薛文曜依旧没回应。向晚晚知道这是默允她离开了，也就不再多说，拉开门出去。

向晚晚出了书房，薛文曜停止了工作的姿态，抬起头来看向门口片刻，又垂下眼睛看桌上的牛奶，半晌之后拿起牛奶尝了尝，觉得味道不错，又多喝了些，不自觉地弯起了唇。

翌日清早，薛文曜被一阵细微的响动惊醒。他睁开眼睛，起身下床，拉开落地窗帘看向外面，见到楼下的花园内一个背影正提着包离开。

薛文曜下楼，信步在客厅里走着，发现一切都已经被收拾过了，所有向晚晚的东西都消失了，餐桌上放着粥和鸡蛋以及一张字条：

谢谢你这些日子的收留，早餐聊表谢意。厨房冰箱里已经放好食物，建议保持吃早餐的习惯。药箱里用掉的药已经补全了。鱼今天已经喂过，记得明天再喂，因为它实在太肥了。

拉开冰箱，里面果然已经摆满了各种食材。水果很新鲜，用保鲜膜包裹着，牛奶是新买回来的，蔬菜也有一些。

薛文曜坐下来用餐，粥的味道很不错，他拿起鸡蛋在眼前轻轻转了两下后，又看向旁边摆在墙侧的大鱼缸里的那条草鱼，审视了几秒，走近去看它在水里游来游去。

"喂，鱼兄，你是不是也舍不得她？"

"怎么会忽然这么舍不得呢，她有什么好的？只会让我生气郁闷而已。"

大草鱼游来游去的，因为没有食物可吃显得有点儿没精打采，薛文曜就撒了些鱼食给它，又说："你看，我给你撒点儿吃的，你就会立马游过来，可那个向晚晚怎么就那么笨呢？我对她的好，她怎么就看不到呢？她真是连你都不如！"

想到向晚晚的提醒，薛文曜就将鱼食放下，不再多喂，看它将水面上的鱼食吃净。

"可明知道她就是那么没良心得连一条鱼都不如，还是放不下，舍不得呢……"薛文曜有些无奈地叹息，沿阶上了楼。

2

向晚晚今天早起，收拾了自己的东西后离开薛文曜的别墅，到了市区后先找了一处小旅馆放下行李，决定先在这里住着，然后又联系了房屋中介，约了时间去看房子。

既然决定要独立出来住，自然最紧要的就是钱，想到之前剧组导演提的工作的事情，她打了电话过去，表示自己愿意签约，不过得先预支一笔工钱。导演很爽快，没多久就让专门的财务人员和法务人员联系了她，约了在片场见面。

向晚晚去了片场，这次是替女二号的打戏。上妆的时候她忽然被人拍了下肩膀，说："向晚晚，你是不是向晚晚？"

向晚晚侧头看过去，见到当天自己要给其做替身的女二号。她穿着古装，五官极为艳丽，身材性感，是时下当红的模特安琪，之前电视上有报道说她此番跨界演出很被看好。

"是我。"

"报纸上说你和薛文曜低调结婚了，真的假的？"

"我觉得肯定是假的啦，要是真的，她还用得着来当武替吗？"旁边正在化妆的女一号掐着嗓子搭话。

"那倒也是，上次薛文曜还拒绝了我，想必也是看不上这种货色的。"安琪抬起下巴，拂了拂自己的头发，在旁边的椅子上坐下继续化妆。

"哎我说，那个武替，听说你之前是保安，现在又来片场。你是想进圈拍戏，所以炒作吧？你背后的团队是谁？蛮厉害嘛，能和薛氏集团炒上，你看你瞬间就有存在感了。"

向晚晚听着这些话，就有一种不自觉的厌恶感，假假地笑了笑，说："是呀，我有个很强大的团队在背后包装炒作我，就等着我有朝一日大红大紫。"

向晚晚反击回去，起身离开后台，引得一众女演员不满，她倒也不在乎。

拍完上午的戏，因为下午的是文戏，向晚晚闲下来，收了自己的东西离开剧组打算回小宾馆放下东西，然后再去找房子，坐在公交车上的时候接到了薛文曜的电话，问她在哪儿。

"有什么事？"

"地址。"

向晚晚不知道有什么事，但听薛文曜不容拒绝的强硬语气，也没敢跟他较真，就报了自己的位置等对方过来。

薛文曜开车过来，看向晚晚在路边站着，身上背着包，头上有细密的汗珠，看起来很疲惫，他就开了车门示意她上来。

"有什么事，说吧，晚点儿我还要看房子。"向晚晚站在外面回答。

"不用找了，你得回去。"

"什么意思？"

"现在所有人都知道我和你结婚了，你住在外面，要别人怎么看我？还有老爷子，他身体不好，自上次的事情后就险些犯病，正在休养当中，如果再因为你的事情动气，有什么情况，你负得了责吗？"

提及薛老爷子，想到那晚的事情，向晚晚到底还是心中有愧，气势不自觉地低了下去。

"那你想怎么样？"

"你搬回去。"

"可是你赶我走的。"

"谁赶你走了，你哪只耳朵听到我说要赶你走了？"

"你强词夺理，你明明就是那个意思。"

"就算我有什么不好，也都怪你，就是因为你把我都带坏了。你一身臭脾气，又惹了一堆麻烦给我，还想拍拍屁股走人，有那么容易吗？还有那条大草鱼，又吵又烦，你不喂谁喂？"

"你还真不讲理……"

"反正就是你得搬回去，合约上写的是整整100天，没有到合约期，你就不能走。"

两个人一来二去地争辩着，互不相让，起先还理论是非，后来基本也不讲理了，

第十三章 爱上心有所属的人

越扯越远，倒不像在理论，更像不服气地辩嘴，直到最后两个人都觉得这样的争论太幼稚，不约而同地笑了场。

"反正我就这么定了，在我们结婚100天的合约到期前，你不许搬走。"薛文曜抬起下巴傲慢地说着，两指夹着一张签过字的支票递给车外的向晚晚，说，"这是一半订金，搬回去，住到合约期满，我会给你余下的另一半酬劳。"

向晚晚接过支票，看到上面的数字不由得微微睁大些眼睛，这个数字简直让她想大声欢呼了。

用余光扫到向晚晚的表情，薛文曜也被她的开心感染到，却故意不动声色，咳了咳，抬着下巴目不斜视地说："还不上来？"

正愁着没钱时，就有钱财送上门来，数量还如此喜人，向晚晚也一扫各种郁闷心情。

"好吧，看在钱的分上，我就不计较了，勉为其难地搬回去吧。"向晚晚也抬起下巴，傲慢地回应，坐上了车。

"你住我的家，就得做事，以后你每天得做早餐和夜宵。"

"原来是舍不得我的厨艺，还死鸭子嘴硬。"

两个人算是和解了，薛文曜带向晚晚去取了行李回家，向晚晚又恢复了以往的样子，抢着自己来开车，把薛文曜赶到了副驾驶的位置，一路上放着音乐，哼得特别高兴，而薛文曜就在旁边看着她兴奋雀跃的样子，嘴角不自觉地微微上扬。

劳拉是一款全球限量车，当初拍到手后薛文曜除了自己就再没许人开过，这是他最钟爱的私属物品。现在由向晚晚每次开着，有时候甚至会不那么小心，可他都能接受，他自己都有点儿为自己的大方而意外。

什么是偏爱？偏爱大概就是能将自己最钟爱的东西与之分享，并甘之如饴。而当一个人能做到这一点时，有幸分享的那个人在他心目中的地位，必然比他最珍贵的东西还有分量。

到家后，向晚晚停好车，笑笑跳跳地进门，看到有几个穿着同样灰色衣服的人正从二楼搬东西下来。

"这是干什么？"

"你不是说不喜欢别人睡过的吗？那就丢掉换新的吧。"薛文曜站在后面微笑回答。

向晚晚鼓着嘴，虽然要强地在脸上装作无所谓的表情，不过还是忍不住笑意盈盈，感觉心头暖暖的。

第十三章 爱上心有所属的人

半个小时后，向晚晚开着车带薛文曜去了商场。开始挑选床铺的时候，向晚晚还在叨念说："我又住不了多久，这是不是太浪费了？"

听到她说住不了多久，薛文曜不太高兴，但并未表现出来，只是颇有些傲慢地说："我薛文曜是商业精英，我像缺这点儿钱的人吗？"

向晚晚给了薛文曜一记白眼，顺手一指商场里最贵的某品牌床铺，双手环胸笑着等看好戏，笑说："好，那就这个。"

薛文曜看了一眼牌价，眉头微挑，直接递了卡出去，一个字：买！

"这个！"

"买！"

"这个，这个，还有这些。"

"买买买，全买！"

从商场顶楼的家居用品到一楼的日用品，一路逛下来，向晚晚自己都不记得买了多少东西，总之旁边跟了个财神爷，她根本不记账，到了一楼日用品区的时候，薛文曜示意向晚晚等一下。

看薛文曜一直没出来，向晚晚进去找人，发现薛文曜正在一排生活用品架子前走动，似乎颇为纠结于要拿哪一个。

"买东西这种事情，还是我来吧，看你就是个生活技能为零的人。"

"从前都会有用人替我安排这些，我才不用操心这些小事。"薛文曜说着，将两支牙膏递到向晚晚面前。

"自己没用就没用，还找这么多理由。"向晚晚挑了一款丢进购物车内，将另一款放回架子上。

向晚晚嫌弃薛文曜不在行，伸手将他手里的推车接过来，娴熟地挑选用品，薛文曜跟在向晚晚后面，看她对比牌子，像非常内行的样子。开始不以为然，后来看到这家超市里多是夫妻一起购物，相互商量的样子，又渐渐地感觉有些意思，也学着旁边经过的那些夫妻一样，走近了些，搭了只手到推车上。

"你干吗？这车我推得动。"向晚晚上下扫视一眼忽然有点儿奇怪的薛文曜。

"你看，别的夫妻都是这样推的。"

"我俩是假的，我一个人能行。"

向晚晚伸手，拍掉薛文曜强行搭在车上的手，推着车子去了前面的货架。

薛文曜的手被拍得微微发痛，立在那里看着向晚晚的背影忽然有点儿走神，眼神间有些许失望。

转过一个货架，薛文曜再次跟上了向晚晚的脚步，伸手拉住了向晚晚的手。

"你又干吗？"

"你就没想过，要是我们是真的呢，会怎么样？"

"你今天没发烧，没吃错药吧？"向晚晚不以为然地白了薛文曜一眼，顺手拿下一包薯片放进车里，推着车子继续朝前走去。薛文曜看着向晚晚推着车子离开，颇感失落，也许她还需要些时间，不过他可以等。

很多人说，爱情是一眼万年、一见倾心、一蹴而就的，但其实有更多的爱情需要的是耐心的经营。

结账的时候，因为消费金额较大，向晚晚和薛文曜竟然获得了多次抽奖机会，可以有一人用气枪打商场奖品区提供的转盘，转盘上有奖励编号，如果打中编号，就可以获得编号对应的奖励。

"这个我在行，我来。"向晚晚将手里一大袋日用品直接丢到薛文曜怀里，接过气枪就站到了线外。

"看看我的满点技术。"向晚晚冲薛文曜得意地一挤眼，拿出专业水准连打数枪，居然枪枪命中，直把工作人员看呆，周围也发出了欢呼声。

向晚晚但凡出手必有奖品，眼看奖品全被拿走，商场工作人员的表情越来越难看，旁边站着的薛文曜看商场人员似乎是想要上前阻止向晚晚继续玩下去，随即伸手挡住了那人，递了信用卡出去，低声说："让她玩，那些超出的奖品我付钱买下。"

等向晚晚打了小半个小时，赢光了架子上所有的奖品后，她才心满意足地收手。

冰激凌两支，超大号的猴子公仔一只，还有一堆零零碎碎的小玩偶，向晚晚把东西全都塞进薛文曜的怀里，又想要把冰激凌给他，才发现他已经没了手拿，索性伸手喂给他吃。

"看，跟着我出门，就是有这福利，我可是我们学院的神枪手，想当年射击考试，我次次都拿第一的。"

"嗯，厉害厉害，不过我很想知道，你打这么多不会走路的猴子，怎么搬回去？"

向晚晚不以为然地看着薛文曜，一脸坏笑。

3

一分钟后，向晚晚坐在车里吃冰激凌，薛文曜频繁来往于车子和超市之间拿那些猴子公仔，每抱几只回来，向晚晚就将他的那个冰激凌送到嘴边让他吃一口。

第十三章 爱上心有所属的人

"你得快些了，否则就要化了哦。对了，还有，那都是我打下的战利品，一只都不能落下。"

"你是地主吗？"

"那你就是喜儿了，喜儿加油哦。"

薛文曜一边无奈地继续回去拿公仔，一边心想着真是好心没好报，早知道这样，就应该让人把她拦下来，不让她玩的。天作孽犹可恕，自作孽不可活呀。

终于搬完了所有公仔，薛文曜的车后面塞满了猴子公仔，而那只最大的塞不下了，就只能由他抱在怀里，向晚晚则一边哼着歌一边开车，心情无比畅快。

抱着大大的猴子公仔，薛文曜看到了向晚晚放在旁边的袋子里有一份合约文件掉了出来，他顺手拿起来翻了翻，忍不住皱起了眉。

"你要签长约做武替？"

"哦。"

"这么辛苦又危险的工作不适合你，把合约退了，如果收了钱也给退掉。"

"你管得还真宽，我总要养活自己，不工作怎么办，你养我呀？"

"对，我可以养你。"

薛文曜果断而又严肃地回了一句，倒让向晚晚有些错愕，接不上话。她侧头看看他认真的神情，就又笑了笑说："行了，你就别管我的事情了，过不了多久我们就离婚了，怎么可能让你养。"

"我说我养你，就是真的养你，难道你从来没有设想过，如果合约不结束呢？"

"你看我，可不是个爱做美梦的人，知道会结束，就不抱幻想。"

"连一点儿幻想都没有过，这么清醒，是因为宋贤吗？因为他，都没有试想过这种可能性？"

原本向晚晚只当薛文曜是在说笑，不甚在意，听到他话中语气的变化，才觉得不对劲，侧头看他，眼神微妙。

"说过不谈这些的。"

两个人以沉默结束了这个话题，都不再说话。隔了一会儿，薛文曜将那份合约放回她包里。

"工作可以随时换，但你得想清楚，自己到底想要什么，你的目的是什么。这世上，钱能给你的只是一部分，还有一部分是你错过后，用钱也买不回来的。既然不在酒店工作了，那么你也得替自己以后想想，认真些，不要将来觉得后悔。"

薛文曜很少说大道理来教训人的，这次是个例外，向晚晚能听出他极为认真地在替自己分析，但她又有着自己的理由，暂时顾及不了那么多，只能含糊地应付过去，换过话题。

在路上的时候，苏振珂来了电话，说因为一处工地的施工出现了小事故，有人受了伤，工地停工了，现在需要马上处理。

"我马上到医院。"

"出什么事了？"向晚晚问。

"工作的事，送我去医院。"

向晚晚看薛文曜表情严肃，似乎不是小事，她也不敢多耽搁，一转车头就朝医院开去。

在人民医院楼下停好车，苏振珂已经在门口等着了，薛文曜下车，怀里还抱着那只大猴子，苏振珂上前迎接，一看薛文曜这模样忍不住"噗"的一声笑了出来。

薛文曜知道苏振珂是笑他的样子，立马嫌弃地将猴子公仔丢回车里。

"人怎么样？"

"伤不重，已经包扎好了，办好了住院手续，工地那边也恢复正常了。就是因为有人受伤，需要由律师出份文件走趟流程备案，以防后续有什么变故，但我们公司的顾问律师正在国外出差学习，倒是有些麻烦。"

"这个我来解决吧。"薛文曜点头。

"振珂大哥，周末好，这个送给你，我打的。"向晚晚下车，顺手拿了两只小公仔送给苏振珂。

苏振珂接过来，笑着说谢谢，薛文曜就有点儿不太高兴了，说："什么时候你们这么熟了，还叫上大哥了？"

"嘴甜人美就是我呀。"

眼看向晚晚和薛文曜又要斗上，苏振珂赶紧上前拦住，表示现在处理正事要紧，先上楼去看看病人。

上了楼，到了住院部，薛文曜亲自去探望了受伤的工人，向晚晚就在门外等着，听到护士说主治医师来了，向晚晚侧头看过去，不由得呆愣住，竟然是宋贤，原来他是这次出事工人的主治医生。

这一次的见面颇为尴尬，宋贤也感到有些意外，向晚晚则习惯性地想后退回避，却被自病房出来的薛文曜伸手拉住。

"宋先生，又见面了。"薛文曜与宋贤打招呼，微笑着伸出手。

宋贤也微笑回礼，与薛文曜握手，说："刚申请调来这家医院，没想到接手的第一例病人就与薛先生有关。我介绍一下病人的情况吧,病人的左腿有轻微骨裂……"

"我不妨碍你们谈公事了,就先走了。"向晚晚寻了个借口,想要离开。

对于向晚晚再一次地想要避开宋贤,特别是在刚刚她以沉默婉拒了自己之后,薛文曜有一股好胜的意气自胸口升起。

"没关系,晚点儿我们一起回家。"薛文曜说着,随后伸手一拉,将向晚晚扯近。

在听到"一起回家"这样的字眼后,宋贤的表情起了诸多细微的变化。向晚晚全看在眼里,她瞪了薛文曜一眼,意在提醒他现在不是开玩笑的时候,这个暧昧的玩笑有点儿过分。

可是,殊不知向晚晚表现得越紧张,薛文曜的怨气越大,竟然又笑着冲宋贤说:"宋医生,我来介绍一下,这是晚晚,我的新婚太太,宋医生也是晚晚的老熟人了,应该已经知道我们的婚事了,到时候补婚宴,一定要来捧场哦。"

整个场面有三秒钟的僵化,薛文曜微笑着如同宣誓主权的一方,宋贤是不动声色的另一方,而向晚晚则瞬间陷入了各种纷乱的震惊中。她怎么也没想到,薛文曜会在这时候点燃这颗炸弹。

"我先走了。"向晚晚强行抽出手,转身离开。

向晚晚不知道后来两个男人之间就工作方面的事宜交涉得如何,反正她也不想理会这些,她的脑子里堆满了东西,她理不出头绪。正巧剧组来电说要补一场戏,问她有没有空,她当即驱车去了剧组,只想用工作将自己暂时放空。

补完戏收工,向晚晚不出所料地收到了宋贤的电话,约她一起用餐,聊聊。

放到以前,向晚晚会尽量回避这种和宋贤单独相处的机会,但今天她在迟疑之后还是决定勇敢面对,因为该来的总会来,她避无可避,所以爽快应下。

薛文曜今天很忙,在处理完医院的事情后,回了公司。自己公司的律师不在国内,暂时没想到其他的合适人选,打电话给薛青朝,让他帮忙推荐合适的人选,薛青朝给他推荐了洛阳。

联系了洛阳,交代清楚事故的前因后果,洛阳迅速给出专业意见,只需起草一份双方认可的协议书。洛阳表示拟好协议后可以直接传真至他们公司,薛文曜却直接约她在咖啡厅碰面取文件。

两个小时后,洛阳到达咖啡厅,一眼看到了坐在靠窗的沙发上微微有些出神的英俊男子,她径直过去在对面落座。

"薛先生约我,应该不只是为了拿份文件吧?"洛阳将文件袋递过去,顺便笑着调侃。

薛文曜笑了笑，不置可否，将一份支付协议的报酬支票递过去，说："洛小姐才貌双全，聪慧过人。"

"既然薛先生夸我聪明，那我就再猜一下，是与晚晚有关吧？"

"关于我与晚晚的事情，我想替她解释一下。她被酒店开除是由我造成的，她视洛小姐为亲人，还希望洛小姐下次见到晚晚的时候能原谅她，不要太苛责。"

"薛先生只是请我起草一份简单的协议，但开出了这么不菲的报酬，我要是不卖薛先生这个人情，还真说不过去了。"洛阳看过支票数字后调侃。

"钱这种东西也并不是样样都能收买的，但锦上添花，总也不为过，我的确需要这份协议。"薛文曜对于该花的钱向来不手软。

"薛先生这么关心晚晚，是在跟晚晚恋爱吗？"

"不是，我们是合约结婚，洛律师应该知道的，她心里有别人。"

薛文曜的回答状似随意，洛阳却看出他眉眼间的不悦，猜测他们之间出了问题。

"你指的是宋贤吗？"洛阳询问，见薛文曜未置可否，她便又接着说，"她与宋贤之间的事情有些复杂，这关系到她死去的姐姐早早，希望薛先生不要逼她太紧。"

"早早？"薛文曜第一次听到这个名字，抬起头来看洛阳。

"早早是晚晚的姐姐，也是宋贤曾经的未婚妻，八年前在游乐园外出遇到车祸已经去世了。当时晚晚正在游乐园里坐摩天轮，她一直觉得，姐姐的意外和她有关。晚晚从前活得很辛苦，宋贤对于她来讲，其实远不能仅是用喜欢或者不喜欢，爱或者不爱来解释。"

这是薛文曜毫不知情的往事，他才知道，原来在向晚晚看起来大大咧咧的表相之下，还有这样一段阴暗往事。

洛阳走后，薛文曜独自待在座位上，看着窗外的景色许久。他从衣袋里取出那只装着戒指的盒子在指间转了转，最后收入衣服的内侧口袋，沉吟半晌，做出一个重要决定，起身去找向晚晚。

开车去向晚晚所在的片场接她，薛文曜穿了正装，再次买了鲜花，他想着要将上次未做完的事情完成，与向晚晚好好地进行一次约会。但是当他停在路口，见到向晚晚从影视城走出来时，同时还见到了另一个人。

是宋贤，他站在那里冲向晚晚微笑招呼，向晚晚也满面笑容地上前，顺着宋贤的手上了出租车。

第十三章 爱上心有所属的人

　　那个时候，薛文曜的心情是有些难以形容的，失望、气愤，还有种从未有过的无奈。他一直是个信奉自己的人，信奉自己的能力，信奉自己的智慧，所以即便是当年与自己的父亲划清界限，从薛园搬出独自去国外生活，他都从来没有害怕过什么，只会一往无前。可这一次，仅仅是这样的一个场景，就让他感觉到了挫败。

　　人生在世，除了生死，最让人费解和无法挣脱的就是情感了。而面对感情，人们总是那么强大的塑造者，却又是那么渺小的接受者，能成就最大的奇迹，也能伤害到最坚硬的心。

　　爱上一个心中有别人的人，是这个世界上最无法破解的难题，好像用尽了全力，却还是无能为力！

第十四章　醉后表真心

向晚晚在一秒钟之前，从未想过，自己会在下一秒发现一场爱情，窥探到一颗真心。

1

宋贤带向晚晚去了一家越南餐厅，简短的招呼之后，宋贤一如往常直接切入了主题。

"现在是真的嫁给了薛文曜吗？"

向晚晚停下手里的动作，想了想放下筷子，抬起头来问："宋贤哥是觉得不好吗？"

"不，不是不好，是从前只觉得你是个小姑娘，现在你也长大了，恋爱了，如果你真的爱他，他也爱你，那么我替早早高兴。"

再一次地，宋贤提及了早早。

"宋贤哥这么多年了还那么念着姐姐，她真幸福。"

"不，她不幸福。如果幸福，她应该在我身边的，是我没能守护好她。"宋贤笑了笑，眼中是涩涩的酸意。

"宋贤哥，姐姐已经离开八年了，你就从来没考虑过新的开始吗？"

宋贤摇摇头，说："没有，我想我应该不会再爱上别人了。"

"那是因为你从来都把自己禁锢在回忆里，不允许自己再接受别人。"

"小晚，你知道所有我与你姐姐的事情。我曾许诺给她一个美好的未来，一起有我们的房子，一起有我们的家，一起去实现环球旅行，一起有共同的将来，但是我没能做到。我爱她胜过一切，她已经成为我生命和思想的一部分，我没办法放下她。"

"但是，你不觉得你必须要学会放下吗？姐姐不在了，可你还活着，你不能为姐姐就这么一辈子一个人生活。"

"我试过，当年我出国就想试着放下，后来我也试过接受别的人，但我做不到，再后来就累了，不想再尝试，所以我又回来了。"

"宋贤哥，你和姐姐从小就是我的榜样。在我心目中，你们都是最强大的人，你们那么热爱生活，永远都在笑，没有你们做不到的，完不成的。姐姐爱你也胜过一切，就算是为了她，你也应该向前，替她完成没有完成的精彩生命。"

宋贤有一秒的表情变幻，笑了笑，伸手拍了拍向晚晚的头，微垂下头去继续用餐。

"小晚，你不懂。"

"那你可以告诉我，我不是小孩子了。"

"你在我眼里，永远都是个小妹妹。"

"宋贤哥，我吃饱了，先走了。"向晚晚感觉有一股怨气在胸口徘徊。

小妹妹，这么多年，她还是那个小妹妹，在他眼里永远是个小孩子，她不甘心，她甚至感觉到愤怒。她担心自己会发脾气，会将自己一直以来压在心底的秘密想法倾倒出来，所以她宁愿自己有些无礼地提出离开。

当向晚晚有些仓皇地从餐厅出来时，她的眼圈泛着红，她以为没有人会发现自己，没人会看，却在抬头时意外地看到了站在马路对面的熟悉身影。

薛文曜一身正装立在那里，劳拉停在他的身后。隔着夜幕和路灯，车流偶尔自他们中间经过，三五路人走过，他们分别站在马路的两侧，中间犹如隔着条银河。

薛文曜拉开车门坐上去，向晚晚走过去上了车，薛文曜一言不发地将车子启动。一路上，两个人都沉默着。车子停在了公路边，两个人继续沉默。最终还是向晚晚率先开口：

"为什么一直不说话，你知不知道，你这个样子看起来好凶？"

"既然那么喜欢他，为什么不直接告诉他？"

"我不能。"

"因为早早吗？"

"谁告诉你这个名字的？"向晚晚对薛文曜怒目而视，情绪激动起来。

"这个不重要。"薛文曜停顿一下，又接着说，"因为他曾是你姐姐的爱人，所以你就不能喜欢他了吗？你姐姐已经不在了，可你还活着，既然真的喜欢到能为之付出一切，不去告诉他，你怎么能死心？"

"我不敢，也不能。我只希望能远远地默默地看着他，并不想过多地参与他的人生。"

薛文曜侧头，看了向晚晚一眼，欲言又止，最后仅是伸手敲了一下她的额头，说："听好了，以后不许再一声不响地走掉，再一声不响地和别的男人吃饭，我也是有脾气的，不是每次都会原谅你违反协议。"

"好啦好啦，知道了，大不了我明天煮早餐就是了。"

向晚晚一脸不情愿地说着，心里却溢满感动，明白薛文曜在给她台阶下。虽然他嘴上说得云淡风轻，心里必然还有诸多芥蒂，只是不讲而已。侧头时余光扫过，看到后排座位上放着的香槟玫瑰，向晚晚伸手拿过来捧到面前，不由得被其惊艳。

"哇，好漂亮的花，是送给我的吗？"

这花本就是送给向晚晚的，即便向晚晚不开口，这花依旧是她的，只是薛文曜存心戏弄他，便强装严肃，目不斜视地继续开车。

第十四章 醉后表真心

"嗯，原本是的，但你跟别人走了，上了别人的车，就不是了。"

"别那么小气嘛，我现在在你的车上，就送给我吧。"

"不送，你又不和我约会。"

"送给我吧，送给我吧，这么漂亮的花丢了多浪费，约会的事情总有机会的，下次再补上就行了。"

"好吧，那就便宜你了。等下次有空了再约会，不许再因为别人爽我的约。"

"Yes！"向晚晚高兴地比画了一个敬礼的手势，薛文曜也彻底释怀露出了笑容。

此时的向晚晚想着，他们的时间还很多，只要再抽出些时间就能约会，但是她怎么也不会想到，他们真正的正式约会，还要等那么久，久到她险些失去机会。

"我饿了，我们去吃东西吧，我原本订了餐厅的。"薛文曜提议道。

"好，不过我来开车。"

"好吧好吧，让给你。"

车停下，两个人换了位置，重新出发。

薛文曜一脸大爷相，向晚晚被逗笑，心中乐于他放下隔阂，也不多计较，径直拉开驾驶座一侧的车门坐进去。薛文曜习以为常地绕过车头，从另一侧上了副驾驶座。

"去朝陵越路81号，我订了餐厅。"

"那是什么地方？"

"去了就知道。"

一路上薛文曜故作神秘不肯说要去哪，只是给向晚晚指路，直到半个小时后车子停在一处不甚繁华的街道边，薛文曜伸手一指，向晚晚才看到今晚的目的地是一家西餐厅。

"就是家餐厅而已，至于搞得这么神秘吗？"向晚晚觉得薛文曜故弄玄虚，不以为然地下了车。

"别小看这家餐厅，别看这地方不起眼，厨师可是很有名的，是世界级的厨师大赛的金奖得主，要想订到位子在这里吃饭，可不是光有钱就行的。"

"得得得，我知道了，你就是想要表现你很有钱，很有地位，是不是？"

"不是。"

"那是什么？"

"是还要足够帅，订位子的人要够帅，否则也不接受订单的。"

薛文曜高抬起下巴等着她问，然后得意地给出一个答案，在向晚晚惊讶的眼神中，他满意地笑着朝餐厅走去。

进了餐厅，穿着制服的侍者上前来接待，向晚晚认真地打量了一眼侍者，这长相，这身材，这打扮，真的不是杂志模特在兼职吗？

"注意点儿眼神，好歹你是跟着我出门的，总盯着个服务生有失身份。"旁边的薛文曜在发现向晚晚的眼神被那个侍者吸引后，他悠悠然出声，表示了不满。

"颜值好高啊，你看那个，还有那个，这里的服务生全都好帅。"向晚晚落座后，忍不住在餐厅内四下寻看，眼睛亮亮的，像发现了宝藏一样。

"真没眼光，他们哪里比得上我？"薛文曜撇了撇嘴，取了桌上的柠檬水喝了些。

就在向晚晚的眼睛还追着一个服务生看时，忽然她的眼神一变，眉头微微蹙起。

"怎么了？"薛文曜也察觉到了她的异样。

"那桌客人，是不是有点儿眼熟？"向晚晚微微蹙眉，指着对面相隔几张桌的一对男女小声叨念。

薛文曜闻言，侧转过身子看过去。那张桌旁，一名穿白色衬衫的男子和一名着米色职业套裙的女子正在用餐，似乎在聊些什么，两个人时不时会露出笑意，或是举杯轻碰，看起来场面十分和谐。

"是我表姐。"

"是我哥。"

向晚晚和薛文曜不约而同地认出了对面桌上的人，然后看着对方，面面相觑。

"天啊，我表姐竟然和你哥在约会？"

"好个薛青朝，还学会留一手了。"

两分钟后，薛文曜和向晚晚悄无声息地出了餐厅。两个人早就饥肠辘辘了，又没能吃上饭，向晚晚执意带薛文曜去吃街边的露天烧烤，点了许多烤串。

薛文曜起初是十分嫌弃这些的，根本不屑于去吃，觉得街边的餐饮既不卫生又不讲究，可向晚晚根本不理他，吃得十分高兴，又趁着薛文曜不留意的时候把烤好的肉塞进他的嘴里，让饿得难受的他难以抗拒，尝了味道之后一发不可收拾。向晚晚又叫了啤酒，薛文曜提醒她餐毕还要开车回去。向晚晚嚷嚷着大不了找代驾，两个人遂彻底放开了大吃大喝。

2

向晚晚想着如果能把薛文曜灌醉，说不定能套出点儿他的小秘密，觉得喝得差不多了，眼看着薛文曜的眼神越来越恍惚，她知道自己的奸计得逞了，就咳了咳，说："薛文曜，我问你呀，你把我们的协议放在哪了？"

"秘密。"

"那……外界都说你很有钱，你到底有多少钱？"

"秘密，总之很多很多。"

"你最爱的东西是什么？"

"劳拉。"

"这个倒是回答得干脆。"向晚晚撇撇嘴，再度询问协议放在哪儿，可薛文曜就是不回答，向晚晚只得放弃。

"跟我说说你的事情吧。"丢掉手里的竹签，薛文曜晃着头开口。

"什么？"

"你姐姐和宋贤的故事。"

向晚晚有片刻的迟疑，盯着前面的街道出神，薛文曜以为她不会讲的时候，她迟缓地开了口：

"反正你也听不懂，正好我也需要一个听众，就告诉你吧。"向晚晚又自顾自地饮下一杯扎啤，放下杯子开始讲述那段不愿回首的过往。

"我姐姐早早，她比我大六岁，她漂亮，学习好，还会跳舞，走到哪里都是焦点。我们家那时候穷，姐姐就是爹妈最大的宝贝，她是我们家的骄傲。从小到大，家里最好的东西全给了姐姐，我就捡姐姐剩下的，父母告诉我，姐姐是我的榜样，我也要像姐姐那么优秀。可不管我再怎么努力，她都是天鹅，我都是个丑小鸭，根本不像一个妈生的。

"后来姐姐考上了最好的大学，还有了男朋友，就是宋贤。宋贤是姐姐的高中同学，他们高中时就恋爱了，然后一起考上了法学院。我记得，我第一次见到姐姐带着宋贤回我们院子的时候，我才十三岁。当时我觉得宋贤是我见过的世界上最好看的男生，穿着白衬衫，背着书包，跟姐姐走在一起，比那些台湾偶像剧里的人物都要好看，当时我就更羡慕姐姐了，觉得这个世界上的好事全都被她一个人占去了。

"宋贤哥家世好，学业好，外形出众，人又有礼貌，因为姐姐，他对我格外好。他会带我到学校的音乐室用钢琴弹曲子给我听，他坐在钢琴前微笑着看我的样子，我永远都忘不了。那是我在此之前的生命里见过的最美好的事情，但我从没敢告诉他。所有人只看得到姐姐的好，唯有他会在意我的存在，会想到也对我好。

"姐姐上大学后开始兼职赚钱补贴家用，我们家的生活好了些。父母更觉得，姐姐才是最好的，有这样的女儿才是最幸福的事情，姐姐是我们整个大院所有孩子的榜样。虽然那时候他们还在上学，但宋贤在新年夜向姐姐求婚了，决定一毕业就结婚成家。当时我们全家都好高兴，好像所有的幸福都要来临了一样，直到姐姐意外离世。

"出事的那一天是我的十五岁生日，姐姐带我去游乐园，她给我买票，送我坐上我一直想坐的摩天轮。因为从前家里穷，妈妈根本舍不得在这些娱乐活动上给我花钱。我坐上了摩天轮，和姐姐挥手作别，约好了她在下面等我的，可等我再下来的时候，她已经离开这个世界了。

"姐姐是在过马路的时候出的意外。我当时就坐在摩天轮上，在最高的点上，拿着姐姐送我的望远镜。我在半空中看到姐姐在游乐园外的马路上被车子撞飞出去，然后落到马路边上，血一点点地蔓延开……

"姐姐出事后，我们家就像掉进了可怕的深渊，被阴暗和冰冷笼罩着。妈妈因为伤心过度病倒，不久就离世了，爸爸也一蹶不振，沉迷于喝酒、赌博，欠了很多钱，经常会有人来家里要债，甚至害我没能参加警察的入职考试，与我最钟爱的警察职业失之交臂，不得不应聘去了父亲任职的酒店，以方便就近照顾他，没想到他还是因饮酒过度猝死家中。

"宋贤哥在姐姐离世后没多久就出国了。临走的时候他来看过我，留下他的一切联系方式，要我随时联系他，他说他会替姐姐照顾我。事情证明，后来他的确做到了，他出国后的一年间，每周都会联系我，关心我的学业，问候我的生活，就如同他真的是我的亲人那样支持我，鼓励我。

"可是，他从来不知道，我喜欢他。因为我知道那时候我太小了，不够资格说喜欢，我就只能努力长大，努力学习，拼命地要自己站起来，强大起来，这样将来等他渐渐放下姐姐后，也许还有机会配得上他。可是，后来我才发现，不论我多么努力，永远都是白费的，他的眼里、心里只有姐姐。

"所以，在我十七岁生日那天我做了个决定，我要摆脱那个想法，我要彻底忘记他。我换掉了一切他可能联系到我的方式，让他再也找不到我。后来，当我再次听到他的名字的时候，是从电视新闻里，他回国了，改行当了医生，名校毕业的知名骨科医师，发表过很多权威的论文，单身，是所有女性心中的白马王子。"

"那你为什么不在那时候去找他，告诉他，你已经长大了？"

"我想过的，我跟在他后面走过一个个街角，我偷偷去听他在学校里的演讲，想要上前说出实情的时候，我又会害怕，因为我知道他没有忘记姐姐。我只要说出口，他就会厌恶我，就会毁掉我在他心目中的样子，觉得我就是那种坏人，竟然不知廉耻地企图从他心目中赶走姐姐。我是喜欢他，可是我也不能喜欢他。他是姐姐的，而他的眼里也只有姐姐，我怎么能喜欢他？"

"所以，你不惜自己一个人扛着所有的事情，不惜接受我的威胁和我假结婚，只是为了让他安心，不让他察觉你喜欢他，却从来不考虑你自己的感受。"

"我没事……"

"如果没事，你的眼泪又从何而来？"薛文曜平静地反问着，伸出食指自向晚晚的脸颊上轻轻划过，将一滴泪送到向晚晚的面前。

此时，向晚晚才眨了眨眼睛，恍然发现，不知不觉中，她竟已泪流满面。

"你的故事里只有你姐姐和宋贤，没有你，我想知道你在那些记忆里，都经历了什么。如果你想找人说说的话，可以和我说。"

"这个不重要了，都已经过去了。"向晚晚笑着摇头闭眼，迅速抹去眼泪，冲老板嚷嚷，说，"这些东西太辣了。"

薛文曜将一切尽收眼底，也通透于心，但他并不点破，伸出手，隔着小小的桌子替向晚晚轻轻拭掉泪水。

"以后别这么掉眼泪了，我真的会心疼的。"

向晚晚瞬间如被人定住，愣在那儿，望着对面的人，连眼睛都忘记了眨。

"薛文曜，你这算是表白吗？"向晚晚又凑近了些问。

"嗯。"薛文曜醉红着脸颊，轻轻点头。

"真的吗？"

"嗯，真的。"薛文曜眨着亮晶晶的眼睛点头。

"咦……真没想到，把你灌醉了还有这样的大发现。总被你调戏，这下有反攻的机会了。"向晚晚头侧到一边，暗自嘀咕着窃喜。

"来来，多说点儿好听的，说说喜欢我哪里。"向晚晚来了兴致，甚至恶作剧地拿出了手机，打开了录音。想着这激动人心的历史时刻一定要录下来，等他清醒了，这就是把柄。

但薛文曜没有回答她，只是忽然伸手扣住了她的肩膀，直视她的眼睛，让她与自己对视。

向晚晚皱眉，想要挣脱，扭动身体道："说就说，别动手，手机掉了。"

但薛文曜半点儿不肯松手。那双平日总是带着些傲慢的眼里，此时闪烁着一种清透逼人的亮光，在黑色的瞳孔中熠熠生辉。望着这双眼睛，向晚晚好像渐渐意识到了什么，停下试图挣脱的动作，觉得脑中有股旋风呼啸而过，掀起波澜万丈。

第十四章 醉后表真心

"你……这是什么眼神儿？你不会真的喜欢上我了吧？"

薛文曜由着向晚晚在那里喃喃自语般琢磨，他安静地在对面看着，等着，不说一个字，只以一双眼睛，告诉她一切。身侧的马路上那来往的车流，此时幻化成模糊的背景，而他们仿若静止般，相互看着对方，眼里只有彼此的存在。

爱情什么时候出现，什么时候靠近，什么时候种下种子，什么时候落地开花，都没有一个时间表可以遵循，没有规律可以寻找。向晚晚在一秒钟之前，从未想过，自己会在下一秒发现一场爱情，窥探到一颗真心。

一瞬间，她想到了很多事情，想到了各种可能性，又似乎在一瞬间，她的脑海一片空白，什么都理不清道不明。没有一点点防备，她的心开始"扑通扑通"地急速跳动，望着面前的英俊男子，感觉手不是自己的手，嘴不是自己的嘴，不知道该做些什么，说些什么。

对着，望着，一秒，两秒，三秒……时间无息流逝，直到烧烤摊的老板给他们送来烤好的食物放到桌上，向晚晚才从那种对视中回过神，不敢再看对面人的眼神。

"为什么呢？"薛文曜发问。

"什么为什么？"向晚晚反问。

"我想知道为什么会对你有不一样的感觉，那种像不知不觉就被人牵引住了，做一些说一些从前根本不屑的事情，为什么会把一个没有经济价值的人这么念念不忘地放在心上？"

"你这是在说我吗，夸我还是骂我呢？"向晚晚撇嘴。

"也许是因为你做早餐的样子，也许是因为你开车的样子，甚至是你发脾气责怪我的样子。总之你就这样一点点地让我习惯了你的存在，一点点地进入我心里，毫不讲理地占据了一个位置。你之前问我为什么生气，我现在可以告诉你了，我生气的是，在任何关于宋贤的事情上，你就能轻易地将一切人、一切事忽略不计，只要有宋贤在，任何人都入不了你的眼。我生气，是因为我妒忌了，我讨厌你把我当作临时需要用的一个幌子。无论对我还是对你自己，你都没有对宋贤那样在意，你的眼里根本就没看过其他人。这样的向晚晚，真的很让人心疼，因为太心疼，所以我很生气，明白吗？"

薛文曜伸手从衣袋里取出那只装了戒指的盒子递给向晚晚，向晚晚接过盒子打开，见到里面的戒指，半响没能回过神，再看看面前的人，似乎整个世界在她眼前天旋地转。

3

天啊，没想到他醉酒之后会变身成情圣，忽然间这么深情，自己着实招架不住了，早知道真不该把他灌醉。向晚晚在心里哀号，脸热得发烫，不敢再直视薛文曜的目光。

"向晚晚，我……"薛文曜捧起向晚晚的脸，越靠越近，向晚晚躲避不及，盯着这双焕发着熠熠光泽的动情的眼眸，羞涩地捂住脸，不好意思地低下了头。

岂料后面半句话未出口，只见薛文曜头一歪，就倒在了她的肩膀上，依稀听见他说了句"我好困"。

向晚晚犹如被一瓢冷水兜头淋了下来，她咬着下唇，有些憋气又无奈地看着薛文曜，只得打电话招来代驾载他们回家。一路上向晚晚捺着性子，拖着喝醉了还一直喋喋不休地说着工程项目方案的人，嘴里说着哄他的话，只求他能安静点儿。

到了门口，发现屋里的灯亮着，向晚晚有些疑惑，还以为是出门时忘记关灯了。当她搀扶着薛文曜进屋后，看到屋里突然出现的几个人时，她不由得愣住了。来人竟然是薛老爷子，他端坐在沙发上，旁边站着南姨，后面跟着用人。

薛老爷子决定到薛文曜的别墅小住几日，是向晚晚在五分钟后才搞懂并接受的事实，而旁边沙发上的薛文曜已经醉得不省人事。

"薛园装修，我不喜欢酒店，到自己儿子家住几天，儿媳不会介意吧？"薛老爷子气定神闲地发问，语气中却透着不容拒绝的迫人气势。

向晚晚生生被那一声"儿媳"叫得心肝一颤，险些从沙发上跌坐在地，好在及时抓住了旁边薛文曜的胳膊，她努力在脸上挤出自然的笑容，说："不……不，当然不介意。"

"那就好，你带文曜去休息吧，以后别让他喝这么多酒，做太太的应该好好管管他。"薛老爷发话，用人上前扶起薛文曜的一条胳膊，向晚晚也只得架起他的另一边，两人架着他上了楼。在薛老爷子犀利逼人的目光中，向晚晚和薛文曜一起被送进了薛文曜的卧室。

把薛文曜弄进卧室，丢到床上，看用人关上门，听着脚步声渐远，向晚晚累得瘫倒在了床的另一边，抓着床上的被单真想哭上一场。

"喂，薛文曜，喂……"向晚晚伸手摇晃着旁边的人，想把他叫醒，可试了几次都没半点儿效果，只得作罢。

第十四章 醉后表真心

给薛文曜脱了衣服和鞋子，想到他有洁癖，向晚晚又去卫生间取了毛巾替他擦手擦脸，做完这一切，才给他盖上被子。

安置好薛文曜，向晚晚悄悄拉开了一点儿门缝朝外察看，见到薛老爷子还在楼下坐着看报，便赶紧悄悄地推上了门。看来楼下是睡不成了，更不可能回隔壁客房去睡，她现在毕竟跟薛文曜是夫妻关系，一旦在薛老爷子面前穿帮，后果真是不堪设想。

思来想去，向晚晚再无选择，看来今晚只能留在薛文曜的屋里过夜了。

"都怪你呀，我真是被你害死了！"向晚晚愤愤地伸脚，将床上一动不动的人踢了一下，自己在旁边的沙发上坐了下来，她终于挡不住困意，撑着额头睡了过去。

待向晚晚睡熟，床上一直睡着的人却悄然睁开了眼睛。虽然眼神有醉意，眸子却无比清亮。

薛文曜坐起身，似笑非笑地摸了摸被擦过的脸颊，下床走到沙发边，弯腰将睡着的人轻轻抱起放到床上，将被子拉好盖上，自己出了卧室……

第二天清早，向晚晚醒过来的时候习惯性地翻了下身，胳膊伸出去的时候感觉像是摸到了什么。她猛然睁开眼睛，立马吓了一跳：她的手正压在薛文曜的脸上，而薛文曜则单手撑着头，侧躺在旁边看着她。

"你怎么在这儿？"

"这话应该是我问你吧，你怎么在我的床上？你昨晚干什么了？"薛文曜挑眉反问。

向晚晚左右一看，忽然就明白了处境。她跳起来，一把推开薛文曜，因为用力过大，直接就将他推到了床下。

"你没事吧？"向晚晚看着他实实在在地摔到地上了，又有点儿急了，赶紧爬到床边一边问，一边伸手去拉薛文曜。

"你怎么总是下手那么重，把我摔坏了，你赔得起吗？"薛文曜扶着腰爬起来，扭曲着脸抱怨道。

"好啦，下次我下手轻点儿。"向晚晚有点儿赖皮地笑着跳下床，把自己身上睡皱的衬衣拉了拉，忽然想到了什么，立马又一脸紧张地抓住了薛文曜的胳膊，说，"昨晚你喝醉了，你不知道，你爸爸来了，就在外面，怎么办怎么办？"

"急什么，我爸凶归凶，又不吃人。"薛文曜整理着衣服，慢悠悠地开口。

"他以为我们是真结婚，要不然我也不用躲在你这里不敢出去了，怎么办怎么办？要不直接坦白吧！"

"不行，我爸身体不好，上次被你气得不轻，身体还没完全恢复，这次再一气，万一他有个好歹，谁担待得起？"

"你不是和你爸关系不好吗？还这么关心他，真是口是心非。"向晚晚挤了挤薛文曜，笑着调侃。

"我虽然跟他关系不好，可毕竟是他的亲生儿子。再说，如果他知道我们是假结婚，别说我，你也没那么容易脱身。万一玟娜再听到了风声，我这么久的努力全白费了，总之以防万一，不许坦白。"薛文曜给了向晚晚一个警告的眼神。

"那怎么办？"

"你先继续假扮，等他身体好些了，我再告诉他。"

"什么破主意，真是被你害死了，我自己想办法去……"

向晚晚刚要走，薛文曜伸手拉住了她，说："不行。我告诉你，如果你敢私自向我爸坦白，我就不和你离婚。你可别忘记了，我们是法律公证过的，离婚也得双方同意，如果我不同意，你这辈子都别想再嫁人。"

"喂，薛文曜，你好无耻你知不知道？"

"你也从来没觉得我高大上过好不好，你眼里的完美男人不就只有那个宋贤？"

再一次地，两个人的话题在宋贤上面做了收尾，向晚晚被薛文曜噎得讲不出话来。

"我已经不介意你待在我身边却想着别的男人，你就不能也替我想一次吗？"

"行了，不跟你争了，听你的，先装着吧。"

两个人总算达成共识，向晚晚进了舆洗室刷牙洗脸，正在愁没有自己的洗漱用具时，薛文曜进来从柜子里取了一套备用的牙具给向晚晚摆好。这是他在上次向晚晚抱怨后特意替她准备的。

"怎么和你的是情侣款？"向晚晚有点儿嫌弃地说。

"我们现在可是夫妻，这样才般配。"薛文曜刷着牙回答。

向晚晚给了薛文曜一记白眼，用屁股将他挤到一边，自己大大咧咧地开始刷牙。

"对了，你记得你昨晚跟我说了什么吗？"刷牙的时候向晚晚笑嘻嘻地问。

"不记得，我有说什么吗？"

薛文曜回答得一脸正直，向晚晚失望地低下了头。

"哦，我记得你跟我讲了你姐姐的故事。"

"该记的记不住，不该记的你倒记得清楚。"向晚晚嫌弃地瞧了他一眼，转

第十四章 醉后表真心

到一边去漱口，薛文曜在她转身后对着镜子边刷牙，边不自觉地笑着，眯起了狐狸一般的眼睛。

两个人一起下楼时，薛老爷子已经坐在餐桌前了，南姨坐在旁边，用人正在奉上早餐。

薛文曜例行公事般的与薛老爷子和南姨打招呼后在桌前坐下，向晚晚也尽量装得乖巧地叫了人后在旁边坐下。

"你也是有家室的人了，以后少喝些，省得让自己的太太担心。"薛老爷子翻过一页报纸后开口。向晚晚听闻此言，差点儿没顺过气，被正喝着的牛奶呛得连连咳嗽。

"以前也没见你关心过我这些，现在我娶了太太，倒还劳您老操心了，真是过意不去。"薛文曜讪讪地应着，看了旁边的人一眼，递了纸巾给她。

一听这气氛不对，南姨赶紧出来打圆场，换了话题说晚些时候想去附近的海边采风，想让向晚晚一起。

"晚晚也有自己的工作，怕是不方便陪南姨去吹风了。"

"那就陪我去山上练太极，锻炼身体，我看你们这旁边的森林公园不错。"薛老爷子接口。

"那不还是得要时间？"薛文曜反问。

"你个小子，我和儿媳说话，你插什么嘴？"

父子俩眼看又要吵上，向晚晚赶紧出面做和事佬，赔着笑脸，说："好的，我这就上楼去换身衣服陪您去，我今天请工假。"

半小时后，向晚晚带着薛老爷子出了门。薛文曜送到门口时，向晚晚扭头冲薛文曜做了一个狰狞的表情。

薛老爷子年事已高，加之心脏不好，身体不佳，才走了一半山路就累得直喘气，向晚晚觉得自己的机会来了，一再表示要是累了就马上回去，薛老爷子却一口拒绝：

"做人做事要有毅力，不能轻易打退堂鼓。"

向晚晚无奈，只得换扶着薛老爷子继续向前，薛老爷子也毫不客气地将身体的大半部分重量压在了她的身上，向晚晚只得曲着腰暗自叫苦。

好不容易爬到山顶的亭中，薛老爷子才作罢，看对面平台上有个老人在打太极，就表示不要与之为伍，要向晚晚扶着他去另一边。

"你会功夫，那你先打上一套来看看。"薛老爷子坐在那里下令。

向晚晚心想，不是您老要上来打太极的吗？怎么变成了看我打？不过她也不敢忤逆，只得赔着笑脸应下，站定了姿势后开始比画一套太极。

"你老实说，看上我儿子哪点了？"薛老爷子边看着她打拳边问道。

"啊，这个呀……这个……他都挺好的。"

"哼，假话。他那个样子，脾气不好，人又没定性，有哪个姑娘会看上他？"

"这……这……他是你亲生儿子吧，哪有这么说自己儿子的？"向晚晚咋舌，忍不住嘀咕，看薛老爷子盯着自己，她又赶紧笑着回答，说，"他长得帅，你看他至少长得不错，我就是个花痴，所以就看上了。"

"那是因为我的基因好。"薛老爷子听到这个答案倒是信了，还颇为自信地挺了挺胸。

"你的功夫不错，比那边的那个好多了，你看那个人的姿势就很不专业。"薛老爷子用目光示意了一下。

向晚晚顺着薛老爷子的目光看过去，就见到那边穿着白色对襟亚麻衣的老者停下了手中的动作，扭过头来看他们。从面部表情来看，他显得很气愤。

第十五章　旧日心结

要解开父子俩的心结很不容易,其中还有很多她不知晓的内情。

1

完蛋了，向晚晚在心里惨叫了声，这是祸从口出，招惹了是非啦。向晚晚赶紧上前要打圆场，可那位老人家已经直接挡开她，冲着坐在一旁的薛老爷子说："你说什么呢你，你懂不懂太极？"

"我可比你懂多了，你那就是不伦不类。"

"两位爷爷都少说一句，消消气……"向晚晚眼看两位老人冲突越来越尖锐，赶紧上前挡在中间。

"谁是爷爷？我有那么老吗？"练太极的老人对向晚晚怒目而视。

"没没……没有……您是叔叔……"向晚晚赶紧赔笑改口。

"凶什么凶，谁许你凶我儿媳了？"薛老爷子不客气地回敬道。

看着两位老人你来我往吵得不可开交，向晚晚头都大了，正不知道该如何劝解的时候，有个声音插了进来。

"吵死了！"向晚晚循着声音看过去，见到一个原本在不远处的亭子里练瑜伽的年轻女人取下了耳机大叫了一声。

"喂，大爷，你知不知道，这块地是谁的？"

年轻女人走了过来。只见她长发齐肩，身上穿着粉色运动装，正所谓冤家路窄，山水重逢，此人正是那个蛮横娇小姐黄玟娜。

"告诉你，这整座山上的地产全是这位薛老先生的，说你太极打得不好怎么啦？你这么凶，直接把你丢出去都不为过。"黄玟娜冲着练太极的老人不客气地教训道。

在听到黄玟娜这样的话后，那位练太极的老人也有些发怵了，再不敢纠缠，匆匆离开了山顶。

"薛伯父好，我是玟娜，还记得我吗？小时候总梳双辫子那个。"黄玟娜笑着与薛老爷子打招呼。

"哦哦，小玟娜，那个胖乎乎的小圆球，想不到已经长这么大了，还变得这么苗条。"薛老爷子看了好一会儿，才反应过来。

"哎呀，薛伯父，小圆球就不要再叫了，人家现在好歹也是个大美女。"黄玟娜嘟着嘴埋怨。

"这是我家儿媳，黄侄女也认识认识吧。"

"哦，你好呀。"黄玟娜假笑着，装作第一次见面，与向晚晚握手，又看向薛老爷子，说，"薛伯父，现在这里清静了，您可以安心去练太极了，这位姐姐

第十五章 旧日心结

不如和我一起练瑜伽吧。"

黄玟娜三下两下就将薛老爷子哄去练太极，拉着向晚晚去了稍远处的凉亭。她有模有样地比画着瑜伽的姿势，向晚晚也只能依样学着比画。练了好一会儿，看把向晚晚折腾得差不多了，黄玟娜才感觉满意了些。

"喂，文曜哥哥对你好吗？"

"怎么了？"向晚晚一边吃力地完成动作一边反问。

"他对我可好了，我小时候患哮喘，打了很多激素，所以上幼儿园的时候是个小胖子，特别胖的那种，小伙伴们都不跟我玩，觉得我丑，欺负我，给我取难听的外号。他为我和那些小孩子打过架，玩游戏时没人愿意跟我分在一组，他就主动提出跟我一组。从小我就觉得，文曜哥哥真的是这个世界上最好的人了。虽然后来他家里出了许多事情，他变了，可我一直觉得，他还是小时候那个正义、勇敢的文曜哥哥。"

"你恨透了那些欺负你的人吧？依薛文曜的个性他必然报复回去了。"

"没有。小时候被欺负的时候，我说我恨那些欺负我的人，文曜哥哥就告诉我，恨是双刃剑，伤人也伤己，所以我一直记着这句话，不恨别人。"

这个回答让向晚晚颇感意外，想不到幼年时期的薛文曜竟然有如此豁达通透的心境。

"我从不恨别人，不过我恨我自己。那些年我在国外治病，我听说了文曜哥哥身上发生的事情，他妈妈去世了，他出了车祸，我好想帮他，可惜自己做不到，躺在床上动都不能动。我求过所有人，坚持不肯进手术室，他们才让我打了一通电话，说了几句话而已。也许你不会相信，文曜哥哥真的吃过很多苦，那些年他一个人在国外，他的艰辛没人看得见。记得有一年的圣诞节，我想给他一个惊喜，就悄悄去了纽约他住的地方，结果发现他圣诞夜还在努力工作，我就悄悄地又离开了，然后他还会在接到我电话时告诉我他正在和朋友一起庆祝节日，很开心。"

"所以，你一直坚持要嫁给他？"

"我一直想着，等我养好了病，就可以变得强大些，也许能够像小时候文曜哥哥保护我一样保护他。不过，可惜我这几年在国外错过了时间，我回来以后他的身边已经有了你。"

"那你觉得自己爱他吗？"

"以前我以为，我对文曜哥哥的感觉大概就是爱情吧。不过宋医生说，这不是爱，是一种眷恋，就像一直陪伴着自己的知己玩伴身边忽然有了更亲密的人，自己就会觉得失去了什么，但在遇到下一个中意的玩伴后，又会再度高兴起来，渐渐淡忘之前的玩伴。我觉得他虽然总不理我，但这些话还是很有道理的，想想文曜哥哥又不是结婚了就不能再见我了，他还在那，我还是能找他玩，叫他文曜哥哥，我就觉得没什么了。虽然我表现得很生气，其实我不恨你的，我只有点儿不放心你，担心你照顾不好他。"

"其实我……"

"没关系了，我现在喜欢宋医生了。文曜哥哥选择了你，我当然也要向前走，宋医生人帅又温柔，不比文曜哥哥差的。就是说好一条，你不许再和我抢了，否则我真不客气了。"

"我从未想过要和你抢宋贤哥。"

"那他怎么一直不理我？你不知道，他为了躲我都换了工作的医院，我现在都不知道他在哪家医院，愁得我都瘦了一圈。"黄玟娜唉声叹气。

"你真想知道？"

"当然啦。"黄玟娜点头。

向晚晚心里想着，如果自己泄露了宋贤的行踪，他会生气吧。可是迟疑过后，她还是伸手拿过黄玟娜的手机，输入了一个号码后还给她，并站了个姿势，说："好了好了，来，冲我拍一张吧，发过去，就用你上次那招。"

"真的？"黄玟娜睁大了眼睛，有点儿不敢置信。

"快点儿，否则我要反悔了呀。"向晚晚催促着，故作不耐烦。

黄玟娜笑弯了一双美目，麻利地对着向晚晚拍了一张照片，然后发过去，不一会儿果然手机响了起来。

"哇，真的是宋医生，晚晚嫂子，我爱你！"黄玟娜高兴极了，冲着向晚晚做了一个飞吻的动作后，拿着手机欢天喜地地跑开了。

向晚晚在露天椅子上坐了一阵，回味着黄玟娜的那些话，直到天色越发阴沉，似是暴雨前兆，她忙说服薛老爷子返回。谁知薛老爷子不肯下山，一个劲儿念叨着腿疼，向晚晚顿时有了不妙的预感。

"您不会是要我背您吧？"向晚晚试探地问。

"要不然，你自己回去吧，把我留在这里算了。"

向晚晚真是哭笑不得。这别扭的老爷子，一定是薛文曜的亲爹，连这种气话，爷俩说起来都如出一辙。

自然是不能把薛老爷子丢在山上的，向晚晚只得蹲下来，背上他继续下山。

第十五章 旧日心结

"嗯，力气不错，果然是学武的。"

薛老爷子趴在背上夸奖着向晚晚，向晚晚却只能干笑两声，尽量保持脚步平稳。

"其实我一开始是不同意文曜私自和你结婚的，没想到这小子先斩后奏，那我也只能接受了。以后你们就好好过日子吧，至于婚宴酒席，我会安排给你们补上。既然已经嫁进了我们薛家，不管你的身份如何，我们自然不会亏待你的。"

"不……不不不，不用办酒宴。"向晚晚赶紧摇头。

"好了，不用客气，我会让你南姨安排的。"

向晚晚听得直冒冷汗，心想您老可千万别上心，本来就是假结婚，被你这么一弄，搞得跟要昭告天下一般，往后怎么收场，岂不把自己的名誉清白都搭进去了？

"你和那个死小子有没有计划什么时候生孩子？我呢，是喜欢孙女的，不过你要是生儿子，我也高兴。我看你身体素质不错，最好多生几个……"

薛老爷子从前给向晚晚的感觉就是个高高在上的长者，拥有亿万身家的大企业家，可现在向晚晚觉得，他真的就是个堪比唐僧的啰唆老头。向晚晚吃力地背着他，他则悠闲地替她和薛文曜勾画未来，半点儿不知疲倦。等向晚晚把他顺利背下山后，他已经计划到了薛文曜第七个孩子的名字。

"哎呀，我说老爷子，您倒是舒服了，可把我累死了……"向晚晚放下薛老爷子，一屁股坐在了山下的石凳上。

"薛文曜那小子真没你这个儿媳好，他是捡到宝了，以后有事我肯定站在你这边。不过儿媳，那小子脾气不好，你就看在我的面子上，多包容包容他。"薛老爷子在旁边坐下笑着说。

"好，好，好……"向晚晚随口应着，大口地喘着粗气，想了想后抬头看着老爷子，说，"其实您挺关心他的，可为什么你们父子一碰面就不对付，针尖对麦芒似的？"

说到这个问题，薛老爷子脸上的笑容渐渐消失了。他在旁边坐下，把手搭在膝盖上，望着山下的城市风景，说："这事情挺久远了，他记恨我不是一朝一夕了。"

"为什么呢？父子毕竟是父子。"向晚晚实在无法理解，他们的关系为何恶劣至此。

"是因为他的妈妈，也就是我的发妻，他妈妈在他十几岁的时候就离世了。那时他妈妈身体不好，我却忙于事业无暇顾及，老是在外出差，青朝也在外地读书，家里只有文曜和他妈两个人。他妈疾病发作，他没有驾照偷开家里的车送他妈妈去了医院，医生说还是去晚了。然后他签了死亡通知书。他后背有一块伤，也是那时候从医院回家时发生车祸造成的。办完葬礼当天，他就自己买了票去了纽约，一去就是七年没回来，也不肯收我寄给他的生活费。他在国外边打工边上学，坚持连户籍都迁到了国外，像是要与这个家彻底脱离关系似的。要不是他哥哥，我甚至都不知道他在哪儿。三年前我续娶了阿南进门，他也没有参加婚礼，就因为这些事情，我们吵过许多次。直到前些年我重病住院，医院发了病危通知，他才回了国，但是他一直都没有搬回薛园，也很少回去。"薛老爷子沉浸在那段难过的往事中，面上难掩对儿子的愧疚之色。

"其实他也很关心你的，就是不说而已。"向晚晚忍不住宽慰老人。

"唉……这些心结，已经这么多年了，解与不解，我也不再奢望了。现在偶尔能看看他我就知足了。"薛老爷子叹了口气，伸手又拍了拍向晚晚的肩膀，说，"好在现在有儿媳你了，看到他成家立业，我也知足了，真的应该知足了。"

对于一个老人发出这样的感叹，向晚晚感觉挺不好受的。她的亲人早早离她而去，对于亲情她有更多的渴望，也更加知道它的珍贵，所以向晚晚暗自决定，要想尽办法解开父子俩的心结。

2

薛老爷子扶着膝盖起身，负着手沿路向前走，向晚晚缓站起身跟上，走了一会儿察觉背后有人，回身去看，看到了薛文曜。

"你怎么来了？"向晚晚挪到薛文曜身边问道。

"怕你需要帮忙。"薛文曜笑答。

"那怎么不早点儿来？因为背你爸下山，我腰都要断了。"向晚晚做着扭曲的面部表情，伸手在后背捶了捶。

"他还要住些时候，你慢慢享受吧。"薛文曜嘴上说着看戏的话，但还是有些心疼，伸手替向晚晚在后腰处按了按，给她揉揉肩，把她身上的小包接过来背上。

"薛文曜，其实你爸很关心你的，也对你感到很愧疚，你应该多陪陪他，多跟他亲近些。"并行的时候，向晚晚撞了撞薛文曜的胳膊。

"才陪着打了圈太极你就被收服了？可别忘了，我才是你的搭档。"

"我是说真的，他真的很在意你，很爱你这个儿子。"

薛文曜微笑的脸渐渐变得严肃，他沉默了好一阵儿，才语气冷淡地道："我们的事没你想的那么简单。"

"就算你妈妈的离开很遗憾，你爸爸当时的没能及时赶回很不应该，但你不

第十五章 旧日心结

能因为这些遗憾就去恨你的爸爸。这不是他故意犯下的错，因为你爱你妈妈，所以去恨你爸爸，这不合理……"

"够了！"长久以来，薛文曜第一次发这么大的火。他额上青筋直跳，把向晚晚惊住了。

"对于我妈妈的事情，我不想再听到你为谁辩解，这些事情你根本一点儿都不了解！"

薛文曜从旁边大步离开，没有半点儿迟疑，向晚晚对于他过激的反应犹处于惊讶中，许久才回过神来。看来要解开父子俩的心结很不容易，其中还有很多她不知晓的内情。

下午，在 Secret 咖啡厅的二楼，薛文曜靠坐在红色的沙发上，一手搭在沙发的边沿，一手放在膝盖上，对面坐着宋贤。

"薛先生约我来这里，应该不会是谈工作吧？"宋贤微笑着开口。

"要谈工作，就去公司，现在我觉得我们应该谈谈向晚晚。她喜欢你，你知道的，是吗？"薛文曜没有兜圈子，开门见山直奔主题。

"薛先生想怎么样？"宋贤笑了笑，没有否认。

"你应该马上离开姚市。"

"薛先生有何立场说这些话？"

"我的立场就是，我是她现在的合法丈夫，而你，对她来说就像一颗定时炸弹，随时会将她伤得体无完肤。"

"薛先生何出此言？"

"你爱向早早，但向早早不在了，你等了八年，现在有一个和当年的向早早有着那么多相似点、那么多共同记忆的向晚晚随时可能告诉你她喜欢你，向你表白，别说你不动心。"

宋贤收敛笑容，面色变冷，说道："就算我要接受，薛先生又觉得有什么不对吗？小晚很好，值得任何一个男人对她好。"

"她是值得，但对象不能是你，别试图用她当你心中那个人的影子。"

"我爱早早，这是永远都不会改变的。至于晚晚与我的关系如何，也是由我与晚晚来决定的，轮不到薛先生提意见。好了，薛先生，如果没什么事情，我先走了。"宋贤站起身，打算离开。

薛文曜就在那一刹那忽然站起来，伸手抓住了宋贤的衣领，将他拉近，眼神阴冷地盯着他，说："你给我听好了，如果你不爱她，就别对她动心思，明明白白地拒绝她。别想着拿她当替代品，否则我是绝对不会放过你的。"

"谢谢薛先生的招待。"宋贤伸出手，将薛文曜的手拿开，提起公文包从容不迫地离开了。

隔天，向晚晚接到剧组的拍戏通知，一大早就赶过去，一直等到晚上才轮到她的戏份。因为在水中拍打戏，难度较高，导演嫌她动作欠缺美感，不断NG，她来来回回被凉水泡了二十几次，收工后喷嚏不断，浑身发冷，额头却烫得不行。

向晚晚摇晃着打车回到薛文曜的住处，别墅里空无一人，遂倒在沙发上睡了过去。等向晚晚再醒来时，她已经躺在温暖软和的大床上了，落地窗帘半拉着，她一眼便认出是薛文曜的房间。

周遭很静，侧过头，向晚晚看到床边的沙发上坐了一个人，是薛文曜。他穿着家居服，微垂着头，撑着自己的额角已经睡着。

向晚晚伸手拿掉自己额头上的毛巾，想要坐起身来，却由于四肢无力又倒了下去，如此一番折腾，反倒将床边的人惊醒了。

"醒了，那就把药吃了。"薛文曜放下手臂，起身去取药，又将盛好温水的杯子递给她。

向晚晚一言不发地接过杯子，和着水把药服下。薛文曜试了试她额头的温度，发现没那么烫手了，才稍安下心来。

"吃了药就睡吧，明天要是还烧就去医院。"薛文曜替她把被子盖好。

这一夜，向晚晚始终半梦半醒睡不踏实。身上发热，她就一遍遍地踢被子，薛文曜一次次过来查看，帮她重新盖好，后来索性就在旁边躺下抱住她，用胳膊压着被子。折腾了整晚，直到窗外渐渐晨光显现，她才迷迷糊糊睡了过去。

也不知道睡了多久，向晚晚被饿醒了。看看外面已经天色大亮，不过没有出太阳，天气较为阴沉，所以也分辨不出时间。她从床上爬起来，觉得全身都虚乏无力，穿上拖鞋走到门口时都感觉有点儿撑不住，她拉开门颤颤巍巍地走出去，扶着二楼的栏杆向一楼望过去，见到一个高大的背影正在厨房里忙碌。

向晚晚靠在那里，就那么安静地看着。薛文曜真的是没有做家务的天赋，煎个鸡蛋，却来来回回地跳脚躲避油溅，旁边的粥也因为火力太大而溢出绝大部分，水漫灶台，他又手忙脚乱地收拾。

向晚晚从小就学会了打理自己的生活，在失去家人之后更是潦草地结束了青少年时期的悠闲生活，她在生活中有着异于常人的适应能力和动手能力。家务活对她来说轻而易举，三两下就能完成，从不用旁人代劳。她从来没想过有一天会

第十五章　旧日心结

需要别人这样照顾自己，尽管他笨手笨脚做得并不好，却让她看得满心感动，忽然眼眶发酸，有一种想哭的冲动。因为从来没有一个人愿意为她做这些事情，她也从未享受过被人如此呵护照顾。

没有出声打扰薛文曜，向晚晚转身回了卧室，装作什么都没看到，继续躺回床上休息。过了不久，薛文曜上楼来，手上端着做好的早餐送到床边，再把闭着眼装睡的向晚晚摇醒，让她起来吃些东西。

"你做的？"向晚晚喝着味道很好的鸡汤询问。

"不是，餐厅送的。"

看来早餐做失败了，既然薛文曜不挑明，向晚晚也乐得装糊涂。她深知这位傲娇少爷向来属于家政低能儿，能下厨动手已经难能可贵了，这份心意就能让她欣喜好久。

"你爸和南姨呢？"向晚晚发现家里只有他们俩，就询问其他人的去向。

"昨晚就由用人陪着去温泉山了，过两天才回来。"

"你今天不用去公司吗？"

"不想去。"

薛文曜回答着向晚晚的话，在她喝完汤后接过碗，又伸手摸了摸她的额头。

"烧退了些，不过为预防起见，还是收拾一下去医院吧。"

"不用了，我没事的，不想出门。"

向晚晚不想动，感冒加发烧让她元气大伤。薛文曜本想再说些什么劝劝她，但看她脸色苍白，又将话咽了回去。他起身取了手机拨了电话给丽纱，让她安排一位家庭医生过来。

家庭医生大约半个小时后就到了，给向晚晚量了体温做了检查，开了药，表示是因为淋水导致寒气入侵，好在经过服药调养已无大碍，薛文曜送走医生，狠狠斥责向晚晚不爱惜自己的身体，不准她再接剧组的工作。

向晚晚低垂着头，故作可怜状聆听教训，总算让薛文曜消了气。在向晚晚的一再催促中，薛文曜下午才去了公司。刚到公司，薛文曜就直接让丽纱去查一下，这次向晚晚拍的这部戏是谁负责，昨天的戏到底是怎么回事。

3

傍晚时分，薛文曜回到家，一进屋就闻到了饭菜的香气，他朝厨房看去，果然看到向晚晚在厨房忙碌的背影。

薛文曜靠在墙边双手环胸望着这一幕，也不叫她，就那么细细打量她的背影。

她的长发用一支簪子绾着,穿着他的一件宽大的白色衬衫,裸露着光洁白皙的小腿,有一种说不出的美丽诱惑。她正在煮面条之类的东西,整个厨房香气四溢。

过了好一阵儿,向晚晚转过头来,才发现不知何时身后多了个人,她不禁有些惊讶,随后就笑了,说:"你今天回来得很早,公司不忙吗?"

"忙,但忙着忙着不想忙了。"薛文曜笑答着,走进厨房,伸手接过向晚晚手里的筷子,说,"既然是病人,就去休息吧,我来煮。"

"你能行吗?"向晚晚可是见识过他的厨艺,很不放心。

"能能能,快走。"薛文曜直接往外轰向晚晚。

"好吧。"向晚晚极少地显露出了顺从,交出筷子,去了客厅。

两个人吃完面,薛文曜负责收拾碗筷,向晚晚就站在旁边看着,心想这公子哥儿也转性子了,太不容易,自己调教有功。收拾完,看薛文曜又取了外衣和公文包要出门,便询问他要去哪儿。

"和黄氏的合作,有很多事情需要处理,我得回公司加班。"

"这么晚了,还得回去加班?"向晚晚向来不多问薛文曜工作上的事,也不抱怨什么,这一次却忍不住嘀咕了。

"工作的事情没有早或晚,任何时候都要全力以赴。"薛文曜低头换着鞋子,随口解释了一句后便出门了。

看着薛文曜出门离开,向晚晚忽然感觉很失落,望着刚才打开又关上的门,有点儿小小的生气和难过。兀自坐了一会儿,侧过头看玻璃上映着的自己,向晚晚又指着"她"嫌弃起来。

"他可以为事业拼命,所以才和你假结婚,不是早就知道的吗?他就是这样的人,商业利益最重要,他又没错,你自己矫情个什么劲儿?只是小感冒而已,难道还妄想他像别人老公那样,留下来陪你看八点档的电视剧吗?"

教训了一下自己,向晚晚站起身来,取了桌上的杯子去倒水,意外地看到门口的玄关处,站着去而复返的人,不由得愣住了。

"我忘记拿车钥匙了。"薛文曜走进来,从桌上取了车钥匙,扬扬手。

"哦。"向晚晚颇为尴尬地拢了拢耳际的头发。

薛文曜转身离开,走到门口,他又停了下来,然后转过身来随手将公文包和车钥匙放到了桌上,开始换鞋。

"不去公司了,不过我不喜欢看八点档的电视剧,我去楼上书房工作。"

"我就是随口说说⋯⋯"向晚晚红了耳根。

第十五章 旧日心结

"我知道。"

薛文曜说得很平淡，一副淡然自若的神态，换了拖鞋后提着包上楼进入书房，向晚晚在一楼站着，不自觉地笑了，她捧着手里的杯子，整颗心都荡漾起来。

楼上书房内，薛文曜放下包，站到办公桌前停留了两秒钟，他的手机就响了起来，是苏振珂打来的，说设计部的同事都在了，问他什么时候到。

"不用了，让大家都下班吧，我自己修改。"

"你自己修改？来得及吗？"

"放心，我能搞定。"

与苏振珂通完电话，薛文曜打开电脑，看着那些对方提出的修改意见，对比原本已经成型的设计方案，他知道这是一场恶战，如果能有人和自己一起来做会轻松许多。但因为不想屋子里的另一个人在生病的时候感到孤单，他愿意多辛苦些。

走到书房门口，薛文曜本是出于习惯打算把门关上，但又在握上门柄时迟疑了，最终还是将门开着，让一楼客厅的人可以看到开着的门，让她更清楚地知道，自己就在这里。

"向晚晚，电视声音开小点儿。"

"哦。"

"向晚晚，到点了，记得吃药。"

"哦。"

"向晚晚，不要把脚放在桌上吃零食！"

"你烦死了，薛文曜！"

"向晚晚，不早了，你该去睡了……"

"哦。"

向晚晚在楼下看着无聊的电视剧渐渐困了，吃完药后才上楼去客房睡下，也不知道睡了多久又醒了。看到墙上的时钟已经指着凌晨两点，她揉着脖子坐起来想要去倒些水喝，却在经过楼道时发现书房依旧半掩着门，有光从里面透出来。

向晚晚朝里面看去，发现薛文曜还在伏案工作，旁边的桌上搁着快见底的咖啡杯。

向晚晚去厨房热了牛奶拿上楼，推开书房的门进去把杯子放到薛文曜的面前，薛文曜顺手就拿了起来，并说了一句："丽纱，看下离天亮还有多久。"

"四个小时。"向晚晚回答。

薛文曜尝到牛奶而不是咖啡的味道，听到回答他的人不是丽纱，才停下手中的笔抬起头，意识到自己现在不是在公司，而是在家里，面前的人也不是秘书，是向晚晚。

"你以前都是这样工作的吗，不看时间有多晚，而是看还有多久天亮？"向晚晚好奇地问道。

薛文曜笑了笑，点点头，显得有些疲惫。

"哦，不打扰你了，那你继续吧。"向晚晚撇了撇嘴，也不知道能说点儿什么，就只能转身离开。

薛文曜在背后看着向晚晚离开，缓了两秒钟，又叫了她一声，说："黄氏这个案子要你那么辛苦地和我假扮夫妻才拿到，当然要认真做。就算不是为公司，也要认真。"

向晚晚扭头看向薛文曜，薛文曜疲惫的脸上露出笑容，眼角和唇角都向上扬起，他没有过多地解释，只冲她挥了挥手示意她去休息。

向晚晚笑着点头离开，在走出书房后脸上的笑容又不自觉地被一些失落代替，垂下头回到了自己的卧室。

第二天清早，等薛文曜穿好衣服走出卧室时，见到向晚晚已经在一楼准备好了早餐，正笑容满面地叫他下来用餐。

"不是病着吗，还起这么早？"

"说好住在这里的时候就要每天做早餐的，一周七天做不满，三天总要有的，坐下。"向晚晚笑眯眯地上前，拉着薛文曜坐下。

"你是心疼我熬夜工作了吧？"

薛文曜调侃向晚晚，成功得到一记白眼，他倒也不介意，坐到餐桌前看面前摆着比往日要丰盛的早餐，连说今天口福不错。

"那是当然，向晚晚牌独家早餐，以后我们解约，你就吃不到了，现在珍惜美好时光吧。"

听到这一句，薛文曜瞬间胃口大减，怎么也提不起食欲了。他随意吃了些早餐，然后起身出门离开。

"我这两天比较忙，可能晚上在单位加班不回来了。"

薛文曜走了，向晚晚也放下了手里的勺子，再无半点儿胃口，独自对着对面的空椅发了许久的呆。

下午，向晚晚与表姐约在那家她们经常碰面的咖啡厅见面。

第十五章 旧日心结

那家咖啡厅就在祥安医院旁边的街口处，从前向晚晚就经常到这家咖啡厅来坐着。她每次都坐在窗户边靠近绿植的位置，看着外面的街道和旁边的医院大楼，运气好的话，就可以看到宋贤从大楼出来打车。

"薛文曜知道你喜欢宋贤了？"

"嗯。"向晚晚点头。

得到肯定的答案，洛阳抬手一扶额头，闭起了眼睛，好几秒后才睁开眼睛，露出一脸不能理解的表情，伸手戳向晚晚的额头：

"向晚晚呀向晚晚，这种事怎么能跟他说呢？"洛阳坐在向晚晚对面，一副恨铁不成钢的样子。

向晚晚缩着脖子朝后退，皱起眉头，说："你还戳我，我还没有说你呢，他会知道早早，还不都是你说的？"

"我那不是为你好吗？你没看到，那天我遇到他，他两眼无神，失魂落魄的，我不就是心软了想要宽慰一下他？"

"你那是一时心软，可我呢，就被你害死了。他现在已经把宋贤哥当成对手了，处处针对。"

"那有什么，有情敌才有危机感。你喜欢他是一回事，让他紧张你是另一回事。你们虽然是假结婚，可我看得出来他喜欢你，你就没想过以后两个人真在一起吗？"

"我现在心很乱。"向晚晚垂下头，说出最后几个字时格外无奈。

两个人沉默不语，洛阳的目光在扫过外面的街道时有了片刻的变化，她使了个眼色给向晚晚，示意她看过去。向晚晚顺着她的目光看过去，见到宋贤正从医院大楼里拿着些东西走出来，似乎是来收拾自己从前在这里工作留下的东西。

宋贤站在路边等候了一阵儿，拦了辆出租车，随后大楼里跑出一个人追上了他，此人正是黄玫娜。

"宋医生，我的司机就在那边。"

"黄小姐，我要去办事，别再跟着我了。"

"你不坐我的车，那我就和你一起坐出租车，可是出租车里的味道真的好难闻。"

"那就不要跟着我。"

"好吧，我还是坐出租车吧，你不答应喜欢我，我就一直跟着你。"

黄玫娜一路拉拉扯扯地硬是跟着宋贤一起上了车。出租车绝尘而去，向晚晚坐在落地窗户后面，双手捧着桌上的杯子，安静地看着他们远去。

第十六章　别对我太好

这一切都要结束了，别对我太好，我怕以后忘不掉。

1

周一，因为有个工程要提前交样，薛文曜留在公司过夜。周二的中午要去现场一趟，下楼取车的时候，看到前面的柱子下有个熟悉的身影在那打转，他以为是自己看错了就走近了些，发现居然真的是她。向晚晚手里提着只果篮，在曜振建筑公司的大楼下打转，似乎在犹豫进去还是不进去。

"你怎么来了？"薛文曜上前，在她背后开口。

"我……我是来给你送水果的。"向晚晚有点儿尴尬地回应。

"是不是我昨晚没回去，想我了？"薛文曜笑着问。

"少臭美了。"

"我吃过早餐了，再说你一个病号，不在家里休养，乱跑什么。"

"我没事了，休息下就好了，给你送完水果，我就去片场。"

"身体才休养得好点，又要去工作，你有多缺钱？不许去。"

向晚晚是不喜欢被人教训的，张嘴就要反驳，可想到自己此行是为了道谢，又因心存愧疚是来求和的，就强忍着赔了笑脸，说："好，那我就不去了。"

"我送你回去。"薛文曜接过果篮，扯着向晚晚上车。

刚坐到车上，向晚晚的手机就响了。向晚晚掏出来看，见到屏幕上显示着宋贤的名字，而旁边的薛文曜也将来电信息尽收眼底。

向晚晚愣住了，不知道该怎么办，旁边的薛文曜也一言不发，面无表情，只有手机铃声在车内回响，直到停止。

几秒钟之后，手机来了短信提醒，是宋贤发来的，表示想约她到上次的咖啡厅见面，他们需要谈谈。

"你要去吗？"薛文曜阴沉着脸问。

"抱歉，薛文曜。"向晚晚艰难地说出五个字。

薛文曜松开向晚晚，推开车门，说："下去。"

向晚晚侧身下车，薛文曜就维持着原先的姿势坐在那看着她离开，很久之后自嘲地露出了冷清笑意，提着向晚晚送给他的果篮返回了公司。

"薛总好。"一行遇到他的女职员笑着向他问好。

"送给你们。"薛文曜随手将果篮递给她们，进了电梯。

向晚晚来到那家咖啡厅附近，站在外面的马路上时就看到了里面坐着的宋贤。他今天穿着简单的白色衬衫，灰色的长裤，坐在桌前，黑色的发从额际掠过，那个侧影让她恍惚间像回到了十年前。那时候的宋贤也是这样，白衬衫、黑发、阳光干净帅气无比地出现在她面前。这么多年过去了，他还是那么完美，如果不是那双沉淀着很多世事的眼睛，似乎时光从未在他身上停驻过。

站在外面看了很久，向晚晚才做了一个深呼吸，走进咖啡厅，在宋贤的对面坐下。

宋贤的眼圈有些黑，显然没有睡好，他抬头看着面前的人，习惯地露出微笑，替向晚晚点了套餐。

"小晚，我的地址是你给黄小姐的吧？为什么要这样做呢？"

"嗯，是的。"向晚晚侧身，从包里取出一张照片，照片上是三个人的合影，一个与向晚晚有几分相像的漂亮女子和一个穿着白衬衫的俊秀男生中间站着一个小小的姑娘。

这是十年前的照片，是向晚晚在生日那天与宋贤和姐姐的合影。他们站在院子里，背后是满墙的爬山虎，宋贤拉着早早的手，向晚晚站在他们前面的中间位置，三个人都笑得灿烂无比。

"这张照片我们三个人各有一张，这张是姐姐的，我一直小心地留着，现在给你吧，是姐姐留给你的。"向晚晚将照片递到宋贤面前，宋贤翻过背面，看到一行有些泛了旧的字迹。

希望我们的生命永远灿烂而精彩，希望你永远开心，一路向前！

"宋贤哥，姐姐希望你能继续向前，你未来还有那么长的路要走，她也不想你因为她生命的结束，停止寻找你的幸福。"

宋贤沉默着，若有所思地看着那张三人合照。

"小晚，也许你说得对，我会试一试的。"

向晚晚努力笑着点了点头，心中再一次燃起了小小的希望，重新坐下。

"你替我计划了未来，那你有想过自己未来吗？"

向晚晚愣了一秒，说："我现在暂时在片场做武替，至于以后，我也不知道。"

"我还记得你小时候，家里人让你学舞蹈，可你就爱学武术，还总叫嚷着要当侠女，要当武师，为此没少挨骂。"

提及童年的事情，向晚晚笑了，说："那时候年纪小，就觉得学武好，可以当个强大的人。可爸爸想让我和姐姐一样做个优雅漂亮的女生，再后来发现我怎么也比不上姐姐，就放任我自由发展了……"

说到这里，向晚晚眼神有些放空，似乎是在回忆往事，最后只是寂寥地一笑，拿了叉子来回拨弄盘子里的食物，说："我努力上了警校，却还是错过了当警察的机会，在父亲工作的酒店随便谋了一份保安的差事，反正也没人会在意我了。"

"既然你现在没正式工作了，怎么不考虑一下自己的理想呢？"

"我会的。"向晚晚并不想继续这个话题，便以一个微笑带过，宋贤也会心地不再多说。

宋贤送向晚晚离开咖啡厅，在路边要打车的时候，一辆黑色奔驰停到了路边，司机下车拉开后门，一个穿着红色高跟鞋的精致女子走了下来，正是黄玟娜。

"你不接我的电话，也不赴我的约，果然是因为约了别的女人。"黄玟娜冲着宋贤开口。

宋贤一见到黄玟娜头就大了一圈，露出无奈的表情，说："我从来没有答应过要赴你的约，黄小姐，我还有事，先走了。"

"哎……你现在有事，那你什么时候没事嘛，晚餐怎么样？"黄玟娜迅速伸手拉住了宋贤的胳膊。

"我都没空。黄小姐，我已经和你说得很清楚了，你就不要再来找我了。"宋贤试图甩开黄玟娜的手，无奈她攥得太紧，根本甩不开。

"你不喜欢我，可我喜欢你不行吗？我不管，反正我要约到你，否则我就不让你走了，你还敢当街把我怎么样不成？"黄玟娜鼓起包子脸，死死地拉紧宋贤的胳膊，宋贤是又气又急。

向晚晚不忍见宋贤尴尬，悄然离开，由着黄玟娜继续和宋贤打诨。

回去的路上，向晚晚接到剧组的电话，自觉身体已无大碍，便顺口应下，准备去片场上工。开始还担心自己休息了这些天，剧组的人会不高兴，结果发现大家似乎对病过的人格外迁就，全都笑脸相迎。

向晚晚很多次拿起手机想要联系薛文曜，但始终没有勇气，一直拖到了下午收工都没能拨出这个电话，而薛文曜自始至终也没有联系她。

傍晚的时候，女主角请了所有人吃糖水，向晚晚没胃口，随意找了处不起眼的角落坐着休息，却不巧听到其他女演员聚在一起聊八卦。向晚晚本来没什么兴趣听这些，只是无意间听到了薛文曜的名字，便屏气凝神听了起来。

"我在会所看到薛文曜闷闷不乐，知道什么情况吗？"

"那个男人呀，好是好，可就是冷血得很，对女人根本不上心。"

"怎么说，难道他是……"

"你还别说，你看呀，条件那么好，虽然也有一些绯闻，可都没听说过有女朋友，传闻结婚好像也不靠谱，不会真的是……"

"要我说呀，安琪你可以再试试，要是搞定这么个钻石王老五，你一辈子都不用愁了，嫁入豪门当阔太太了。"

"可安琪你还有刘老板和那个冯老板怎么办？还有那个向晚晚，据说都领证登记了。"

"担心什么，能搞定薛文曜这种金主，谁还管那种小老板？要是向晚晚真有那本事，哪还会待在这儿，屈尊做一个小武替？"

几个女演员在后面八卦猜测着，越说越离谱，后来又开始打起薛文曜的主意，向晚晚实在听不下去了，索性站起身从旁边大摇大摆地经过，几个人立马闭嘴。

在片场拍戏到晚上，因为临时加戏，一直忙到凌晨才收工，向晚晚才察觉时间过了这么久了。

好不容易打了车回到别墅，发现客厅里没有开灯，向晚晚以为薛文曜已经睡了，就轻手轻脚地开门，但等她进门后才发现，他坐在沙发上，于黑暗中沉默着，面沉如水地望着向晚晚。

"你还没睡呢？"向晚晚有些尴尬地开口。

"回来了就早些休息吧。"

向晚晚以为薛文曜会责问些什么的，关于自己今天甩开他去见宋贤，关于自己去了哪，但薛文曜始终沉默着，没再理会她，起身上楼了。

第二天清早，向晚晚从房间出来的时候，薛文曜已经离开了。他没有留下只言片语，鱼缸里的那条大草鱼也没有喂。

下午的时候，向晚晚收到了薛文曜的电话，要她一起出席一个世家小圈子的商业活动。

"怎么想到我？"

"难道你现在要我去找个别的女人陪我去吗？老爷子还以为我出轨呢，既然说好了是协议，是职业搭档，那就尽责些，公事公办。"

"好吧。"

2

晚上，向晚晚挽着薛文曜的胳膊走在身着华服的各色男女中间，适当的时候微笑，与人握手，她第一次发现，原来自己不仅武替做得好，做演员也不错。

其间薛文曜刻意与宴会举办人示好，一旁的向晚晚听出对方有意寻找建筑公司负责其某个别墅地产区的设计与装潢，薛文曜正是为接下此单生意而来，但对方似乎瞧不上主动送上门的设计公司，根本不把薛文曜放在眼里。

"既然薛总这么有信心能办好我的业务，不如这样，正好我这栋别墅里面有一处水管坏了，薛总你可是专业人士，你要是替我修好了，我明天就让律师把合同送到贵公司。"那个吴姓地产商已有醉意，如此调侃道。

论专业，薛文曜学的是建筑设计，并不是室内装修，即使薛文曜的公司能承接此项业务，可是在名家子弟云集的宴会上让身着华服、优雅得体的一位公子哥去给自己家修水管，实在是一种变相的折辱和刁难。

向晚晚起初一直在旁边不说话，可听这人越说越过分，在他提出修水管后，薛文曜的脸色渐变，向晚晚也有些火气上头，未等薛文曜出言，向晚晚抢先迈步上前：

"这位先生你说的是真的吗？如果修好了你这里的水管，明天就送合同到公司？"

"当然，我说话算话，只怕薛总做不到。"地产商笑得很放肆。

"好，这种小事哪用得着薛总出面，我来给你修。大家都听到了，你说的，修好了，明天送上合同。"

众人闻声回过头来，发现有好戏看，自然都乐于叫好。

"你不用理会我的事情。"薛文曜拉了一下向晚晚。

"我们一起来的，怎么能由着这个家伙给你难堪？我向晚晚今天就要给他个教训，帮你拿到这笔订单。"

地产商带着众人去了别墅一侧的排水管道处，那里的排水管道有裂纹，还有堵塞，才拉开盖子就传来一阵难闻的味道，所有宾客都捂鼻后退。

"算了吧，走吧。"薛文曜向来有洁癖，当即拉着向晚晚要后退。

"不行，现在走，他们肯定要笑话你，你站到旁边。"

向晚晚推开薛文曜，挽起自己礼裙的下摆，脱掉高跟鞋，蹲到水管旁边，伸手取了用人提前准备的工具，将螺丝拧开，然后开始麻利地收拾管道。后面一帮十指不沾阳春水的女宾看得目瞪口呆，而那帮世家子弟更是看得目不转睛，啧啧惊叹。

薛文曜在旁边看着，目光扫过那些人，最后落在那个向自己提出过分要求的地产商身上，冷硬如剑。原本醉意上头的地产商打了个激灵，似乎清醒了一些，意识到自己有些过分了，可覆水难收，已经晚了。

在向晚晚一手抬着脏脏的水管，一手艰难地拿工具时，薛文曜也走了过去，

第十六章 别对我太好

想要给向晚晚搭手帮忙。

"你不是有洁癖吗？站远点儿，不用你帮。"

"少废话。"

"唉……还真傲娇。"向晚晚调侃他，顺手拧上螺丝，丢开工具收工。

向晚晚收拾停当，走回那个地产商面前，伸出手背拍了拍他的胸口，得意地抬着下巴，说："听好了，明天把合同送到公司，否则你就是食言而肥的小狗了哦。"

言罢，向晚晚走回薛文曜旁边，伸手挽起他的胳膊，从容地穿过人群离开。

薛文曜的车送去做保养了，今天没有开过来。从宴会场所出来，要走出一站地才能打到出租车。向晚晚提着高跟鞋在路上走着，薛文曜拉住她的胳膊，示意她停下，把她手上的鞋拿过来，蹲下替她穿上。

"这跟儿太细，我怕摔倒。"向晚晚抱怨。

"那就挽着我，总比划伤了脚好。"薛文曜强硬地命令道，站起身递过胳膊给向晚晚。

向晚晚噘嘴表示不悦，但还是挽了他的胳膊继续朝前走。

"刚才为什么替我出头？"

"那个人欺负你，我就是看不惯。"

"他欺负我，关你什么事？"

"欺负你不就是欺负我，我可是你带来的女伴，咱们是一体的。"

"那如果现在欺负我的人是宋贤，你是帮他还是帮我？"薛文曜停下脚步，侧过身来直视向晚晚。

向晚晚在薛文曜的目光下笑容消失，心虚地低下头去，不敢看他。

"这是不可能的事情。"

"如果真的发生呢，二选一，你选谁？"

向晚晚无言以对，面对薛文曜的目光，她感觉自己披在外面的保护层似乎越来越薄，所以在被看穿之前，她迅速地转身快步离开。

"我会自己回去。"走出几米之外，向晚晚回过头来，向薛文曜抛出这句话，然后转身大步离开。

向晚晚一个人在街上走着。天阴了，风很大，街上的行人都小跑着过马路，她反倒走得不紧不慢，显得有些另类。

赶在下雨前，向晚晚站到了商场外的遮阳布下，望着街道上被打出的水花发呆，一直到路灯在雨幕中亮起来，模糊的一团光存在于水雾之中，像夜航时引路的灯塔，却无法指引向晚晚的前路。

苏振珂是在快打烊路过商场时发现的向晚晚，雨已停住，他推开车门冲向晚晚招手：

"向小姐，这么巧，我送你一程？"

向晚晚本来想要拒绝的，不过苏振珂太热情，拉开车门不容拒绝地招呼她上车，向晚晚也唯有上车道谢。

"文曜这小子是不是气到你了？他也真是的，怎么能和自己太太置气？"开车的时候苏振珂埋怨。

"不是他的问题，是我自己的事情……我与他结婚的事情你也知道？"

"嗯，还是我出的主意，都是为了公司的一单事情，不过好在事情已经解决了。"

"已经解决了？"向晚晚皱眉。

向晚晚挑着重点反问，苏振珂才一下子回过神，明白自己说错话了，赶紧岔开话题笑着打圆场，但向晚晚已然明白过来。

"事情解决了，这么说我和薛文曜的婚姻协议也能结束了，是吗？"

"这个……这个不急，不急。"苏振珂含糊地打着马虎眼。

"苏振珂，还有什么是我不知道的？"

苏振珂开着车，有些沉默，但向晚晚紧盯着他不放，他就叹了口气，索性将车停下后看着她说：

"好吧，既然你问了，那么我就再告诉你一件事吧。其实你找不到房子是他安排中介故意弄的。"

"什么？"

"我告诉你这些，也许你会生气，但我希望你不要因此责怪文曜。他一向非常理智，做起事来甚至有些冷血，不过为了你，我看到他做了一些从未做过的蠢事。他用的一些小心思、小伎俩，也只是想把你留在身边而已。纯粹出于一个男人想留下一个女人的真心，你能明白他的心意吗？"

"今天，你不是单纯地路过吧？"向晚晚安静地听完苏振珂的话后询问。

"不是，是薛文曜告诉我你离开的地方，让我来找你，把你送回去，他不放心你一个人。不过他要我装作路过，因为担心你不接受。"

一时间，向晚晚的思绪乱成一团，她不知该说些什么，只是靠在座位上侧过头盯着外面的夜景发呆。苏振珂把向晚晚送到薛文曜的别墅外面，临走又隔着车

第十六章 别对我太好

窗冲向晚晚说了一句话：

"文曜最近经常走神，他那么忧虑，只有在当初我们公司面临倒闭危机的时候我才见过。你还是尽可能多体谅他一下，你们不要再闹别扭了。"

向晚晚望着苏振珂的车子远去，在路边站了好一阵儿才进屋。薛老爷子和南姨已经回来了，正坐在沙发上，楼上书房的灯亮着，显然薛文曜又在办公。

南姨见向晚晚进门，笑着招呼她，又亲自去厨房拿了鸡汤出来给她，告诉她这是亲自煲了留给她的。

"怎么没有和文曜一起回来？"

"这个……我……"

南姨看出向晚晚的尴尬，没再追问，向晚晚向两位老人道了晚安后上楼。

晚上向晚晚躺在床上，薛文曜在地上打了地铺，两个人自始至终都没有说话。睡到半夜，向晚晚忽然自梦中惊醒，嘴里叫着"姐姐"。

地上的薛文曜也被吵醒，开了灯来看她，才发现她满脸都是泪水。

"做了什么梦？"

"是姐姐。我刚才又看到了她，我用望远镜看着她被车子撞飞，然后摔倒在路边……"

向晚晚的手抓着被子，身体微微发抖，半点儿没有平日强悍的样子，薛文曜看着着实心疼，上前在床边坐下，握住她的手，将她揽进自己怀里轻轻拥住。

"好了，没事了，只是一场梦。"

向晚晚点点头，重新躺下入睡，薛文曜就坐在旁边看着，握着她的手没有松开。

"薛文曜，放手吧。我知道其实你公司的事情已经解决了，现在黄小姐已经不会再缠着你了，你的工程也顺利进行了，一切问题都解决了不是吗？这一切都要结束了，别对我太好，我怕以后忘不掉。"

"既然怕忘不掉，那就留下来。"

向晚晚摇头，抿着唇，说："我做不到。"

"为什么？"

向晚晚没有解释，只是摇头。

薛文曜松开向晚晚，站起身看着床上的人，随后弯腰拿了外套，离开卧室。

3

当晚薛文曜没有回来，向晚晚独自躺在床上盯着天花板发了一夜的呆。直到第二天清早被铃声吵醒,是剧组打来电话,表示今天又有档戏需要补拍,问她上午有没有空,向晚晚应承下来,起床收拾。

下楼的时候,看到南姨正收拾行李下楼,她皱眉上前。

"您这是要去哪?"

"刚才接到了电话,有些急事需要处理,我要飞一趟瑞士。"

向晚晚点头,帮南姨搭了手送下行李,薛家专属司机送走了南姨和用人。

薛老爷子在一楼的客厅看新闻,向晚晚打过招呼去厨房准备早餐,用人留下的食物很多,很快便做好饭摆上桌。向晚晚陪着薛老爷子用餐,薛老爷子边吃着早餐边打量向晚晚。

"我身上有脏东西吗?"向晚晚终于忍不住问。

"昨晚文曜大半夜的开车出去了,你也一夜没睡好吧?小两口吵架了?"

向晚晚尴尬地笑了笑,不知道该如何解释。

"这个小子,就是个坏小子,等我回头替你教训他,你别伤心。"

"我不伤心,我去上班了。"

向晚晚赔着笑脸出门,匆忙逃离薛老爷子怜惜的目光。

上午去剧组工作,又遇上了安琪。她一脸春风得意地坐在那里上妆,看到向晚晚就笑着随手抽了枝玫瑰花给她,说:"送你的,我有一大束,好事儿都给大家沾沾光。"

"昨晚我们杨大美女可是和薛文曜一起过的春宵,看今天这气色,这笑容,果然爱情是最好的保养品。"旁边一同在化妆的女N号接话,语气羡慕无比。

听到这花是薛文曜送的,向晚晚当即觉得烫手,用力一握,那玫瑰花枝就对折成了两截,花枝上的尖刺也把她的手指扎得流了血。

原来,昨晚薛文曜没回来,是跟安琪在一起。

本来很简单的戏,向晚晚拍了N条才过,导演极为生气,其间没少骂向晚晚,斥责她不敬业,好不容易上午收了工,向晚晚黯然离开了片场。

向晚晚坐车去薛文曜公司附近,打电话给薛文曜问他能不能出来谈谈,可薛文曜只是回了一句在忙,没时间。

"那我在楼下等,你有时间了就下来。"

"随便你。"

薛文曜挂断手机,随手丢到桌上发出一声重响,把前面正站在架子前对着图纸比画的苏振珂惊得回过头来。

第十六章 别对我太好

"你最近怎么阴晴不定的？这都不带预报的。"苏振珂摇头感叹。

薛文曜没说话，站起身走到窗户边朝楼下看，见到了那个站在楼下花坛边的身影。

苏振珂顺着薛文曜的目光看过去，见是向晚晚，立马回过味来，暧昧地上下打量了薛文曜一眼，边继续翻着图纸边说："一会儿生气，一会儿又心疼人家在太阳下暴晒，真是矛盾。"

"这种养不熟的白眼狼一样的丫头，有什么好心疼的？由着她去。"

薛文曜伸手，"哗"的一声拉上窗帘，拿起笔继续工作。

"你也别这样，好歹人家向小姐也替你拿下了那个吴老板的单子。"

"说到这个，那个姓吴的生意我们签最高价，先收 50% 定金，然后工期给我拖着。至于他要买的项目，让丽纱去安排给我买回来，多少价格不限，以后但凡有他想要的生意，想做的买卖，全给我毁掉，三个月内让他来求我们。"

"你这也太狠了吧？"

"做公司跟做人一样，只能被人欺负一次，绝不允许再受欺负。曜振这些年业务做得认真，业界里的合作名声不错，但好过头了也不好，需要让那些商家明白，我们不是软柿子，正好借此立个威。"

"看来那个吴老板日子不好过了。"

薛文曜不置可否，取了笔添改图纸，说："他就不该得罪我。"

"从前有人得罪你，也没见你这么阴，是他不该得罪向小姐吧？"

"少废话，工作去！"

向晚晚在楼下站着，看到薛文曜的脸出现在窗户后面，原本燃起的希望又在窗帘拉上后熄灭，只得继续等。过了好几个钟头，终于见到薛文曜下来，向晚晚赶紧站起来迎了过去。

"你来做什么？"

"我是想向你提个醒，那个安琪有很多男人，你就算再缺女伴，也不要挑她。"

"什么？"薛文曜以为自己听错了，随后笑着左右看周围，气过了头，说，"你在这里守了几个小时，就为了说这个，告诉我让我不要看上另一个女人？"

"我是认真的，我都听到她们说的……"

"行了，你要是没什么事，赶紧走吧，我很忙。"薛文曜转身就要走人。

"好吧。"向晚晚鼓了鼓嘴，倒也不含糊地转身离开。

"小偷……抓小偷……"正走着，忽然前面的街上传来叫声。向晚晚闻声抬头看过去，见到一个妇人正在追着一个男子，男子手上抓着一只手袋，显然是从妇人那里抢的。

有坏人，有小偷，向晚晚毫不犹豫地伸手将肩上的背包拿下来丢给了薛文曜，径直就朝小偷的方向追去，嘴里喊着"站住"。

"向晚晚……"薛文曜接住向晚晚丢过来的包，在反应过来后紧跟着追上去。

"站住！"向晚晚拿出了冲刺的速度，越跑越快，小偷与她的距离越来越近，街上的行人也被小偷和她一个个地推开，身后跟着一片抱怨声，而薛文曜则只能在后面不停地跟人道歉。

追了一条街，向晚晚与小偷的距离眼见只有两米了，向晚晚得意地一笑，伸手一把抓住小偷的肩膀，膝盖一抬一踢，再一个过肩摔就把小偷按到了地上。

小偷发出一声惨叫，满头大汗地躺在地上喘着粗气，以一种不敢置信的眼神扭头瞧着向晚晚。

薛文曜过了好一阵儿才追过来，他使劲儿喘着粗气，看到小偷已经被按在地上，就拨了电话报警，又看向晚晚，说："你下次能不能先提醒我一声，让我有个准备？"

"坏人是突然出现的，哪顾得上？"向晚晚说着，将小偷的胳膊狠狠一压，痛得他立马一叫。

被抢的妇人追了上来，接过包后一再地感谢，然后一起等着警察过来接手。向晚晚就让小偷自己蹲在旁边，可是那小偷才蹲下，又试图逃跑，向晚晚一个扫堂腿将他摔到地上，再一次来了个泰山压顶。小偷发出阵阵惨叫，看得旁边的薛文曜扶着额，不忍直视那个倒霉的小偷。

"你神经病啊，我就是抢个包，你下手这么重。"小偷痛得哇哇大叫。

"哼，对你们这种坏人，就不能客气。"向晚晚非常娴熟地将小偷按到墙上。

"我说兄弟，你女朋友这么凶，你可真不容易呀。"小偷贴着墙看向薛文曜。

"哦，她不是我女朋友。"

"那还好。"

"她是我太太。"薛文曜颇为得意地挑眉。

小偷一脸无奈，再不说话。

不一会儿，有警车过来，把小偷和被抢的妇人带回警局走流程。其中一个警员与向晚晚是同一所院校毕业的，认出了向晚晚，与之打招呼，称其小师妹，一阵寒暄。

"咱们学院的老师昨天还谈到你，说学院有个交流学习深造的机会很合适你。"

第十六章 别对我太好

"我有收到邮件，会考虑的。"

向晚晚和学长站在旁边说着话，两个人都面带笑容，薛文曜受到冷落，有点儿不乐意了，清了清嗓子显示自己的存在。不过向晚晚根本没理他，跟学长继续聊了好一阵儿才挥别离开。

"什么学习机会，你很感兴趣吗？"沿街往回走的时候薛文曜问道。

"你不是还在生我的气吗？还关心我的事？"向晚晚挑眉笑着打趣反问。

薛文曜整了整自己的领带，扬手将向晚晚的包丢还给她。向晚晚接过包，看薛文曜又恢复了一张冷脸，也就跟在旁边不说话了。

"你受伤了？"走动的时候，看到向晚晚手上有红色的血迹，薛文曜停下来，把她的手拿起来查看，果然在手背上看到了两道划伤。

"小伤，没事的。"

薛文曜没理向晚晚，拉着她找了家药店，但又不知道该买什么。好在向晚晚轻车熟路，买了纱布和消毒药水，到路边的长椅上坐下后，三下五除二地把伤口处理好了，薛文曜全程没有半点儿插手的机会。

"看来是用不到我了。"薛文曜摊手，颇感失落地杵在一旁。

"喏，那你帮我贴创可贴吧。"向晚晚伸出手去。

薛文曜伸手，拿过创可贴撕开给向晚晚贴上，将她的手丢回去。

"还生气呢，别这么小气嘛。"向晚晚用肩膀撞撞薛文曜。

"又来这套。"薛文曜极力表现得颇有原则地侧过头。

"好吧，你非要生气不可，那我就走了。"向晚晚拍拍腿起身就走。

第十七章　不能说的秘密

记忆泛黄，时间远去，如一列轰轰向前的火车，从不为谁停留，也从不对谁有例外，而这个秘密向晚晚无法道出。

1

向晚晚背着包沿街向前走，不一会儿，薛文曜就追上她，她不由得抿嘴笑得得意。

"我就知道你不会真生我的气。我们是拍档，现在扮夫妻，你爸盯着我们呢，我们得齐心协力友好相处，这样你爸的身体才能快点儿好，我们也能尽早坦白真相，顺利解约。"

"谁需要你教？"薛文曜不以为然地别开眼睛。

"喂，你别生气了，我告诉你一件事情呀。"

"我还不一定想听呢。"薛文曜侧着头依旧不看向晚晚。

"好吧，那你是不想知道我对宋贤哥说了什么？"

"不想。"

"那你就更不想知道，我现在其实希望黄玫娜小姐能和宋贤哥在一起喽？"

"为什么？"

"什么为什么，是你自己一直以为我喜欢宋贤哥。那是以前，现在我早就放下了，我什么时候告诉过你我要跟他在一起了？肤浅。"

薛文曜笑了笑，依旧保持着傲慢的姿态，眼神却变得轻松明亮许多，脸上有止不住的笑意。

"但是呢，薛文曜，我现在也不能喜欢你。"

"为什么？"

"因为……因为我有一件事情还没有处理好，我不能说。所以我们还是会如期解约，满100天，我就会离开。"

"这算是拒绝吗？"

"不是。我只是觉得，应该让你知道事情原本的样子，向你坦白。在剩下的时间里，我们能友好和平地相处下去，我依旧会做早餐和夜宵给你，你就当暂时收留我。"

两个人一阵静默，最后还是薛文曜笑了笑，说："好，既然你做了这个决定，那就按你的意思办吧。"

薛文曜跟向晚晚作别往公司走，又像想到什么而折返，说："哦，对了，我和你说的那个安琪，没半点儿关系。"

"我就知道她在吹牛，为你的眼光点赞，晚上有夜宵奖励。"向晚晚满意地笑着，与薛文曜挥手告别。

第十七章 不能说的秘密

隔天在片场，向晚晚要拍夜戏，又是淋水的戏，因为总是NG，导致她要一遍遍地在水里泡着再被威亚吊起，再泡再吊，反复做了二十多次才通过。

"哼，敢得罪我，有你受的，上次没整够，这次接着来。"在换衣服的时候，向晚晚听到隔壁间安琪这样讽刺，她才明白，原来自己连连受罪是被人设计的。

换完衣服，向晚晚感到头晕眼花，好像随时都要倒下一样，听到手机铃响起，她摸出来接听，手机中传来薛文曜的声音，询问她在哪，怎么还没回家。

"这是装作跟薛文曜打电话呢，要真是他太太，哪还用跑来做武替？"正在旁边卸妆的安琪提高了音量故意讽刺。

"好了好了，安琪你就少说两句吧。"旁边的女演员们出言劝止。

"我很快就回去了。"向晚晚没什么力气多说话，随意应付了一句，收起手机。

心中有气，可无奈身上没力气，耳朵里进的水尚未清理干净，一直嗡嗡作响。迷迷糊糊间，向晚晚趴在空置的化妆台前睡着了，想着休息一下会有所缓解，也不知道睡了多久，等她醒来的时候发现四周一片漆黑，手机也不知道掉到哪里去了。

这是一处临时安置在废弃车厢里的化妆间，向晚晚摸索着顺墙找到门口的位置，伸手拉门，结果发现怎么拉都拉不开，明显是被人从外面锁住了。

是安琪干的。向晚晚明白过来，安琪一直因为薛文曜的绯闻看自己不爽，今天就是摆明了要整她。

向晚晚叫了几声，使劲拍打房门，却无人应答。她渐渐体力不支，身上不断发热，回身想要摸索着找东西，却不想将旁边的架子打翻压到了自己的胳膊上，顿时传来钻心的疼，凭直觉她知道自己应该是肘部受了伤。

置身于密闭的环境中，周遭又一团漆黑，空气越来越稀薄，身体的不适感越来越强烈，心里也越来越害怕。向晚晚几乎以为自己就要死在这儿了，忽然，前面的地板上有微弱的光若隐若现，是手机屏幕的亮光，此时响起了铃声，她爬过去拿起来，看到屏幕上显示是薛文曜的来电。

"喂。"向晚晚接起电话出声，声音嘶哑无比。

"你在哪？怎么打给你那么多电话都不接？"

"我被锁在化妆间里了，这里好黑，我好难受。"

"你把地址告诉我，我马上赶过去。"薛文曜从书桌后站起身。

向晚晚努力回想这里的地址，强撑着身体，尽量清楚地说明了地址。

"你现在要保持清醒，我很快就到，电话不要挂。"

薛文曜握着手机，用一旁的座机拨了110报案，随后连鞋都未换便径直出了门。

开车去片场的路上，薛文曜一直保持着与向晚晚通话，跟她扯东扯西，让她尽量保持清醒，防止她睡过去。

"向晚晚，想想你还那么年轻漂亮，身材那么好，死了实在太可惜了，所以绝对不能允许自己出意外，明白吗？"

"哦，现在你终于承认我年轻、漂亮、身材好了吗？我早就告诉过你，我可是我们学院的校花，校花懂不懂？全校最漂亮的那个。"

"嗯，现在懂了，我知道你是最坚强的校花，一定要撑下去。"

"薛文曜，其实你不是个做花花公子的料，你挺长情的。别人都说你花心，可你除了嘴贱一点儿，人挺好的。你各种照顾我迁就我，我都知道的。"

"现在知道感谢我了，那就撑着点儿。"

"我告诉你一个秘密呀，关于我被辞退那件事。你一直觉得对不起我，其实不用的，我其实根本不想当保安，我想当武术老师，试用期不通过正合我意，我不说出来就是装可怜，想让你收留我住你的豪华别墅而已。"

"哦，原来如此，亏得我还愧疚了好久没能帮你留住工作，你欠我一份人情。"

"还有一件事，我也要告诉你，就是关于我搬出来的原因。其实不是表姐赶我出来，是因为宋贤哥搬去了表姐的小区，我不想遇见他。"

"这一条，我不能原谅。"

"原谅我吧，看在我快死的分儿上。"

"不许胡说，你不会死的，我马上就到。"

"那你原谅我。"

"好好好，只要你不挂电话，不睡过去，我什么都原谅你，答应你。"

在好一阵没有听到向晚晚的声音后，薛文曜开始担忧，接连冲着手机唤她的名字。

"向晚晚……向晚晚……向晚晚，你别睡，我马上就到。"

"可是我真的好困，感觉有一百只苍蝇在耳边飞。"

"你不是一直想知道我的事情吗？那我给你讲我的事情好不好？这样你就不想睡了。"

"好，我尽量撑着听。"

"其实我从小不喜欢薛青朝，他从小特别听话，刻苦用功，每件事都做到最好，所以父亲对他很满意。而我，不管怎么努力都只是第二，不能像大哥一样好，父亲永远都责怪我，我一直害怕他。母亲那年离世，我亲手签了死亡通知书，我才知道，比起害怕父亲，更令人无望的恐惧是死亡。我眼睁睁看着母亲被盖上白布，推进冰冷的停尸间，然后我又出了车祸，我在一天之内，经历了母亲的死亡，自己也险些去见死神。那种濒临死亡的恐惧和绝望，令我在起初的那几年，夜夜难眠。即使十年过去了，我还是会时不时地想起那次我躺在车底，看着大雨中救护车开过来时的样子。"

"所以，你一直不能原谅你的父亲，因为在你最需要他的时候，他没能在你身边。"

薛文曜没有回答这个问题，只是沉默了几秒，继续快速地开着车。片刻的眼眶泛红后，又迅速恢复了平静，他将种种情绪压回心底，不动声色地换了话题。

"你知道我去过最美的地方是哪儿吗？是一个叫舍夫沙万的小地方，那里有蓝色的墙，蓝色的地，明媚的阳光，天总是那么蓝，像童话世界一样。"

"骗人，怎么可能有那样的地方？"

"有的，那是最令我惊艳的记忆，我很想再去一次。"

"为什么告诉我？"

"没有为什么，就是忽然想到了。忽然想告诉你我所到过的最好的地方，经历过的最好的事情。"

"嗯，薛文曜，那你知不知道，记忆里我去过的最好的地方是哪儿？"

"是哪里？"

"你家。我上次在剧组生病后，你给我做饭，被我瞧见了。"

"这是在表白吗？"薛文曜笑问。

"因为不知道还有没有机会，所以我想还是说了吧。以前的二十几年都是我自己抵挡所有的辛苦，自己撑起所有的事情，所以就以为自己强大到不需要人照顾，现在才发现原来不是的。因为生活没有给我机会，所以我就变成了自己的侍卫，只有自己孤勇地披荆斩棘。其实我也想像个公主一样生活，被侍卫保护着活在城堡里。"

"薛文曜，我很恨你，要不是你，我的生活哪里会一团糟？可如果不是你，我想也不会体会被人挂念的感觉。会催我回家，因为一点儿小病就照顾我，因为一点儿小伤口就关心我，受了委屈会有人替我出头……我终于明白原来被人照顾心疼守护的感觉是这样的。"

"如果你愿意，以后也可以这样，我会一直这样照顾着你，当你的侍卫。"

"但是，薛文曜，对不起，真的对不起，我不能接受你……我的胸口已经被塞满了……薛文曜,你为什么不早一点儿出现……"向晚晚靠在车厢内,感觉自己越来越困,意识越来越弱,只想闭上眼睛睡去,一遍遍说着"对不起",两行泪水自脸颊滑落。

"向晚晚,向晚晚……"

2

向晚晚没有回答。电话中失去了声音,薛文曜的车子以最快的速度抵达了片场停放车厢的位置,他以最快的速度跑过去,取掉上面的铁栓,跳进车厢将里面已经昏倒的人从一堆杂物中抱出来。

从耳边薛文曜的声音消失,一切陷入黑暗,再到车厢被拉开,薛文曜出现在那里,似乎不过就是瞬间的事情,向晚晚却像经历了一生。那些往昔的酸甜苦辣,齐齐涌上心头,潮水般将她淹没,但好在一双有力的手紧紧握住她的手,似要将全部的能量灌输给她,让她十分安心。

被放上担架车的时候,向晚晚的耳边充斥着各种杂乱的声音,她看到很多人朝自己围上来,凑近自己,但又看不清,听不明。

她听到有人在唤她的名字,随后她的手似乎要被人拉开,但她固执地不肯松手,最后她被人抱上了车,而那只握着自己手的手却一直没有松开。

迷迷糊糊间周遭的一切飘忽起来,身边的声音和人影来来去去。依稀间,她回到了多年前的那个生日。

早早穿着白色的裙子,乌黑的长发垂在身侧,美得像童话里的公主,她陪着晚晚坐在摩天轮下,将一张摩天轮的门票递到她拿着望远镜的手上。

"晚晚,以后你要好好照顾自己,要努力长大,做一个强大的人。"

"像姐姐那样吗?"

"不,是要比姐姐还要强大,你要比任何人都强大、勇敢,然后活出自己的精彩。这个望远镜是姐姐送你的礼物,以后,你要替姐姐看更多更美的风景。"

"姐姐,你要去哪儿?"

"姐姐哪也不去,姐姐只是觉得累了,想要休息,所以不陪你去玩了。"

"那我等会儿下来再找姐姐。"小晚晚在姐姐的微笑中踏上了摩天轮,从玻璃窗中看着姐姐站在地面上,离自己越来越远,然后她转身离去。

在她经过摩天轮最高点时,她在望远镜的另一端看到姐姐站到了马路边上,望着一辆疾驰而来的卡车发呆,然后在车子经过时她迅速冲了出去,张开双臂……

第十七章 不能说的秘密

后来，在收拾姐姐的遗物时，向晚晚在姐姐的枕头下发现了一个黄色的小袋子，里面装着一本相册，相册里全是姐姐的照片，记录着她从小到大的成长经历，有与父母的，与晚晚的，与宋贤的，上面的向早早笑得灿烂无比，而当翻到照片的背面，那写着一行行刺目的文字日记……

那个漂亮、优秀，永远笑着的，被全家人视为骄傲的姐姐，有着所有人都不知晓的阴暗一面。她宁愿放弃所有亲人，放弃心爱的人，只为求一个死亡的结局。

记忆泛黄，时间远去，如一列轰轰向前的火车，从不为谁停留，也从不对谁有例外，而这个秘密向晚晚无法道出。

向晚晚醒过来，发现自己躺在医院，旁边坐着表姐洛阳。

看向晚晚过来，表姐露出笑意，倒了水给她，说："总算醒了。"

"薛文曜呢？"

"他在外面接电话。"

向晚晚点点头，喝了口水，感觉舒服了很多。

"都差点儿死掉的人，醒来第一件事就问别人，也不问问自己。你就不担心自己下半辈子会一直躺着吗？"

"我要是起不来了，表姐你会养我的，我知道。"

向晚晚与表姐说笑着，动了动四肢，方发现自己的胳膊已经打了石膏，吊了起来。

薛文曜拿着手机进来，洛阳站起身，表示自己公司还有事，先行离开，把人交给了薛文曜。

"疼不疼？"在床前立了好一阵后，薛文曜才说出这句话。

"废话，当然疼，不信你试试。"

"我不是早被你打过？这就叫天道好轮回，现在轮到你了。"

薛文曜没好气儿地说，向晚晚竟也说不出反驳的话，心里默默地想着，果然是天道好轮回，报应不爽呀。

"薛文曜，你知不知道，我可是因为和你传绯闻才被人报复。如果我死了，我做鬼也不会放过你的。"

"现在不是好好活着吗，就不知道想点儿好的？"薛文曜给了向晚晚一记白眼，顺手拿起桌上的苹果替她削皮，停顿了一会儿，又淡淡地说，"幸好没事，否则我也不会原谅自己。"

"我记得，你在和我通话时，提到了你妈妈。"

薛文曜有片刻的迟疑，似乎想要掩饰带过，但最后还是点了点头。他放下手里的水果，望向窗外，说："不说这些。"

虽然薛文曜刻意侧过了脸，但向晚晚还是能感受到他的悲伤，她伸出未打石膏的那只手轻轻握了握他的手背。

"我没事。"薛文曜侧头冲向晚晚笑了笑，反握住她的手，又问，"你还记得昏过去前，你说过什么吗？"

"不记得了，只记得疼，还有怕……是我忘记了什么吗？"

向晚晚在装傻，她怎么会不记得？而薛文曜也知道她是在装傻，但他看着床上的人努力想要说谎的表情，他心软地配合了她，笑了笑，说没有。

以前，他觉得人与人之间的爱情，只有爱与不爱，现在才知道，还有能与不能。因为已经塞满了，所以没有了他的位置。就像一个碗，已经盛满了水，再盛不了其他。向晚晚的那只碗里，已经装满了宋贤，再没有他薛文曜的位置。

他记得那一刻，她在以为自己会死之前做出无助的恳求，他当即做了一个决定，放开手吧，她那么难，他又怎么忍心再逼她做选择？

在向晚晚的一再坚持下，三天后薛文曜帮她办了出院手续，开车送打着石膏的向晚晚回了家。

"看吧，天道好轮回，现在该你伺候我了。"进屋后，向晚晚学着当初薛文曜的样子大大咧咧地坐上沙发，把脚翘起到桌子上。

薛文曜微笑着站在那里看着她，并没有说什么，转身去拿杯子给她倒水。

"我饿了，煮吃的给我呀，薛氏小男仆。"向晚晚端着水杯，在客厅大叫着，以牙还牙式地命令道。

薛文曜站在厨房里，从橱柜里取出面条，依照向晚晚教过的简单流程，实施煮面程序。这对于甚少进厨房的他来说，已经是最大的挑战。

吃面的时候，向晚晚只张着嘴不动手，作势要薛文曜喂自己。薛文曜心知她这是在报复自己之前的行为，也不拒绝，耐心地喂她。

"薛文曜，你忽然变得这么好，我还真不习惯。"向晚晚吃着东西时念叨。

薛文曜望着她，说："向晚晚，你最近瘦了，多吃点儿。"

"真的吗？"向晚晚眨着无辜的大眼睛反问。薛文曜眼神闪烁，有一秒钟的迟疑，然后露出温和的微笑，说："我忽然想起有点儿公事要处理，先上楼工作了，你吃完了放一边，我来收拾碗筷。"

起身上楼进了书房，薛文曜关上房间的门，走到窗户前拉开窗帘，望着落地窗外的夜色陷入沉思，玻璃上倒映出他脸上清冷的表情。

少顷，薛文曜拨了电话出去，要丽纱替他办一件事，交代完后挂断了电话。不一会儿，手机里收到一封邮件，他点击邮件，看到了想看到的东西，是一份从瑞士传来的医疗报告，关于薛老先生的。不一会儿，丽纱的电话又打了进来。

"关于剧组的事情，司法部门已经在跟进了，我们的律师也会负责跟进。"

薛文曜挂断电话，心里已拿定主意，这次向晚晚遭遇的意外事件，决不能轻易了结，一定要追究到底。

向晚晚在客厅里坐着，看着书房的门关上，食不知味地吃着碗里的面条。隔了好一阵儿，外面传来了汽车的声音，是薛青朝送薛老爷子回来了。

薛老爷子一进屋看到向晚晚吊着的胳膊，马上心疼得不行，嘘寒问暖了一通，又叫了薛文曜下楼亲自把她扶上楼。受此礼遇，向晚晚简直有些受宠若惊。甚为少见地，薛文曜竟然没有与薛老爷子顶嘴，全程听从指示，像迎接贵妃一样将向晚晚带上了楼。

"薛文曜，这么安静顺从的样子，可真不像你哦。"向晚晚去盥洗室刷牙，冲薛文曜调侃道。

薛文曜在外间的沙发上坐着，以指腹轻轻摩挲着下巴，另一只手握着手机，关掉那封丽纱发来的邮件。看着向晚晚的背影，他一直没有说话，隔了一阵后才起身，走到盥洗室外站定，望着镜子里的人，说："你有没有任何事情要告诉我的？"

"什么？"向晚晚皱眉，边刷着牙边说，"没有呀，怎么了？你今天怎么老是问这个？"

"没什么，随便问问，明天我要去外地一趟，要赶最早班的飞机，今晚去公司住。"薛文曜拿了外套，出门离开。

薛文曜走了，向晚晚停下了刷牙的手，望着镜子里的人没了笑容。

3

第二天清早，向晚晚下楼的时候见到了薛青朝。他正陪着薛老爷子在喝早茶，见到向晚晚下来便点头问好。

"薛园那边装修好了，不过要再透透风，过些天再让爸搬回去。"薛青朝在倒水的时候这样说。

"哦哦，没关系，这里是他儿子的家，怎么住都是应该的。"

"是和文曜吵架了吗？看样子他很早就出门了。"

"没有，我们挺好的，是他最近工作忙，今天要赶飞机出差。"向晚晚尽量笑得自然地带过。

"对了，你表姐近来可好？"

"嗯，挺好。"向晚晚点头，然后又有些暧昧地笑着说，"薛总这么关心我表姐，难道是喜欢上我表姐了？"

"嗯，你表姐是很不错，我是喜欢她，不过她似乎对我只是公事公办，让人摸不着头脑。"

听到薛青朝如此直白地承认，向晚晚倒是颇感意外，又有些狡黠地告诉了他表姐的一些喜好，鼓励他加油，两个人正聊着的时候，用人拿了电话来唤他。

"大少爷，是夏家那边的小姐来电话，说今天有事情，相亲的时间要改晚一个小时。"

听到这句话，薛青朝脸上的笑容瞬间消失了。他接了电话客气礼貌地回应了对方后挂断了电话。

"你喜欢表姐，那还相亲……"

"有时候喜欢是一回事，现实则是另外一回事。"

薛青朝笑了笑，停顿之后又说："虽然别人都觉得我继承了薛氏是最理智的，我也不否认这一点，但有时候其实我挺羡慕文曜的。他向来有主见，为自己活，也敢于做自己想做的，就算失败也不后悔，而我……"

薛青朝没有把最后的话说完，只是客气而礼貌地笑了笑，从旁边走开了。看来，薛青朝与表姐，似乎也并没那么顺利。一个优秀的女人，一个优秀的男人。但爱情有时候并非双方优秀就足够，人生总有那么多顾虑和无奈，由不得人，由不得心。

薛文曜出差去了外地，具体是哪个地方向晚晚不知道。薛文曜一去便没有了消息，向晚晚几次想要联系他，却又放下了电话，而几天后终于有勇气去拨打他的号码后，她发现对方已关机。

这种感觉就像你要参加一场比赛，准备了一万次才有勇气踏上台，结果却被人告知你根本没有参加比赛的资格。你努力着想要在那个人的生命里考满分，结果却发现，自己没有准考证。

报纸上刊登了花边新闻出来，说时下当红的模特安琪被拍到在日本与神秘男子同行。虽然那个男子仅留下个模糊的黑影轮廓，但向晚晚还是认出了那是薛文曜。

这时，薛老爷子从楼上走了下来，坐在餐桌前的向晚晚立刻将报纸悄悄放到了椅子后面，装作一切无恙地与他问早安。

第十七章 不能说的秘密

"都不在，屋子更安静了。"薛老爷子在餐桌前坐下，不自觉地看了看桌前空着的几个位置感叹。

看得出薛老爷子的失望和无奈，向晚晚做出了一个决定。

"今天我陪您去街上逛逛吧，然后去您想去的地方走走。"向晚晚微笑着提议。

"我都一大把年纪了，还逛什么街，好多年没到街上去了。"

"逛街嘛，谁还规定年龄了？就是因为好久没逛了，才要陪您去呀，就当怀旧了。"

"你一个年轻姑娘也不适合陪着我一个老头子。"

"没什么不合适的，我是晚辈呀，就要多陪陪您。就这么定了，我陪您出去走走转转。"向晚晚笑眯眯地说。

两个人用完早餐，向晚晚就催促着薛老爷子换了身衣裳，连拉带劝地把他弄出了门，由司机开车去了市区中心，挑在最知名的步行街下来，再把老爷子拉下车。

"这些年出门进门前后都是用人、司机的，都不记得这样在人群里逛街是什么感觉了。"走在街上的时候，薛老爷子有些感慨地冲向晚晚说。

向晚晚挽着薛老爷子的胳膊向前走，笑着说："所以，您更要多出来走走看看。"

"我倒是想，可惜呀，我只有两个儿子。青朝总在公司忙，文曜又……"薛老爷子话说到一半就叹息着没再继续，向晚晚却明白他的意思。

"没关系，我陪您，今天您想去哪，咱们就去哪。"

"还是晚晚儿媳贴心，文曜那小子总算是做对了一件事，娶了你。"薛老爷子拍着向晚晚的手背感叹。

向晚晚笑着嗯了一声，却又极为心虚地别开了目光，看到街边有卖糖糕的，就赶紧岔开了话题，拉着薛老爷子去品尝。

薛文曜去了日本，南姨去了瑞士，薛青朝忙于工作，虽然会经常来看薛老爷子，但多是来一会儿就走，因此接下来的一周中，薛老爷子竟然全权交由了向晚晚照顾。

其间，向晚晚每日陪着薛老爷子逛街，去老弄堂听戏，又或是让司机送去附近的乡下走走看看。虽然老爷子向来身体不好，却极为高兴，人也精神了许多。

"晚晚呀，你等着，等文曜回来，我一定给你们补办个风风光光的喜宴。我要让所有人都知道，我薛家娶了个多好的姑娘进门。"在乡下的田间走动的时候，薛老爷子这样向向晚晚许诺。

向晚晚在替薛老爷子洗刚摘下的桃子，听到这话只笑着含糊应过，并没有回头。因为她知道，她与薛文曜已经没有多少时间了。

薛文曜回来了。当向晚晚开车去接他的时候，映入她眼帘的还有另外一个女伴。

向晚晚站在那里，不知道是应该生气，还是应该告诉自己，其实早知道会是这样的。

"你说大家只是协议搭档，自然是不会介意我有别的女伴。"薛文曜笑着问。

向晚晚点头，说："当然。"

随后，向晚晚将车钥匙丢给薛文曜，借故有事去片场便匆匆离开了。

向晚晚约表姐出来喝茶小坐，但全程都在走神，盯着面前的茶杯发愣。

"是因为那个模特的事情吧？我也看到报纸了，你这是嫉妒，觉得难过了？"表姐早已洞若观火，看出向晚晚的真实心意。

"没有，怎么会呢？"

"嘴上说着没有，心里怎么想的只有你自己明白。如果真觉得不服气，就去找那个女的，告诉她薛文曜可是你的男人，正室斗小三，名正言顺。不论体力还是精神上，你都有这个能力。"

"与其以后麻烦，他现在看上别人倒是件好事。"

洛阳恨铁不成钢，向晚晚笑了笑，换过话题。

"表姐是在和薛青朝约会吗？"

洛阳一口茶险些呛出来，忙取了纸巾拭嘴，左右看了看问："你瞎说什么？"

"我看到你们在餐厅用餐，还是那种特别浪漫的餐厅。"

"只是凑巧而已。我们律师行拿下了薛氏集团的顾问律师团的资质，对方邀我一起吃个饭，我哪有资格挑三拣四？"

"真的？"

"煮的。"洛阳白了向晚晚一眼，停顿后又有些许的叹息，说，"他那种男人太优秀，太高高在上了。我虽然在其他事情上足够自信，但在他身上，我就自信不起来，总感觉这种男人，就算拥有了也不会太久，随时会离开。"

"患得患失的不自信可不是表姐你的个性哦。"

"那反反复复左右为难也不是你的个性呀。"

爱情就是这样神奇。改变一个人不需要任何理由，不需要任何周折，不知不觉间在潜意识里把人们固守了多年的特性轻松改变，而令当事人浑然不自知。

两个人都有些沉默，却见玻璃窗外，宋贤自大楼出来，正朝咖啡厅这边走近。

"现在走还来得及。"表姐见状开口提醒。

向晚晚做了个深呼吸，随后摇了摇头，说："我想，也是时候让他知道了。薛文曜虽然很冲动，但他也许说得对，害怕和躲避是解决不了问题的，我一向勇敢，这次也一定可以。"

第十七章 不能说的秘密

宋贤走到咖啡厅外,不出意料地发现了坐在玻璃窗前的两个人,起先微微皱眉,然后微笑着冲两个人点头,在两个人面前站定。

向晚晚微笑着站起身,说:"宋贤哥,我来介绍,这位是我的表姐洛阳,其实你们之前就见过的。"

宋贤并没有显露出太多的情绪波澜,只是保持着一贯的温和笑意,冲洛阳点头微笑。三个人坐了一会儿,却不知该如何挑起话头,洛阳看得出两个人暗潮流动的气场,知道有外人在有些话不方便说,忙以事务所有事借故离开。

向晚晚与宋贤单独以对。向晚晚盯着水杯兀自发呆,似有满腹心事,对于对面坐着的宋贤,像没有半点儿留意。

"你喜欢我吗?"许久后,宋贤笑问。

"什么?"向晚晚愣了许久,才如同惊觉对面有人般抬起头。

"我刚才一直在同你讲话,但你一直在走神,你在想着另一个人?"

"抱歉,我不是故意的。"

"那我重复一遍刚才的问题,向晚晚,你喜欢我吗?"宋贤微笑着询问。

向晚晚呆住了,以为自己听错了。

"薛先生找过我,他说你喜欢我,是真的吗?"

"从我十三岁见到宋贤哥的第一眼,就喜欢你。喜欢你的笑容,你的细心温柔,喜欢你的一切。"向晚晚坦然回答。

"如果真的喜欢我,又怎么会坐在我面前时想着他?"宋贤沉静地看着向晚晚。

"我只是不小心走神了。"

"正是连你自己都未察觉的行为,才更能映射你心底的感觉。就像风吹水皱一样,无声无息,但是最能进到深处。"

"我喜欢的是宋贤哥,我知道。"

"喜欢是一回事,爱又是另一回事。喜欢不代表爱,你要搞清楚它们的区别,你有理清楚对那个人的感觉吗?"

向晚晚摇头。她觉得对薛文曜的感情很复杂,他们总是不停地争执、斗气,她看到的是他满身的缺点,却总会不由自主地想起他。

"想不明白是吗,想不到这个人有什么好,却还总不自觉挂念着他,想着他。难道你还不明白这代表什么?小晚,你真的明白自己的心意吗?"

向晚晚沉默了,因为无言以对。

第十八章 临近离别

她知道,薛老爷子这次回去后,她与薛文曜的合约就要解除了,兴许他们以后再也见不到了。

1

宋贤送向晚晚离开，两个人在同一条餐饮街上遇到薛文曜算是个小小的意外，薛文曜身边跟着另一位容貌妍丽的女子，正是当天在机场见过的那位，看起来像个模特，身形高挑，气质出众。

女伴极力在用日语向薛文曜说着些什么，笑容灿烂，向晚晚隔着几米的距离看着，没有上前，也没有打招呼，只是侧过头，继续与宋贤闲聊着向前走，装作漫不经心的样子，与他和那个女子擦肩而过。

"真的不打算追上去问清楚吗？"与向晚晚走过几米后，宋贤问她。

向晚晚没有回头，继续朝前走，伸手挽上宋贤的胳膊，摇了摇头，说："不用。"

走过两条街，宋贤与向晚晚停了下来，薛文曜与那个女模特早已不知去了哪里。向晚晚松开宋贤的胳膊，说："谢谢你，宋贤哥。"

"客气什么，傻姑娘。"宋贤如小时候那般，拍了拍向晚晚的头，态度宠溺。

宋贤的手机响了，他掏出来看，见到来电号码不由得皱起眉。向晚晚伸过脖子去看，显示是"黄玟娜"三个字。

宋贤本不想接，但随后对方来了短信，宋贤的表情就变了，开始四下张望寻找，最终将目光定格到了马路对面的一家俱乐部上。

宋贤过马路进了俱乐部，向晚晚跟随其后，进了室内之后立马就被一阵音乐给震得头晕。走到靠近窗户的位置，果然看到了黄玟娜正坐在那里，面前的桌上已经摆了一堆空瓶子，从这个位置，正好可以看到刚才宋贤和向晚晚用餐的位置。

黄玟穿了条露背的黑色小礼裙，本就生得漂亮的她喝醉后脸颊泛红，更有一种妩媚性感。她晕晕乎乎地在沙发上摇晃，旁边坐着一个穿黑色衬衫的男子正意图要扶她的肩膀，举止轻浮。

看到这种情况，宋贤立马剑眉一蹙，上前伸手就将那个男子拉开。

"你是谁呀？"男子不悦，立马"噌"地站起来，与宋贤对峙。

"黄玟娜，你起来，回家去。"宋贤伸手，将黄玟娜从沙发上拉起来。

"不回去，我要在这里寻开心，今晚我把整个场子都包下来了。"黄玟娜摇晃着甩开宋贤的手。

"你是他什么人？你算老几？听到没有，人家不想回去，我们继续玩。"男子不甘心，伸手就来抢人。

"对呀，你是我什么人？你是我什么人？"黄玟娜也叫嚷着反问，抬高下巴挑衅地望着宋贤。

第十八章 临近离别

男子伸手,得意地再次将手搭上黄玟娜的肩膀,意图将她拥着坐下,而宋贤已经压制不住喷涌而出的怒火,他抓住男子的手狠狠甩开,一把将黄玟娜拉了过来,揽到了自己身侧。

"不许碰她。"一向温文尔雅的宋贤眼神里透出的光咄咄逼人,甚至恶狠狠的。

眼看这两个人剑拔弩张,有要打起来的意思,向晚晚赶紧挡到了中间,两边降火劝说,又招来了俱乐部的老板讲和才算作罢。宋贤则将醉得神志不清的黄玟娜直接打横抱走。到了外面,宋贤将黄玟娜放下,站在路边将她的头扶起来,把她叫醒,问她的车在哪里。

黄玟娜是第一次这样被宋贤亲密地拥在怀里,她紧紧地揽着他的腰,虽然醉意朦胧,但她还是有些知觉。她抬头望着宋贤的侧脸,忽然就掉下了眼泪,大颗大颗的眼泪将化着黑色小烟熏妆的眼睛哭花,整个人显得狼狈不堪。

"你又不喜欢我,干吗要装得好像真的关心我一样?走开!"黄玟娜伸手,凭着并不强大的力道推开宋贤,然后摇晃着走开,试图过马路。

眼看一辆车疾驰而来,宋贤迅速上前,把黄玟娜拉了回来。黄玟娜不断挣扎,奈何宋贤力气比她大得多,最后她没了力气才不得不放弃,只是不停地掉着眼泪,伸手狠狠捶着宋贤的胸口,大声嚷着:"你为什么不喜欢我?我到底哪里不好?"

"你没有不好,是我不好。我不值得你为我这样。"宋贤按住黄玟娜的手,说出这句话。

"值得不值得是我说了算。"

黄玟娜泪眼婆娑地望着宋贤。宋贤蹙起眉头,半晌,伸手替她拭了拭泪水,说:"好了,我送你回去吧。"

黄玟娜伸手抓住了他的手腕用力摇头,说:"我不回去,我不想回去。我爸爸要我去法国,我不想去,我和他吵架了。"

黄玟娜坚持不肯回家,宋贤也不好强求她。半个小时后,由向晚晚开着黄玟娜的车,将宋贤和黄玟娜送到了宋贤的住处。

"晚晚,麻烦你了。"到了楼下,宋贤致谢。

"没关系。"向晚晚笑了笑,看黄玟娜已经在宋贤怀里睡了过去,抿了抿唇说了再见。

"能再麻烦你一件事吗?"宋贤叫住要走的向晚晚。

十分钟后,向晚晚在宋贤的家里,在卧室里替黄玟娜换下那散发着酒气和被溅了不少酒渍的裙子,又用毛巾替她擦了身体,然后给她换上了一件宋贤的居家

T恤后才作罢。

本以为黄玟娜睡着了，结果她又在向晚晚替她拉过被子的时候睁开了眼。她眯着眼，眼神里尽是虚浮醉意。她忽然伸手一把拉住了向晚晚，又掉起了眼泪，说："你可不可以不要抢他，不要跟我抢？"

"我没有跟你抢。"

"我知道我肯定抢不过你的，因为我看到了那个女生的照片，你的姐姐，和你很像。"

黄玟娜平日里飞扬跋扈，从未有过这样声泪俱下求人的时候。向晚晚看到她为情受苦的样子不禁心软，在床边坐下，说："所以就是因为知道了这些，你才要去喝酒吗？"

黄玟娜点头，说："我雇人调查，知道了一切。"

向晚晚叹了口气，不解道："以你的长相和家世，要什么样的男朋友没有，为什么偏偏看上宋贤？既然知道我姐姐的存在，就应该知道他有多爱她，而且今后会一直爱着，你能承受吗？"

黄玟娜流着泪点头，说："当我知道他喜欢了一个女人十几年，我感觉好像真的全没希望了。但又想着，不要把她从他心里赶走，只要他肯挪一点点位置给我。其实我早就知道你和文曜哥哥是假结婚了，我爸跟文曜哥哥通话的时候被我听到了，可我发现自己已经不介意了。相比失去文曜哥哥，现在我明白自己跟宋医生没有希望后，感觉要难过一千倍，一万倍。我从没有这样难过，你说这是为什么……"

"你可真够傻的。"向晚晚第一次发现，原来这个大小姐，并不只是一时兴起才缠着宋贤，看来她是真的爱上了他。

向晚晚叹息着，伸手替黄玟娜抽了纸巾拭了眼泪，看她又渐渐闭上眼睛睡过去，替她掖好被子。收拾好一切，向晚晚出了卧室，对坐在沙发上的宋贤点点头，表示已经完成任务。

宋贤再次冲向晚晚道了谢，送她下楼。临走时向晚晚看到了桌上的相框，里面是姐姐的照片，上面的早早青丝飞扬，笑得灿烂无比，旁边的桌上摆着那张他们三个人十年前在院前的合影。

向晚晚下楼，走到花坛边，抬头看上面亮着的灯，掏出手机，迟疑了数秒后，她最终做出了决定，拨出了宋贤的号码：

"薛文曜虽然说话难听，但我觉得他说得对，我不能永远只藏在暗处看着你，

第十八章 临近离别

我想要告诉你。我不要你的照顾，我也不是你的责任，不要再用这种冠冕堂皇的借口了。姐姐已经离开八年了，我长大了，我知道自己在说什么，在做什么。当年的失联是我故意的，我故意不想让你再找到我，而早在你回国的时候我已经知道你回来了，我知道你在哪上班，在哪生活，可我就是装作不知道，我不让你找到半点儿联系我的机会。

"因为我讨厌你再像从前那样把我当成小妹妹照顾，我讨厌这样的你，所以我宁愿不让你找到我。我不是姐姐的附属品，不要把你对姐姐的感情化成对我所谓的照顾，我就是我。除了我是向早早的妹妹之外，你有没有想过，我向晚晚就是向晚晚，在你的心目中有没有把我当成一个独立的人？

"我的生活要继续向前，你也需要。如果你拒绝向前，也不要再以姐姐和我为借口。即使今天不是黄玫娜，是李玫娜、刘玫娜，你的生命都需要有新的人进入。放手吧，宋贤哥。放过自己，放过姐姐，也放过我。"

宋贤自始至终没有说话，向晚晚也没有等待什么。她挂断了电话，转身大步离开，尽管知道楼上有人在注视着她，但她没有回头。

一路走着，向晚晚没有打车。她漫无目的地向前，不看时间，也不看地点，茫然地随着人流而去。不知什么时候起，风越来越大，她的长发被吹拂到脸上，身边的人开始加快了步子小跑起来。一道闪电划破夜空，天际洒下雨滴，并且雨势渐大，向晚晚很快被大雨淋了个透心凉。

站在大雨中，向晚晚才有些回过神般四下张望，想要找寻回去的路，想要知道自己在哪。以往她熟悉这里的每一条道路，可现在她却像失忆一样，只觉得那些街道都大同小异，根本难以分辨，只有漫天的大雨在不停拍打着她的脸颊，冰冷的雨水把她的衣衫浸透，周身被寒意侵袭。

包里传来手机的铃声，她想要拿出来接听，但是刚取出就发现电量不足，她只能无奈地看着手机黑掉屏幕自动关机。有时候，坏事总是结伴而行，总会在给人一击后，再来一击，像是双生，买一赠一。

薛文曜是在三个小时后找到向晚晚的。她蹲在路边的公用电话亭外，双手环膝，像被丢弃在路边的小孩。薛文曜将车停在附近，撑着黑色的大伞，踩着路上的积水而来，在向晚晚面前站定。

已经被雨淋得有点儿神志模糊的向晚晚抬头看着面前的人。薛文曜还穿着那身精致得体的西装，发型一丝不乱，他撑着伞立在那里，像完美的雕塑模特。

"我来接你回家。"薛文曜蹲下身，将手递到向晚晚面前。

向晚晚是想要伸手出去的，可因为冻了太久，她的四肢已经麻木，根本无法动弹。她刚要站起身，却一阵头晕，摇晃着就要倒下。薛文曜迅速伸出手，将向晚晚的肩揽住让她靠在自己的胸前，他微皱着眉头，既心疼又无奈。

"你不是有别的女伴吗？"向晚晚想要闪避，又虚弱得无力抵抗，只能闷声问道。

"傻子，都不看新闻的吗？她是日本的节目主持人，给我做一期工作访谈纪录片，所以要一直跟着我。不问青红皂白就打翻醋坛子，讲不讲理？"

"哦，是这样。"

"什么叫'哦'，一句'哦'就行了吗？你在机场那脸色摆的，知不知道我有多尴尬？这大半夜的也不回家，我还担心又出什么事了呢。"

薛文曜轻声责怪着，向晚晚极为少见地表现出了安静的模样。她抿着唇，服帖地靠在薛文曜怀里，由下而上打量着他，安静而温顺。

"薛文曜，第一次觉得你这么帅，比任何时候都帅。"

"现在觉悟还不晚。"薛文曜笑道，环住向晚晚的腰，半拥半抱着扶她上了车。

2

回到别墅，薛文曜让向晚晚坐下，自己去取了干净的毛巾和睡衣给她，要她去二楼卧室换上，又去煮了牛奶给她送上楼。

"薛文曜，你经过我的调教，现在生活能力强多了。"

薛文曜笑着戳了一下向晚晚的额头，说她得了便宜还不知道卖乖。

"薛文曜，以后我走了，你要记得吃早餐，晚上喝牛奶呀，可以延年益寿的。"

薛文曜打理着毛巾的手停了下来，丢了向晚晚一记白眼说知道了。他打好地铺躺下，向晚晚喝完牛奶关掉床头灯，两个人安静入眠。

第二天清早，向晚晚下楼的时候看见薛青朝，还有用人正在收拾行李，得知薛园已经装修完，要将薛老爷子接回去了。薛老爷子很舍不得向晚晚，一再地要向晚晚保证会常去薛园。

向晚晚嘴上一再应承，以后会常去看他，常陪他去走走逛逛，心里却很不是滋味。因为她知道，薛老爷子这次回去后，她与薛文曜的合约就要解除了，兴许他们以后也再见不到了。

搬走前，薛老爷子让向晚晚再陪他出趟门。他让用人替他取了西装出来，又系了领带，让她也穿得正式些，说要带她去个地方。

第十八章 临近离别

向晚晚坐在车上的时候还十分不解，要去哪需要穿得这样正式。等车子停在了墓园外时，向晚晚才知道原来薛老爷子是要带她去扫墓，见他的发妻——薛文曜的母亲，今天正是她的忌日。

墓碑上有一张黑白的中年女子照片，上面的女子算不得令人惊艳，但端庄大方，很有气质。她优雅地微笑着，气度雍容尊贵。

"文曜的母亲是苏家的小姐，那时候苏家在香港是出了名的大户，做银器行的生意。我在香港遇到她的时候她才十八岁。她对我一见钟情，后来她二十岁的时候我娶了她进门，直到她四十岁的时候离世，嫁给我整整二十年，她凭着娘家的势力和生意上的才干，辅助我有了薛氏如今的成就，结果她重病离开的时候我却没能守在她身边，是我对她不起，也不怪文曜恨我。"

"你现在还觉得，我恨的是母亲离开时，你不在身边吗？"

有熟悉的声音传来，向晚晚侧头看过去，见来人是薛文曜。他手里拿着一束百合，穿着黑色的西装，面色颇显疲惫。

"你至今还不觉得，当年自己错了吗？"薛文曜走上前来，看着薛老爷子厉声询问。

薛老爷子诧异地望着薛文曜，似乎渐渐意识到了什么。他睁大了眼睛，随后忽然剧烈咳嗽起来，捂着胸口就要朝后倒下，好在向晚晚手快，赶紧扶住了他。

薛老爷子的脸色变得又白又红，呼吸急促，在意识到他病发后，薛文曜也急了，蹲下身架起薛老爷子朝墓地外走去。

向晚晚看薛文曜颇为吃力，也不敢含糊，架起另一边，两个人合力把薛老爷子送上车，催促着司机快去医院。

"爸，你坚持一下，马上就到医院了。"坐在车内，薛文曜紧紧握着薛老爷子的手说。

"薛老先生，您撑住，您一定会没事的。"向晚晚急切地拉住薛老爷子另一只手安慰鼓励。

薛老爷子咳得很厉害，眼睛一会儿闭一会儿睁，把左右两个人的手抓得极紧，其间有一阵神志不清。直到进了医院，被抬上担架车推进急救室前，他忽然又像清醒了一般，紧抓着薛文曜的手，望着他努力地张了张嘴。

"对不起，对不起，对不起……"薛老爷子艰难地连说了三遍"对不起"，后面似乎还说了什么，却被淹没在医生、护士的催促声和凌乱的脚步声中。

薛文曜和向晚晚被挡在了手术室外，眼看着薛老爷子被推进手术室，门上的灯亮起来，薛文曜踉跄着跌坐到了墙边的候诊椅上。

"会没事的，会没事的。"向晚晚过去，蹲下身子握住薛文曜撑在额头上的手。

手术室的门打开了，有护士拿着文件走出来。

"病人情况危急，需要立刻做手术，请家属签字，这是病危通知书。"

听到"病危通知书"这几个字，薛文曜的身子有明显的轻颤，向晚晚看到薛文曜眼里一闪而过的惊慌和恐惧。

仿佛时光倒退，他想到了十年前，签下自己母亲的手术同意书和病危通知书的那个时刻。他签了字，他的母亲却从此永远地离开了他。而十年之后，他竟然再一次面临同样的状况。他接过护士递过来的笔，右手竟然颤抖得无法落下。

"先生，家属不签字手术无法进行，现在情况紧急，您到底同不同意？"护士着急地催促。

"薛文曜……"向晚晚伸出手，握住薛文曜颤抖的手，给他一个坚定的眼神。

薛文曜到底还是签了字。平时那么果断潇洒的人，却在签字的时候颤抖不止，字迹扭曲潦草。

当护士接过文件离开后，薛文曜有些趔趄地退后了两步。他靠在墙壁上，闭起双眼，微垂着头，将种种情绪都压回心底。半晌，他猛然抬手，狠狠砸向旁边的墙壁，转身大步离开。

"薛文曜……"向晚晚不放心他，紧跟着追了上去。

向晚晚追出医院大楼，在医院的花园休息区找了好一阵，又到了草坪区找了一圈，最终在一棵大树下的座椅上找到了薛文曜。他坐在那里，微弓着身子，表情已经平静许多，目光盯着前面草坪上由母亲带着走来走去的孩子。

向晚晚走过去，悄然在薛文曜旁边坐下，陪着他一起看前面的那对母子。

"都是我的错。既然我忍了这十年不说，为什么不能就这么一直忍下去，当作永远都不知道？"薛文曜开口。

"你和你父亲之间到底发生了什么？"

薛文曜没有回答向晚晚的问题。他显得很疲惫，过了半晌才说："你走吧。"

"薛文曜……"

向晚晚有话要说，薛文曜却无意再听，他摇了摇头示意她不必继续，只道："走吧，既然你注定要离开，就不要再给我半点儿奢望，装作很在乎、很关心我，让我觉得还有侥幸留住你的可能。干脆些吧，这些事情都是我必须一力承担的，你既然以后不会陪着我，现在也不要陪，以后我总要适应和习惯一个人面对一切。"

第十八章 临近离别

向晚晚望着面前颓败而失落的男人，忽然很想上前抱住他，可她知道她不能。她伸出手想要拍拍他的肩，可最终还是在半空中收了回来，点了点头，转身离开。

背对着薛文曜一步步走远时，向晚晚的眼泪无声无息地滚落下来。她倔强地抬手拭过，可断了线的泪珠簌簌而下，不停地往外流，好像胸口里堵满了东西，又疼又闷，只有努力地流出些眼泪，才不会把胸口给炸开。

傍晚，向晚晚坐在表姐家，盯着电视屏幕上的新闻。新闻正在报道关于薛老爷子病发住院的事情，媒体挤满了楼道，薛文曜和薛青朝兄弟两个偶尔会从镜头中出现，都是被众人包围着。

洛阳见到向晚晚一副魂不守舍的样子，走到她身旁宽慰道："我去过医院了，薛老先生暂时脱离了危险期，留院观察，你也不用太着急。"

向晚晚点点头，起身拎起背包打算离开。

"你还要回去？不是给自己找难堪吗？既然和宋贤已经全都坦白了，就留下来住吧。"洛阳劝着向晚晚，不放心她独自回去。

"不了，现在情况很糟糕，他肯定也过得不好，我回去住，等过几天确认他没事再搬。"

"真是死心眼。"

在表姐的叹息责骂中向晚晚下楼，打了车回薛文曜的住处。

回到别墅，向晚晚在进门前做了深呼吸，以应对接下来的各种可能性。她推开门进去后见到薛文曜坐在沙发上，鞋子也未换，单手撑着额头正在打瞌睡，显然疲累至极。

向晚晚取了拖鞋，上前轻手轻脚地替他换下，要起身的时候才发现他不知何时已经醒了，只是维持着原有的姿态，由上而下俯视着她。

"为什么还要回来？"薛文曜眸光湛湛地发问。

"因为我住在这儿，我们还在合约期内，我还是你的女伴。"

"我会尽快抽出时间和你解约的。"

"那至少今天还没有解约。"

向晚晚拿着鞋子起身放到玄关处的鞋架上，知道他必然没吃过东西，就顺手取了围裙去厨房做些吃的。

在煮面条的时候，薛文曜来到厨房，站在门口看着娴熟地下面的向晚晚，说："就算你现在这样做，也不会有什么不同，你还是会离开。"

"我也没想过要什么不同。"向晚晚拨动着锅里的面条坦然回答，又双手麻利地切着配菜。

等向晚晚做好一碗面端到客厅时，薛文曜已经不在了。向晚晚将面放到桌上，望着空空的客厅走神了许久，然后又如往常一样热了牛奶拿上楼，放到薛文曜的床边，自己到隔壁屋休息。

清早，薛青朝来了电话，告诉薛文曜老爷子醒了，薛文曜立即收拾东西决定去医院，取车的时候却被向晚晚抢先一步夺过钥匙。

"你昨晚一夜没睡，开什么车？"

"还给我。"

"不还，我送你去医院。"

向晚晚不由分说地拉开驾驶座的车门上车，推开副驾的门看着薛文曜，半点儿不示弱，薛文曜急着去医院，无奈之下只得上车。

去医院的路上，两个人始终都没有说话，直到车停在医院门口，向晚晚看着守在医院外的媒体不由得皱眉。

薛文曜刚一下车，立马被一群媒体团团围上。向晚晚在车里看着颇为担心，停好车后赶上去替薛文曜挡开媒体镜头，一路护送他向医院大楼走去。其间薛文曜有试过拒绝她的帮助，但向晚晚坚持拉着他的胳膊，进了大楼，见媒体们暂时被挡在外面，向晚晚才松开手，自己转身离开。

3

下午，向晚晚去片场工作，得知剧组内部消息：安琪退戏了，所有的戏份都要删，现在临时加了人补拍。

一帮女演员兴致十足地八卦着，向晚晚默默地系好威亚带，跟着镜头升上高空。被吊在半空中的时候，她远远眺望城市，不由自主地想着薛文曜现在就在那一片繁华的楼宇间，不知道他现在好不好，有没有睡过一会儿，有没有稍微放下点儿心。

收工的时候，有助理开玩笑说外面有个帅哥在等向晚晚，向晚晚以为是薛文曜，连古装都没换就急着跑了出去，果然看到一个穿着黑色西装的背影立在广场上。

"薛文曜？"向晚晚唤了一声，那人应声转过头来，向晚晚才发现自己认错了背影，是宋贤。

"认错人了，是我。"宋贤微笑。

向晚晚尴尬地笑了笑，借口回去卸妆先回了片场后台。

晚上宋贤带向晚晚一起去吃湘菜，到餐厅的时候发现桌前还坐了一个人，是

第十八章 临近离别

黄玟娜。

"今晚我特意请客，向你们道谢的。"黄玟娜笑着拍拍胸口，一贯的得意傲慢。

黄玟娜点了许多菜，摆了满满一桌。要不是宋贤和向晚晚劝阻，估计她要把菜单上的菜点个遍。

"我要去法国了，以后可吃不到这么地道的湘菜了，再说，今晚是我请客道谢，一定要有诚意。"黄玟娜笑嘻嘻地解释着，顺便又点了几个。

菜上桌后，黄玟娜又要叫酒，被宋贤制止住，说她才大醉过没几天，不能再喝。黄玟娜倒也鲜少地表示了顺从。

"我以茶代酒，谢谢你那晚的照顾。"

黄玟娜敬了向晚晚一杯茶，向晚晚有点儿不太适应这样的黄玟娜，可还是客气礼貌地回礼。

随后，她又倒了一杯，说："宋医生，这杯我敬你。之前一直烦着你，以后我不会再烦你了。我去美国了，你的生活就能恢复平静了，再没人缠着你，希望你一切都好。"

宋贤看着那杯茶，没有去接，黄玟娜也没管他，笑着一口喝了。

"其实说真的，以我这样的大小姐的身份，要什么样的男友都会有的，错过我是你的损失，是你没眼光。"

席间，宋贤保持着一贯的儒雅风度，但一直没有多说什么，也未动筷子，向晚晚也不知道说什么好，只能沉默地喝着茶。唯有黄玟娜一副胃口大开的样子，不停地夹菜，不忌辣地大口吃喝，后来边吃边掉下眼泪，向晚晚见状抽了纸巾给她，她笑着说："果然是湘菜，这菜里的辣椒放多了。"

点了很多菜，却有一半未动，黄玟娜接了一通电话称临时有事要走，三个人的宴席草草结束。

"早先我留了一只耳钉给你，你还给我我没收，本来是想着当信物，我们各拿一只，直到有一天你愿意和我交往，能亲手给我戴上。不过，看来是难以如愿了，另外一只我就丢在这儿了，你也就不用再担心它有特别的意义了。"

黄玟娜将一只钻石耳钉放到桌上后起身离开，宋贤看似平静的外表下潜藏着自己都没有察觉的失落。向晚晚本想说些什么的，但话到嘴边终究没有出口，随后与宋贤作别离开。

天色已黑，尽管此前表姐告知薛老爷子已平稳渡过危险期，向晚晚仍不免有些挂心便去了医院。在贵宾住院部，隔着半开的门缝看到薛老爷子躺在床上，而薛文曜就坐在旁边的沙发上，支着额头在打盹。

有人悄然走近，是薛青朝。他与她并肩，一起看向屋内的人。他双手放松地插入裤兜里，低声说："从前他虽不曾刻意隐瞒自己薛家二少爷的身份，但他很讨厌别人借此做文章，不愿意和薛家有太多牵扯。这次能正面应对媒体，他做了很大的让步，也累坏了。"

"他其实并不像别人说的那么薄情，他一直很关心自己的父亲，爱着自己的父亲。"向晚晚幽幽地说道。

"我知道，可他自己不愿意承认。他当年把户籍迁离，就是要离开薛家，现在说是为了公司的工程回迁户籍，其实他也是想要给父亲一些安慰。他有试着慢慢原谅父亲，想回到这个家，只是他自己不愿意表现出来，让人看出来而已。"

屋里的人似乎感觉到了外面的声响，他醒来，看到门外的两个人，站起身走了出来。薛青朝表示晚上由他来照顾，让薛文曜先回去，还要准备明天的记者会事宜，薛文曜疲惫地点点头应下。

向晚晚开车带薛文曜回去，此时已近凌晨，路上没有其他车辆，仿佛整个世界都变得安静了，只剩下他们两个人。

"你累了就睡吧。"向晚晚看着满脸倦容的薛文曜，忍不住关切道。

"我不需要你的关心和同情。"

"我知道，你不需要任何人的关心和同情。"

最终，薛文曜还是没能抵挡住倦意，靠在副座上眯起眼，不一会儿就睡了过去。等车子停到家门口，他尚未醒来，向晚晚坐在车内安静地等着，望着他的侧脸不禁有些发呆。

"可以不离开吗？"闭着眼睛的薛文曜淡淡地开口询问。

向晚晚知道薛文曜醒了，才收回目光，侧过头，没有回答他。少顷，副驾的车门开了，薛文曜下车进屋，向晚晚暗自抿唇，闭上眼睛调整着呼吸，许久才下车进屋。

第二天清早，薛文曜要在薛氏集团召开新闻发布会，就薛老爷子病重住院一事进行媒体应答，以避免各路媒体不断猜测给薛氏集团带来的负面影响。薛文曜换了正装，向晚晚在一旁帮他整理袖口，挑选领带。

"今天你不用去，那里人多。"

"不，我要去。我现在可是你的女伴，怎么能不去？"

"既然真的那么想摆脱我，就狠心一点儿，不要藕断丝连，不要装作关心我，让我觉得好像还有余地，让我误会以为你还是有真心的。"

第十八章 临近离别

"说狠话也没用,这段时间我是跟定你了。"向晚晚弯唇,拍了拍薛文曜的肩膀。

"你的脸皮真是越来越厚了。"

"你认识我的时候就这样,从未变过。"向晚晚换上外套,不以为然地回答。

发布会上,薛文曜穿着一身得体的西装坐在中央,面对各家媒体的镜头发表了一份声明,针对薛老先生的病情及其可能带来的商业影响做了相关回应。但对于自己一直没有参与薛家的集团运营,而是自己创业的原因没有做任何回应。

向晚晚一直站在旁边,看着镜头中的人,他睿智、严肃、认真,应对从容,她赫然发现自己所不了解的薛文曜的另一面。她知道其实这件事完全可以交给薛青朝来做,薛文曜却主动承担了这项工作,正式以薛老爷子的儿子身份出现在大众面前,算是向薛老爷子表明态度,在缓解父子关系上做出了最大让步。

记者会后,薛文曜接连几天都没有回家,一直忙于应因为薛老爷子病重而引发的各种事件。向晚晚不知道他去了哪儿,也不知道他在哪里过夜,无数次想联系他问一问,但又一次次放弃。

洛阳会通过薛青朝告诉向晚晚薛老爷子病情的最新进展,薛老爷子情况好转,已离开了重症监护病房,薛氏集团的股票也随之回升了不少。

向晚晚拍的戏杀青了,全剧组一起聚餐时,导演找到向晚晚,告知她长期合约的事情就作罢了,那份合约作废。至于她预支的工资也已有人替她还了公司,她恢复了自由身,并劝她趁年轻慎重考虑下前途。

向晚晚觉得奇怪,这个导演何时变得如此为自己考虑了。三两杯酒下肚后,导演无意间道出一个名字,她才在瞬间想通了一切。是薛文曜,原来是他。

"这个戏拍到后面资金不足,工作人员不来开工,武替也不来,要不是薛总及时注资过来,还不知道会怎么样。你一个路边拉来的武术替身能在组里让那么多人对你笑脸相迎,我一个导演都对你十分客气,那帮女主角早看你不舒服却不敢对你怎么样,全都是因为你是薛少特别关照的人。知道安琪吗?她就是被自己作死的,非要和你作对。这下好了,戏全没了,还在圈里被发了黑通告,国内是上不了戏了。她就想着去日本发展,结果人家一句话,日本那边都不要她,现在可惨了,听说之前还在日本街头跪下来求薛总高抬贵手,人家直接没理。"导演醉态毕露,絮絮叨叨个没完。

向晚晚提早离席,刚离开聚餐的酒店,向晚晚就开始拨打薛文曜的手机,但他的手机一直处于关机状态,她不禁有些担心起来。拦下一辆出租车,直接去了薛老爷子所在的医院。

她到了医院，心急火燎地找到薛老爷子的病房，发现南姨正在照顾薛老爷子，薛文曜却不见人影。

"文曜昨晚守了通宵，今天下午回去休息了。"

从南姨处获悉薛文曜的去向，向晚晚匆忙与其告别，又一路小跑着离开了医院打车回到薛文曜的别墅。一路上她不停地催促司机开快些，直到惹得司机发了脾气。

回到别墅，向晚晚见客厅的台灯开着，却没有人，就又跑上楼推开书房的门，里面也开着灯，空无一人。

向晚晚心里的那股不安更盛，转身就去了薛文曜的卧室。她握上门柄后刚要推门，门却被人从里面拉开，薛文曜站在里面，身上穿着棉制的灰色T恤，头发有些凌乱，显然是刚才在睡觉，被她发出的声响吵醒了。

"你没事吧？"向晚晚伸手，一把抓住薛文曜的肩膀，推着他进屋，由上而下将他仔细打量检查了一遍，在确认他没事后才长舒了一口气。

"你怎么了？"薛文曜颇为冷淡地问。

"我……"向晚晚张嘴后又止住，不知道该怎么解释。

"你刚才以为我出事了？"

向晚晚点点头，不敢直视薛文曜的眼睛。

薛文曜转身走到桌边，取了酒杯斟上红酒，径直到沙发上坐下，说："没事，就是睡着了，没听到你的电话。"

"安琪的事情是你做的吗，你去日本就是为了这件事？"

"嗯，她敢动你，自然要付出代价，我只是断了她的前途，算轻的了。你觉得我做错了吗？"

向晚晚走到薛文曜面前蹲下，伸手握住他搭在膝上的手，微笑着摇了摇头，说："没有。只是忽然想起黄玟娜说过，你小时候很善良很勇敢，从不恨人，也教她不要恨人。你现在能从一个国家飞到另一个国家只为处理这样的事情，我感觉挺意外的。虽然我不认同这样的报复行为，但必须承认挺感动你在背后为我做的这些。"

"心疼我了？"薛文曜有点儿调戏般地笑着反问。

向晚晚点点头。

薛文曜倒是惊诧于向晚晚承认得如此坦白，他放下端着酒杯的手，托起向晚晚的脸颊，借着旁边台灯的光亮细细审视着她，指腹轻轻摩挲她白皙光洁的肌肤。

"既然心疼我，那为什么又执意不肯留下呢？"

向晚晚没有回答，薛文曜也没有继续逼问，由着她道了晚安，转身黯然离开。

第十九章　真相大白

谎言不一定是坏的事情,秘密也不一定都要浮出水面。让往事随着岁月的光阴沉淀,被尘封,被遗忘,又何尝不是另一种选择?

1

　　第二天清早，向晚晚做好早餐搁在桌上，悄无声息地离开了薛文曜的家。薛文曜起床下楼，坐在餐桌前望着精心准备的餐点，尝了一小口米粥，闭上了眼睛，半晌起身离开。

　　一周后，薛老爷子病情稳定下来，可以与人正常交谈，让南姨联系了向晚晚过去。

　　午后，向晚晚坐在薛老爷子的病床前，旁边的桌上摆满鲜花，屋内其他角落也摆满了各界名流显贵送来的慰问花篮。

　　薛老爷子身体非常消瘦，身上扎满管子，但医生说他的情况已经在好转。薛老爷子见到向晚晚后很开心，抬手取了一枝桌上的百合递给她，笑说："这花漂亮，活到我这年纪，还有这么多人送花，也不知道是喜是忧。"

　　"您别多想，您一定会长命百岁的。"

　　薛老爷子摇摇头，似乎并不为这种安慰的话所动心。

　　"其实，当年文曜的母亲并不是生病离世的，她是患抑郁症后吃药自杀的，因为她发现我爱着别的女人，眷恋着别人。我一直以为文曜不知道，他母亲从未说过，原来他全都知道。"

　　对于这样的实情，向晚晚不知道该说些什么，她只是恍然大悟，原来这对父子所有的问题症结都缘于此。

　　"当时我到医院时，看到文曜一个人坐在医院楼道里，满眼都是血丝。他用灼烈逼人的目光瞪着我，我知道他记恨我在最关键的时候，没能守在他母亲身边。可我又何曾原谅过自己？"

　　对于这些事情，向晚晚只能安静地听着。她不知道如何宽慰这样一位老人，而对于薛文曜，她也感觉到无力。如果他不愿意，没有人能逼他敞开心扉。

　　"晚晚，其实我真的很希望你是我的儿媳。"薛老爷子拉着她的手说。

　　向晚晚一愣，尽量自然地笑着，说："您在说什么呀？"

　　薛老爷子笑了，露出些颇具玩味的笑意看着向晚晚。从他的表情里，向晚晚知道，原来自己的戏早就被看穿了。

　　"我活了这么大年纪，又怎么会真的那么眼拙，看不出你与文曜是假结婚？"

　　"那您还……"

　　"有时候，偶尔装一下糊涂，不是坏事情，至少假象很美好，不是吗？至少也是文曜不想我动怒，顾忌我，才要这样做的，我当他也是出于一种关心。"

第十九章 真相大白

"对不起，薛老先生。"

"不用对不起。相反的，要谢谢你，让我在带着悔恨和遗憾结束生命前，还能感受到些许快乐。"薛老爷微笑着伸手握住向晚晚的手，说，"替我告诉文曜，对不起，真的对不起。"

医生进来，提醒薛老爷子需要休息了，向晚晚被请出了房间。

薛老爷子的病情明明已经好转了，岂料半个月后又突然病危。向晚晚听到这条消息的时候正站在街上派发传单，看着广场LED（发光二极管）灯上的最新新闻，她手里的传单掉落在地。她不顾店内老板的叫喊声，拦了辆出租车，直奔医院。

到达医院时，病房遭到闻讯而来的媒体围堵。她远远地看到薛家的人从里面出来，薛老先生的担架被送上了室外的直升机。听身边的媒体爆料，这是要直接送到机场再转机去瑞士，那边的医院已经做好手术准备。

薛文曜走在前面，穿着一身黑色西装，戴着黑色墨镜。仅仅两周，他就消瘦了一大圈。面对各类问题和各种角度的镜头，他保持着沉默，在飞机离开后，他由保镖送上了车。

向晚晚拦了出租车，直接跟去机场，隔着玻璃远远地看着薛家人登机。薛青朝也黑瘦了许多，洛阳以薛氏律师的身份跟在旁边。南姨因为病倒，坐在轮椅上由用人举伞陪在旁边推上飞机。

薛文曜没有登机，他目送着飞机离开，直到消失在天际，他才转身离开，走出机场后发现站在那里的向晚晚。

向晚晚沉默着，没有说话，薛文曜也显得十分平静，淡然地与她擦肩而过。

晚上，向晚晚来到薛文曜的别墅。密码没换，她开门进去，屋内弥散着酒气，薛文曜靠坐在落地窗户旁边的墙角处，面前凌乱地放着些酒瓶，在向晚晚走近的时候，他冲向晚晚笑了，眼角却隐约闪烁着泪光。

向晚晚蹲下身来，心疼地看着这个平日总是桀骜不驯的傲娇男人，伸手环抱住他，将他紧紧拥在怀中，由他抓住自己的臂膀，默默地落泪。

"我不能原谅父亲，我真的做不到原谅他，原谅他就意味着对母亲的背叛。可是现在他病危了，随时会离开这个世界，我才发现我是那么难过，那么想要留住他。十年前我看着母亲走了，现在我又要眼睁睁地看着父亲离开，却什么都改变不了。我好恨我自己。"

"那不是你的错。"

"是我的错，是我没能留住他们。你知道吗？当年母亲喝药用的那杯水是我倒的，她说只是维生素，我就相信了。我把水端给她的时候，她还问我明天的早餐想吃什么，我看着她喝了药睡下，直到第二天我才发现她的异常，把她送去医院，可医生说已经晚了，她再也醒不过来了。"薛文曜紧紧抓住向晚晚的手腕，将头低低地埋着，虽然没有哭泣声，但向晚晚明显感觉到了他身体轻微的抽颤。

"我不想恨什么，可除了恨，我还能做点儿什么？如果恨，我又要恨些什么？这十年，我一遍遍问自己，从来没有人能回答我。"

向晚晚就地坐下，抱着薛文曜，不说话，不动，就那么静静地陪着他，让他尽情地伤心流泪，直到两个人都累了，渐渐睡去。

第二天清早，当薛文曜醒来时，屋里已经没有半点儿向晚晚的影子。他还靠坐在墙角，面前凌乱地放着些酒瓶，如果不是桌上放着的早餐，他会以为昨晚的一切都只是自己醉酒后的梦境。

向晚晚来过了，她又悄无声息地走了。

生活继续向前，向晚晚一边找着新的工作，一边继续在街头发着传单。偶尔有白色的车子经过，她会走神，盯着车子看，想到当初在街边拦下开着劳拉的薛文曜的样子。但每次车子到近前，看到里面坐着的并非那个人时，她又只得失望地笑一笑，继续向路人发传单。

数日后，消息传来，薛老爷子在瑞士医生的奋力抢救下，病情得到有效控制，身体好转，暂时稳定下来。薛青朝留在瑞士陪着薛老爷子，薛氏的事情暂时交由薛文曜全权处理。

洛阳也留在了瑞士一直没有回来。她打来越洋电话给向晚晚报了平安，说了薛老爷子的最新情况，向晚晚也随之安下心来。

"我不知道以后会怎么样，不过，现在就想陪着这个男人，不想留他一人面对这一切。"这是洛阳对自己这一举动唯一的解释。向晚晚没有多问，她对一切了然于心。

南姨却在这个时候回了国。薛文曜在处理完薛氏的一些公务后回到薛园，远远地就看到了南姨。她坐在轮椅上，穿着一袭黑衣，安静地在那里看着面前的花草。

薛文曜上前，在她面前站定。南姨抬头看他，露出了微笑。

"跟我说说你和父亲的事情吧。"薛文曜开口。

南姨点头，略作沉思，似在整理思绪，然后缓慢开口：

"我遇到你父亲是在瑞士，那年我十八岁，他二十六岁。我是个打工的留学生，他是家世颇好的世家少爷，我们一见钟情，有过一段非常快乐的时光。后来我的

第十九章 真相大白

家人发现了这一切,将他视为无耻的花花公子,断绝了我们的来往,我们就不顾家里人的反对,私奔去了香港。他说要我等他有朝一日独立强大了,再风风光光地迎娶我,让所有人知道,他对我是真心实意的。

"在香港的那段日子我们吃过很多苦,但他从来没放弃过。不过,世事总是在变吧。四年后,他家道中落,逼于薛家的压力,他娶了一直爱慕他的一个香港富家小姐——也就是你们的母亲,苏氏商行的大小姐。

"我们的分别让你父亲很悲伤,甚至想过再次私奔,但他又是个有责任担当的人,宁愿亏待自己,也无法放弃整个家族的希望。我们在香港作别,我回了瑞士,自那之后再无联系。"

"我母亲知道这些吗?"

南姨点点头,说:"你的母亲是个冰雪聪明的女子,高贵温雅的大家闺秀,她早在一开始就知道我的存在,只是她真的很爱你们的父亲,所以她从来不问,不提。也正是因为你母亲的这种个性,她将所有事情都积压在了自己心里,独自承受,才会有后来的事情吧。"

"后来,你和我父亲到底还是再联络上了,是吗?"

"是的,因为我家中出事,父亲的公司经营不善而负债累累,面临巨大危机,你父亲知道后帮了我,我们再度联络上,开始通了一些信,但从未见过面。十年前,我父亲的公司倒闭了,他承受不住打击而跳楼自杀,你父亲得知后才到我所在的城市看我,却不想你母亲就在那时出了事。

"你自那之后一直恨着他,他从不解释一句。因为他内心远比你愧疚得多,对我,对你母亲,对你,他都觉得自己是失败的,可他从来不愿让人知道。

"他会在三年前娶我,那是因为他发现自己的病已经医治不好了。医生说他仅有两年的寿命,他想实现那个年少时娶我的承诺,弥补我为了他一直未曾嫁人的缺憾,也想保障我的晚年生活。他知道你会因此更加恨他,但他还是那样做了,他这一生,竭力想要对每个人好,结果却是对每个人都亏欠了。

"其实对他来说,他心中亏欠最多、最放不下的就是你。他最大的希望就是能看到你找到相伴的人,不再总是孤单一人,他才能安心离开。我知道他等不及了,他撑得太累太辛苦,所以尽管知道你与向晚晚是假结婚,他也乐于相信。做父母的,最想看到的,无非是子女找到自己的幸福归属,这样就能了无牵挂地离开了。"

薛文曜听着南姨讲了很多,直到南姨说累了,由用人送去休息,他便独自立在花园中望着那片由母亲亲自栽种的灿烂繁花兀自发呆。

"你的父亲对你的爱，远比你想象的多得多。去看看他吧，不求你原谅他，只求你不再恨他。"南姨在回廊上回过头，用恳求的目光看了他最后一眼。

2

晚上薛文曜回到家，见向晚晚在花园的白色回廊下吹着风，席地而坐。她的面前放着一只盒子，旁边地上放着酒和两只酒杯。向晚晚手里的酒杯有少许残液，显然已经自饮自酌有一会儿了。

薛文曜在向晚晚旁边坐下，取了酒杯，自顾自倒了半杯，一饮而尽。居然是威士忌，浓烈而直接的酒，看来今天要度过一个不同寻常的夜晚了。

"我是来跟你告别的，我已经答应学院的主任赴纽约参与学术交流。谢谢你这段时间的照顾，谢谢你肯收留我。"向晚晚面色微醺，双眸却如两汪清澈的深泉，明亮动人。

薛文曜缄默不语，只是仰脖饮下满杯的威士忌。

"记得你曾经问过我，在姐姐和宋贤的故事里，我充当了什么角色，现在我可以告诉你，我是一个符号，我见证了姐姐和宋贤的一切。"

向晚晚伸手，将那只盒子递给薛文曜。他伸手打开，见到里面是一些泛旧的物品：旧的游乐园票根、旧的望远镜，一本相册，一本日记。相册里面的女生青春靓丽，长相与向晚晚极为相似，但照片的背面是以猩红颜色书写的心情，透露出怨恨、诅咒和厌世的情绪。

一张三个人合影的照片上署名向早早，写着最绝望的一句话：我好累，只想死，而你们所有人都是凶手！

"这是姐姐的心里话，但我永远不能让宋贤知道，所以我把属于自己的那张给了他。"向晚晚接过照片看着，伸手取了火柴点燃，看着照片在火焰中泛红化为灰烬，再丢进那堆放着所有关于姐姐过去的盒子里，看着那些她小心存放了数十年的东西燃烧起来，在她的面前一点点化为灰烬。

"所有人都以为，早早是意外死亡，是一场车祸事故，但只有我知道，那是一场预谋已久的自杀。

"姐姐有抑郁症和精神分裂症的事情，只有我知道。只有我知道多少个夜晚姐姐独自站在阳台上抽着烟，举着刀片犹豫再三。也只有我知道，我多少次被姐姐从梦中惊醒，看着姐姐将屋里的一切打翻在地，发疯似的诅咒这个世界，诅咒一切，抓着我的胳膊和头发打我，骂我，发泄她内心的痛苦。

"每次姐姐发作完，她又会哭着搂紧我向我道歉，请我为她保密，她不想被

第十九章 真相大白

人当成疯子。她只是觉得自己好累，她承载了所有人的希望，她没有退路，只能向前。而到了白天，她又化身成那个有着灿烂笑容的公主，享受众星捧月的宠爱。

"面对父母的责问，我无法讲出真正缘由。因为相比那场意外，父母更无法接受，自己倾尽所有培养的公主，居然会选择自杀。而在那公主的表象之下，她竟是个乖戾阴鸷的精神病患者。

"母亲病逝，父亲自弃，我见证了自己的家庭因姐姐的离世而变得一团糟，直到某一天父亲也因过度依赖酒精猝死，我才明白自己被遗弃了。没有了优秀的姐姐，我的存在，并不能宽慰父亲的失女之痛，我在父母眼中，半点儿都及不上姐姐。

"而面对宋贤，这个深爱姐姐的男生，我更无法讲出实情。因为宋贤认识的那个姐姐是如此乐观、完美，永远充满活力，阳光向上，是与他有着相携一世的幸福承诺的人，不是那个隐身于黑暗中的晦涩女生。

"所有人都只当那是上天的无情意外，怨恨老天的凶恶。那么就这样吧，姐姐仍然是所有人记忆里那个公主般的宠儿。"

"所以，你那么在乎宋贤其实是因为心疼和愧疚。"

"是的，我希望他能有新的生活。"

"你是决定，由你来开启他的新生活吗？"

"薛文曜……"向晚晚侧过头来看薛文曜，欲言又止。

"虽然承认这样的事实对我来讲很难堪，但我还是不得不承认，我输给了宋贤，因为我没办法回到八年前，没办法和一个占据着你记忆的人争抢时间。"薛文曜看着向晚晚微笑，眼神却是无尽幽深的，里面盛着让人难以看清的复杂情绪。

"薛文曜，还记得你许了我一张愿望支票吗？我现在使用它，我的愿望是，希望以后你能天天开心。像小时候教过别人的那样，不要去恨，远离那把名叫恨的双刃剑。"

"好，我答应你。"薛文曜颔首，跟向晚晚碰杯，将一大杯威士忌饮尽。

"薛文曜……"向晚晚伸手，去握薛文曜的手腕，他却微笑着伸手，将她的手轻轻移开。

"向晚晚，希望你以后过得好，希望你能永远幸福。所以，我放你离开。"

薛文曜轻轻捧起向晚晚的脸颊端详着，像在认真记下她的样子，然后又放开了手，站起身离开。

第二天清早，向晚晚下楼，看到了桌上放着的早餐和一份离婚协议。

向晚晚拿起协议看了看，时间日期一样不落，整整100天。

离开薛文曜的家，向晚晚漫无目的地走在路上，手机响了，显示是宋贤。

吹着冷冷的风，接听宋贤的电话，那边安静无比，似乎是在办公室内，宋贤约向晚晚去咖啡厅小坐，她应下赴约。

"下周是你姐姐的忌日，我会回B市一趟。"

"什么时候回来？"向晚晚问。

"不回来了，我已经提交了离职信。"

"宋贤哥是要留在B市吗？"

"不一定，也许会去法国吧，以后留在国外，也许对我会好些。"

向晚晚点点头，后又微弯了唇角说："谢谢你，宋贤哥。"

"我是你的亲人，所以永远不必言谢。相反，我要谢谢你。你说得对，你长大了，是我还一直把你当成当年的那个小妹妹看，是我对你不够尊重，忽视了你的感觉，而我，也的确需要再试一试向前看。"

"宋贤哥加油。"向晚晚微笑着鼓励宋贤。

"小晚你以后也要加油，照顾好自己。我还是那个会永远照顾你的大哥哥，只要你需要，我随时都会出现。"

"对了，宋贤哥，你是真的从来都不知道洛阳是我的表姐？"向晚晚微微歪着头笑问。

宋贤微笑，没有回答。

"我就说，这个世界哪有那么多巧合？那么多小区，你偏住进了表姐所在的那个小区。"

"你不想让我知道你的生活，我就尊重你，直到你觉得合适的时候再出现。你希望我过得好，我也想让你放心，我想这是我唯一能为你做的事情。"

原来宋贤一直在暗处默默关照着她，向晚晚突然觉得自己之前煞费苦心的躲避是那么愚蠢可笑。

向晚晚站起身，笑看着宋贤，说："宋贤哥，我知道你是永远的亲人，而我也永远都会是你的亲人。不论你将来到哪里，做什么，我都会永远祝福你。"

宋贤微笑点头，抬手拍了拍向晚晚的后背，轻轻回拥她。

"我一直想问，当年，你姐姐离开的时候你是在她身边的，她有说过什么吗？"宋贤最后问。

向晚晚眼睫微垂，想到了些什么，但随后又仰起头看着天空，微笑说："没有。"

第十九章 真相大白

宋贤如得到了最终的答案，掐灭了最后的疑虑，微笑着点头，放手。宋贤在路边与向晚晚作别。她望着他远去的背影，目送他消失在街头的人流之中。风吹乱她的长发，她没有去拂，她以为自己会哭，会流眼泪，但事实上没有，她甚至带着微笑，目送这个她放在心底整整十年的人就这么离开。

舍得，有舍才有得，她这样告诉自己。现在她发现，即使没有得，她也愿意舍他而去，她想让他自由，看他向前飞，而如果这份自由的代价是她也从他的生活里消失，她也愿意，数年前她就明白，现在她终于亲手完成了这一切。

向晚晚打电话给洛阳，告诉表姐她做到了。

"你到底还是没有告诉他早早的真正死因？"

"嗯，我想我永远都不会告诉他的。"

这个世界上，真相大白的团圆结局是所有人都喜欢的，但也并不是所有的结局都能以喜剧收场。谎言不一定是坏的事情，秘密也不一定都要浮出水面。让往事随着岁月的光阴沉淀，被尘封，被遗忘，又何尝不是另一种选择？

向晚晚沿街慢慢走着，打量这座生活了多年的城市。走着走着，不知不觉竟然到了薛文曜公司的楼下，抬头望那扇窗户，窗帘拉着，里面没有那个人的身影。

抬头望天，很蓝的天空，没有云。已经入秋了，天渐渐凉了。向晚晚独自站在这里，感觉有些冷，她拉紧了衣衫，又独自离开。

三天后，向晚晚在机场登机，过关的时候她回头环视整个机场大厅，看着人来人往的客流，似乎在找一个身影，既渴望他来，又不想他来。

"向晚晚。"有人唤她，她知道那个人是谁，回过头，果然看到了他。

她看到薛文曜站在人群中看着她，他还是那么英俊优雅，一如初见，但再仔细一看，那却又不是薛文曜，是苏振珂。

苏振珂举步走来，伸手将一只小箱子递给她，说："这是文曜让我送来的，说是你落在他家里的东西。"

"都是些杂物，丢掉就好。"向晚晚蹙眉。

"他说要丢你自己丢吧，既然是两清，那就清得彻底些。"

向晚晚点点头，只好接过。

"他还好吗？"向晚晚问。

"不知道，不过他是薛文曜，没什么撑不过去的。"

"也是，他可是薛文曜。"

向晚晚笑了笑，与苏振珂作别，怀抱着小箱子过了安检。等她再回头望向大厅时，苏振珂已经离开，只有来往的人流，好像他刚才根本没有出现过一样……

"东西送到了，人看着很悲伤难过，瘦了一大圈……"机场外，苏振珂打电话给薛文曜，说到一半，才发现对方就站在不远处的玻璃墙下，戴着墨镜，望着机场内的候机厅。

"你个小子，又这样，让我送，自己又偷偷跟着，干吗不自己上前去？"

苏振珂走近，白了一眼薛文曜，转身和他并立站在那看着候机厅里的人，停顿一秒钟后又叹息着询问："这算是放弃了吗？"

"不。"薛文曜取下墨镜，最后仔细地看了一眼在大厅里发呆候机的人。

"那还让她走？"

"她需要时间，我给她。"薛文曜淡淡地回了一句，重新戴上墨镜，提起自己的行李转身进入大厅，朝飞往瑞士的航班站台走去。

他希望她能够笑，能够安心，能够在睡着的时候不再做那些关于从前可怕回忆的梦，所以放她离开去飞。尽管这一切可能的代价是她永远不再归来，永远地失去她，但他也愿意一试。

3

登机后，坐在飞机里，向晚晚撕开了小箱子的包装，发现里面杂乱地堆放了许多物品：她用过的牙刷、用过的小猫杯子、红花油、创可贴……零零碎碎的，所有的一切。曾经向晚晚在他生命里出现过的，或者可能出现过的都在这里了，他尽数还给了她，自此再无关系。

翻到底她看到了一只黑色的丝绒盒子，打开盖子，里面是那枚薛文曜一直想挑个正式约会的机会送给她，却从未送出的戒指。她才恍然发现，原来他们曾一起结婚生活了100天，却没有正式约会过一次。

当载着向晚晚的飞机自天际划过的时候，薛文曜坐在飞往瑞士的航班内，隔窗望着那个白色的点渐行渐远，直至没入天际。他伸手打开文件夹，开始工作。

生活，工作，一切照旧，一切都在继续。

一个月后，薛老爷子到底还是离开了，洛阳告诉向晚晚，当时薛青朝和薛文曜都在身边，他是笑着闭上眼睛的。

半年后，纽约。向晚晚在当地的一家学院和另一位校友负责中国武术的交流教学，教那些怀着侠义梦想的各种肤色的孩子习武。同时每月定期接受心理健康治疗，渐渐地，她可以睡得好了，不再做那些可怕的梦。

第十九章 真相大白

她的心理治疗师是位叫维罗妮卡的意大利中年女性，优雅知性，讲着不太地道的汉语，很有耐心地听向晚晚倾诉过去的事情。熟悉了之后，她们偶尔会一起去喝咖啡，或是邀请向晚晚去家中吃晚餐。

几个月后，在维罗妮卡的家中看到薛文曜的照片，向晚晚惊讶不已，她拿着照片询问正在做沙拉的维罗妮卡这是谁。

维罗妮卡告诉向晚晚，这是她几年前治疗的一个叫 Edward 的病人，他曾经对自己母亲的离开有着难以解开的心结，她治愈了他，后来他们成了朋友。一年前，Edward 曾特意去日本找到她负责教学的心理学院，请求她暂时回到纽约，在不久之后受理一位病人，也是她唯一需要照顾的病人。

"所以，那个病人是我？"

维罗妮卡点头，有点儿调皮地说："你还记得那天遇到你时，我主动递上了我的名片，因为我的这所心理治疗室，只为你一个人而开。或者说，是 Edward 为你一个人而开，他并不想让你知道这一切，不过我觉得这个谎言很美丽，我想让你知道。"

这样的意外也并非仅此一点。在几个月后，当向晚晚在自己任教的学院资助人花名册上，一众外文名中看到"薛文曜"这个拼音时，她不由得又气又笑。这个人明明说放自己离开，但又总在随时随地告诉她，你的生活里，我都在。

洛阳于一个凌晨打来电话，告诉向晚晚她要结婚的消息，结婚的对象当然是薛青朝。

"以后就是总裁夫人了。"向晚晚迷迷糊糊地闭着眼睛，睡眼蒙眬地调侃。

"回国来吧，至少要参加我的婚礼。"

"好。"

向晚晚参加了洛阳的婚礼，站在人群后面看着她穿过宾客走向薛青朝，一对新人互换戒指，在掌声中拥吻对方。

在见证完礼仪后，向晚晚看了一眼人群，没有看到那个熟悉的身影，她选择悄然离开，却在出门时见到了南姨。南姨似乎老了许多，添了些许白发，更显消瘦，她冲向晚晚微笑，向晚晚客气地点头回礼。

向晚晚走后不久，有车子停下，穿着礼服的薛文曜从车上下来，匆忙地来到礼堂门口，悄然坐到礼堂后排的位置，冲新郎薛青朝眨眼，送上自己迟到的歉意。同时不忘环顾四周，终是未能寻觅到那个期待中的身影。

翌日，薛文曜前往 B 市，去一个此前从未听过的小城，在那里缓慢地游走着，打量这个地方，感受这个曾经生养了向晚晚，承载了她所有过去的地方。没能在对方最辛苦的时候出现在她的生命里，保护她，陪伴她，是他最大的遗憾。

他去了一处墓地，那是向晚晚姐姐的墓地。墓碑上有一张黑白照片，一个与向晚晚七分相似的女生绽放着灿烂笑容。

在墓前放上一束菊花，薛文曜停留了一会儿才离开。

十几分钟后，墓地前又来了一个穿着白色衬衫的人，是向晚晚。她看到墓前的那束花颇感意外，不知道除了自己还会有谁来祭拜姐姐。向晚晚打电话给宋贤，询问是不是他，宋贤告知他正在巴黎。

"是不是你父亲回来了？"宋贤问。

向晚晚握着手机停顿了一下，然后笑着说不会，她已经接受了自己父亲永远不会回来的事实。

宋贤有点儿沉默，似乎是在想该怎么安慰向晚晚，但电话那头却传来了另一个声音，有些耳熟。

"宋医生，你觉得哪个颜色好看？"是黄玟娜的声音，从巴黎的街头传来。

"是黄小姐吗？"向晚晚有些惊讶地问。

"嗯，她又找到我了，还是那么烦人地缠着我。"宋贤有点儿无奈地回答。

向晚晚可以想到向来温柔的宋贤面对黄玟娜时的那种无奈，她笑了笑，请宋贤替自己向黄玟娜问好，然后结束了通话。

向晚晚离开墓地，在她看不到的树下，薛文曜安静地站着，看着她离开。

向晚晚回了纽约，继续自己的生活，有空的时候就到街上走走，看看这座薛文曜曾经生活过的城市。她仿佛在走他曾经走过的路，吃他曾经吃过的餐厅，坐他曾经坐过的位置。

我来到你生活的城市，走过你走的路，就像一首歌。

半年后，宋贤发来了喜帖，他与黄玟娜要结婚了，黄玟娜打来电话告诉她，婚礼挑在舍夫沙万举办。

初听到这个地方，向晚晚像被掀起了记忆的一角。因为这是薛文曜曾向自己提及的地方，他说那是个仿似蓝色童话般梦幻的地方。

"怎么是那里？"

"记得来的时候一定要穿得漂亮点儿呀，要精心打扮一下。"

"是你当新娘，又不是我……行了行了，知道了。"向晚晚笑着挂断通话。

向晚晚来到舍夫沙万，穿着香槟色裸肩小礼服，踩着高跟鞋，拿着地址找到那所蓝色的房子，却没有见到婚礼上应该出现的人，周遭都是步履匆匆的路人。

第十九章 真相大白

她以为自己走错了，四下张望着，在回身之际，见到一个穿着白色西装、打着领结的俊朗男子也如她一样，拿着地址从对面的街道边找边看地走来。

少顷，对面街上的人也发现了向晚晚，他止住脚步，隔着几米的街道，立在那里看着她。

蓝色的墙，蓝色的地，一切都如当初薛文曜曾经形容的那样，仿佛身临童话世界。阳光明媚，天空湛蓝，两个穿着白色礼服的人就那么两两相望，任由时间在这一刻停驻，望入彼此眼眸深处，感受心潮悸动。

半晌，两个人不由得露出笑容。

"我是来参加婚礼的。"

"我也是。"

"不过刚才新娘告诉我，婚礼其实在巴黎，今天这里没有婚礼。"

"那就走吧。"

"那就一起走吧。"

两个人并肩沿着街道，缓慢而悠闲地漫步向前。

"对了，你怎么解释给我安排了那么多事情？"

"这个说来话长，那你又怎么解释这么久都不联系我？"

"这也说来话长……"

"既然今天这里没有婚礼，我们又是来参加婚礼的，还穿得这么正式，不如我们来实地演习一下。"

"这算求婚吗？太草率了，不要。"

"戒指我早就给你了。"

"我丢了。"

"那你把手伸出来，给我看看无名指上的是什么。"

"不要。"

"伸出来……"

"不，信不信我打你呀？"

"那我们约会吧，你一直欠我的。"

"好……"

古色古香的蓝色街道上，两个年轻的身影牵起了手，渐行渐远。

时光荏苒，世事流转。你永远不会知道你会遇上一个什么样的人，谁又会是你最后的温暖，但唯一能确定的就是，爱情永远不会太迟。

【全书完】

后记

写完这个故事时,这座城市正在经历一场秋雨,电脑里随机播放到一首叫《LOVE U2》的粤语歌,舒缓的情歌,有点缠绵的曲风,曼妙迤逦。这首歌的演唱者,是这个夏天开始忽然走红的香港艺人,我也不能免俗。

伸个懒腰,感到莫名的轻松,哼唱着荒腔走板的曲调起身,倒了杯水站到窗前看雨,享受这一刻,直到音乐结束,跳播到那首《half on a baby》,我放下杯子,回到电脑前,写下这些。

这些年来也写过不少故事,或古或今,或喜或悲,但还是第一次写后记。没有目的的,没有中心的,就是忽然想写点什么吧,像是……想和读者们说说话,问候一声现在看书的你。正拿着书的你,你那的天气怎么样?你今天的心情怎么样?在什么地方看完这个故事的?等等。

写作是一场欢闹盛大的创造,凭一支笔完成恢宏浩瀚的繁梦,雕琢秋毫毕现的细节,于无垠世界书写爱恨情仇,酣畅淋漓。但同样的,写作也是一场只有自己的孤独旅行,一个人、一台电脑、一杯茶,就是一个世界,也许笔下正是骤风疾雨的高潮迭起,但那执笔的,也仅是一人而已。我想,这大概就是人们所说的,耐得住寂寞,才守得住繁华吧。

人年纪一大,会有越来越多的癖习沉淀下来,比如习惯,也会有很多东西随岁月流逝而渐渐变少,比如笑容。

都说字如其人,我是颇为相信这一点的,一个执笔者写什么样的故事,多少是能映出她的些许影子的。早些年写过一些比较沉重的故事,这两年写的故事则越来越轻松,笔下的人物越来越喜欢"笑",因为越发觉得,"笑"对于生活的意义,远比一切重要。

古龙先生说过,爱笑的女孩子,运气都不会太差。我不知道是真是假,但对于笑容好看的人,我向来没有免疫力的,如果那人有好看的笑容,会直接加分。

生活或许并不是事事如意,岁岁欢喜,但我希望我亲爱的读者们,不论何时何地,都能有一张爱笑的脸,一颗爱笑的心,一份爱笑的勇敢。

人生在世,除了生死,大概也没有什么是过不去的。生命向前,回忆向后,多些笑容,多些正能量,爱阳光,爱积极,为大事开心是成就,为小事开心则是生活!

希望看这本书的你,也在看到结局后有笑容,足矣!

西镜醺

2014年秋书于南粤

——征稿启事——

　　《执行工作指导》是最高人民法院执行局编发的业务指导出版物，主要刊登最新执行政策与精神、执行裁判规则、执行典型案例、执行理论研究成果，旨在促进全国法院执行干警准确掌握法律精神、助推执行工作、繁荣执行理论。

　　本书所设主要栏目及其情况如下：

　　【执行局长论坛】刊登最高人民法院执行局局长和地方法院执行局局长关于执行工作的理论思考、热点研究、实证分析类的文章。

　　【最高人民法院执行局法官会议纪要】选择最高人民法院执行局法官会议讨论过的具有典型性和指导意义的案件进行刊登。

　　【最高人民法院执行裁判规则疏议】对最高人民法院裁判文书确定的规则进行梳理和解读。

　　【最高人民法院入库案例选登】刊登最高人民法院具有指导价值的案例。

　　【地方法院案例与解析】刊登地方法院具有典型性和推广价值的案例。

　　【执行热点前沿】刊登强制执行领域优秀学术论文、理论研究成果，介绍域外制度。

　　【调研与实证】刊登强制执行领域优秀调研报告、实证研究成果、经验总结和改革创新动态。

　　【执行管理和信息化专题】刊登执行指挥中心实体化运行、执行管理和执行信息化方面的动态、成果及前沿问题探讨。

　　【民事强制执行热点】刊登民事强制执行法起草过程中的理论研究

成果及前沿问题探讨。

【执行信箱】刊登各地法院执行工作中遇到的代表性问题及最高人民法院执行局答复意见。

本书诚邀全国各级法院同仁和专家学者撰稿。来稿要求如下：

1. 具有较强的典型性、创新性和指导价值。

2. 具有原创性，因稿件引起的任何版权纠纷由投稿人负责。

3. 撰写格式请参照本书相关部分的内容，注释援用《中国法学》体例。

4. 其他栏目来稿，请以电子邮件形式发送至 zhixingcankao@sina.com。邮件标题处请标明稿件所属的投稿栏目和作者单位、姓名。格式为："执行信息化专题-××省高级人民法院李××"。在稿件正文后，请详细提供如下信息：标题、作者姓名、单位全称、通信地址、邮政编码、联系电话、电子邮箱地址及身份证号码，以便于联系和邮寄稿费。

5. 本书所采稿件，按照规定支付相应稿酬。因缺少支付稿酬所需账号等原因尚未收到稿酬的，请与本书编务组联系。

《执行工作指导》编委会